José de Alencar na maturidade.

Til

Clássicos Ateliê

José de Alencar

Til

Romance Brasileiro

Apresentação e Notas
Ivan Teixeira

Glossário
Geraldo Gerson de Souza

Ilustrações
Sergio Kon

Ateliê Editorial

1ª edição, 2012
1ª reimpressão, 2012
2ª reimpressão, 2013
3ª e 4ª reimpressões, 2014
5ª reimpressão, 2015
6ª reimpressão, 2016

Dados Internacionais de Catalogação na Publicação (CIP)
(Câmara Brasileira do Livro, SP, Brasil)

Alencar, José de, 1829-1877.
Til: Romance Brasileiro / José de Alencar; apresentação e notas Ivan Teixeira; glossário Geraldo Gerson de Souza; ilustrações Sergio Kon. – Cotia, SP: Ateliê Editorial, 2012. – (Coleção Clássicos Ateliê)

ISBN 978-85-7480-587-0
Bibliografia.

1. Romance brasileiro I. Teixeira, Ivan. II. Souza, Geraldo Gerson de. III. Kon, Sergio. IV. Título. V. Série.

12-03953 CDD-869.93

Índices para catálogo sistemático:
1. Romances: Literatura brasileira 869.93

ATELIÊ EDITORIAL
Estrada da Aldeia de Carapicuíba, 897
06709-300 – Cotia – SP – Brasil
Telefax: (11) 4612-9666
www.atelie.com.br
contato@atelie.com.br

Printed in Brazil 2016
Foi feito o depósito legal

Sumário

SEGUNDO VOLUME

TERCEIRO VOLUME

QUARTO VOLUME

Luz & Sombra em *Til*

Ivan Teixeira

Síntese

Til narra a estória de uma vingança como condição para revelar um caso de amor universal. O romance desenvolve o princípio de que a vida dos homens é uma estória concebida por Deus. A trama da escrita divina pressupõe contínua luta entre forças adversas, representadas pelos ímpetos da maldade e da ternura. Sendo uma alegoria metafísica, o romance possui dois aspectos distintos e complementares: por um lado, será uma estória de aventura e ódio, cuja origem se concentra num caso de violência sexual; por outro, será a fábula da conversão da filha do estupro (Berta) em agente de forças positivas da natureza (Til). Alencar aplica a esse romance toda a experiência acumulada em obras anteriores, sobretudo *Iracema*, cuja estrutura também se baseia na polissemia dos grandes símbolos.

Longe de ser um romance vulgar na literatura brasileira, *Til* possui nuanças sugestivas que matizam seu sentido artístico e ideológico. Possui considerável densidade semântica, sobretudo pela construção de tipos psicológicos estranhos e convincentes. Há também situações invulgares, sobretudo a cena em que Berta controla uma cascavel só com a força do olhar. Além disso, o apelido da protagonista atribui conotações de simbologia mística ao romance, cujas personagens se integram perfeitamente com a trama e com o pensamento geral da narrativa. Devem-se considerar ainda as alusões artísticas do texto, que incorpora contínuos processos e várias tópicas da tradição europeia para caracterizar o mundo rústico do cenário brasileiro.

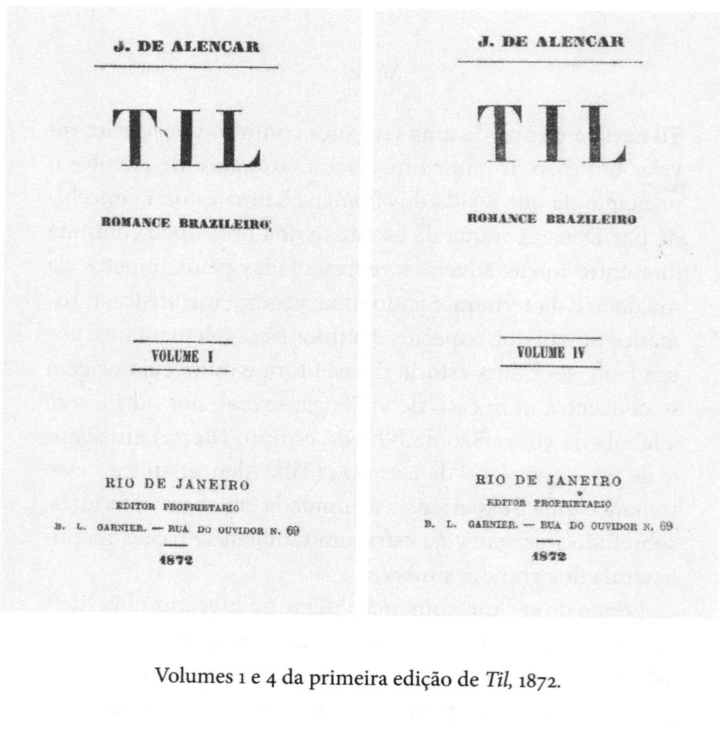

J. DE ALENCAR

TIL

ROMANCE BRAZILEIRO

VOLUME I

RIO DE JANEIRO
EDITOR PROPRIETARIO
B. L. GARNIER. — RUA DO OUVIDOR N. 69
1872

J. DE ALENCAR

TIL

ROMANCE BRAZILEIRO

VOLUME IV

RIO DE JANEIRO
EDITOR PROPRIETARIO
B. L. GARNIER. — RUA DO OUVIDOR N. 69
1872

Volumes 1 e 4 da primeira edição de *Til*, 1872.

Categorias de Leitura

Ao lado de *O Gaúcho, O Sertanejo* e *O Tronco do Ipê* – *Til* normalmente é caracterizado como *romance regionalista*. Todavia, essa designação, quando isolada, não favorece de modo relevante a compreensão específica do livro. No máximo, aproximará o leitor de certo esquema tradicional das obras de José de Alencar, sem que isso represente passo decisivo ao entendimento singular do romance. Como a produção ficcional do autor é grande e possui certa variedade, a crítica sentiu necessidade de dividi-la em blocos que favorecessem a apreensão do conjunto. Surgiu daí a célebre divisão em romances indianistas, urbanos, regionalistas e históricos.

Como se percebe, essa organização tinha por critério dominante indicar o cenário em que se desenvolve a ação das narrativas. No caso dos romances históricos, a designação foge do critério aplicado às demais, porque possui razão cronológica, sugerindo que as estórias se passam no tempo da Colônia, e não em algum ambiente específico. A ação de *Iracema* e *O Guarani* também se desenvolvem na época da colonização, mas mesmo assim tais romances são chamados indianistas. Esse tipo de coexistência de propriedades torna a divisão ainda menos operante, relativizando sua utilidade no processo de entendimento de *Til*.

Todavia, deve-se ter conhecimento dessa classificação, não só porque foi sugerida pelo próprio Alencar, mas também porque possui importância na história da leitura de seus romances. Diversas gerações de leitores partiram daquela noção para buscar o sentido das obras. Todavia, em termos atuais, essa divisão não atinge a condição de categoria crítica primordial, porque se restringe à composição do cenário. Será antes um dispositivo de referência externa do que um princípio básico na significação individual dos romances. Nesse sentido, pode servir também para a compreensão do projeto estético e ideológico do autor, sem ser essencial à leitura particular dos romances.

A ideia de *categoria crítica* talvez auxilie o encaminhamento do problema. Entende-se por categoria crítica uma noção ou um conjunto de noções que forneça um ponto de vista conceitual para a abordagem de uma estrutura abstrata, como um romance, uma pintura e outros enunciados complexos. Trata-se de um pressuposto ou ferramenta em qualquer processo de conhecimento e avaliação, de que a crítica literária é um caso. Se um romance, por exemplo, fosse abordado a partir de sua relação com o princípio romântico do nacionalismo, haveria três principais categorias em jogo: a ideia de romance, de Romantismo e de nacionalismo. Diversos outros elementos poderiam se associar a esses, tais como o conceito de estilo e de gênero literário.

O Leitor e sua Sombra. Cena do filme de *O Gabinete do Dr. Caligari*, Robert Wiene, 1920.

Leitura. Gravura oitocentista de M. Leloir, para *Sentimental Journey*, de Sterne.

Por essa perspectiva, o significado de um romance nunca será um dado interiorizado e isolado em suas páginas, mas algo resultante da leitura, que dependerá dos pressupostos ou categorias adotados pelo intérprete. Assim, o sentido de uma obra não terá de ser necessariamente descoberto e extraído do texto, mas construído ou formulado pelo processo de intelecção, que mobiliza não só a estrutura da obra, mas também o repertório pessoal do leitor, assim como o código cultural de seu tempo.

Isso quer dizer que o significado não deve ser tomado como algo independente, transferido em bloco da cabeça do autor para a obra. Ao contrário, será uma espécie de realidade virtual que toma corpo a cada gesto de leitura. Nesse sentido, saber ler corresponde à escolha adequada das categorias críticas com as quais se deve relacionar o texto. Uma das principais categorias, senão a mais relevante, talvez seja a poética em que se baseou o autor para escrever, com a qual a leitura deve relacionar a obra. Sem o princípio de relação não existe significado. Com isso, entende-se por que, no passado, a noção de regionalismo pudesse orientar a leitura de algumas obras de Alencar, assim como no presente parece ainda aceitável sua aplicação ao entendimento de autores como Graciliano Ramos e Guimarães Rosa, entre outros.

Albert Dürer. Detalhe de pintura, 1506.

A presente leitura de *Til* adotará diversas categorias críticas, entre as quais se destaca o conceito de alegoria e de índice literário – igualmente decisivos para o entendimento sistemático do romance. Depois, seguem: a técnica do romance de vingança, a tópica da menina-prodígio, o arquétipo do monstro angelical, assim como o protótipo do homem-bicho. Além disso, deve-se levar em conta a configuração do estilo alencariano, em que entram tanto o Romantismo quanto o regionalismo. Evidentemente, essas categorias de análise trabalham em processo de contínuo inter-relacionamento. Além de associar o romance com elas, o ensaio o associará com o projeto estético e ideológico do autor, assim como com a poética cultural do Segundo Reinado.

Alegoria

Alegoria é a narrativa que possui, no mínimo, dois sentidos: um aparente e outro encoberto. Em grego, o vocábulo significa *falar de outra maneira*. Em *Iracema*, ao contar a estória do amor de um português por uma índia, Alencar produz a alegoria do encontro entre culturas diferentes, de cujo choque se origina a história do povo brasileiro. Algo semelhante ocorre na trama de *O Guarani*, que também procura criar um mito para explicar o Brasil. Assim, a alegoria consiste na veiculação de uma noção abstrata por meio de discurso concreto – geralmente imaginoso, insinuante e polissêmico. Em sentido correlato, uma mulher que desdenha a ciência e as artes pode representar a Melancolia, tal como se vê na célebre gravura do pintor alemão Dürer. Partilhando da natureza do mito, do símbolo e da metáfora, a alegoria sugere uma coisa para falar de outra.

Til pode ser considerado romance alegórico, porque encarna um conceito da vida, da natureza e dos homens por meio de uma estória cujo sentido transcende os próprios li-

Dürer, *Melancolia*.

Picasso, Alegoria da arte moderna.

mites. Ao narrar a relação de uma menina pobre com o ambiente hostil de uma fazenda, o romance compõe a metáfora de sua transformação em santa. Todavia, esse sentido não é evidente. Quando ela consegue ensinar um código abstrato a uma criatura que vivia no limite entre a condição de homem e de réptil, a menina deixa de ser Berta para tornar-se Til. Esse gesto pode ser interpretado como o milagre da leitura, que espanca as Trevas em favor das Luzes. Algo semelhante acontece com Jão Fera, monstro angelical que troca a bandidagem pelo amor da menina. Tal como ocorre em *Iracema* e em *Ubirajara*, a alteração do nome funciona como símbolo de mudança significativa no interior da personagem – processo típico das narrativas míticas. Em *Grande Sertão: Veredas* (1956), de Guimarães Rosa, Reinaldo pede a Riobaldo que, para selar um segredo entre ambos, o amigo passe a tratá-lo por Diadorim. Assim, *Til* compõe uma estória de bandidos como suporte para uma fábula de amor.

Romance de Vingança

Ao compor a trama do mal em *Til*, José de Alencar adotou o modelo da *narrativa de vingança*, cujo padrão possui história bem conhecida na literatura europeia. Depois do conceito de alegoria e índice, esse será talvez o elemento mais importante na estrutura do livro. Ele não só define a configuração da trama, como também possibilita os efeitos de sua construção – que serão a surpresa, o mistério, o suspense e o assombro. Atento ao modelo adotado, o romance trabalha ainda com o motivo da caverna, do subterrâneo e das sombras noturnas. Nesse ambiente, ocorre um estupro, que, sendo o acontecimento primordial, desencadeará a trama da estória.

Embora haja controvérsia quanto à sua autoria, a história literária considera *Titus Andronicus* (1594) a primeira tragédia de Shakespeare. Será também sua peça mais violenta, superando as atrocidades representadas em *Macbeth*. Depois de muitas guerras contra os bárbaros, o general Titus Andronicus retorna a Roma, trazendo consigo a prisioneira Tamora, rainha dos Godos. Nos ritos de celebração de seu retorno, o general oferece o filho mais velho da prisioneira em sacrifício aos deuses. Depois, Tamora casa-se com o Imperador de Roma e prepara vingança contra Titus, fazendo com que seus filhos mais novos violentem a filha do general, além de lhe amputar as mãos e a língua. Mais tarde, Titus mata os agressores da filha, faz uma torta com a carne deles e oferece a iguaria à Imperatriz, que come os próprios filhos como resultado da vingança do general.

Esse tipo de narrativa, popular na Inglaterra entre os anos de 1585 e 1640, tornou-se conhecido como tragédia de vingança (*revenge tragedy*). O teatro elisabetano se apropriou de velhas estórias de violência para estabelecer esse novo gê-

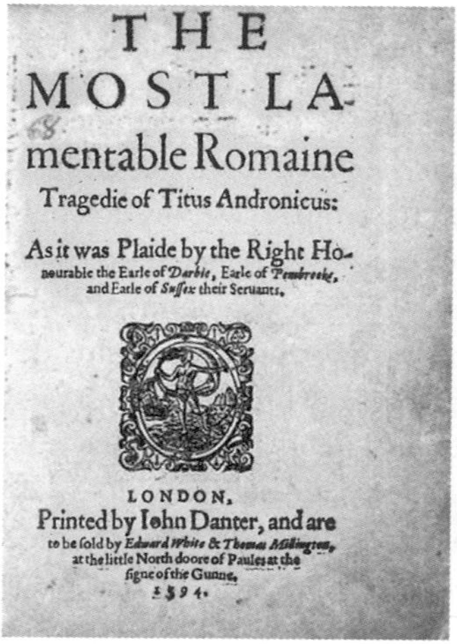
THE
MOST LA-
mentable Romaine
Tragedie of Titus Andronicus:
As it was Plaide by the Right Ho-
nourable the Earle of *Darbie*, Earle of *Pembrooke*,
and Earle of *Suffex* their Seruants.
LONDON,
Printed by Iohn Danter, and are
to be sold by *Edward White* & *Thomas Millington*,
at the little North doore of Paules at the
signe of the Gunne.
1594.

Titus Andronicus, 1594.

Violência em *Titus Andronicus*.

nero teatral. O modelo mais consagrado é o filósofo romano Sêneca, cujas peças *Tiestes*, *Medeia* e *Agamenon* ofereceram sugestões a diversos autores ingleses, entre os quais, além de Shakespeare, se destaca Thomas Kyd, cuja peça *A Tragédia Espanhola* (*The Spanish Tragedy*) é normalmente considerada a primeira do gênero em seu país.

Os protagonistas dessa espécie teatral são geralmente pessoas atormentadas por traições e danos no passado, que os levam a buscar vingança no presente. Dominadas por obstinação mórbida, empenham-se em ciladas, violências, crueldades, maquinações e crimes sucessivos. Torturadas pelo destino, algumas personagens, além de deformações físicas, apresentam deformidade moral. Se *Titus Andronicus* é o exemplo mais característico da tragédia de vingança na literatura inglesa, *Hamlet* será não só a manifestação mais famosa, mas também menos esquemática do gênero. Sendo irmão do rei, Cláudio assassina o soberano para usurpar a rainha e o trono da Dinamarca. O fantasma do pai aparece ao príncipe Hamlet, exigindo que ele se vingue do tio. Contrariando o arquétipo tradicional do gênero, o príncipe enfrenta crise moral diante da necessidade do crime. Mesmo assim, no fim, ele consegue matar o tio, embora o próprio herói e a mãe sejam também destruídos pelos imprevistos da trama.

Do teatro em verso, a narrativa de vingança migrou para a prosa, sobretudo no século XIX, onde se aclimatou no romance romântico. A realização mais típica e mais consagrada desse gênero em prosa será talvez *O Conde de Monte Cristo*, de Alexandre Dumas (pai), editado entre 1844 e 1845. Um jovem é encarcerado numa masmorra sob falsa acusação de crime político. Depois de 15 anos, ele foge, torna-se rico pela descoberta de um tesouro e empenha-se em meticulosa vingança contra os quatro antigos traidores, aplicando diferentes estratagemas para a destruição de cada um deles.

No Brasil, uma das narrativas mais apreciadas do século XX será um romance de vingança, a cuja estrutura o autor aplicou variações tão insinuantes quanto singulares. Trata-se de *Grande Sertão: Veredas*. Como se sabe, sua estória segue o ritmo da obstinação de Reinaldo, que se empenhou em vingar a morte do pai, resultante da traição de falsos companheiros. Apropriando-se da pertinácia de Reinaldo, Riobaldo entrega a alma ao demônio para ultimar o plano do amigo. Tal como em *Til*, a violência em *Grande Sertão: Veredas* é suporte para uma fábula de amor.

Antes de Guimarães Rosa, o romance de vingança fora praticado por vários autores em Portugal e no Brasil, entre os quais se destaca Alexandre Herculano, cujo *O Monge de Cister* se encaixa no modelo. Entre outras fontes, José de Alencar deve ter extraído sugestões de Herculano para compor não só *Til*, mas também *O Gaúcho*, igualmente fundado no motivo da obstinação por reparar o passado.

Então, na trama de *Til*, há duas ordens de acontecimentos: a estória dos bandidos e a parábola de Berta. Desenvolvendo-se paralelamente, ambas possuem a mesma origem, embora o leitor venha a saber dessa confluência somente no final, após a leitura e a interpretação do texto. Como se tem visto, a primeira espécie de eventos obedece à tópica da narrativa de vingança, utilizada com certa rigidez na construção do fio central da trama, tal como se pode observar pela síntese estrutural do enredo, apresentada a seguir.

Um rapaz apaixonara-se pela moça mais bonita da região. Como ela fosse pobre, ele controlou o impulso e a abandonou. Embora ofendida, ela casa-se com outra pessoa que, por razões de negócio, se ausenta de casa no dia seguinte, permanecendo incomunicável por mais de um ano. Na ausência do marido, o antigo namorado entra na casa da moça e a violenta. Após o nascimento de uma criança, o marido retorna. Julgando que a mulher tivera um amante antes do casamento, mata-a e foge para Portugal. Enquanto isso, o ex-namorado dela se casou com uma mulher rica e feia. Com o dote e o crédito do casamento, o rapaz prosperou com relativa facilidade, tornando-se respeitável fazendeiro na comunidade rural de São Paulo. Quinze anos depois do crime, o assassino retorna e programa a morte do suposto amante da esposa. Após várias tentativas, a vingança do marido frustra-se, porque o homem que ajudara a criar a órfã tinha jurado que mataria o assassino da mãe dela e consegue fazê-lo antes que o outro realizasse seu plano.

Visto assim, esse aspecto do romance parece esquemático, mas há componentes construtivos (alegoria, índices, símbolos, estilo poético) que atenuam essa aparência, possibilitando sentidos menos óbvios e mais sugestivos ao entendimento geral da obra. Como qualquer síntese de fábula, essa precisa ser fecundada pelo exame da natureza psicológica das motivações, assim como pela observação da ordem cronológica das atitudes e pela polissemia da arte de escrever e compor. Em outros termos, a fábula precisa ser reconduzida à intriga da narrativa, em cujo âmbito deve ser analisada.

Para essa operação de leitura, seria interessante rever o conceito de fábula e de intriga, de acordo com a teoria da narrativa. Fábula são os acontecimentos em sua ordem cronológica na estória, cuja sequência o leitor deve reconstituir. A fábula seriam os supostos acontecimentos em estado natural, tal como teriam ocorrido antes que o artista os imitasse. Nem sempre é fácil extrair a fábula de uma narrativa, mas tal exercício consiste em etapa necessária ao processo de entendimento crítico. Todavia, o valor do conhecimento da fábula é apenas heurístico, visto que não possui suficiência crítica senão como estágio preliminar da análise e do conhecimento do texto.

A intriga corresponde à ordem artística dos eventos em uma estória, que são baralhados, invertidos, retardados ou antecipados, conforme o efeito que o narrador pretende provocar. Seria o modo como o artista apresenta os acontecimentos no texto. Ao observar a intriga, seria recomendável que o leitor também percebesse a técnica dominante com que o narrador revela as ocorrências. No caso de *Til*, cuja manipulação dos acontecimentos é razoavelmente complexa, parece evidente que a intriga foi concebida para provocar suspense, espanto e surpresa.

O tempo real da ação concentra-se em poucos dias. Todavia, a origem da crise que motiva a estória situa-se quinze anos antes, por ocasião do nascimento da protagonista. Desde a abertura do romance, a perícia verbal do autor instaura um clima de insegurança, insinuando que a aparente estabilidade do mundo idílico da fazenda está prestes a desabar. Ruídos, movimentos na paisagem, encontros fortuitos, vultos e pressentimentos associam-se à solidão dos lugares para sugerir a iminência de uma ação desagregadora – que é justamente a tocaia que deveria exterminar o proprietário da Fazenda das Palmas, localizada às margens do Rio Piracicaba. Esse será o fulcro gerador da estória dessa face da narrativa, provocando tanto apreensão nas personagens quanto suspense no leitor.

O romance começa quase no final da estória, no dia em que Ribeiro, o assassino da própria esposa, retornando do exterior com o nome e as feições alterados, pretende consumar a vingança planejada. Nessa altura, Berta tem cerca de quinze anos e vive nas imediações da fazenda de Luís Galvão, sem saber com clareza que seu passado se relaciona com o dele. Apesar de muito pobre, a menina convive em terna afeição com os filhos do fazendeiro rico, sem ter igualmente consciência absoluta de seus laços com eles. Todavia, por força de seu dom, ela intui a identidade dos agentes da própria história, empenhando-se na busca do conhecimento cabal do passado.

A partir da maquinação da vingança central, a narrativa prossegue em ziguezague cronológico. Ora resgata o passado para esclarecer o presente, ora deixa os acontecimentos se desenrolaram rumo ao futuro. Como se sabe, chama-se *flashback* o processo de retroceder no tempo para justificar e explicar os acontecimentos em curso. Ao propiciar o confronto entre o passado e o presente das personagens, a narrativa produz efeitos paradoxais, que oscilam do assombro à indignação. Comum na tragédia grega, esse modo de temperar a narrativa migrou do teatro para o romance. Com certeza, *flashback* será o procedimento narrativo dominante na intriga de *Til*.

TIL

ROMANCE BRASILEIRO

Ilustração de Poti para edição do centenário de morte de José de Alencar. José Olympio Editora, 1977.

Outro dispositivo técnico que dinamiza a intriga do romance consiste na intersecção de cenas, que se explica da seguinte maneira: o foco narrativo, sempre em terceira pessoa, se concentra em certo grupo de personagens em dado ambiente. Subitamente, manifestações de outras personagens, em local desconhecido, interferem na cena principal. Isso produz apreensão não só nos integrantes do primeiro grupo, como também no leitor. Depois, em outro momento, explica-se o ruído, o assobio ou a ondulação na folhagem que causou o susto e o mistério antecedentes.

Entre outras possibilidades, tal ordenação da matéria ficcional corresponde à simultaneidade do andamento da trama, insinuando que o romance pretende sugerir a multiplicidade da vida no momento da estória. Tal processo é conhecido como simultaneísmo, porque apresenta eventos que se desenvolvem no mesmo instante, mas em locais diferentes. Além da ilusão de realismo, esse procedimento artístico estimula o mistério e acentua o suspense da ação. Associa-se à mobilidade cronológica e à agilidade espacial, propriedades singulares do romance alencariano.

Modos de Narrar, Modos de Significar

A sensação de mobilidade da narrativa associa-se ainda à extensão e regularidade dos capítulos. Não por serem sempre curtos e semelhantes na estrutura, mas porque focalizam com rapidez diversos aspectos da vida na fazenda. Nem todos continuam a sequência do imediatamente anterior. Ao contrário, é frequente a segmentação da matéria, que vai alternando diferentes cenas da mesma estória. Apesar da unidade de enredo, o romance se apresenta como um moderado caleidoscópio de situações.

Em consonância com a natureza alegórica do texto, há basicamente dois tipos de capítulos em *Til*, ambos com a mesma importância: aqueles que participam da ação da narrativa propriamente dita (estória da vingança); e aqueles que possuem função de caracterizar as personagens (parábola de Berta). Ao primeiro tipo, chamar-se-á capítulo narrativo; ao segundo, indicial. As unidades narrativas pertencem à sintaxe da estória, assim como as sequências indiciais integram seu aspecto semântico. Todavia, não se pode esquecer que a divisão entre essas duas dimensões do texto é apenas hipotética. Trata-se de uma operação heurística, isto é, pertence ao processo de análise e entendimento da totalidade do enunciado artístico.

"O Empenho" (cap. 5, 1º vol.) pertence ao primeiro tipo de capítulo, pois narra o encontro de Jão Fera com Ribeiro –

que é essencial ao desenvolvimento da trama. Nessa ocasião, ambos discutem as condições da vingança, que seria cumprida por aquele em nome deste, mediante pagamento. A maior parte dos capítulos de *Til* pertence a essa espécie, porque possui maior concentração de movimento. Nesse sentido, pode-se dizer que tais capítulos correspondem a *verbos* no sintagma da narrativa.

I

O CAPANGA

Eram dous, elle e ella, ambos na flôr da belleza e da mocidade.

O viço da saude rebentava-lhes no encarnado das faces, mais avelludadas que a assucena escarlate recem aberta alli com os orvalhos da noite. No fresco sorriso dos labios, como nos olhos limpidos e brilhantes, brotava-lhes a seiva d'alma.

Ella, pequena, esbelta, ligeira, buliçosa, saltitava sobre a relva, garrula e

— 6 —

scintillante do prazer de pular e correr; saciando-se na delicia ineffavel de se diffundir pela creação, e sentir-se flôr no regaço daquella natureza luxuriante.

Elle, alto, agil, de talhe robusto e bem conformado, calcando o chão sob o grosseiro socco da bota com a bizarria de um principe que pisa as ricas alfombras, seguia de perto a gentil companheira, que folgava pelo campo, a volutear e fazendo-lhe mil negaças, como a borboleta que zomba dos esforços inuteis da criança para a colher.

Caminhavam por uma rechan, bordada de ilhas de matto, que emergiam aqui e alli do verde gramado. Pela ramagem frondente das arvores e renovos que abrolhavam, percebia-se a proximidade de um grande manancial; e entre as crepitações da brisa nas folhas, como

Primeiro capítulo de *Til*, 1872.

A outra modalidade pode ser chamada de capítulo indicial, porque funciona como índice do caráter ou da condição da personagem envolvida. Aqui, o vocábulo *índice* é adotado no sentido semiótico de indicador indireto de uma propriedade de pessoa ou da situação a que se associa. Tais capítulos contribuem essencialmente para o sentido geral do romance, mas não fazem o núcleo da estória caminhar. "A Sura" (cap. 1, 2º vol.) narra a relação de Berta com uma galinha doente. Sem função de movimento na trama central, essa cena existe com o propósito de sugerir a humanidade da personagem, cujo estatuto, sendo singular, merece atenção especial. Será, portanto, um *adjetivo*, e não um verbo na sintaxe narrativa.

Nem sempre as sequências indiciais ocupam capítulos inteiros. Ao contrário, frequentemente elas surgem em capítulos cuja maior parte se destina ao andamento regular da estória. Como se sabe, Brás é uma entidade dividida entre o mundo dos homens e dos bichos. Em dada passagem, estando empenhado em capturar uma cascavel para promover uma de suas maldades, diverte-se em espetar gafanhotos com espinhos ou então em decepar-lhes a cabeça com os dentes. Integrada em unidade predominantemente narrativa, essa sequência, assim como inúmeras outras, possui função caracterizadora da personagem, destacando sua condição limítrofe entre dois mundos diferentes. Funciona como oração adjetiva no enunciado narrativo.

Todavia, o índice não se anuncia como tal. Surge como parte integrante do enunciado, esperando que o leitor entenda sua função na estrutura do texto. A mensagem indicial, intensificando o teor enigmático da teia artística da escrita, pode exercer um papel traiçoeiro, não só por exigir interpretação, mas também por ocultar sua natureza de agente caracterizador. Cabe ao leitor descobrir o tipo de capítulo com que lida, donde poderá resultar entendimento mais ou menos estrutural do livro. No caso específico de *Til*, parece importante a distinção entre as sequências propriamente narrativas e aquelas que contribuem para o sentido simbólico ou alegórico do texto, como se verá a seguir.

Índices & Sentido Alegórico

Tal como Machado de Assis faria mais tarde, José de Alencar sempre se interessou por retratos femininos. Como se sabe, o autor chamava *perfil de mulher* a esse tipo de narrativa, cujo propósito seria a construção de um caráter com propriedades singulares, de que são exemplos *Lucíola* (1862), *Diva* (1864) e *Senhora* (1875). Nesses casos, o autor concebe estórias por meio das quais compõe o desenho de mulheres com respostas inesperadas a estímulos sociais conhecidos, donde resulta a ideia de que tais romances funcionam como estudos de psicologia comportamental. Seu modelo nessa espécie de narrativa teria sido Honoré de Balzac, autor do conjunto de contos, novelas e romances conhecidos como *Comédia Humana* (1829-1846). Ele poderá ter lido também *Madame Bovary* (1857) de Gustave Flaubert, com cujos procedimentos e resultados Alencar não se identificava. *Til* obedece em parte ao modelo do retrato feminino, porque seu objetivo é elaborar a fábula de uma menina com bondade prodigiosa.

Para entender a dimensão simbólica de Berta, seria recomendável chegar primeiro ao sentido geral do romance, isto é, ao pensamento da narrativa. Por pensamento de uma estória entende-se o núcleo de sua significação, para o qual convergem todas as nuanças semânticas e formais do texto, que podem envolver não só aspectos artísticos e filosóficos, mas também psicológicos, sociais e existenciais. Geralmente, o núcleo do pensamento de uma obra deve caber numa só frase, que condense longo trabalho de análise e compreensão de sua estrutura. Assim, seria possível sugerir que o pensamento da peça *Édipo Rei* (séc. V a.C), de Sófocles, consiste no desenvolvimento do princípio de que nenhum homem foge ao próprio destino. Da mesma forma, parece aceitável supor que *Ulisses* (1922), de James Joyce, narra a busca simbólica do pai pelo filho perdido, cujo reencontro poderia não só restaurar o equilíbrio da pessoa, mas também de seus laços com a família. Esse seria igualmente o sentido básico da *Odisseia* de Homero, cujo núcleo simbólico foi retomado pelo escritor modernista.

Conforme esse argumento, uma possível síntese semântica de *Til* seria a ideia de que o romance consiste numa alegoria sertaneja da luta entre o Bem e o Mal – encarnada nos esforços de uma menina contra a força bruta de bandidos ou desajustados. Como se viu anteriormente, o metaforismo de Alencar adota o princípio filosófico, de origem neoplatônica, segundo o qual o mundo seria manifestação da escrita divina. A estória do homem explicar-se-ia como trama que pressupõe o contínuo duelo entre a Luz e as Trevas. Há pessoas orientadas pela Claridade e pessoas dominadas pelas Sombras. Berta nasceu da violência, e não de ternura. Apesar disso, veio ao mundo para espalhar o amor, a bondade e a compreensão. Emergiu do Escuro para impor o seu contrário. Desperta afeto e compreensão por onde passa, dedicando-se ela própria ao reparo da maldade e da desarmonia entre as pessoas.

Sendo alegoria do choque de forças adversas, a estória de *Til* trabalha com símbolos de ambas as tendências. Por isso, Berta, sendo personificação do Bem, vive no meio do ódio, da vingança e da brutalidade, não só para evitá-los, mas também para combatê-los. Guiada pela força cega das Luzes, a menina sabe tudo sobre as pessoas que a cercam, sem possuir plena consciência de que o sabe. Por isso, protege instintivamente o proprietário Luís Galvão, da mesma forma que evita o amor físico de seu filho Afonso, amando-o da mesma maneira com que ama a irmã dele, Linda. Sua principal missão será eliminar o sofrimento e conduzir as pessoas ao âmbito da Luz. Por isso, se empenha de modo particular no resgate de Brás e de Jão Fera.

Boa parte dos capítulos do segundo volume de *Til* ocupa-se em articular índices para insinuar o perfil ontológico de Berta, tal como se percebe em "A Sura", "Nhá Tudinha", "A Lição", "O Idiota", "O Abecê", "A Cutia". Apresentando-se, desde o início, como humilde menina dos arredores de uma fazenda, a protagonista assume poderoso sentido metafísico à medida que a estória caminha. Aos poucos, converte-se em metáfora das forças benignas da natureza, sobrepondo-se à maldade essencial do ambiente em que vive, de que surge e que altera com sua presença viva e enigmática. A metamorfose de Berta em Til revela o pleno sentido da personagem, que é basicamente construída por meio de insinuações poéticas decorrentes do uso intencional de índices. Em face de sua importância na estrutura do romance, convém rever o conceito dessa modalidade de signo.

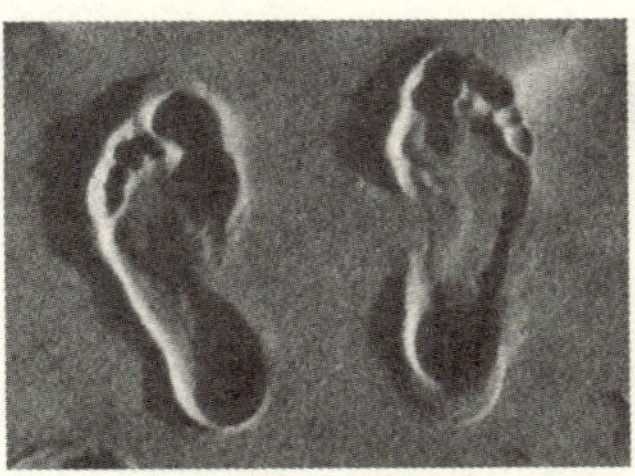

Por aqui passou um homem?

Estudado por Charles Sanders Peirce (1839-1914), o índice é um sinal que não designa, mas sugere; não define, mas estabelece uma possibilidade. Sendo dependente da interpretação, mantém relação metonímica de causa e efeito entre sua materialidade de signo e a informação que insinua: marcas no chão podem indicar presença de animal; água na calçada possibilita a ideia de chuva, assim como fumaça sugere fogo. Uma particularidade do índice é que, em princípio, não possui propósito de funcionar como signo, senão de existir como suposto acidente da vida real. Ao deixar marcas de sangue no lençol da vítima, o assassino não pretende enviar uma mensagem. Mesmo assim, para os investigadores, as manchas se convertem em evidências do crime. Da mesma forma, nuvens pesadas não pretendem enviar mensagem de chuva. Sendo de feição inconclusa e aberta, esse tipo de signo aproxima-se do enunciado metafórico. Mostra-se muito adequado à natureza polissêmica do texto literário.

Duas imagens de Peirce

Aplicada ao romance de Alencar, como a noção de índice auxilia a compreensão de seu significado? Entre outras hipóteses, esse conceito permite interpretar as atitudes de Berta como sinais de sua condição sobre-humana, aproximando-a da beatitude das santas ou dos anjos bíblicos – mensageiros de grandes verdades. Falou-se acima que a existência semiótica de Berta poderia ser entendida como manifestação da tópica da *menina-prodígio*, que consiste na pintura de personagem que, contrariando a aparência de fraqueza, possui poderes excepcionais. Como se sabe, trata-se de arquétipo recorrente na literatura ocidental, cujo exemplo mais conhecido no Brasil talvez seja o conto "A Menina de Lá", do livro *Primeiras Estórias*, de Guimarães Rosa. Tal como se observa com relação à protagonista de *Til*, a personagem rosiana também se constrói por insinuações indiciais.

Desde cedo, havia rumores de que Berta tinha poderes, tal como se observa por esse fragmento do capítulo 11 do segundo volume:

> Ninguém sabe o que passou então no íntimo de Berta, que tinha suas venetas, e de quem se referiam casos que a gente velha do lugar, e especialmente as pretas da fazenda, atribuíam a uma influência misteriosa e sobrenatural.

Certamente, entre a "gente velha do lugar" colocavam-se as pessoas que conheciam a origem da menina. Esse é o caso de Zana, retomada adiante. A energia moral de Berta revela-se em ritmo ascendente, impondo-se aos poucos como núcleo semântico da estória. À medida que irrompe, sua força produz não apenas suspense, mas também assombro.

Imagem de Fazenda

Ao indicar no rosto da primeira edição de *Til* que se tratava de "Romance Brasileiro", é provável que Alencar pretendesse destacar a circunstância de que sua estória se desenrolava em cenário rural, supostamente mais próximo das condições nativas de certa ideia de Brasil. Todavia, não se pode esquecer que tanto *O Guarani* quanto *Sonhos d'Ouro*, que não são rurais, receberam a mesma designação. Como havia muita tradução no Segundo Reinado, alguns autores tomavam o cuidado de indicar quando não se tratava de romance importado. Esse parece ter sido o caso, por exemplo, de Manuel

Antônio de Almeida, cujas *Memórias de um Sargento de Milícias* trazem no rosto o informe de que a obra tinha sido escrita "por um brasileiro".

Como quer que se encare a questão, não se pode ignorar que a estória de *Til* se passa, como se viu anteriormente, numa fazenda do interior do Estado de São Paulo, em Santa Bárbara, nas proximidades de Campinas. Por isso, era tradicionalmente classificado como romance regionalista ou fazendário. No capítulo 4 do primeiro volume, descreve-se a propriedade de Luís Galvão, Fazenda das Palmas, cuja sede é rodeada por diversas edificações, incluindo engenho de cana, beneficiadora de café e depósito de cereais. Não faltam também recinto para os feitores e senzala para os escravos. Há constantes referências ao canavial, ao cafezal e a outras unidades agrícolas, assim como à mata que circunda a parte propriamente cultivada da fazenda. Nos arredores, há casas pobres e um casebre arruinado, cuja vida íntima participa da trama. Descrevem-se ainda estradas e caminhos, com alusão constante ao Rio Piracicaba.

Fazenda oitocentista no Brasil. Georg Grimm, 1881.

É frequente a ideia de que os romances regionalistas retratam a vida rural e certo sentimento íntimo de sua gente, assim como as tradições, os costumes e a linguagem das diferentes regiões. Como se sabe, o projeto literário de Alencar se baseava na presumível captação desse universo. É o que se depreende de seus textos doutrinários, um dos quais se comentará a seguir. Por tal perspectiva, mesmo sendo visceralmente romântico, costuma-se atribuir certo realismo ao autor.

Todavia, é possível abordar a questão por outro prisma. Como se sabe, predomina no tempo de Alencar amplo debate sobre a presumível formação da nacionalidade. Ele próprio foi um dos principais articuladores dessa ideologia, que corresponde a uma ideia unitária de Brasil, ainda que com diferenças regionais. Tal conceito do país não circulava apenas na poesia e no romance, mas também em pinturas, gravuras e fotografias, assim como em livros de história e em documentos oficiais. As tintas dessa imagem eram tão fortes, que todos a tomavam como essência, e não como simulacro. Assim, ao mimetizar uma imagem, acreditava-se que o artista representava a realidade.

Vista por esse ângulo, a mimesis ou representação da vida não parte necessariamente da experiência com os lugares e com as pessoas, mas da assimilação de discursos prévios que os representam. A própria ideologia funciona como mediação importante entre a realidade, os discursos sobre ela e sua representação na arte. Conduzindo a questão para a relação concreta de *Til* com os discursos de seu tempo, observe-se que a descrição da Fazenda das Palmas obedece ao estereótipo de fazendas estabelecido pela iconografia do Segundo Reinado. Há longa tradição de imagem de propriedades rurais no Brasil – presente não só em livros técnicos, mas também em álbuns fotográficos e em pinturas.

Uma das possíveis matrizes para o retrato da fazenda de *Til* pode ter sido *O Fazendeiro do Brasil*, obra editada em 11 volumes por José Mariano da Conceição Velloso, entre 1798 e 1806. Nela, havia ilustrações e informes técnicos sobre o gerenciamento adequado de propriedades agrárias. Alencar deve ter conhecido esse livro, pois se tratava de publicação oficial destinada a estimular o investimento no campo.

Uma das gravuras de *O Fazendeiro do Brasil* representa o trabalho escravo na lavoura. Como se pode ver abaixo, a imagem possui simetria, equilíbrio e clareza. No capítulo 13 do primeiro volume de *Til*, Alencar também produz um retratro de negros em seu trabalho com a enxada. Tal como no modelo de Velloso, a descrição de Alencar é dominada por ritmo e simetria. O cuidado com a representação harmônica da vida social possui sentido específico na poética cultural do tempo, que, entre outras hipóteses, seria a insinuação da assumida normalidade do sistema escravista.

Observe-se a gravura de Velloso ao lado do texto de Alencar:

Gravura de *Fazendeiro do Brasil:* o mundo ordenado dos escravos.

Na roça estavam os pretos no eito, estendidos em duas filas, e no manejo da enxada batiam a cadencia de um canto monotono, com que amenisavam o trabalho.

Til, cap. 13, primeiro volume. Edição de 1872.

Outra matriz provável para a fazenda de Alencar poderia ser as litografias de *Brasil Pitoresco* (1861), álbum fotográfico de Charles Ribeyrolles. Sendo muito conhecidas em seu tempo, as reproduções do livro baseavam-se em fotografias de Victor Frond, artista francês que trabalhou no país. Além dessa obra, há inúmeras pinturas com o mesmo padrão de imagem, entre as quais se destacam as telas de Johann Georg Grimm, pintor alemão comissionado para produzir imagens estilizadas de grandes fazendas no Brasil.

Modelo de fazenda oitocentista. Victor Frond, 1859.
O Brasil Pitoresco, Charles Ribeyrolles, 1861.

Apesar da contínua presença de escravos no ambiente, tais representações se caracterizam pela calma, pela ordem e pela tranquilidade. Parece verossímil admitir que os artistas (comissionados) procurassem sugerir na superfície da imagem a presumível paz de espírito dos proprietários rurais, assim como a pretensa cordialidade de suas relações com a ideia de trabalho.

A composição externa da Fazenda das Palmas imita esse retrato ideal, mas dentro da casa-grande há um segredo que tanto inquieta o proprietário quanto mobiliza escravos, vizinhos e forasteiros.

Esses exemplos da relação do texto de *Til* com o discurso visual do tempo pretende fundamentar a hipótese de que o romance alencariano não imita a singularidade das formas do mundo regional, mas o padrão médio dos discursos dominantes no tempo. Isso não diminui o valor da representação literária, que poderá oscilar conforme a arte específica com que o artista se apropria dos modelos, mas demonstra a hipótese de que o escritor partilhava da poética cultural do tempo. Como se sabe, essa poética, entre outras coordenadas, incorporava não só o trabalho escravo e a monarquia, mas tambem o catolicismo e o Romantismo, assim como um discurso ostensivo de bondade universal.

Além de incorporar formas de outras áreas de discurso, Alencar utiliza lugares cristalizados pela tradição da própria literatura. Nesse sentido, pode-se supor que Jão Fera seja antes particularização do estereótipo do monstro angelical do que retrato tirado da vida ou da exclusiva imaginação do escritor. Esse tipo psicológico pode ser entendido como uma espécie de versão sertaneja de Quasímodo, da obra *O Corcunda de Notre Dame* (1831), de Victor Hugo. Da mesma forma, Brás corresponderia a uma deformação humana frequente nas narrativas de vingança. Comportando-se frequentemente como réptil e outros animais, essa personagem pode eventualmente ser interpretada como encarnação do próprio demônio, que seria vencido por Berta.

Escravidão em Til

Em 1867, dois anos após *Iracema*, José de Alencar editou sua segunda série de escritos a D. Pedro II, intitulada *Ao Imperador: Novas Cartas Políticas de Erasmo*. Trata-se de um manifesto contra o abolicionismo. Por pressões internacionais, o assunto ocupara o centro dos debates na Corte. Além de razões econômicas, o então escritor-deputado apresentava como argumento a favor da escravidão o princípio de que ela civilizava o homem, tanto o senhor quanto o escravo. Por isso, sendo processo espontâneo e inevitável na história, a escravidão não deveria ser extinta no Brasil senão após o término de seu ciclo civilizacional, que implicava a recíproca absorção das raças e das culturas[1].

Como se vê, o argumento de que a África poderia aprimorar o Brasil exclui o postulado, vigente nos Estados Unidos, da suposta inferioridade racial do negro. Essa ausência de preconceito genético repercute em *Til*, cuja arquitetura inclui diversos escravos. Ao defender o regime escravista perante o Imperador, Alencar proclama-se "homem justo que venera a liberdade". Como se viu acima, na descrição inicial da Fazenda das Palmas, a voz narrativa enumera a casa dos feitores e a senzala com a mesma naturalidade com que relaciona o depósito de grãos ou o canavial. Pela perspectiva do texto, ambas as categorias de bens são requisitos necessários à existência histórica da propriedade rural. Sendo igual-

1. Consultar José de Alencar, *Cartas a Favor da Escravidão*, organização e estudo crítico de Tâmis Parron, São Paulo, Hedra, 2008.

mente legais, não havia razão para alterar o tom de voz ao enumerá-los.

Por outro lado, os negros são representados com a mesma discrição com que se representam os brancos, pois possuem igual importância na composição do painel social do romance. Uma mucama e dois pajens conferem graça à variedade humana das personagens, sendo certo que os pajens se convertem em traidores contra a paz da fazenda. Mas, ao agirem assim, obedecem ao plano do vilão branco. Além disso, a conspiração dos pajens justifica-se por vantagens pessoais que receberiam após a vingança – razão suficiente para a omissão de juízo contra os negros. Por fim, o capítulo 5 do quarto volume destina-se à descrição de um samba ao redor da fogueira, em noite de São João. Em chave folclórica, evidencia-se o vigor natural para a dança e o dom espontâneo para a música. Em meio a movimentos e cores, duas negras se atracam em briga por ciúme. Esse capítulo parece representar a absorção cultural de que falam as *Cartas de Erasmo*.

Uma das personagens mais nobres no pensamento ético do romance será talvez uma negra velha, Zana, que enlouquecera por presenciar a tragédia inicial da estória. Seu amor pela família dos senhores vitimou para sempre a velha, posto que depois se perdesse em devaneios e névoas do passado. Dotada de uma espécie de bondade essencial, Zana pode ter sido a primeira pessoa a perceber o dom de Berta, razão pela qual teria preservado por quinze anos a imagem do bebê abandonado. Além disso, como se viu anteriormente, a voz do romance atribui às "pretas da fazenda" conhecimento intuitivo da condição paranormal da menina. Essa mesma razão explica também a simpatia espiritual de Berta por Pai Quicé, velho escravo da fazenda.

Ao aderir à bondade essencial de Berta e dessa escrava, o narrador instaura a perfeição ideal como padrão ético do romance. Essa mesma voz concebe também o percurso existencial do proprietário da Fazenda das Palmas, cujo perfil externo partilha dos mesmos traços dos quadros e litografias do tempo. Todavia, como se viu acima, contrariando a superfície, a vida íntima desse fazendeiro guarda um segredo.

Se for possível interpretar a bondade de Zana e de Berta como metonímia de um sentido mais amplo para os tipos sociais e psicológicos de *Til*, será igualmente provável que a construção literária do fazendeiro possa representar uma posição crítica do artista em face da elite rural do Segundo Reinado.

Alencar & Rosa: Afinidades

Há muitas semelhanças entre o universo ficcional de *Til* e o de Guimarães Rosa, genericamente considerado. Além do modelo da narrativa de vingança, podem-se admitir diversas outras afinidades, como a adoção da tópica da troca de nome para simbolizar mudanças no interior da personagem.

Tal como se observa com relação a Jão Fera, na novela "O Recado do Morro" (*Corpo de Baile*) existe uma personagem, Pê-Boi, cujo nome indica não só o tamanho de seu corpo, mas também a singeleza de seu espírito. Ambos particularizam a tópica do monstro angelical. Por outro lado, a animalidade de Brás o enquadra na categoria de homem-bicho, a mesma em que se encaixa a personagem de "Meu Tio Uiaretê" (*Terceiras Estórias*). Paralelamente, Berta aproxima-se do padrão da criança prodígio, encarnada pela personagem de *A Menina de Lá* (*Primeiras Estórias*). Luís Galvão é homem em cujo passado há um segredo que acusa seu presente. Algo semelhante se observa em Nhô Liodoro, fazendeiro com grande mistério em "Buriti" (*Corpo de Baile*).

O neoplatonismo místico presente em *Til* encontra-se no núcleo de diversas narrativas de Guimarães Rosa. Outros pontos de afinidades seriam o metaforismo, a exuberância vocabular e a ênfase conferida às formas da natureza e da paisagem. Ambos exploram ainda o tema da solidão e do isolamento no mundo rural.

O destaque desses lugares partilhados não deseja insinuar que Alencar tenha *antecipado* ou *anunciado* o autor pós-modernista. Ao contrário, pretende apenas sugerir que Guimarães Rosa, ao conviver com o passado literário, possa ter extraído algumas sugestões do universo (meio) mágico de *Til*. Na história da arte, o movimento verossímil parece ser do presente para o passado, e não o contrário. A formação de um artista depende de seu convívio com o passado, o que será diferente da suposição de que um autor antecipa o futuro. Certamente, ele cria condições históricas para as mudanças da cultura. Mas isso não quer dizer que o seu espírito viaja no tempo. Parece mais demonstrável a hipótese de que os autores participam da criação da tradição histórica, que é responsável pelo fluxo das transformações. Mas isso continua sendo diferente da ideia de antevisão, de antecipação ou de prenúncio psicológico do futuro – princípio que, por ser metafísico, não parece compatível com uma perspectiva materialista da história.

Mesmo considerando a noção de que Rosa se apropriava do passado para escrever seus livros, pode ser que não tenha lido *Til* em particular – o que parece improvável. Todavia, ele necessariamente conhecia a mesma tradição (europeia) eleita por Alencar. Tendo escolhido lugares retóricos semelhantes, ambos partilham do mesmo gosto estético e da mesma matriz literária. Pertencem à família dos visionários e dos idealistas de grandes proporções, para quem o movimento de uma formiga depende de uma vontade ordenadora, e não da mecânica do Cosmos.

Til foi divulgado pela primeira vez em folhetins no jornal carioca *A República*, em 1872. No mesmo ano, saiu em quatro volumes pela Editora Garnier. Um pouco depois, mas ainda no mesmo ano, Alencar publicou *Sonhos d'Ouro*. Esse romance tornar-se-ia muito citado pelos estudiosos – não tanto pelo texto ficcional quanto pelo prefácio, intitulado "Benção Paterna". Trata-se de escrito importante para a história e para a teoria do romance no Brasil. Nele, Alencar procurou dividir e classificar suas obras até então publicadas, assim como oferecer um programa para as que ainda planejava escrever.

Til era o seu décimo primeiro romance. Depois de *Sonhos d'Ouro*, escreveria mais 8 narrativas (longas e breves) – entre os quais se contam uma das mais apreciadas: *Senhora*, 1875; e outra muito famosa: *Ubirajara*, 1874.

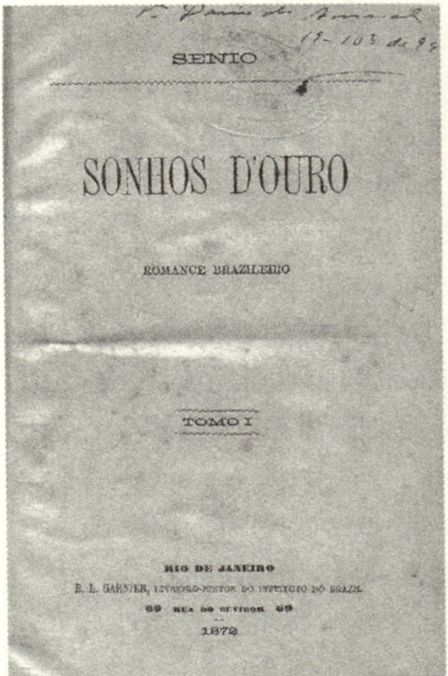

SENIO

SONHOS D'OURO

ROMANCE BRAZILEIRO

TOMO I

RIO DE JANEIRO

B. L. GARNIER, LIVREIRO-EDITOR DO INSTITUTO DO BRAZIL

69 RUA DO OUVIDOR 69

1872

Sonhos d'Ouro, 1872.

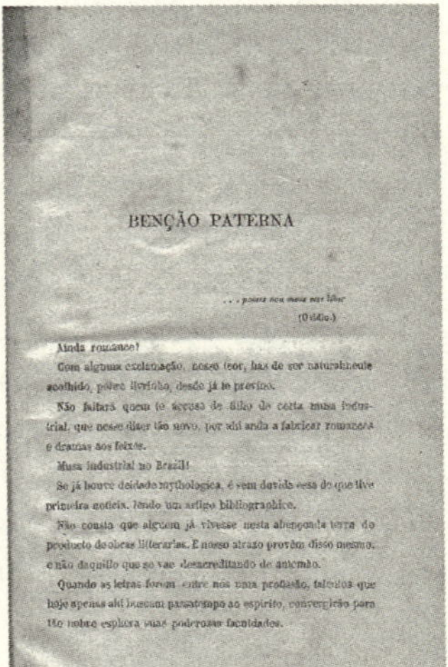

BENÇÃO PATERNA

(Ovidio.)

Ainda romance!

Com alguma exclamação, nesse teor, has de ser naturalmente acolhido, pobre livrinho, desde já te previno.

Não faltará quem te accuse de filho de certa musa industrial, que nesse dizer tão novo, por ahi anda a fabricar romances e dramas aos feixes.

Musa industrial no Brazil!

Se já houve deidade mythologica, é sem duvida essa de que tive primeira noticia, lendo um artigo bibliographico.

Não consta que alguem já vivesse nesta abençoada terra do producto de obras litterarias. E nosso atrazo provém disso mesmo, e não daquillo que se vae desacreditando de antemão.

Quando as letras forem entre nós uma profissão, talentos que hoje apenas ahi buscam passatempo ao espirito, convergirão para tão nobre esphera suas poderosas faculdades.

Abertura de "Benção Paterna", 1872.

"Benção Paterna" possui ideias tão estimulantes quanto polêmicas para o tempo: fala da necessidade do romance em sua época, da profissão de escritor, das limitações da crítica e das mudanças culturais decorrentes da imigração europeia. Além disso, o texto expõe e defende o princípio de que o romance deve falar do país, assim como seu estilo deve refletir a língua efetivamente adotada pela comunidade, tanto na fala quanto na escrita. Nacionalismo. Nesse sentido, convém destacar o último parágrafo do prefácio:

> O povo que chupa o caju, a manga, o cambucá e a jabuticaba, pode falar uma língua com igual pronúncia e o mesmo espírito do povo que sorve o figo, a pêra, o damasco e a nêspera?[2]

Como se vê, uma das principais preocupações de Alencar era se afastar da matriz lusitana. Todavia, isso não significava exclusão de modelos europeus (Walter Scott, Chateaubriand, Alexandre Herculano) ou norte-americanos (Fenimore Cooper), mas livre assimilação de sugestões estrangeiras. O artista deveria incorporar os modelos de maneira que facultasse a criação de um conjunto de propriedades locais a que se pudesse chamar *identidade nacional.* Associado ao Romantismo, esse princípio tem sido considerado um dos mais relevantes na ficção alencariana.

Em "Benção Paterna", Alencar argumenta ainda que, do ponto de vista do assunto, a literatura brasileira se dividia em três fases: *aborígene,* que corresponde às três primeiras décadas do século XVI, do descobrimento até a criação das Capitanias Hereditárias[3]; *histórica*, que compreende os séculos de instalação do sistema europeu no território bra-

2. Rio de Janeiro, Garnier, 1872, p. XIX.

3. Esse seria a época histórica de *Iracema*. Como se sabe, *Ubirajara* aborda o período anterior à presença do colonizador europeu no Brasil.

sileiro, até o início do Primeiro Reinado; e *nacional*, que equivale à época do Império Bragantino, em seus três períodos consagrados – Primeiro Reinado, Regência e Segundo Reinado.

Desde então, essa divisão tem servido de modelo para os estudiosos, que, respeitando as coordenadas do próprio autor, procuram organizar suas vinte narrativas em um sistema coerente. Manuel Cavalcante Proença oferece uma classificação mais ou menos pessoal, que permanece útil para uma visão de conjunto, ainda que exterior, da prosa de ficção de Alencar[4]:

I – FORMAÇÃO DA NACIONALIDADE

A. Aborígenes
- *O Guarani*, 1857
- *Iracema*, 1865
- *Ubirajara*, 1875

B. Históricos
- *As Minas de Prata*, 1865-1866

C. Crônicas Romanceadas
- *Alfarrábios*, 1873
  - "O Garatuja"
  - "O Ermitão da Glória"
  - "Alma de Lázaro"
- *Guerra dos Mascates*, 1873-1874

II – A PÁTRIA BRASILEIRA

D. Sociedade Rural
- *O Gaúcho*, 1870
- *O Tronco do Ipê*, 1871
- *Til*, 1872
- *O Sertanejo*, 1875

E. Sociedade Urbana
- *Cinco Minutos*, 1856
- *A Viuvinha*, 1860
- *Lucíola*, 1862
- *Diva*, 1864
- *A Pata da Gazela*, 1870
- *Sonhos d'Ouro*, 1872
- *Senhora*, 1875
- *Encarnação*, 1893

4. *Romances Ilustrados de José de Alencar*, Rio de Janeiro, José Olympio, 1977, vol. 1, p. XX. A divisão de Cavalcante Proença é aqui reproduzida com mínimas alterações.

Palmeira, símbolo da nacionalidade em Alencar.
Vinheta de Poti para *Iracema*.

Alencar em seu Tempo

Tendo nascido em 1829, em Mecejana, José Martiniano de Alencar mudou-se do Ceará para o Rio de Janeiro em 1839. Nesse ano, nascia Machado de Assis, que declaradamente via no amigo mais velho não só um modelo artístico, mas também um padrão de conduta.

É provável que a literatura não fosse um fim para Alencar, mas um meio de desenvolver seu projeto político. O pai fora senador na Regência, donde lhe veio talvez a convicção de que poderia e deveria participar intrinsecamente da organização política, social e cultural do país. O teatro e o romance foram veículos para isso. Neles, opina sobre dinheiro, mitos históricos, imigração, passado cultural, símbolos coletivos, moda, amor, casamento, escravismo, religião e organização da família. Em *Sistema Representativo* (1868) promove longo estudo sobre o voto nas monarquias constitucionais, aplicando-o ao caso da reforma eleitoral no Brasil.

Tendo vivido apenas 48 anos, vinte menos que Machado, Alencar foi deputado em quatro legislaturas e ministro da Justiça por três anos, em plena Guerra do Paraguai. Che-

Alencar na juventude.

gou a liderar a lista tríplice de indicação ao senado, mas foi preterido pelo Imperador, que via nele uma espécie de moço obstinado com as próprias ideias. O jovem político talvez ostentasse certa altivez diante do monarca, pois devia sentir orgulho de saber que a antecipação da maioridade do Imperador fora resultado da engenharia política do pai.

Como se viu anteriormente, Alencar publicou *Til* em 1872 no jornal *A República*. Dois anos antes, esse mesmo jornal tinha divulgado o *Manifesto Republicano*. Ao associar-se ao periódico de Saldanha Marinho e Quintino Bocaiúva, é possível que Alencar pretendesse incomodar o Imperador, enfatizando a evidência de que a oposição a seu governo não se limitava aos dissidentes do Partido Liberal.

Alencar deixou diversos estudos jurídicos, intensa crítica política, artigos de jornal, polêmica literária, peças de teatro, crônicas, dezessete romances e três novelas. Em todos os textos, percebe-se extrema coerência ideológica, cujas diretrizes são claras e inequívocas: monarquista do partido conservador, defensor tardio da escravidão, católico e romântico.

Feitas as contas, ver-se-á que a literatura não ocupava a maior parte de seu tempo. Como era antes um ideólogo do que um artista, suas convicções políticas e sociais trespassam todos os textos literários, desde *O Guarani* e *Iracema* até *Senhora* e *Til*. Caso singular de conversão sistemática de ideologia em arte. Há nessa migração certo mistério inexplicado – talvez porque ainda não se tenha promovido a devida reinserção da literatura no conjunto de seu pensamento.

Talvez a facilidade com a pena explique a permanência de sua arte. Criou mitos essenciais aos discursos culturais de sua época, assim como soube dar forma admirável a preceitos inaceitáveis, tendo igualmente produzido cenas de amor, de ciúme, de ressentimento, de glória e derrota ainda vivas na imaginação letrada do país. Muito identificado com os valores do tempo, Alencar parece tê-lo superado por força do talento para a língua e para as técnicas da ficção – algo que nenhuma ideologia concede ou aprimora.

José de Alencar morreu em 1877, quando Machado de Assis escrevia seu último romance conservador.

Nota sobre a Presente Edição

O presente texto de *Til*, de José de Alencar, resultou do cotejo da primeira edição com a preparada pela Livraria José Olympio Editora para *Obras de Ficção de José de Alencar*, volume 12, com prefácio de Osmar Pimentel e ilustrações de Santa Rosa, Rio de Janeiro, 1951. Os dados da edição original são: J. de Alencar / Til / Romance Brazileiro / [4 volumes] / Rio de Janeiro / Editor Proprietario / B. L. Garnier / Rua do Ouvidor N. 60 / 1872.

O princípio básico foi fidelidade máxima ao texto original, operando correções somente quando houvesse convicção inequívoca de que se tratava de erro de impressa. Nesse sentido, a edição da José Olympio foi de grande valia. Houve atualização ortográfica, conforme as normas vigentes. Foi mantida a pontuação da primeira edição, mesmo quando as opções do Autor contrariam o padrão atual. A numeração dos capítulos segue a disposição dos volumes, reiniciando a contagem ao fim de cada um. Na edição original, os capítulos trazem numeração em algarismo romano. Aqui, optou-se pela numeração arábica. Preservaram-se as notas do Autor ao texto do romance, reproduzidas no rodapé das páginas em que ocorrem. Essas notas são indicadas no texto por sinal de asterisco (carreador*).

Foram redigidos comentários consistentes ao texto do romance, em que se discutem aspectos de construção narrativa e de sentido literário. Em alguns casos, levantaram-se hipóteses sobre vocábulos desconhecidos. Tais comentários aparecem no final do volume em forma de notas, cujas chamadas se fazem por meio de números arábicos no corpo do texto. Elaborou-se igualmente um substancial glossário com esclarecimento de termos que se consideraram incomuns ao entendimento atual. O glossário encontra-se no final do volume, após as notas. As palavras que o compõem são assinaladas por um sinal semelhante ao asterisco (vereda*) em sua ocorrência ao longo do romance.

Os Editores

Til

José de Alencar

Primeiro Volume

1
O capanga

Eram dois, ele e ela, ambos na flor da beleza e da mocidade[1].

O viço da saúde rebentava-lhes no encarnado das faces, mais aveludadas que a açucena escarlate[2] recém-aberta ali com os orvalhos da noite. No fresco sorriso dos lábios, como nos olhos límpidos e brilhantes, brotava-lhes a seiva d'alma.

Ela, pequena, esbelta, ligeira, buliçosa, saltitava sobre a relva, gárrula e cintilante do prazer de pular e correr; saciando-se na delícia inefável de se difundir pela criação, e sentir-se flor no regaço daquela natureza luxuriante[3].

Ele, alto, ágil, de talhe robusto e bem conformado, calcando o chão sob o grosseiro soco* da bota com a bizarria de um príncipe que pisa as ricas alfombras*, seguia de perto a gentil companheira, que folgava pelo campo, a volutear e fazendo-lhe mil negaças, como a borboleta que zomba dos esforços inúteis da criança para a colher[4].

Caminhavam por uma rechã*, bordada de ilhas de mato, que emergiam aqui e ali do verde gramado. Pela ramagem frondente das árvores e renovos* que abrolhavam*, percebia-se a proximidade de um grande manancial; e entre as crepitações da brisa nas folhas, como um tom opaco desse arpejo da solidão, ouvia-se o múrmure* soturno do Piracicaba, que leva ao Tietê o tributo caudal de suas águas.

Sete horas da manhã haviam de ser. A luz de um sol esplêndido fluía no éter, que a trovoada da véspera tinha acendrado*. O céu arreava-se do azul diáfano onde a fantasia se embebe com a voluptuosidade casta da criança a aconchegar-se dentro, tão dentro do grêmio materno.

Bem longe do céu, porém, e bem presos à terra andavam os olhos dos nossos dois amiguinhos, que nem haviam reparado sequer na limpidez da atmosfera. Ainda estavam na sazão* feliz, em que se respira o céu, como o ar da vida, e o aroma do campo, quase sem o sentir.

Às flores, que a noite desabrochara; aos frutos silvestres que enfeitavam a copa das árvores; aos passarinhos que trinavam embalando-se nas franças* dos coqueiros; ao que era da terra e bem da terra, iam os impulsos desses jovens corações, quando não se volviam um para o outro, a reverem-se entre si.

O céu, essa imensa tela azul, que foi cúpula de um berço, o da luz, e será mais tarde véu de um leito, o da vida; a alma só o procura, só o contempla, quando a dor a prostra. Mas para aquela que sorri e folga, o firmamento é uma terra por descobrir e debuxa-se vagamente na imaginação, como a montanha azul desse vale de lágrimas.

Algumas vez deixava o rapaz de seguir com o passo a menina, para acompanhá-la com a vista. De braços cruzados sobre a coronha da clavina* de caça, fitava os grandes olhos pardos com tal possança* d'alma, que mais parecia absorver e entranhar em si o gracioso vulto, do que enlevar-se em sua contemplação.

Acaso, em uma dessas ocasiões, voltou-se de chofre a menina para ver onde ficara o companheiro e deu com ele a fitá-la daquele modo estranho.

– Que me está olhando aí? Nunca me viu? exclamou com surpresa, mas travada sempre da petulância que animava-lhe todos os movimentos.

– Não era para você! respondeu rápido o moço, abaixando a cabeça de modo a ocultar o rubor que lhe afogueava o rosto.

Para confirmar o disfarce, armou a clavina e fez pontaria a um cardeal* que se embalava no tope de uma palmeira.

– Miguel!...

Esta súbita exclamação rompeu dos lábios da menina, trêmula de susto, a cobrir com as mãos pequeninas as conchinhas das orelhas para não ouvir o ribombo do tiro

Riu-se o rapaz e abaixou a arma:

– Dengosa!

– Deixe! replicou ela com um amuo.

E deitou a correr de novo, já esquecida do susto, espanejando-se* com a mesma alegria, que não se estancava nunca, e alguma vez represa, borbulhava depois com força maior.

De repente parou; imóvel, quase estática, uma lividez mortal jaspeou-lhe* as feições, enquanto os olhos se pasmavam em um ponto além.

À orla do mato assomara o vulto de um homem de grande estatura e vigorosa compleição, vestido com uma camisola* de baeta preta, que lhe caía sobre as calças de algodão riscado*. Apertava-lhe a cintura rija e larga faixa do couro mosqueado do cascavel*, onde via-se atravessada a longa faca de ponta com bainha de sola* e cabo de osso grosseiramente lavrado.

Em uma das bandoleiras* trazia o polvarinho* e munição; na outra suspendia um bacamarte, cuja boca negra e sinistra aparecia-lhe na altura do joelho esquerdo, como a fauce* de um dragão que lhe servisse de rafeiro*.

As mangas da camisa, tinha-as enroladas até o cotovelo, bem como a parte inferior das calças que arregaçava cerca de um palmo. Usava de alparcatas de couro cru e chapéu mineiro afunilado, cuja aba larga e abatida ocultava-lhe grande parte da fisionomia.

Vinha ele em direção oblíqua ao caminho dos dois jovens, e mal avistou a menina, logo desviou-se do rumo que levava no intuito de evitá-la; mas achando-se por isso fronteiro com Miguel, escapou-lhe um gesto de contrariedade, e tomou o partido de parar à espera que os outros se fossem, deixando-lhe passagem livre.

De seu lado estremecera o rapaz ao dar com os olhos no homem da camisola*, e tal foi a comoção produzida pelo encontro, que derramou-lhe no semblante a expressão de um asco misto de horror, arrancando-lhe involuntariamente dos lábios esta exclamação:

– Jão Fera!...[5]

Não se abalou o mal-encarado sujeito; e Miguel, corrido* do primeiro assomo de terror, que lhe embotava* os brios de valente e galhardo, reagia com uma travessura de rapaz.

Levou ao rosto a espingarda fingindo armá-la, e apontou para o outro.

– Atira! disse aquele com a voz arrastada e indolente.

E promovendo um passo, apresentou com desgarro* o peito à mira da espingarda de Miguel, que já arrependido do gracejo, abaixava a arma.

– Pois olhe! tornou o homem da camisola com a mesma voz de arrasto. Fazia um bem a mim... e a outros!

– Por quê, Jão?

Fora da menina esta pergunta. Colocada além de Miguel não vira a menção do tiro, feita de brinquedo por este, e só voltou-se e compreendeu o que passara, ao ouvir as últimas palavras.

– Esta vida me cansa! respondeu Jão com arquejo.

– Estás com saudade da forca? retorquiu Miguel com chasco* de desprezo.

Ouviu-se um fungar, como o das narinas da onça quando bufa, e arrepia ao mais bravo caçador, que sente lhe estar ela tomando faro ao sangue tépido. De um pulo achou-se o facínora a rosto* com o rapaz, que armara intrepidamente a espingarda, preparado a morrer com denodo.

2

*Na tronqueira**

Atalhou a menina o ímpeto a Jão, arrojando-se em frente, e cobrindo com o talhe delgado o corpo de Miguel. Seu olhar cintilante trespassou o olhar fero do capanga como a lâmina de um estilete cravando uma couraça.

– Vai embora! disse ela com império; e a voz parecia ranger-lhe nos lábios pálidos.

Foi a pupila inflamada e sanguinária do assassino, a que abateu-se.

Recolhendo o passo, quedou-se um instante perplexo, absorto por uma luta que se renhia* dentro, procela* a subverter o pélago* insondável dessa consciência.

Rompeu-lhe do seio uma sublevação contra o poder misterioso e incompreensível, que lhe agrilhoava com um fio de cabelo as pujanças terríveis do coração, até aí indomável e sedento como a sanha* do tigre.

Levantou os olhos carregados de cólera.

– Já! impôs-lhe a menina, que pressentira a reação, e como da primeira vez, a retalhava com o gume do seu olhar.

Ainda hesitou o facínora; mas afinal, vencido por ignoto poder, curvou a cabeça, e de um arranco visível afastou-se vagarosamente com um passo tão pesado que lhe custava a arrancar do chão a palma do pé. Duas ou três vezes, antes de encobrir-se na alta capoeira*, voltou a cabeça; mas encontrava os olhos cintilantes da menina; e, apesar do grande esforço, vergava ante a inflexível repulsa[6].

– Foi-se! disse Miguel.

O rapaz assistira imóvel à rápida cena, partido entre o pensamento da defesa e a admiração pela coragem da linda companheira, que afrontava-se com o terrível facínora.

Vendo este sumir-se no mato, escapara-lhe dos lábios aquela exclamação de surpresa, e acompanhou-a logo de um gesto que não era de vã ameaça, mas de firme resolução.

– Algum dia nos havemos de encontrar!

– Que lhe fez ele? perguntou a menina a rir.

Em seu lindo semblante já não restavam traços da comoção que nela produzira a cena anterior. Como a onda cristalina, que turva um instante a asa negra da borrasca e logo após reflete a bonança do céu, era seu olhar sereno e meigo.

Ninguém diria que nesse corpo mimoso dormia a alma que se revelara poucos momentos antes, e parecia espedaçar o frágil e delicado invólucro; ninfa* celeste a romper a argila de sua formosa crisálida*.

– Que me fez, Inhá[7]? repetiu Miguel surpreso da pergunta.

– Foi você quem buliu com ele, que ia seu caminho bem descansado.

– Para a tocaia!

– De quem? interrogou a menina assustada.

– Sei lá! Quando o bugre sai da furna, é mau sinal: vem ao faro do sangue como a onça. Não foi debalde que lhe deram o nome que tem. E faz gabo* disso!

– Então você cuida que ele anda atrás de alguém?

– Sou capaz de apostar. É uma coisa que toda a gente sabe. Onde se encontra Jão Fera, ou houve morte ou não tarda.

Estremeceu Inhá com um ligeiro arrepio, e volvendo em torno a vista inquieta, aproximou-se do companheiro para falar-lhe em voz submissa.

– Mas eu tenho-o encontrado tantas vezes, aqui perto, quando vou à casa de Zana, e não apareceu nenhuma desgraça.

– É que anda farejando, ou senão deram-lhe no rasto e estão-lhe na cola.

– Coitado! Se o prendem!

– Ora qual. Dançará um bocadinho na corda!

– Você não tem pena?

– De um malvado, Inhá!

– Pois eu tenho!

– Ah! você fala com o Bugre e até manda nele, como se fosse um negro cativo.

– Pois então!

– Mas por que é que este demônio que não faz caso de ninguém, e até mata as crianças, sofre tudo de Inhá, como ainda há pouco? Por que é?

– Não sei, Miguel! disse a menina com ingenuidade.

– Estou vendo que você tem algum patuá*, como dizem as pretas da fazenda.

– E tenho mesmo! Olhe! Aqui está! exclamou a menina a rir-se, mostrando um bentinho* que tirou do seio, onde o trazia com uma cruz, preso a um cordão de ouro.

– Então é encanto; não há dúvida, replicou Miguel sorrindo.

– E eu digo que não.

– Ora, todos sabem!

– Ninguém sabe, nem eu mesma, só Deus; mas eu cuido uma coisa.

– O quê?

– É porque não tenho medo dele.

– Qual!...

– Nenhum; nenhum!

– Mas você ficou mais branca do que uma cera, que eu bem vi.

– De raiva só! respondeu a menina com expressão.

Tinham os dois companheiros chegado ao lugar, onde a vereda* que seguiam atravessava um carreador*. Perto dali ficava a tronqueira de bater**, a qual dava entrada às terras de uma fazenda, cercadas pelo fosso largo e profundo, que serve para resguardar a cultura contra o gado daninho.

Inhá, que de uma corrida alcançara a tronqueira, subiu de salto pelas travessas, como faria se fossem os degraus de uma escada, e sentou-se na última bem concha* de si. Levantando

* Caminho de carro. (N. do A.)

** Que se fecha por si. (N. do A.)

então a aldraba* de ferro e empurrando com o pé a cancela, começou a balançar-se com um prazer infantil.

Parado em meio do caminho ficara Miguel contemplando-a com uma expressão de contrariedade. Parecia afligir-se de ver sua graciosa companheira fazer-se criança, e trocar pelas afoitezas de um traquinas as cintilantes vivacidades da mocinha faceira.

Sentia ele dentro em si uma ânsia incompreensível, qual tem-na o artista olhando o toro de mármore de que seu cinzel vai criar uma estátua. Mas essa, que lhe vive e palpita n'alma, ainda o mármore não a recebeu, e quem sabe se poderá ele nunca moldá-la como a desenhou a imaginação.

Tal era Miguel ante aquele esboço da mulher que sonhava e, já alguma vez, entrevira em realidade, mas como uma luz efêmera, quase instantânea, bruxuleando entre as cismas* de seus passeios solitários pelos campos. Os mesmo ímpetos do artista, cortados pelo desânimo, tinha-os ele nos momentos em que via, como agora, transformar-se de repente a fada gentil de seus sonhos em uma capetinha de mil pecados*.

Sua alma refrangia-se*, ferida pela decepção; e por isso, desviando a vista da menina, atravessou o carreador e trilhou a vereda que embrenhava-se pela mata fechada, a pequena distância daí.

– Psiu!... Onde vai? perguntou Inhá surpresa.

Miguel parou.

– Já se esqueceu do caminho? continuou ela a rir. É por aqui!

– O meu não! respondeu o rapaz.

E partiu.

Nesse momento soou a distância um agudo assobio, e Inhá viu resvalar entre a folhagem, à orla da mata, um vulto que lhe pareceu Jão Fera.

3
Ela

A embalançar-se na tronqueira, Inhá seguia com os olhos o rapaz que afastava-se.

Miguel tinha razão. Tão ardilosa era a expressão do rostinho da menina, e tão brejeiro seu olhar, que a transfiguravam completamente. Quem assim a visse, julgaria ter diante de si, a chasqueá-lo*, o trejeito garoto de um caipirinha.

Para essa ilusão muito concorriam o tipo e o traje da moça.

Era ela de pequena estatura e tão delgada e flexível no talhe, que dobrava-se como o junco* da várzea. As formas da graciosa pubescência, que um corpinho* justo debuxaria em doce e palpitante relevo, as dissimulava o frouxo corte de uma jaqueta de flanela escarlate com mangas compridas, e desabotoada sobre um camisote* liso, cujos largos colarinhos se rebatiam sobre os ombros, à feição dos que usavam então os meninos de escola.

Servia-lhe de toucado um chapéu de palha de coco trançada, sob o qual escondia os lindos cabelos negros cacheados, que às vezes, com os saltos, escapavam da prisão e vinham folgar sobre as espáduas. Calçava grossos coturnos* de couro de veado, mas tão altos que mais pareciam botas; e comparando com as de Miguel, se diriam irmãs na forma, a não ser o tamanho, onde aliás afogava-se o pezinho buliçoso*.

Ainda assim não estava Inhá contente, pois metiam-lhe inveja o pala* e as calças de brim do companheiro; mas sobretudo a clavina de caça que ele trazia ao ombro.

Para tê-la, e carregá-la assim, daria ela naquele momento sem hesitar as soberbas tranças de seus longos cabelos, que lhe estavam metendo figas e zombando das duas pretensões a rapaz.

Se a estreita saia de chita dava a esse vestuário um traço feminino, acusando um contorno harmonioso, por isso mesmo ela em seus momentos de luta com a natureza parecia caprichar em destruir aquele vestígio de seu sexo. Os pulos que soltava, a firmeza de seu passo gentil que ela de propósito fazia rijo, imprimiam com efeito certa aspereza e nervura* a seus movimentos sempre encantadores, apesar de tudo.

Os grandes olhos, negros, claros e serenos, como um lago cristalino imerso na sombra, não podiam negar que fossem de mulher: tinham a diáfana profundidade do céu, cheia de enlevos e mistérios.

A boca mimosa e breve, conhecia-se que fora vazada no molde do beijo e do sorriso. Mas quando o brinco* iluminava essa fisionomia, e o capricho quebrava-lhe a harmonia das linhas do suave perfil, era cobrir-se com a máscara do rapazinho estouvado, que ela teria sido sem dúvida, se a natureza não lhe trocasse o destino.

Nesse prisma da lindeza de Inhá reflete-se a sua índole. Aquela alma tem facetas como o diamante; iria-se* e acende uma cor ou outra, conforme o raio de luz que a fere[8].

Contradição viva, seu gênio é o ser e o não ser. Busquem nela a graça da moça e encontrarão o estouvamento do menino; porém mal se apercebam da ilusão, que já a imagem da mulher despontará em toda sua esplêndida fascinação. A antítese banal do anjo-demônio torna-se realidade nela, em quem se cambiam no sorriso ou no olhar a serenidade celeste com os fulvos lampejos da paixão, à semelhança do firmamento onde ao radiante matiz da aurora sucedem os fulgores sinistros da procela*.

Cheia de carícias e gentilezas no princípio do passeio, fechara de repente a flor de sua graça e envolvera-se naqueles ares zombeteiros, que pungiam como espinhos o coração de Miguel. Poucos momentos antes, estremecera de susto vendo armar-se uma espingarda para atirar a um passarinho; e logo após arrostara* sem hesitar a sanha de um assassino feroz, cujo senho* incutia pavor aos mais intrépidos.

E assim é tudo nela; de contraste em contraste, mudando a cada instante, sua existência tem a constância da volubilidade. Na vaga flutuação dessa alma, como no seio da onda, se desenha o mundo que a cerca; a sombra apaga a luz; uma forma desvanece a outra; ela é a imagem de tudo, menos de si própria.

Teria o rapaz dado vinte passos quando a menina o chamou, mas com ar de remoque*:

– Escute!... Nhô Miguel, ora escute!

Como não a atendesse o companheiro, que se fingia ou estava deveras zangado, Inhá saltou da tronqueira, e alcançando o rebelde de uma corrida, tomou-lhe o caminho.

– Onde vai?

– Caçar.

– Depois; agora vamos à fazenda.

– Eu não! disse Miguel prontamente.

– Que pirraça é esta?

– Não tenho que fazer lá.

– Mas tenho eu.

– Todos os dias? perguntou Miguel fitando nela um olhar perscrutador.

– Se eu gosto!

Essa ingênua confissão, fê-la a menina com um gesto encantador, rasgando os grandes olhos puros e brandos, como se abrisse os seios d'alma ao pensamento suspeitoso do companheiro. Foi o olhar deste que abaixou-se encandeado* e cego com a reverberação; e o rubor queimou-lhe as faces, enquanto a menina banhava-se em um sorriso de canduras.

– Pois vá só! replicou o rapaz virando.

– Para Linda agastar-se comigo?

– Não tenha susto.

– Você é um ingrato, nhô Miguel: não paga o bem que lhe querem.

– Deixe-se desses brinquedos, Inhá. É por isso mesmo que eu não vou mais à fazenda e também para... não ver certas coisas.

– O quê?... Mecê, diga; por favor! acudiu a menina para bulir com o rapaz.

– Cuida que eu não reparo como Afonso brinca tanto com mecê?

– *Mecê*, hein?...

– Que me importa! Hei de dizer *mecê*.

– Não há de, não senhor!

– Está disfarçando! Não quer que se fale dos segredinhos com o Afonso?

– E faz mal isso? perguntou a menina com sincera surpresa.

Aumentou-se o vexame de Miguel, que mordia os beiços com o desejo de soltar uma palavra, e se continha pelo receio do desagrado da menina.

– Mas não vê que Afonso gosta de você.

– Estimo bem! disse Inhá dando uma pirueta.

– Então?...

– Acabe!

– Então Inhá também gosta dele?

– Também!

– Ah!

– Tanto como de você, nhô Miguel!

– Muito obrigado! retorquiu Miguel com um modo seco.

– Por isso agora ficou aí todo amuado?

– Até logo; já me vou.

– Não vai, que eu não quero! exclamou a menina com despeito, e impedindo-lhe o passo.

– Então voltemos para a casa.

Inhá aproximou-se do companheiro e o envolveu de um olhar carinhoso.

– Olhe! se você não vier, Linda fica triste, coitadinha, tão bonita, com aqueles olhos tão ternos, que ela tem, de pomba-rola; e aquele rostinho de redoma, que é mesmo uma santa quando se ri no céu. Venha, eu lhe peço, meu bom Miguel.

Fascinado estava o Miguel, mas não pela imagem que lhe descrevia Inhá, senão pelo original que tinha diante de si, e o embebia na meiguice de seu olhar, e na ternura de seu carinho.

– Mas eu não gosto dela, balbuciou o moço.

– Pois não fale mais comigo, disse a menina arrufada*.

– Escute, Inhá!

– Vem?

O rapaz hesitava.

– Você promete?...

– Não prometo nada.

– Se Afonso quiser brincar com você...

– Eu hei de brincar com ele, muito, muito, muito!

Cada um destes advérbios, a menina o acentuou batendo com o tacão* no chão.

– Então não vou!

– Não venha! Quem lhe pede?

Caminhou ela direito à tronqueira; e entrou na fazenda.

4
Monjolo

Cerca de uma légua abaixo da confluência do Atibaia com o Piracicaba, e à margem deste último rio, estava situada a fazenda das Palmas[9].

Ficava no seio de uma bela floresta virgem, porventura a mais vasta e frondosa, das que então contava a província de São Paulo, e foram convertidas a ferro e fogo em campos de cultura. Daquela que borda as margens do Piracicaba, e vai morrer nos campos de Ipu, ainda restam grandes matas, cortadas de roças e cafezais. Mas dificilmente se encontram já aqueles gigantes da selva brasileira, cujos troncos enormes deram as grandes canoas, que serviram à exploração de Mato Grosso*. Daí partiam pelo caminho d'água as expedições que os arrojados paulistas levavam às regiões desconhecidas do Cuiabá, descortinando o deserto, e rasgando as entranhas da terra virgem, para arrancar-lhe as fezes, que o mundo chama ouro, e comunga como a verdadeira hóstia.

No ano de 1846 era de recente fundação a fazenda das Palmas, que Luís Galvão, seu proprietário, recebera de herança paterna, ainda nas condições de simples situação*, com um velho casebre de caipira, dois cafezais e alguma pouca roça.

Tinha Luís Galvão o gênio empreendedor e gosto para a lavoura; casando com a filha de um capitalista de Campinas, que lhe trouxe de dote algumas dezenas de contos de réis, além do crédito, pôde ele, dando alas* à sua atividade, fundar uma importante fazenda, que a muitos respeitos servia de norma e escola ao agricultor brasileiro.

Ao passo que se ia adiantando a lavra das terras, erguia-se na chapada fronteira ao rio uma bela casa de morada em dois lances abarracados, com um pequeno mirante no centro, sobreposto à larga portada*; esta abria para o patamar, ladrilhado, de uma pequena escada de seis degraus, que descia ao terreiro.

Formava o edifício uma face da vasta quadra, onde se foram levantando sucessivamente casas para o administrador e feitores, senzalas para os escravos, o engenho de cana, a fábrica do café, tulhas de feijão e milho, além de outros acessórios do grande estabelecimento rural, que veio a tornar-se depois a Fazenda das Palmas.

* Mediam essas canoas, segundo Aires do Casal, 80 palmos de comprimento, 7½ de largura, e 5 de altura. C. I, 174. (N. do A.)

Do terreiro da casa partia o caminho principal da fazenda, que se estendia pelo espigão* da colina e bifurcava-se de espaço a espaço para serventia das várias jeiras* de lavoura. O ramo principal, fugindo os alagados e descrevendo uma grande curva, ia entroncar-se, a meia légua de Santa Bárbara*, na estrada geral de Constituição* a Campinas[10].

No ponto em que esse carreador transpunha o valado principal da fazenda, aí fechado também por uma tronqueira, um cavaleiro embuçado*, oculto no carrasco*, levou ambas as mãos à boca e imitou o canto do curiau[11], soltando um apito longo e cheio; o mesmo que ouvira Inhá.

Imediatamente o próximo canavial ondulou, e surdiu na ourela um negro moço, com o corpo nu até a cintura e a camisa atada aos quadris à guisa de tanga. Os lanhos* das faces indicavam a casta monjola* do africano, em cujo rosto se desenhava a astúcia do gambá e alguma coisa do focinho deste animal[12].

– Quem és tu? perguntou o cavaleiro vendo o negro dirigir-se a ele.

– Monjolo, meu branco. Faustino mandou dizer a senhor que tudo se arranjou como ele prometeu.

– Mas por que não veio ele mesmo?

– Pois branco não vê que ele está lá em casa ocupado!

– Pedaço dum tratante!

– Gente desconfia; então essa cambada de pajes e crioulos, que é mesmo da pele do cão.

– O patife quer trapacear!

– Branco está de orelha em pé; pois olha, Monjolo é negro de bem; quando ele dá sua palavra e aperta dedo mindinho, está acabado, é como rabo-de-macaco: quebra, mas não solta galho, por nada desta vida, nem que arrebente.

– Anda lá, bruto, desembucha duma vez o recado, que não estou para aturar-te.

– Ixe!... disse o preto fazendo um momo* de pouco caso.

– Falas ou não!

– Que é que o senhor quer saber?

– O diabo sempre vai hoje à vila?

– Vai, meu branco; o diabo vai, mas não é capaz de cair no inferno, não!

– Alguém o há de empurrar. A que horas sai ele da fazenda? É mesmo de manhã?

– Não tarda. Cavalo já está selado; capanga só vai um, mofino como quê! Os outros, Faustino arranjou, como branco sabe.

– Então só leva duas pessoas?

– Duas só, sim senhor. Paje e capanga.

– Está bom; toma lá, para o pito, disse o cavaleiro atirando-lhe um pataco* de prata. Agora vê se vais dar com a língua nos dentes.

– Eh!...Monjolo mesmo!... Branco não conhece este negrinho da carepa*, não!

Já não o ouviu o embuçado* que, dando rédeas ao animal, afastou-se na direção da estrada geral.

Era acidentado o terreno, que atravessava esse caminho, cortado no maciço de uma mata virgem, tão exuberante, que todos os anos fechava com os renovos* da vegetação a picada aberta no inverno. O solo aí, como em toda a cercania, cobre-se de uma crosta da argila roxa, afamada na província por sua espantosa fertilidade. Em verdade, quando se deixa Campinas, e a pata dos animais começa a triturar essa terra ferruginosa, tão fácil de converter-se em pó sutilíssimo como em profundo tremedal*, a natureza muda de aspecto; arreia-se de galas, e aos campos tão monótonos, embora célebres, de Piratininga, sucedem os bosques frondosos de Piracicaba.

Não obstante ser o caminho em toda a sua extensão, desde a extrema da fazenda, coberto e sombrio, havia contudo um lugar, cujo torvo aspecto correspondia ao terror supersticioso que inspirava e à sinistra reputação que adquirira.

Pouco além da interseção de outra picada, coleava* o caminho algum tempo entre marachões cobertos de arvoredo, e por fim metendo-se pela garganta de um rochedo escabroso, descia em ziguezagues para remontar a oposta rampa de profunda grota. Como se não bastasse essa conformação cavernosa do terreno, a vegetação nutrida pelo húmus vigoroso que as enxurradas depositavam nesses barrocais*, exuberava sua maior pujança, e frondeava as árvores seculares, embastindo* as sebes de verdura que vestiam os grossos troncos e lastravam pelos penhascos.

Da gente da vizinhança era conhecido aquele lugar por Ave-Maria, talvez de não passar alguém ali, sem romper-lhe dos lábios trêmulos aquela imprecação de susto. Nem sempre fora com eficácia invocada a divina padroeira, pois a tradição conservava o nome das vítimas, que aí haviam sucumbido.

Nenhum sítio em verdade se encontrara tão azado* para uma emboscada. Ali oculto, um sicário* conseguiria a salvo dar conta de uma comitiva, sem que os companheiros se pudessem mutuamente defender, nem mesmo aperceber-se da sorte que os aguardava, tal era a estreiteza do sinuoso desfiladeiro.

Dizia a gente do lugar que ouvia-se na azinhaga* funesta um incessante gemido de agonia; e não faltava quem o atribuísse às almas penadas dos infelizes que aí se finavam insepultos e devorados pelos urubus.

5
A tocaia

Ao sumir-se na espessura, Jão Fera voltou o rosto e por entre a basta* ramagem esteve a contemplar o vulto esbelto da menina.

Ao passo que se engolfava nessa fascinação, ia-se operando a transfiguração completa de sua fisionomia.

O perfil adunco e chanfrado, que revestia a beleza feroz e sinistra do abutre, embotou* a rispidez, saturando-se de uma bruteza alvar*. Intumesceram-se as faces, pouco antes crispadas pela cerração habitual das maxilas, e tomou a tez um tom fouveiro*, indício da ebulição do sangue a ferver-lhe em bolhas no coração.

As fulvas papilas que se encovavam pelas têmporas, como tigres nas furnas, saltaram das órbitas, dilatadas por um fluido espesso que tinha a fosforescência felina. De ordinário avincava-lhe* a fronte uma ruga saliente, que depois de fender-lhe o sobrolho, partia-se em duas plicas* profundas como gilvazes*, a lhe cortarem o rosto. A temulência* da paixão injetando os músculos e insuflando as narinas, apagou todos aqueles sulcos rasgados pela sanha; e até os lábios sempre cosidos à feição de uma cicatriz, agora túrgidos arregaçavam, mostrando pela estreita comissura os dentes agudos.

Assim o aspecto do homem ralado* por uma sede intensa ou calcinado pela chama violenta que ardia interiormente, afinal tomara a fisionomia da sensualidade brutal, onde como na brama* do tigre, ressumbrava* a ferocidade do amor.

Oculto no mato, foi o capanga, qual ao arrasto de uma cadeia*, seguindo maquinalmente Inhá, através do campo. Muitas vezes, na absorção que ia, mostrou-se a descoberto, não o tendo percebido os dois companheiros, por estarem com a atenção presa na conversa.

Quando, porém, a menina sentou-se na tronqueira, voltada para o lado donde viera, aconteceu vê-lo na ocasião de atravessar a nesga* de campina, que separava os dois bosques. Turbado com aquele acidente, irritado por se ter mostrado naquele instante, Jão Fera rompeu o encanto da fascinação que o atava e embrenhou-se na floresta.

Era justamente a ponto, que ao longe estrugira o assobio do curiau, repercutindo pelos recessos da mata e algares* das barrancas.

Estugando o passo, chegou o capanga brenha* cerrada, que ensombrava a azinhaga* da Ave-Maria. Ali encostado ao tronco de uma árvore, com os braços cruzados e a cabeça fincada ao peito, submergiu-se nas profundezas daquela alma, que devia ter cavernas tremendas e insondáveis abismos.

– Amanhã quando souber, pensará que fui eu!...

Murmurando estas palavras, uma expressão de angústia derramou-se pelo semblante do facínora, que se confrangeu*, como se uma tenaz lhe estivesse a triturar o coração. Que medonha era a dor nessa natureza sanguinária, que se apascentava de cruezas e homicídios!... O eu humano é como sua besta: manso, quando frugal; rábido*, se o fazem carnívoro; por isso em cada sentimento há o transunto* da história de nossa alma.

Naquele momento Jão Fera sofria a suma de todos os sofrimentos que derramara em seu caminho; de todas as ânsias, que sua mão levantara. Tudo nesse homem, a dor como a alegria, a raiva como o amor, a gula como a embriaguez, revestia a natureza da fera; tinha fauce* para devorar, e garras que lhe dilaceravam o chão da alma, como a pata da suçuarana* escarva a terra no arremessar do pulo[13].

Durou rápido trato* essa agonia moral; e não podia prolongar-se que o rijo coração, vaso frágil para contê-la, embora acrisolado ao fogo das paixões tempestuosas, ia estalar.

Abalou-se o corpo vigoroso com um forte calafrio, que sacudiu-lhe a terrível obsessão; e o facínora surgiu outra vez audaz e ameaçador. Rebatendo o chapéu com um revés* de mão, descobriu a fronte rija e alta, que se escalvava* entre uma floresta de cabelos negros. Outra vez se descarnou a sua fisionomia com a expressão dura, ríspida e incisiva, que lhe dava a aparência de um perfil talhado em gume de aço.

– É sina! proferiu no tom implacável do fanatismo.

Com pouco* reboou das barrocas* da azinhaga* o tropel de um cavalo. Jão Fera acostumado a distinguir nos rumores da mata as várias notas que formavam a surdina da floresta, inclinou o ouvido à escuta. Não se enganara; o animal vinha naquela direção e aproximava-se rapidamente.

Galgando então pelos socalcos* do penhasco, com o apoio de uma grossa enrediça* do imbê*, que descia dos galhos de um prócero jequitibá*, alcançou o tope do rochedo, donde se descortinava entre o rendado das folhas uma volta do caminho.

Não tardou que apontasse ali, para sumir-se logo na curva da estrada, um cavaleiro.

Era o mesmo rebuçado* que falava pouco antes com Monjolo. Orçava pelos cinquenta anos; barroso* da cara que lhe cobria uma barba ruiva e áspera como as cerdas* da capivara; de mediana estatura e excessivamente magro; vinha trajado ao uso da terra: chapéu mineiro de feltro pardo, sob o qual via-se o lenço de Alcobaça que lhe servia de rebuço; ponche* de pano azul forrado de baetilha*, com a gola de belbute* levantada; botas de bezerro armadas de chilenas* de prata.

Os lábios do capanga, onde flutuava um sorriso de desprezo, contraíram-se logo, e arrojou-se o corpo à frente para não desprender a vista assanhada do cavaleiro, que sumira-se na curva do caminho. Desceu rápido ao rés* da azinhaga*, por onde breve meteu-se o desconhecido.

Mal que assomou este no alto da rampa, a pupila injetada do capanga cravou-se-lhe no semblante e o atraía como a garra do abutre; a par, os dedos da mão direita afagavam com certa volúpia feroce o longo cabo da faca, passada à cinta, e já a meio fora da bainha.

Não parecia o rebuçado muito senhor de si e tranquilo de ânimo; pois lançava a um e outro lado olhos inquietos e investigadores, à feição de quem temia e perscrutava algum perigo oculto naquelas brenhas* que o cercavam. Alguma vez hesitou, como incerto da resolução que devia tomar; olhou para trás, ou enfrestou pela vereda que serpejava diante dele vistas impacientes. Dir-se-ia que vacilava, entre continuar e retroceder; ou quiçá julgava-se transviado, e procurava afirmar-se no caminho para ele desconhecido[14].

De chofre empinou-se o cavalo, arremessando o homem sobre a escarpa da barranca, donde rolou ao trilho, como um corpo inerte.

6
*O empenho**

O capanga abatera um olhar de nojo para o cavaleiro que lhe veio rolar aos pés.

A faca brandida com força vibrava ainda no tronco do jequitibá, onde cravara a cabeça de um urutu*, que estorcia-se de fúria e dor.

Fora a negra serpente que espantara o animal, quando enristou-se* como uma lança, fincando a cauda e chofrando o bote. Advertido pelo faro, antes de ver altear-se o negro colo, o cavalo rodara sobre os pés; e a cobra ameaçada pelos cascos elou-se* ao tronco, onde a alcançara a mão certeira de Jão Fera, que já tinha apunhado* a faca[15].

Recobrando-se do atordoamento da queda, ergueu-se o desconhecido, a apalpar o corpo um tanto pisado e a sacudir a roupa.

– Apre! resmungou ele. Escapei de boa.

O capanga lançou-lhe um sorriso esguardo*:

– Desta vez escapou, disse ele com surda entonação.

Dirigiu-se ao tronco e arrancou a faca, depois de esmagar a cabeça do urutu.

– Que diabo é isso? perguntou o rebuçado*.

– Não vê? retorquiu Jão limpando nas ramas a folha da faca.

– Agora penetro porque o diabo do ruço* pinchou-me*!

Cuidando então do cavalo que podia fugir-lhe, o desconhecido pôs-lhe cerco, e com algum trabalho conseguiu colher as rédeas; feito o que tornou ao lugar, onde havia deixado o capanga.

Este o esperava impassível, mas um tanto absorto.

– Como se chama o senhor? perguntou bruscamente ao cavaleiro.

– Oh, homem, lembrou-se disso agora! tornou o outro um tanto ressabiado.

– Quando o senhor me procurou há tempos para seu negócio, não me disse como se chamava.

– Porque não era preciso.

– Nem ontem quando me avisou para estar aqui, prosseguiu o capanga sem interromper-se. Mas agora há de dizer: quero saber com quem trato.

– Para quê? Desde que a gente paga... Ou desconfia o senhor de mim?

– Ninguém me logra, disse Jão com um sorriso mostrando a faca. Tenho este fiador. O ponto é outro; só avenço* com quem conheço.

– Pois não seja essa a dúvida. Com os diabos; chamo-me Barroso!

– Nunca morou aqui em Santa Bárbara?

Com essa interrogação ferrou o capanga olhar perscrutador no semblante do cavaleiro.

– Eu?... Que esperança!... De Sorocaba todo inteiro! É a primeira vez que botei-me cá para estas bandas.

Isto, disse-o Barroso com segurança e desplante*.

– E por que tem gana ao homem?

– Ora essa! Fez-me uma; e jurei que havia de pagar com usura.

– História de mulher? perguntou o capanga vibrando-lhe um olhar ardente.

– Quem se embaraça agora com saias? Não sou nenhum babão*! Quer saber o que me fez o diabo? Teve o atrevimento de dizer em certa parte que, se lhe passasse a tronqueira da fazenda, mandava-me amarrar ao mourão por seus negros e surrar-me com um calabrote*!

– Ah! ele disse isto?

– Com certeza; mas daqui a pouco vamos saldar as contas. Ele aí vem; não tarda.

– Mas que escândalo teve o homem do senhor, para dizer isso!

– Essa maldita política! Se eu guerreei a chapa dele; eu cá sou do governo!... Mas escute. Arranjou-se tudo; o patife só traz um capanga e o pajem; por conseguinte desta vez não tem desculpa.

O capanga levantou os ombros com ar de indiferença.

– Já sei; vá andando.

– Posso ficar por aqui mesmo.

– Fique, mas já lhe aviso. Quando eu vejo vermelho, não conheço quem está perto de mim.

– Safa!... Neste caso vou por aí afora, até a venda do Chico Tinguá. Lá o espero, homem; e com o resto da chelpa*. Duas onças, das suçuaranas, bem amarelinhas, ou três canários, à vontade do amigo, contanto que desta feita acabe-se o negócio. Já o diabo podia ter comido muita terra, se cá o camarada fosse mais decidido.

Às últimas palavras de Barroso o capanga abaixou o olhar, e um repentino enleio* atou aquela organização robusta e audaz, que difundia em torno de si a plenitude da sua pujança. Alguma fibra vital fora dolorosamente pungida, que o confrangia*, amortecendo o natural orgulho e arrojo do caráter.

– Só tenho uma palavra, Sr. Barroso! disse afinal com a voz firme e grave.

– Mas está custando a cumpri-la; confesse!...

Franziu ainda mais o sobrolho a Jão Fera, que mordeu os beiços a tirar sangue. Acabava de estrangular a jura, que a destra já se preparava para cravar no corpo de quem ousava duvidar de sua palavra.

– Se da primeira vez em que o senhor me falou na venda do Chico, tivesse logo dito quem era o homem; eu certo que não aceitava o ajuste, nem recebia os seus vinte patacões* para tomar o empenho* que tomei.

– Por que então?

– Basta que eu saiba. Só depois é que me disse, quando eu já tinha gasto seu dinheiro. Esperava ganhar para lhe restituir; e por isso ia deixando a coisa para mais tarde, pois o senhor há de lembrar-se, que minha promessa foi dar conta do homem até São João que vem cair lá para a outra semana. Sou senhor de minha vontade, fazer hoje ou amanhã, quando me parecer, desde que naquele dia minha palavra estiver cumprida. Aí está a razão...[16]

– Quem duvida que o camarada é um homem honrado? Então eu não sei com quem lido?

– Deixe-me acabar. Aí está a razão de não ter eu dado conta ainda da sua obra. Queria ver se me vinha alguma prata para livrar-me deste empenho. O senhor não vê diferença em mim?

– Alguma, para falar a verdade.

– Pareço um tocador de tropa. Vendi o que tinha, e pouco era; mas não ajuntei senão estes magros cobres, que trago aqui na burjaca*, veja. Quer recebê-los, e soltar a minha palavra, empenhando eu a minha vida para pagamento do resto?

– Isso nunca! O trato está em pé!

Fechou-se o capanga, assumindo outra vez a calma e possança* de si mesmo:

– Estou ciente. O senhor cobra a sua dívida; eu pago-lhe na moeda que tenho, nesta, disse batendo na bainha da faca. Vá descansado; hoje ficamos quites.

– Esse falar agora me agrada mais; e até, olhe lá, por cima do prometido, sempre a gente há de escorregar uma molhadura*, se a obra for bem feita.

– Dispenso, retorquiu-lhe com uma desdenhosa concisão.

– Ande lá. Então na venda do Chico? perguntou Barroso com o pé no estribo.

– Já disse.

– E logo que despachar o diabo?

– Sim!

– Boa mão, camarada.

Ganhando a sela, seguiu Barroso o trilho escarvado da azinhaga*, e alcançada a planície, afastou-se a galope do sítio mal-assombrado.

Entanto, o capanga ouvindo o tropel do animal a perder-se na distância, murmurava consigo:

– Aquela cisma que eu tive há pouco!... Se não fosse o urutu!... No cabo não era ele, sem falar que estou lhe devendo...

E acrescentou:

– É preciso acabar com isto! Há de ser o que Deus quiser.

Suspendendo o corpo do urutu à ponta de um galho, ia tirar-lhe a pele, para gastar o tempo da espera, quando alguma coisa suspeita fê-lo erguer de pronto a cabeça e aplicar as ouças*.

Ressoava ainda muito longe o oco estrupido de animais passando uma ponte de madeira.

7
O marmanjo

No terreiro da Fazenda das Palmas, junto à escada da casa de morada, os animais de montaria mordiam os freios de prata, raspando o chão com a ponta do casco[17].

Tinha-os pelas rédeas um mulato de libré cor de pinhão, avivada de preto e escarlate, com botas envernizadas de canhão* amarelo, e chapéu de oleado a meia copa. Recostado ao socalco* do patamal* com ares de capadócio*, o pajem fazia sinais para uma janela, onde aparecia a miúdo a trunfa riçada de uma crioula.

Vinha chegando-se com a proverbial pachorra paulistana um camarada, que mastigava o último bocado do almoço, e preparava o cigarro de palha. Aceso o pito e tomada a primeira fumaça, passou revista primeiro nos arreios do baio* e da rosilha*, depois nos cascos; e não achando coisa de maior, foi contudo, para mostrar a sua valia, aqui apertando um loro*, ali afrouxando uma cilha* e repuxando uma correia da cabeçada*.

– Esta corja de pajens, dizia a rir para o mulato em forma de cumprimento, só serve de emporcalhar a casa. Ficam velhos e não aprendem.

– Corja é súcia, Sô Mandu. Olhe lá! rebateu o pajem.

Nisto apontou a mucama à janela.

– Falta muito ainda, Rosa? perguntou o mulato.

– Já está acabando. Não tem tempo de ir mais à roça, ver Florência, não, rapaz.

– Ai, que dor de canela!

– Ixe! Quem conta com pajem!

– Assim, menina! exclamou o camarada. Tem aqui uma barra para seu pimpão.

– Sai daí! chasqueou* o mulato. Jabuticabinha de sinhá é lá para o beiço de caipira? Vá comer sua broa de milho, homem, e deixe de partes.

A mucama soltou uma risada e desapareceu de repente a um puxão que de dentro lhe deu o pajem Faustino.

– Assim é que serve a mesa?

– Salta, moleque! Menos confiança comigo.

– Ô xente! Moleque como nós. Tenho muita xibança* nisso. Não é como esse mestiço do inferno, cor de burro;

mas você não tem vergonha mesmo de vir engraçar com ele na janela.

– Sinhá está ouvindo! disse a rapariga em tom de ameaça.

– Melhor pra mim! Eu cá não me embaraço.

Este curto diálogo travou-se na saleta da entrada, onde o Faustino veio pilhar a mucama, que escapulira do serviço da mesa para se faceirar* com o mulato. Apanhada em flagrante, a Rosa, muito senhora de si tornou à sala de jantar, onde ninguém dera pela sua falta.

Ali, estava posta para o almoço a larga mesa de jacarandá, coberta com alva toalha de linho adamascado*; e rodeada naquele momento, como de ordinário, por cinco pessoas.

A cabeceira, contra os costumes da terra, ocupava-a a dona da casa, senhora de 38 anos, e não formosa; porém tão prendada de inata elegância, que seus traços e toda sua pessoa tomava um particular realce. Se não tinha bonitos olhos, ninguém sabia olhar como ela; a boca sem primores de forma, enflorava-se com o sorriso inteligente e a palavra brilhante[18].

Filha de um capitalista de Campinas, D. Ermelinda recebera em um colégio inglês da Corte educação esmerada, que desenvolveu a natural distinção de seu espírito. Recolhida à sua província, teria sem dúvida perdido ao atrito dos costumes do interior aquele tom fidalgo, se fosse ele um artifício do hábito, em vez de um dom, que era da natureza, o qual o exemplo não fizera senão polir.

À expansão dessa natureza delicada, ao perfume de bom gosto que derramava em torno de si, deve-se atribuir a ausência de cor local que se notava, se não em toda casa, ao menos na família. Aquela esfera que recebia a influência imediata da dona da casa não era paulista, mas fluminense; e não fluminense pura, senão retocada já pelo apuro escocês e pela graça francesa.

Aos verdadeiros paulistas da têmpera antiga, de antes quebrar que torcer, aos grandes turrões, nutridos de lombinho de porco e couve crua, não deixava de escandalizar esse enxerto carioca no meio das suas matas, e por isso, já desconfiados de natureza, mostravam-se espantadiços, quando entravam na casa das Palmas.

À direita de D. Ermelinda estava o dono da casa, Luís Galvão, cujo aspecto franco e jovial granjeava a simpatia ao primeiro acesso. Era um bonito homem, de fisionomia inteligente e regular estatura, que revelava em sua compostura digna a consciência do próprio mérito.

Do comedimento do modo prazenteiro, bem como do alinho do traje, transpirava o influxo da suprema distinção do espírito de sua mulher. Naturezas há que têm a força de imprimirem o seu cunho naqueles que as cercam; outras se apoderam da índole alheia insinuando-se nela pelo afeto, impregnando-a de sua essência.

A de D. Ermelinda era destas últimas. Fora por uma lenta filtração moral, que ela conseguira transmitir ao marido um toque do seu garbo nativo, embotando* as asperezas de uma educação grosseira e extirpando hábitos da infância descurada.

À esquerda da mãe ficava o filho, como à direita do pai a filha, ambos na flor da juventude. Chamava-se o primeiro Afonso, como o avô. À segunda tratavam todos pelo apelido, senão diminutivo, de Linda, formado das últimas sílabas de seu nome, que era o mesmo da mãe.

Finalmente, no segundo lugar da esquerda defronte da moça via-se um menino de 15 anos de idade, cuja figura destoava de todo o ponto, no quadro daquela família, que respirava a graça e a inteligência.

Era feio, e não só isso, porém malamanhado e descomposto em seus gestos. Tinha um ar pasmo que embotava-lhe* a fisionomia; e da pupila baça coava-se um olhar morno, a divagar pelo espaço com expressão indiferente e parva.

Curvado como um arco sobre a mesa, com as vestes em desalinho e os cabelos revoltos, abraçava uma xícara de almoço, que lhe ficava abaixo do queixo; e escancarando a boca enorme para sorver de um bocado a grande broa de milho, ensopada no café, mastigava a tenra massa a fortes dentadas e sofregamente como se estivesse rilhando* um couro.

Percebia-se logo que a influência de D. Ermelinda não penetrara nesse membro enfezado da família, refratária a todo o preceito de ordem e arranjo. Por isso a dona da casa, quando presidia a mesa de seu lugar de honra, observando o serviço e ocupando-se de todos, não transpunha aquele ângulo, onde sentava-se o pequeno. Se acontecia a seu olhar, circulando a sala, passar por aí, cegava-se e fugia com desgosto.

Naquele momento acabava o menino de fazer uma das costumadas estrepolias, virando com o queixo a xícara, que entornou-lhe todo o café no peito da camisa.

– Hô, hô, hô!... fez ele com um riso gutural e apatetado.

Acudiu a Rosa, para enxugar-lhe com o guardanapo a cara, pois ele não se mexia.

– Que vergonha! murmurou a crioula em meia voz. Marmanjo deste tamanho não sabe comer na mesa.

Um raio maligno lampejou na pupila baça do pequeno.

– Nhô Brás! gritou a rapariga tomada de dor.

O menino por baixo da mesa fisgara-lhe o garfo na coxa[19].

8
Pressentimento

Passou desapercebido* para as pessoas da família, o acidente do café entornado[20].

D. Ermelinda parecia preocupada; sem tomar parte no almoço, acompanhava os movimentos do marido com uma inquietação nervosa, que procurava reprimir, porém ressumbrava-lhe* da fisionomia assustadiça. Não se difundiu, portanto, em sua expressão o tédio, que ordinariamente lhe inspiravam, quando assistia à mesa, aqueles desazos* de Brás.

O marido estava a partir para Campinas, onde ia demorar-se três dias a fim de concluir alguns negócios, que talvez o levassem a São Paulo. Apesar do hábito dessas e até de maiores ausências, a senhora não podia eximir-se à repugnância que lhe causava semelhante viagem, e empregava todos os esforços para desmanchá-la.

Mas Luís Galvão não era paulista debalde*; ele se deixara imbuir da influência da mulher naquela parte da existência do homem que pertence exclusivamente à esposa, e onde, portanto, aceitava como legítima a supremacia feminina, tinha contudo sua ponta de birra, e quando, em matéria de lavoura e negócio, ou coisa que não entendia* com o regime doméstico, se decidia por um alvitre*, não havia demovê-lo.

Por causa da viagem se tinha posto o almoço tão cedo, quando o costume era às 9 horas, para dar tempo aos longos passeios que D. Ermelinda recomendava aos filhos, e de que ela muitas vezes dava exemplo com o marido. Ainda nisso havia uma inovação aos usos da terra, onde moça rica, filha de fazendeiro, não anda a pé, a não ser na vila.

Luís Galvão comia com boa disposição e, de vez em quando, replicava ao olhar inquieto da mulher com um sorriso e um gesto de carinhoso motejo, o que chamava aos lábios da elegante senhora uma fugaz enfloração*, logo apagada. Quanto a Linda e Afonso, apesar da hora, só para fazer companhia ao pai debicavam* com o apetite, pronto sempre, da juventude.

Nenhum destes fez reparo no desastre acontecido com Brás, naturalmente porque semelhantes desaguisados* eram tão frequentes, que já se contava com eles. E então buscavam todos modos de disfarçar, não só para não contrariar ainda mais D. Ermelinda, como para evitar as represálias de que servia-se o pequeno contra qualquer ralho ou motejo.

Dessa vez ficou na garfada à perna da Rosa, que lá se foi coxeando para a camarinha*, examinar o arranhão. Entanto o Brás, rachando a meio um pão e metendo em cada bolso uma banda, levantava-se da mesa para ganhar o quintal pela porta da cozinha.

Repetindo Luís Galvão o seu amoroso remoque à inquietação da mulher, esta não se conteve, que não lhe replicasse.

– Tem razão de zombar, Luís! Devo parecer-lhe uma criança; e eu mesma não cesso de acusar-me por esta tolice; mas nem por isso consigo livrar-me dos receios que me assaltam.

– Disposição em que você está, Ermelinda. Que perigo pode haver em um passeio que estou a fazer constantemente, e até mais longe e com maior demora?

– Tudo isto me tenho eu dito cem vezes desde ontem, e não sossego. Nunca fui sujeita a cismas* e caprichos, você bem o sabe; entretanto sinto hoje um desassossego, um aperto de coração.

– É nervoso.

– Se não houvesse uma causa real para isso, podia ser; mas há. Essas esperas*, que andam deitando por aí, das quais ainda ontem falou o administrador...

– E por que hão de ser elas para mim? Não tenho inimigos, e a ninguém faço mal para que se deem ao trabalho de livrarem-se de mim.

– Papai é tão estimado! disse Linda; e a voz doce como um favo de mel arpejou* a nota maviosa da ternura filial.

– Quem se atreveria?...

O altivo desafio, esboçado nestas palavras, partiu dos lábios de Afonso que alçou a fronte já naturalmente erguida, com um assomo bizarro.

– São os bons, meus filhos, que estão mais sujeitos ao ódio dos maus, os quais se conhecem e ajudam entre si.

– Lembre-se, Ermelinda, que depois das esperas tenho andado por esses caminhos. No dia em que o administrador veio contar-lhe a tal novidade e assustá-la à toa, eu fui a Piracicaba, e duas vezes passei na Ave-Maria. Disse o Pereira depois, que vira dois vultos no mato; entretanto nada me aconteceu. Se havia espera, não era decerto para mim.

Pareceu D. Ermelinda ceder à força desse argumento, e ao tom persuasivo do marido; mas o pressentimento a pungia, e o coração perscrutava objeções para resistir à razão.

– E esse homem, que foi ontem visto pelos pretos, atravessando a fazenda? Dizem que a desgraça o acompanha, pois ele deixa, por onde passa, um rasto de sangue. Por isso deram-lhe o nome de fera!

– Outra prova de que são imaginários os seus receios, Ermelinda. Jão Bugre ou Jão, como eu o chamava em menino, a exemplo dos outros, foi criado em nossa casa; era afilhado de meu pai e até chegou a servir-me de camarada. Depois tornou-se um perverso; porém lembra-se dos benefícios que recebeu de nossa família, e, embora se mostrasse altaneiro comigo, acredito que me respeita[21].

– Essa gente não é capaz de gratidão, Luís; ao contrário, o benefício os humilha, e eles revoltam-se contra o que chamam uma injustiça do mundo.

– O Bugre é uma fera, na verdade; contam-se dele as maiores atrocidades; porém esse homem de más entranhas tem um resto de consciência e probidade. Não há exemplo de haver atirado a alguém por trás do pau, ou de emboscada: ataca sempre de frente, expondo-se ao perigo. O bacamarte só lhe serve para defender-se, quando o perseguem. Também nunca ouvi falar de roubo ou furto que ele cometesse, e isso apesar de viver ele pelos matos, constantemente acossado.

– E ainda não foi preso um criminoso de tantas mortes?

– Não é por falta de diligência. Andam-lhe à pista desde muito tempo; e até, se não me engano, ouvi que tinham prometido um prêmio a quem desse cabo dele; mas até agora não se animaram, tal é o terror que inspira.

– Bem razão tenho eu, portanto, de assustar-me, quando um facinoroso desses aparece dentro da fazenda: talvez ande ele rondando a nossa casa.

– Não se lembra disso; mas, se tivesse a audácia, ele ou outro, acharia a casa bem guardada. Demais, aqui lhe deixo um homem para defendê-la. Não é verdade, Afonso?

– Sem dúvida, meu pai. Na sua ausência nada acontecerá!

– Não é por mim que receio, Luís; antes fosse; não estaria tão inquieta, disse a senhora com um leve reproche*.

– Nesse caso eu não partiria! respondeu o marido galanteando.

– Então fique!

– Sim, papai, fique! Dê esse gosto a mamãe, disse Linda.

– Também a senhora não quer que eu vá? Olhe, não se arrependa! replicou o pai com um gesto de zombeteira ameaça. Levo uma certa encomenda de vestidos e enfeites, que só eu sei escolher.

A moça ficou enleada entre a esperança do presente e o desejo da mãe.

– Papai compraria de outra vez.

– E a festa? perguntou o pai sorrindo.

A pêndula* soou oito horas[22].

9
As amostras

Advertido pela pêndula, Luís Galvão consultou seu relógio de algibeira e ergueu-se:

– São horas!

Até àquele momento nutrira D. Ermelinda uma vaga esperança, que ela mesma não podia explicar. Lembrava-se que um pequeno acidente qualquer podia estorvar ou pelo menos adiar a viagem. Vendo chegar a despedida, empalideceu:

– Se você aflige-se dessa maneira, Ermelinda, não vou. Faz-me grande desarranjo, como sabe; mas não tenho ânimo de deixá-la tão sobressaltada.

– Confesso que esta emoção faz-me mal; já não me sinto boa.

– Então fico: está decidido.

Uma sombra de tristeza perpassou rapidamente pelo semblante de Linda; todavia não escapou ao olhar da mãe, que adivinhou a causa dessa mágoa da moça.

– Mas, Luís, esta viagem é necessária, e, no fim de contas, meus sustos não têm razão de ser. Você precisa concluir esse negócio; e Linda ficará queixosa se não tiver os presentes prometidos.

– Eu, mamãe? exclamou a menina com terna exprobração. O que eu desejo é vê-la sempre contente.

– E não é um contentamento fazer-te feliz? Já fui moça como tu; nessa idade a ventura é uma flor, uma fita. Só depois se compreende o que ela vale e o que ela custa, minha filha. Não te envergonhes dessa faceirice. Quem há de tê-la senão tu? Deus fez as estrelas para brilharem.

– Então o que decidem? perguntou Luís Galvão.

– Vá; eu lhe peço.

– Por minha causa, não! contestou Linda.

– Pela minha, disse D. Ermelinda.

Calçadas as luvas e feitos os últimos aprestos*, despediu-se o viajante da família e montou a cavalo.

No momento de abraçar o marido, D. Ermelinda com disfarce apalpou-lhe o peito, e ficou mais tranquila percebendo o revólver no bolso do casaco. Não obstante, custou-lhe muito essa despedida; seus vagos terrores se alvoroçaram de novo, e foi preciso grande esforço para dominar-se.

Entretanto Luís Galvão, esporeando a rosilha*, depois que disse o último adeus com a palavra e o gesto, passou a cancela do terreiro. Acompanhava-o de perto, a meio corpo da cavalgadura, o camarada Mandu; adiante ia o pajem para abrir as tronqueiras; e entre ele e o viajante trotava o baio*, solto, mas de todo arreado e pronto para o revezo*.

– Logo hoje é que seu pai leva um camarada só.

– Por quê, mamãe? perguntou Linda.

– O Pereira adoeceu, o outro, ninguém sabe onde anda.

– Se mamãe quer, eu acompanho meu pai, disse Afonso fazendo menção de dirigir-se à cavalariça. Em um instante o alcançarei.

– Não, não, Afonso! acudiu vivamente a senhora, como se receasse que além do marido lhe roubassem também o filho

Do terrado* onde estavam, na porta de entrada, já se não viam os viajantes, ocultos pelo arvoredo. D. Ermelinda, antes de entrar, voltou-se para os filhos:

– Vão passear!

– E mamãe fica só?

– Preciso descansar um pouco até a hora do almoço.

– Sente alguma coisa, minha mamãe?

– Nada, fadiga apenas. Até logo.

– Quer ir, Afonso?

– Se você quiser, Linda!

– Vão; a manhã está bonita, insistiu a mãe.

D. Ermelinda por este meio tratava de afastar os filhos, cuja solicitude dispensava nesse momento, pela razão de os não afligir comunicando-lhes a tristeza e inquietação que a assaltava com dobrada força.

Apenas eles a deixaram, subiu apressadamente ao mirante para acompanhar com os olhos ao marido, até a volta que fazia o caminho no canto da tiguera* e onde se perdia de todo a vista da casa.

Os viajantes, que já estavam a poucas braças* dali, pararam de repente, e depois de pequena demora retrocederam apressados. Surpresa com o incidente, D. Ermelinda deu graças a Deus daquela volta inesperada, que lhe restituía o marido, a quem por coisa alguma deixaria mais partir.

A angústia que sofrera naqueles poucos instantes, os pensamentos cruéis que lhe crivavam a alma nesse breve trato, não os sentira ela talvez em anos de sua vida. Suplicaria a seu marido que desistisse da viagem; e ele havia de atendê-la, ou então de arrastá-la abraçada a seus joelhos.

Aproximavam-se os viajantes; repassaram a cancela e afinal pararam em frente à casa, onde Luís Galvão apeou rijo.

– Que foi? perguntou D. Ermelinda que descera do sótão a encontrá-lo.

– Ora, respondeu o fazendeiro a rir, não sei onde pus as amostras da Linda com a lista das encomendas.

Outra vez D. Ermelinda achou em si a força para reagir contra seus imaginários terrores. Esse coração de mãe sacrificava às inocentes alegrias da filha o seu sossego; é uma banalidade sublime, que se encontra por aí, a cada canto, e de que já ninguém se ocupa.

Correu Luís Galvão ao gabinete à busca dos objetos esquecidos; e enquanto a mulher ajudava-o de seu lado na pesquisa, abriu ele a medo o segredo da secretária e tirou um papel, que rápida e furtivamente escondeu no bolso[23].

Era este o motivo real da sua volta; o outro não passava de pretexto. Apenas teve Galvão seguro o papel em um bolso, que tirando à sorrelfa* um pequeno embrulho do outro, exclamou:

* *Tiguera*, lugar onde houve roça. (N. do A.)

– Aqui está!

– Aonde achou?

– Dentro desta caixa de charutos. Só eu era capaz de achá-lo. Foi quando enchi a carteira.

Abraçando a mulher, e beijando-a na face, de novo pôs-se o fazendeiro a caminho; e desta vez ia pensativo, quase triste. Murchara a flor da jovialidade, que se expandia momentos antes tão fresca em seu nobre semblante, e a alma franca e generosa sempre a espelhar-se em seu olhar, dir-se-ia que se acanhava.

O pequeno incidente da volta viera a toldar* aquele sedimento que mais ou menos é infalível em todo o coração por magnânimo que seja, como da ânfora* onde por muito tempo se guardou o vinho puro e generoso, há sempre lia* no fundo.

Luís Galvão tinha um segredo em sua vida, talvez uma falta; e o ocultava de todos, mas especialmente da mulher. Ver-se humilhado perante aqueles a quem se ama, e cuja estima se alcançou, não pode haver maior suplício para o homem de brios[24].

O esquecimento do papel, que sem dúvida continha revelação ou referência do segredo, e a necessidade de recorrer a uma simulação para ocultar o verdadeiro motivo de sua volta; esses pequenos embustes sem consequências, e que talvez a outros nem mais lhe roçassem na memória, a ele, isenção e franqueza personificadas, o estavam remordendo interiormente.

Chegaram afinal os viajantes ao canto da tiguera. Havia junto a um copado guaratã*, que lhe dava sombra, uma ponte de madeira, lançada sobre as altas ribanceiras de um córrego, que regava parte das terras lavradas.

Aí estava a última tronqueira da fazenda.

Voltou-se Luís Galvão para enviar um adeus à mulher, que lhe acenava com o lenço, e desapareceu.

10
Os gêmeos

Deixando a mãe, separaram-se os dois irmãos para se encontrarem no pátio interior, donde também havia passagem para as jeiras* da fazenda[25].

Linda fora tomar a capelina* de fustão branco, e Afonso o boné e bastão de passeio. Assim preparados, puseram-se a caminho par a par, garrulando como um casal de coleiros* que deixam a asa materna para folgarem pela grama ensaiando os primeiros voos.

– Que fingido é você, mano! dizia Linda. Quando eu lhe perguntei se vinha passear, respondeu-me "se quiser" e estava morrendo!

– Com pena de uma certa pessoa, que não fazia senão olhar lá para a figueira.

– Que história! disse Linda corando.

– Eu respondi "se quiser" mesmo de propósito; para ver sua tenção. Você não disse ontem que sou eu quem vai todos os dias para aquele lado?

– E é, sim.

– Deveras! sustente outra vez, e verá se não volto.

– Não, meu maninho do coração, não se zangue. Eu prometi a Berta[26] que hoje havia de ir sem falta. Ela está nos esperando. Vamos; sim?

– Primeiro há de pôr as mãos e dizer comigo: – "Meu Afonsinho..."

A menina repetiu.

– "Do meu coração..."

– Do meu coração.

– "Eu lhe peço e rogo... que me leve... onde está..."

– Onde está Berta! disse rapidamente a menina que ia repetindo a palavra do irmão.

– "Onde está", insistiu o rapaz uma e duas vezes.

Afinal Linda cedeu:

– Onde está…

– "Meu benzinho!" concluiu o rapaz.

Banhou-se a menina em ondas de púrpura.

– Ah! mano! disse Linda com um melodioso queixume.

– Assim é que se ensina uma sonsinha! replicou o moço a rir.

– Você me paga! tornou a irmã com um pequeno assomo de revolta. Tenho certo segredo para contar a Berta…

– Segredo de mulher! galhofou o irmão.

– Vou dizer-lhe que não se importe com gente ingrata; e como só eu é que me lembro dela, não tome o trabalho de vir cá para ver-me, porque eu não tenho mais com quem passear.

– Você é capaz?

– Sou.

– Uma aposta?

– Não quero; você logra-me sempre.

– Também tenho uma coisa para dizer.

– A quem?

– Não sabe? Faça-se desentendida. A Miguel.

– O que é?

– Que uma certa pessoinha, a qual eu não descobrirei… que essa pessoinha me pediu para… para dar um… a ele já se sabe… um…

– Mano! Não gosto destas graças!

– Um beliscão, menina!

– Você ia dizer outra coisa.

– Ou é você que queria ouvir outra coisa?

– Está bom; me deixe.

Desta vez agastada, Linda afastou-se, voltando as costas ao irmão.

Acompanhou-lhe Afonso o movimento com um ar galhofeiro; e aproximando-se devagarinho, nas pontas dos pés, enlaçou de repente em um abraço o corpo gentil da moça.

– Ai da pombinha! Como está tão jururu! Quem foi que arrepiou sua pena, minha rola? Prrru!... Prrru!... Coitadinha! Deixe ver o biquinho!

Estas palavras eram o mote das carícias que fazia o Afonso à irmã, alisando-lhe os cabelos castanhos que a brisa espalhara, amaciando-lhe a mimosa cútis da face, e por fim puxando-lhe o botão de rosa dos lábios, que faziam um delicioso biquinho vermelho, apinhados* como estavam com o gracioso amuo.

Não se podia com efeito achar mais justa imagem da formosa menina, do que essa que espontaneamente acudira ao espírito poético do rapaz. Naquele momento com a fronte reclinada, as espáduas ligeiramente curvas, pelo recato, as mãos recolhidas ao seio, parecia-se com a juriti* quando arrufa* a doce e macia penugem.

À medida porém que a envolvia a carícia do irmão, ia ela outra vez acetinando-se*; o talhe delicado esbeltava-se ao natural; as longas pálpebras franjadas erguiam-se desvendando os grandes olhos pardos cheios de uma ternura ebriante; e finalmente o botão de rosa da boca gentil enflorava-se com sorriso encantador, que derramava sobre o formoso semblante da menina uma luz de leite.

Só não sabe o que isto é, quem não admirou a espécie de cútis mais delicada, tez suave de bonina* bebendo os orvalhos da manhã.

Tinha a beleza de Linda um doce alumbre* de melancolia, que não era tristeza, pois coavam-se através dos inefáveis contentamentos de sua alma; era sim matiz, que lhe aveludava a graça, e influía-lhe um mavioso enlevo. Irmã das flores que vivem nos recessos da floresta, onde se coalham em sombra luminosa os raios filtrados pelo crivo das folhas, respira essa beleza o perfume casto da violeta e da baunilha.

Não se admira a mulher que a possui, porque não exerce a fascinação esplêndida das formosuras que cintilam; mas adora-se de joelhos, porque ela tem a santidade do amor.

Afonso era o retrato da irmã. Pareciam-se como gêmeos e gêmeos tinham nascido. Mas nele a gentileza era um fogo de artifício; a índole jovial, que herdara do pai, lhe estava constantemente a brincar no gesto prazenteiro, e nas cascatas do riso cordial e folgazão.

Era tal a parecença dos dois irmãos, que um dia, havia tempos, Afonso lembrou-se de fazer uma travessura. Vestiu-se com roupas da irmã, e tomando uns ares hipócritas, saiu ao encontro de Berta que vinha visitar Linda, como de costume. A moça, cuidando ver a amiga, correu a abraçá-la, e cobriu-a de uma chuva de beijos, que lhe foram pontualmente retribuídos.

Foi depois de ter a seu gosto recebido as carícias da moça, e comido-lhe a beijos o saboroso encarnado* das faces, que o brejeiro tirando a capelina* da irmã, apresentou a sua cabeça de rapaz, desornada da basta madeixa, que ondulava pelas espáduas de Linda, quando ela a trazia solta no passeio da manhã[27].

Descobrindo o engano, Berta não se agastou e riu-se gostosamente com o rapaz, da peça que lhe pregara ele; mas desde aí, não beijou mais a Linda sem primeiro olhar-lhe o rosto e os cabelos, para certificar-se que era ela mesma, e não o brejeiro Afonso.

Depois tornou-se impossível a confusão, porque não só o talhe do moço hasteou-se com a têmpera viril, como o fino buço começou a assombrear-lhe o lábio superior e as faces.

11
No tanquinho

Depois da pequena pausa que tinham feito, apressaram os dois irmãos o passo, a fim de ressarcir a perda do tempo, que pouco tinham para o passeio até a hora habitual do almoço.

Assim atravessaram os canaviais, divididos em alqueires por largas alamedas e carreadores* mais estreitos.

Nessa ocasião, não repararam como de costume no verde-gaio e risonho daquelas ondas de folhas que flutuavam graciosamente ao sopro da brisa; nem ouviram os brandos cicios, tão doces ao ouvido, como é ao paladar a polpa deliciosa dos gomos.

Entraram em seguida na roça, onde o feijão estava em flor e o milho espigava, agitando os seus louros pendões. Logo adiante ficavam os vastos cafezais, recentemente carpados* e já frondosos para mais tarde se cobrirem de bagas* escarlates, como fios de corais, entrelaçados pela folhagem de brilhante esmeralda.

Aí à sombra dos renques de cafezeiros, descansavam os pretos recebendo a ração do almoço, que as rancheiras de cada turma dividiam pelas gamelas* e palanganas* que lhes apresentavam.

Passaram os dois irmãos apressadamente e sem dar-lhes mostra de atenção, para não perturbar-lhes o descanso e a refeição.

Além, na assomada* de uma colina frondava um vistoso ramalhete de palmeiras de diversas espécies, entre as quais avultava o jerivá* com seus lindos penachos. Chamavam a este lugar o Palmar e dele proviera o nome à fazenda.

Pela encosta da colina estendia-se o pasto; e na base estava uma capuava** onde já se começara o trabalho da derrubada, e se afolhavam as terras destinadas à lavoura de mantimentos, dividindo-a em quartéis, como os partidos* de canas.

Fronteiro ao Palmar, ficava um grande feital*** que prolongava-se até a orla da mata. Essa terra descansada desde

* Carpa – limpa ou capinação. (N. do A.)

** Capuava – terreno. (N. do A.)

*** Feital – terra cansada. (N. do A.)

muitos anos já estava convertida em capoeira*, que invadindo os carreadores deixava a descoberto apenas o trilho batido pela constante passagem.

Por essa vereda meteram-se os dois irmãos, Afonso adiante, malhando com o bastão os tufos de capim e relva para espantar as cobras; Linda no encalço, rocegando* a fímbria da saia de musselina* para guardá-la dos orvalhos. Foram sair em pequeno gramado, de um pitoresco encantador.

Parecia esmero d'arte o sítio aprazível; não que possa o gênio do homem jamais atingir os primores da criação; ordena, porém, muitas vezes e resume em breve quadro cenas que a natureza só desdobra em larga tela; e colige em uma só paisagem cópia* de belezas que andam esparsas por vários sítios.

Desenhava-se o pequeno e mimoso prado em oval alcatifado* e com a alfombra* de relva e cingido quase em volta pela floresta emaranhada, que a fechava como panos* de muralha, cobertos de verdes tapeçarias e vistosas colgaduras*, apanhadas em sanefas* e bambolins* de flores. À face oposta assomava a soberba colunata do Palmar que estendia-se até ali, formando arcarias góticas, fustes elegantes em estilo dórico, e arabescos rendados de maravilhoso efeito.

À margem do Tanquinho, bonito lago formado pela represa de um ribeirão, que saía gorgotando do mais embrenhado da floresta e traçava meandros entre as palmeiras para perder-se no pasto, uma figueira-brava esfraldava os ramos, em esparavel*, ensombrando a pelúcia de relva.

Aí próximo contornava-se um outeirinho coroado de uma grinalda de juncos* floridos, donde borbulhava também um fio d'água que alimentava o lago. De seu tope descortinava-se a casa das Palmas e toda a várzea até a margem do Piracicaba.

Ao entrar no descampado, caíram os olhos de Afonso direito sobre o tronco da figueira e voltaram-se logo desconsolados para Linda. Os dois irmãos trocaram um sorriso displicente[28].

– Não vieram, disse Afonso.

– Já foram.

– Não há tal.

Levou o moço as mãos à boca e apitou. Não teve resposta.

– Então?

– É que já estão longe!

– Não tinham tempo.

– A culpa é sua.

– Quem primeiro buliu com o outro?

– Eu hei de contar à Berta.

Depois de uma pequena volta pelo prado, os dois irmãos cuidaram de voltar do insípido passeio que tão malogrado fora.

Entretanto não estavam longe aqueles que supunham encontrar, conforme o costume, à sombra da figueira; e eram, como já se adivinhou, Miguel e Inhá a quem Linda tratava pelo nome[29].

Afastando-se de Miguel para passar a tronqueira, dera a menina ao talhe uma inflexão sedutora. Daquela travessa rapariga, com ares de diabrete, surgira de repente a mulher em toda a brilhante fascinação, na plenitude da graça irresistível que rapta a alma, e a arrasta após si cativa como um despojo, de rojo pelo chão e feliz de rojar-lhe aos pés.

Miguel levou as mãos aos olhos julgando-se ludíbrio* de uma visão, e deslumbrado foi seguindo a menina sem consciência do que fazia.

Não voltou Inhá a cabeça, mas tinha ela a certeza de que o moço a acompanhava enlevado pelo garbo de seu passo, como pelo flexuoso requebro de seu talhe donoso*.

Dirigiu-se a menina a uma aberta*, que havia entre o palmar e a mata e dava caminho para o prado. Também ela ia pressurosa ao encontro da amiga e camarada de infância, cuidando já encontrá-la no lugar emprazado, à sombra da figueira.

Ouvindo o apito de Afonso, deitou a correr; e Miguel despeitado com a sofreguidão que ela mostrara, deixou de responder ao camarada como costumava.

Chegou Berta à precinta do prado, justamente quando os dois irmãos iam desaparecer na vereda por onde tinham vindo.

– Linda!

– Ah! Berta! Eu não disse que ela vinha!

– Chegou agora, acudiu Afonso. Que dorminhoca!

– Hoje não quero graças com o senhor! replicou Berta com um sério petulante.

– Deveras! Pois estamos mal.

– Veio sozinha?

– Miguel aí vem; está se fazendo de rogado. Olhe!

Com efeito, Miguel apareceu da outra banda da esplanada.

– Quer campar* de sério; mas aquilo é um maganão! Sonso como ele só; parece com certa pessoazinha que cá sei.

– Está bom, mano, eu lhe peço! balbuciou Linda acesa em rubores.

– Então, Miguel, chegas ou não chegas? Queres um cavalo para a viagem. Aqui tens um.

E o faceto* rapaz apanhando um ramo seco, fez dele um cavalo de pau, e lá se foi galopando oferecer a montaria* ao camarada.

– Sai! Não estou para brincadeiras, disse Miguel.

– Que têm vocês hoje? Chegam aqui ambos de nariz torcido… Acaso viram borboleta preta no caminho?

* No Brasil – montaria é também sinônimo de cavalgadura. – Animal de minha montaria, diz-se geralmente. (N. do A.)

– Assim, Afonso, brigue com ele! exclamou Berta batendo com a mão direita fechada na palma da mão esquerda. Eu cá já estou contente; vi um passarinho verde!

– Mas vamos a saber, Miguel! Se é comigo que você está zangado, diga a razão. Que lhe fiz eu?

Tão franca era a fisionomia de Afonso ao proferir estas palavras, e tão cordial afeto ressumbrava de sua voz, que Miguel correu-se* de seu injusto ressentimento contra o amigo, e de todo se lhe desvaneceram no coração os ressaibos de ciúme, que o pungiam.

– Engano seu, Afonso. Não estou zangado com você. Vinha pensando em uma coisa desagradável, mas já se foi, respondeu Miguel com um sorriso de efusão, apertando comovido a mão do camarada.

– Ai! Ai! Cuido que houve sua briga entre os dois! Não lhe parece, Linda?

– Não sei; por que haviam de brigar?

– Pois eu lhe digo o que foi, acudiu Inhá. Miguel quis deixar-me no caminho e ir caçar!

– Ah! exclamou Linda, com um trêmulo na voz maviosa. Não queria vir!

– Mas era só para me fazer pirraça! tornou Inhá. E senão veja, Linda; como eu lhe disse que não me importava com isso e vinha mesmo, logo ele não falou mais em caça, e veio pescar seu peixãozinho!...

– Berta!... murmurou Linda puxando a manga do corpinho da amiga.

– Uma piabinha do rio, não é, Inhá? dissera Afonso de envolta* com uma gargalhada gostosa, que Inhá acompanhava com os trilos argentinos* de seu riso fresco e puro.

– Não sei de que estão a rir com tanto gosto, observou Miguel enleado, sem ânimo de erguer os olhos para Linda.

– Acham graça em uma coisa à toa.

Súbito no mato soou um grito bravio, e logo após a voz estranha, ao mesmo tempo saturada de dor e impregnada de sarcasmo, lançou em uma gama estridente este clamor incompreensível:

– Til!... Til!... Til!... Ó Til!...[30]

12
Idílios

Eram frequentes os encontros dos dois lindos pares de passeadores no Tanquinho.

Vinham semanas em que se repetiam todas as manhãs, a menos que as chuvas não permitissem, ou que Berta e Miguel fossem à casa das Palmas, o que sucedia regularmente aos domingos e dias de festa.

O amor, tão bonina* dos prados, quanto rosa dos salões, quando o orvalham risos da mocidade; o amor puro e suave, como a cecém* daquele prado, tinha já florido os corações que lhe respiravam pela manhã os agrestes perfumes[31].

Nem isto é mais segredo; e, pois, não se comete uma indiscrição em contar o que só não sabiam D. Ermelinda e seu marido.

Afonso, este namorava Berta às escâncaras*, com o recacho* e brinco* próprios de seu gênio. Essa mesma sinceridade e desplante* de seu afeto eram véu para ocultá-lo a olhos suspicazes*. Quem o via sempre a gracejar com a menina, acreditava que isso não passava de travessura de moço folgazão sem tinta de malícia.

Linda, quando os olhos de Miguel pousavam-lhe na face, corava e sentia o tímido coração bater apressado. Não raro, o instinto de delicadeza que recebera de sua mãe, advertia-lhe da distância que separava dela o moço pobre e de mesquinha condição.

O amor, porém, é contagioso, com especialidade na solidão, onde a alma tem necessidade de uma companheira, e quando de todo não a encontra, divide-se ela própria para ser duas: uma, esperança; outra, saudade.

As confidências do irmão; as longas e constantes conversas a propósito do mesmo tema, sempre novo; os episódios singelos do idílio, arrufos ou encantadores segredos; essas asas fagueiras do amor roçavam a todo o instante o coração da moça e deixavam-no impregnado de ternura afetuosa. Entretanto Miguel não se apercebia disso. Acreditava sim, que Linda o tinha em estima por causa de Berta, e dispensava com ele o trato ameno e gentil, inspirado pela bondade d'alma e a fina educação.

Assim, votava ele à menina um respeitoso afeto, ungido pela gratidão que nele acendia as maneiras singelas e benévolas da moça; e também repassado da serena admiração de artista que sentia ao contemplar-lhe a peregrina beleza. Mas não lhe pulsava o coração com os ímpetos da paixão; nem a imagem graciosa de Linda flutuava nas cismas* de sua fantasia.

A presença da moça produzia-lhe na alma certo refrangimento, embora de grata deferência; era como a palma do jerivá* que fecha com os relentos da noite, e somente se engrinalda e brilha aos raios do sol.

Para Miguel os momentos de expansão e doce contentamento não eram tanto esses passados aí no Tanquinho, como os outros mais festivos e mais lembrados em que sós, Inhá e ele, atravessavam a várzea na ida e na volta.

De Berta, que direi? Com todos brincava; a todos queria bem, e sabia repartir-se de modo que dava a cada um seu quinhão de agrado. Em roda ferviam os ciúmes de muitos que a ansiavam só para si, e penavam-se de vê-la desejada e querida de tantos. Mas como um sorriso ela trocava tais zelos em extremos de dedicação, e o pleito já não era de quem mais recebesse em carinho, e sim de quem mais daria em sacrifício.

O gracioso e ingênuo sorriso de seus lábios, era o mesmo, desfolhando beijocas na face de Linda, como zombando de Afonso ou ralhando com Miguel. Não fora o recato da educação, que ela seria muito capaz de fechar os olhos e à sorte lançar o beijo, como um pombinho, para qual, dos três, mais ligeiros o apanhasse.

Se D. Ermelinda soubesse das frequentes entrevistas no Tanquinho, e suspeitasse dos tácitos emprazamentos que se davam os camaradas, por certo já teriam eles cessado; pois não escaparia à inteligente senhora o perigo de expor o tenro coração de sua filha a uma paixão, bem possível senão provável de gerar-se dessa íntima convivência, que não perturbavam outras diversões próprias para ocupar o espírito de uma menina.

Na casa das Palmas, porém, ignorava-se o habitual encontro; não que o negassem Linda ou Afonso, ambos incapazes de uma mentira. Calavam-se; eis todo seu pecado. De volta do passeio, em família, falavam de várias coisas que tinham feito ou observado; mas não tocavam em Berta e Miguel, ou faziam-no de longe em longe.

Em Linda era pudor: quando o nome de Miguel lhe pruria o lábio, ainda não o tinha pronunciado, que sentia arderem-lhe as faces; e por isso o murmurava baixinho dentro do coração. Daí provinha que vendo Afonso o vexame da irmã, por sua parte sofreava nesse particular o seu gênio zombeteiro, e não tugia sobre as entrevistas no Tanquinho.

Quando D. Ermelinda e Galvão tomavam parte no passeio dos filhos, estes por um natural acanhamento não dirigiam a excursão para o sítio favorito; no que os ajudava o fazendeiro, mais solícito em mostrar à mulher a medra* viçosa de sua lavoura, que lhe estava prometendo abundantes messes*.

Caso alguma vez tomassem para aquele lado, Berta e Miguel pressentindo que os donos da fazenda haviam de reparar se os encontrassem ali, e avisados de longe pelas vozes, que repercutiam com sonoridade que lhe davam as abóbadas de verdura e os acidentes do terreno, retiravam-se antes que chegassem.

Eis como ignorava D. Ermelinda os idílios, que estavam compondo seus filhos, naquele sítio pitoresco, onde bebia-se o amor como um doce eflúvio da natureza. Tudo ali penetrava o coração de emoções deliciosas. Pelo aveludado daquela relva cintilante espreguiçava-se a imaginação, a sonhar o dossel* de um divã. Os sussurros da brisa nos palmares segredavam os ruge-ruges das sedas; e o burburinho do arroio imitava o trilo de um riso fresco e argentino*.

Quem estivesse nesse lugar a sós cuidaria que aproximava-se uma virgem mimosa, de fronte serena, olhar inspirado e fagueiro sorriso, perfumado de suave fragrância. Quem ali fosse com uma gentil companheira, acreditaria por certo que ela se transfundira nesse sítio nemoroso*, como em um grêmio do amor; e nas auras embalsamadas sentira-lhe o mago sorriso a bafejar-lhe as faces; no lago dormente seus olhos límpidos a refletirem-lhe o céu de sua alma; nas hastes das palmeiras, seu talhe mil vezes esboçado com a mesma inata elegância; nas laçarias e festões de trepadeiras floridas, os folhos* do amplo vestido; e na pelúcia da grama cambiante às depressões do terreno, a voluptuosa flexão das formas debuxadas pelo corpinho* de verde cetim. Como era possível não amar naquela mansão, onde tudo cantava, sorria, palpitava e respirava amor?

A quem era dado abjurar nesse templo nupcial, onde celebrava-se o consórcio entre o vigor e a graça, o perfume e a harmonia, o majestoso e o esplêndido?

Himeneu* eterno do vento com a floresta, do rio com a campina, do orvalho com a flor, do sol com a sombra, do céu com a terra[32].

13
Sustos

Na primeira surpresa do grito inesperado, tiveram os companheiros de passeio um ligeiro sobressalto; mas rápido se desvaneceu.

Tornaram pois à conversa, indiferentes ao que passava daí distante; apenas Berta, separando-se do grupo, subiu a correr a assomada* da colina, curiosa que estava de saber donde partira o clamor.

– Gosta muito de caçar? perguntou Linda com certo enleio* a Miguel como se não o conhecesse de muito tempo e a seus hábitos.

Mas quem não sabe que ternos segredos e confidências recônditas se insinuam muitas vezes em uma pergunta banal, feita por lábios amantes? Não estava porventura transpirando das palavras da moça um queixume pela preferência dada a uma distração que ela não partilhava?

– É um meio de passar o tempo, respondeu Miguel.

– Não lhe diverte mais ler? Mamãe deu-me um livro mui lindo, que eu acabei ontem. É a *Cabana Indiana**. Eu lhe... Mano podia emprestar-lhe.

– Já li, disse simplesmente Miguel.

– Não é tão bonito?

– Muito.

– Eu queria ter uma cabana assim, continuou Linda.

Miguel sorriu-se da inocente fantasia da moça, e ela, rastreando em seu espírito o fio daquele pensamento, sem aperceber-se de que podiam perscrutar-lhe o rosto, voltou-se de novo para o moço.

– O senhor não deseja formar-se?

– Era o meu sonho! replicou Miguel vivamente; e logo retraindo-se ao habitual sossego: – Mas para que pensar nisto?

– Mano vai no fim deste ano. Podiam ir juntos; seriam dois camaradas para se ajudarem.

– Para viver lá em São Paulo e lá estudar, é preciso ter dinheiro; e esse me falta, disse Miguel em tom de gracejo.

– Papai lhe empresta.

– Não duvido; mas o difícil é pedir-lhe eu.

– Por que razão?

De boa vontade, riu-se Miguel da insistência da menina:

– Quem nada tem de seu, não pede emprestado; salvo quando não pretende pagar.

– É verdade!

Miguel recobrara o bom humor que perdera um instante com os motejos de Berta; e divertia-se com os projetos que Linda formava a seu respeito. Não era ele desses que lançavam à conta dos ricos e fartos a culpa de sua pobreza, e se despeitam contra o mundo da ingratidão da fortuna. Aceitava sua condição como um fato natural e com certa filosofia prática, rara em mancebos.

– Pensando bem, é melhor assim, disse ele a Linda; se eu me formasse, teria ambições que não são para mim, e viria talvez a sofrer grandes dissabores; enquanto que ficando no meu canto, viverei tranquilo junto daqueles a quem amo. Para que há de a gente afligir-se por coisas que não valem senão dissabores, como vejo tantos fazerem por aí?

Afonso tinha-se apartado, e dando volta ao outeiro preparava-se para pregar em Berta uma das peças costumadas. Já ele se esgueirava sorrateiramente entre a folhagem para tomar de surpresa a menina, quando esta que estivera a olhar na esplanada alguma coisa que lhe chamava a atenção, desceu a correr para a figueira, e veio interromper o colóquio.

– Onde vai o Sr. Galvão?[33]

– Papai foi a Campinas, onde pretende se demorar alguns dias, respondeu Linda.

– Você não me disse nada.

– Só ontem ele resolveu e contra a vontade de mamãe que ficou tão assustada.

– Por quê? perguntou Miguel.

– Tem-se falado de esperas* que andam fazendo aqui perto, e ontem apareceu junto da fazenda um homem muito mau.

– O Bugre!

– Jão Fera? exclamara Miguel trocando um olhar com Inhá.

– Isso mesmo.

Berta cobriu-se de uma lividez mortal, e sua mão trêmula constringiu o seio como para reter o coração que lhe fugia.

– Eu também, prosseguiu Linda sem notar a perturbação da amiga, estou bem assustada. Não quis mostrar para não agoniar mamãe ainda mais do que ela estava; porém quando me lembro que papai tem de passar por esse lugar da Ave-Maria fico fria e toda trêmula.

– Ora, menina, deixe-se de faniquitos*, replicou Afonso a rir. Senão chamo já o tal Jão Fera para tirar-lhe o susto. É como se faz com as crianças, para não terem medo do calhambola*.

– Esteja sossegada, que nada há de acontecer; eu lhe prometo! disse Miguel.

– Obrigada! Mas papai demorou-se muito. Para a hora que saiu já devia estar bem longe.

Fazendo este reparo dirigiu-se Linda ao outeiro para observar o caminho. Miguel a foi seguindo, esforçando por manter-se de ânimo sereno a fim de não redobrar o susto da moça. Entretanto não deixava ele de estar inquieto e impressionado, recordando-se do encontro que tivera há pouco tempo com o feroz capanga, e sobre o qual julgara prudente calar-se.

– Agora é que passou a ponte! acudiu Linda com a satisfação de ver o pai, e a preocupação do motivo daquela demora.

Ela não sabia do incidente da volta por causa das amostras; mas era ele tão natural que ocorreu a Miguel.

– Talvez tivesse esquecido alguma coisa.

– Há de ser isso. Vamos, mano, que são horas.

– Onde está Berta? perguntou Afonso que a procurava desde alguns instantes.

– Escondeu-se conforme o costume para fazer tutu*! respondeu Miguel.

– Berta! chamou Linda.

– Aqui não está. Já corri tudo.

– Dê lembranças a ela, Miguel; não posso esperar; já é tarde.

– Aí adiante a encontra de emboscada no caminho, Linda.

– Se eu a pilho! disse o Afonso apertando a mão de Miguel.

Os dois irmãos atravessaram a capoeira*, espreitando por entre as folhas, mas não viram sombra de Berta.

Nesse momento soou de novo o mesmo estranho clamor que antes se ouvira; mas desta vez gania a voz com tal ímpeto e frenesi que estrangulava-se.

– Til! Til! Til…

Na roça estavam os pretos no eito*, estendidos em duas filas, e no manejo da enxada batiam a cadência de um canto monótono, com que amenizavam o trabalho:

Do pique daquele morro
Vem descendo um cavaleiro
Oh! gentes, pois não verão
Este sapo num sendeiro*?

Adubavam o mote com uma descomposta risada e logo após soltavam um riso gutural:

– Pxu! Pxu!

Têm os pretos o costume de entressacharem* nas toadas habituais, seus improvisos, que muitas vezes encerram epigramas e alusões. Bem desconfiavam, pois, o feitor de que a tal cantiga bulia com ele, e o sapo não era outro senão um certo sujeito bojudo e roliço, de seu íntimo conhecimento; mas fingia-se desapercebido* da coisa.

Quando passaram os dois irmãos, a um sinal do cabeça de eito, os pretos fizeram um floreio de enxadas, suspendendo-as ao ar com a mão esquerda, e com a direita pediram a benção[34].

14
A vespa

Onde sumira-se Berta, que não a descobria Miguel já cansado e aborrecido de a procurar por quanta moita e sebe ali havia?

Ouvindo Linda falar dos sustos de D. Ermelinda a propósito da viagem de Luís Galvão, sofrera a menina um choque violento, que redobrou quando foi proferido o nome de Jão Fera, o terrível capanga, a quem poucos momentos antes encontrara, e do qual se contavam coisas inauditas.

No olhar que relanceou-lhe Miguel, avivaram-se as palavras que recentemente haviam escapado ao moço, quando falava das desgraças que sempre acompanhavam o aparecimento daquele homem sinistro em qualquer lugar.

É verdade que muitas vezes, como confessara a Miguel dissuadindo-o de tais ideias, costumava ela encontrá-lo naquelas mesmas paragens, durante as longas excursões que fazia pelos campos. Mas, recordando-se do aspecto e modo com que nessas ocasiões lhe aparecia Jão, reconhecia que nessa manhã trazia o capanga no vulto e no semblante o que quer que fosse de soturno e ameaçador.

– Nos outros dias, parecia-me tão bom e humilde. Custava-me a crer todo o mal que dizem dele; e até as vezes dava-me na vontade perguntar-lhe se era verdade. Mas tinha pena dele. Havia de afligi-lo muito. São coisas ruins as que por aí contam. Meu Deus! É possível que se mate gente assim com tamanha barbaridade?... Aquela cara amarrada que ele tinha hoje; e os olhos fundos, e os modos arrebatados... Bem se via que levava uma maldade no pensamento. E para que nos veio seguindo por dentro do mato até junto da tronqueira, e depois sumiu-se para a banda da Ave-Maria, de que Linda falou há pouco, e por onde o Sr. Galvão não tarda a passar?... Ah! o coração me diz: Ele está na tocaia, e é para o Sr. Galvão mesmo![35]

Estas reflexões tumultuavam no espírito de Berta, que rompia o mato, fustigado o rosto pelos ramos das árvores e magoadas as mãos em partir as enrediças*.

Ao recobrar-se do soçobro* que tivera, escutando as palavras de Linda, ela afastara-se a pretexto de subir de novo o outeiro, e certificar-se da altura em que iam os viajantes. Descendo porém rapidamente a outra encosta, penetrou na floresta e desapareceu, antes que pudesse o Afonso já à cata, seguir-lhe a pista.

Valia a Berta conhecer perfeitamente o sítio, que muitas vezes antes percorrera com Miguel. A Ave-Maria ficava muito perto dali, para quem atalhava o caminho, levando rumo direito por entre a brenha* e ao longo do costão* que alombava* o penhasco até a azinhaga*. Uma vereda havia que serpejava pelo dorso do espigão*, e saía no tope da garganta.

A estrada principal da fazenda, por onde seguira Galvão, descrevia uma larga curva contornando as terras a que servia de extrema, e vinha passar em pequena distância à direita do Tanquinho, cerca de uma milha da casa das Palmas, situada no recosto da esplanada.

Calculou Berta portanto que tinha sobre o viajante um grande avanço e podia alcançar antes dele a azinhaga*, para certificar-se de que a passara incólume, ou para salvá-lo de qualquer modo, que a menina não podia imaginar.

Para isso, porém, era indispensável que o mato não lhe tolhesse o passo nem embaraçasse a carreira; e pois buscava ela descobrir o trilho no alto do espigão.

Não pôde achá-lo. A perturbação em que a deixara o choque, aumentada com a convicção de estar Jão na tocaia, lhe roubara a calma necessária para orientar-se no meio daquele dédalo* inextricável, tecido pelas guitas* dos cipós e vergônteas* das árvores.

De súbito estremeceu ela, ouvindo estalar os ramos com violência despedaçados, farfalhar a folhagem rudemente agitada e reboar nas abóbadas da floresta o estrupido de um passo duro e pesado.

Gente ou bruto, o que era, rompia pela mata abrindo passagem a rápida carreira, que não encontrava obstáculo para detê-lo.

Dir-se-ia a disparada de uma anta*, se não fosse uma certa ondulação do rumor que indicava não levar a corrida alvo certo, mas desviar-se para um e outro lado, fazendo voltas, como se a dirigisse uma vontade, perplexa no rumo, embora impetuosa na investida.

Parando para concentrar um momento a atenção, convenceu-se a menina que a seguiam; e sua fronte decidida vibrou um gesto de soberba contrariedade. Chamando a si toda a energia de seu caráter e todas as forças de sua fina têmpera, Berta de novo arremessou-se, e rompeu o mato com o desespero de escapar à perseguição.

Infelizmente, quando ela supunha ter ganho vantagem, caiu em uma sebe emaranhada; e aí ficou enleada pelas meadas de enrediças* que faziam entre os galhos das árvores um tecido de folhagem. Debalde tentou a menina desvencilhar-se; cada vez mais se prendia.

Entretanto aproximava dela rapidamente o som da outra corrida, e não tardaria muito que chegasse ali.

Ocorreu então a Berta uma ideia, encolhendo-se dentro do escondrijo*, que lhe deparara tão propício acaso, quedou-se à espera, sem rumor, cortando sutil com os dentes as cordas dos cipós que a enleavam.

Chegou enfim a corrida e passou como um turbilhão cerca de duas braças* do lugar onde ela estava sem que se pudesse distinguir mais do que um vulto pardo, que bruxuleou entre o maciço da folhagem. Algum tempo aquele tropel serpejou cerca*, até que perdeu-se na distância.

Surdiu* Berta do escondrijo, onde aproveitara o tempo, não só a destrinçar a teia que a envolvia, como a coligir as vagas lembranças daqueles sítios. Lá não muito longe, vira ela sob as crastas* de verdura descarnar-se o rochedo; a vereda passava por cima.

Caindo em fim no treito*, precipitou a corrida, e de um fôlego chegou à brenha* da azinhaga*. Aí hesitou um instante. Em que ponto do despenhadeiro estaria de emboscada o capanga? Onde e como descobri-lo? Chegaria a tempo? Não seria frustrada a louca esperança que a trouxera?

A cada momento parecia-lhe que estourava o bacamarte, ali talvez bem perto dela; e que todo seu impetuoso afã não lhe servira senão para ser testemunha de uma atrocidade infame: o assistir aos últimos arrancos do fazendeiro, a quem viera salvar*.

Nisto soou rumor do lado das Palmas. Já o estrupido reboava nas lôbregas* socavas*, sinal de que os animais pisavam a chapada que servia de respaldo à entrada do despenhadeiro. Era Luís Galvão, não podia ser outro.

Cega, desvairada, a menina quis arrojar-se naquela direção para fazer parar o viajante e impedir-lhe que passasse. Mas diante dela abria-se um barranco profundo. Lançando olhos ansiados em torno, lobrigou* entre a folhagem um vulto negro; e ficou hirta. Reconhecera a camisa de baetão preto que trazia naquela manhã Jão Fera; e a um movimento de cabeça vira o colo musculoso distender-se como serpente.

Era, com efeito, o capanga, que, advertido pelo tropel dos animais, espreitava, com a faca apunhada*, o momento de arrojar-se à frente.

Como dissera Luís Galvão ao almoço, o Bugre não feria de emboscada; lutava de rosto, e corpo a corpo, barateando a vida. O bacamarte descansava encostado ao tronco; e o chapéu caído ao chão, deixava em pleno ar a cabeça revolta, que fervia-lhe com o jorro de sangue arremessado pela sanha* a subverter-lhe o coração.

Aproximava-se Luís Galvão; e Berta presa de um espasmo de horror, que lhe sufocara a voz e crispara o corpo, não podia soltar um grito, nem dar um passo para preveni-lo.

Chegara o fatal momento.

Colhendo o lombo como o tigre para distender o salto, Jão Fera arrancou. A nuca, porém, lhe vergara contra os ombros, ao impulso de mão invisível que lhe travara os cabelos. Ao mesmo tempo soava-lhe ao ouvido uma palavra soturna, mas carregada de cólera e desprezo:

– Malvado!...

O capanga voltou-se rápido e feroz como o tigre picado pela vespa. Estava em face de Berta[36].

15
O relicário

Era medonha a catadura* de Jão Fera quando voltou-se.

A fauce* hiante* do tigre, sedento de sangue, ou a língua bífida* da cascavel, a silvar, não respiravam a sanha* e ferocidade que desprendia-se daquela fisionomia intumescida pela fúria.

Berta, ao primeiro relance, sentiu-se transida de horror; e o impulso foi precipitar-se, fugir, escapar a essa visão que a espavoria. Reagiu, porém, a altivez de sua alma e a fé que a inspirava.

Travando as mãos ambas um galho que encontraram acaso atrás da cintura, e crispados os braços como duas molas de aço brandidas, conseguiu manter-se com o talhe ereto e a fronte sobranceira, arrostando em face aquela rábia* formidável, que terrificaria ao mais bravo.

Jão Fera, reconhecendo a menina através da nuvem de sangue que lhe inflamava o olhar, e vendo-a afrontar-lhe os ímpetos, não abateu logo de todo o fero senho, mas foi-se aplacando a pouco e pouco. A ira que se arrojava do seu aspecto, retraiu-se e de novo afundou pelas rugas do semblante, como a pantera que recolhe à jaula, rangendo os dentes.

Sua alma se impregnava do fluido luminoso dos olhos de Berta, e ele sentia-se trespassado pelo desprezo que vertia no sorriso acerbo esse coração nobre e puro, sublevado pela indignação. De repente começaram a tremer-lhe os músculos da face, como os ramos do pinheiro percutidos pela borrasca; e as pálpebras caíram-lhe, vendando-lhe a pupila ardente e rúbida*.

– Estavas aqui para matar alguém? perguntou a menina com um timbre de voz, semelhante ao ringir do vidro.

Respondeu o capanga com uma palavra, que em vez de sair-lhe dos lábios, aprofundou-se pelo vasto peito a rugir como se penetrasse em um antro.

– Estava.

– Que mal te fez essa pessoa?

– Nenhum.

– E ias assassiná-la?

– Pagaram-me.

– Então, matas por dinheiro? perguntou Berta com a veemência do horror, que lhe causava essa torpe exploração do crime.

– É meu ofício! disse Jão Fera com uma voz calma, ainda que grave e triste.

– E não te envergonhas?

Com um assomo de soberba indignação foram proferidas estas palavras pela menina cujo olhar vibrante flagela-

va as faces do sicário*. Este erguera a fronte num ímpeto de revolta, pungidos os brios pela humilhação:

– Envergonhar-me de quê? Não feri, nunca feri homem algum de emboscada, às ocultas, a meu salvo*. Ataco de frente, a peito descoberto. Se mato é porque sou mais valente e mais forte; mas arrisco minha vida, e umas quantas vezes, bem mais do que esses a quem despacho, pois sou um só contra muitos.

– Que importa isso? A miséria está em venderes a vida de teu semelhante, se acaso és tu homem e não fera como te chamam.

Um riso de ironia feroz arregaçou o lábio do capanga.

– E a vida é coisa que não se venda? Aí estão comprando-a todos os dias e até roubando. A minha, não a queriam, quando me recrutaram? Foi preciso barganhar por outra, senão lá ia acabar em alguma enxovia*.

– Assim não te causa a menor repugnância derramar o sangue de teus semelhantes em troca de alguns vinténs?

– Sangue de gente, ou sangue de onça, todo é um; tem a mesma cor, e a mesma maldade. Já estou acostumado com ele. Sente-se a fumaça do churrasco. Eu gosto! disse o sicário dilatando as narinas, como se esquisito aroma lhe prurisse* o olfato.

– Tu és um monstro! disse Berta afinal com uma explosão de horror. Quando te pintavam como um assassino, autor dos maiores crimes e capaz de cometer toda a espécie de atrocidade, eu não queria crer; porque duvidava que um homem pudesse transformar-se em um tigre carniceiro; e também porque tantas vezes te vi tão sossegado e cuidadoso comigo, e eu não podia imaginar que se pudesse ter esse rosto bom e tranquilo, tendo-se dentro do coração uma caninana*[37].

A estas últimas palavras, em que a voz da menina sombreara-se com uma entonação afetuosa, o corpo robusto do capanga oscilou com íntima e rija vibração, como o prócero ibiratã* quando a seiva exuberante irrompe lascando-lhe o tronco. Na expansão violenta de sua alma, arrojava-se ele aos pés de Berta e ia cair-lhe de joelhos, quando um olhar embaciado e glacial o reteve ofegante e esmagado:

– Agora creio em tudo no que me disseram, e no que se pode imaginar de mais horrível. Que assassines por paga a quem não te fez mal, que por vingança pratiques crueldades que espantam, eu concebo; és como a suçuarana, que às vezes mata para estancar a sede, e outras por desfastio entra na mangueira* e estraçalha tudo. Mas que te vendas para assassinar o filho de teu benfeitor, daquele em cuja casa foste criado, o homem de quem recebeste o sustento; eis o que não se compreende; porque até as feras lembram-se do benefício que se lhes fez, e têm um faro para conhecerem o amigo que as salvou.

– Também eu tenho, pois aprendi com elas, respondeu o Bugre; e sei me sacrificar por aqueles que me querem. Não me torno, porém, escravo de um homem, que nasceu rico, por causa das sobras que me atirava, como atiraria a qualquer outro, ou a seu negro. Não foi por mim que ele fez isso; mas para se mostrar ou por vergonha de enxotar de sua casa a um pobre-diabo. A terra nos dá de comer a todos e ninguém se morre por ela.

– Para ti, portanto, não há gratidão?

– Não sei o que é; demais, Galvão já pôs-me quites dessa dívida da farinha que lhe comi. Estamos de contas justas! acrescentou Jão Fera com um suspiro profundo. Assim não era por ele que eu o queria poupar; mas por outra pessoa.

O capanga quis fitar na menina a pupila ardente; mas não teve forças de erguer o olhar, que pesava-lhe como uma trave e abatia-se no chão:

– Foi por mecê, disse a voz submissa.

– Por mim? Por mim; e entretanto estavas aqui; e ias matá-lo?

– Quando ajustei, não sabia e gastei o dinheiro. Agora não tenho para restituir...

– Pois eu não quero, ouves, não quero que lhe toques!

Jão Fera estremeceu:

– Empenhei minha palavra! disse o capanga inflexível como a fatalidade.

– Desempenha!

– Se pudesse! exclamou Jão com o acento do desespero, e concluiu sucumbido: – Não tenho quarenta mil-réis!

Um riso estridente de cólera escarninha agitou o lábio de Berta.

– Dinheiro? Por que não o roubas? Tens vexame? Um assassino que farta-se de sangue, com o escrúpulo de meter a mão na bolsa alheia. Ah! Ah! Ah!...

A tortura que sofria Jão Fera não se descreve. Foi com a voz estrangulada por dores cruentas que ele balbuciou:

– Jão Bugre é um homem de honra!

– Ah! és um homem de honra! Pois então vai, corre! Aquele que escapaste de assassinar te dará de esmola o preço por que ajustaste sua morte, como te deu outrora o pão com que matavas a fome!

Ante este último e pungente sarcasmo o capanga sucumbiu, desfigurando-se horrivelmente. Nas crispações do rosto, como nos espasmos das pupilas, sentiam-se as vascas* da convulsão que laborava* aquela alma.

– Jura que o respeitarás!

– Não posso! murmurou o capanga com um arranco.

– Jura!

– Minha palavra!...

Era tal a angústia dessa voz soluçante, arquejada por uma ânsia do coração, e tamanha desolação cobria aquela organização possante e indômita, agora esmagada sob a mão frágil de uma criança, que Berta comoveu-se profundamente.

– Toma, vende e desempenha a tua palavra!

E estendeu-lhe a mão com o cordão de ouro que tirara do pescoço e ao qual estava preso o amuleto e a cruz.

– O quê! disse Jão abaixando a cabeça para distinguir o objeto, tão cedo estava da agonia daquele transe.

– O relicário de minha mãe!

Estalou com um grito horrível e bravio o peito de Jão Fera, que arremessando-se longe, desapareceu nas brenhas*[38].

Foi o tempo em que pela rampa do barranco despenhava-se um corpo humano, que veio cair estrebuchando aos pés da menina, com a gorja* a estertorar e os dentes a ranger.

Berta o reconheceu.

Era Brás, o idiota[39].

Segundo Volume

1
A sura

Na entrada do vale, onde assenta a freguesia de Santa Bárbara, via-se outrora à margem do Piracicaba, escontra* o rio, um velho casebre[1].

Era uma antiga construção de taipa*; e mostrava com pouca diferença o aspecto comum às habitações medianas que, naquela parte da província de São Paulo, se encontram de espaço em espaço pela beira do caminho, e à distância dos arraiais e povoados.

A porta de entrada ficava no meio entre duas janelas estreitas, com um só caixilho, coberto de esteira em vez de vidro. Tanto as portadas, como as folhas, estavam cobertas de uma pintura cor de ferrugem, que destacava na parede da frente, branquejada com tabatinga*.

A um lado da casa cresciam umas encarquilhadas laranjeiras-da-china e um pessegueiro; no outro havia canteiros, onde espigavam no meio da ervagem couves gigantes, já com pretensões a arbustos, de tão velhas que eram.

Mais longe, no gramado se erguia um frondoso pau-ferro, a cuja sombra costumavam se abrigar da calma*, durante a sesta, um cavalo magro, uma vaca e alguns bacorinhos*, que levavam o resto do dia a roer o capim já tosado até a raiz.

Mediavam três dias depois que Berta salvara a vida a Luís Galvão, retendo o ímpeto de Jão Fera.

Amanhecera de pouco. Estava um dia de inverno frio e brumoso. Forte cerração cobria o vale, condensando-se ao longo do rio. A trechos*, grossos borbotões de neblina mais espessa desdobravam-se do viso* dos montes ao sopro da viração, e rolavam como vagas por esse mar de névoas.

Vistas através do véu, as árvores tomavam um aspecto pavoroso e fantástico, e às vezes figuravam os espectros, de que a abusão* povoa os ermos, a fugirem espancados com os primeiros albores do dia.

Abriu-se a porta que dava para a varanda, corrida nos fundos da casa e assomou o vulto gentil e esbelto de uma moçoila que trazia ao braço um saco de chita. Apesar da cerração, era fácil de conhecer Berta, pela garridice petulante dos gestos e meneios.

Aos saltinhos, ganhou a menina o quintal onde havia um pequeno jardim, se tal nome cabe a moitas de roseiras, manjericão e malmequeres plantados de mistura e sem arte dentro de um cercado de varas, entre as quais estavam suspensos alguns cacos* de barro com pés de craveiros.

Apenas afastou Berta a faxina* que servia de porta ao cercado, saiu debaixo de sua palhoça uma galinha sura e muito arrepiada. Não tinha pés a pobre, que lhos haviam roído à noite os ratos; andava aos trancos, sobre os cotos que mal a ajudavam a saltar, e incapazes de sustê-la, a deixavam cair a cada passo, cobrindo-a de terra, o que a fazia mais feia ainda.

Tanto que a avistou, correu a menina a seu encontro e tomando-a ao colo, deu-lhe a comer um punhado de milho que tirou do saco. Farta a galinha da sua pitança*, levou-a Berta à bica, para matar-lhe a sede, e lavar-lhe as penas sujas de poeira e cisco.

Depois que assim desvelou-se em pensar* a pobre ave, dando-lhe a nutrição e asseio, a menina deitou na palhoça, que a seu rogo fizera Miguel num canto do cercado, para abrigo de sua protegida.

Nos gestos de Berta, durante esses cuidados, já não se notava a travessa alacridade que cintilava de ordinário em seus movimentos; e era, pode-se bem dizer, a radiação de seu gênio. Sua graça então era séria; havia em seu lindo semblante uma serena efusão da ternura que fluía-lhe dos olhos meio vendados, e dos lábios descerrados por um riso gentil.

Bem se conhecia, ao vê-la embebida naquela ocupação, que não havia aí para ela unicamente o atrativo de uma afeição de criança, como todos na meninice sentimos, uns pelas bonecas, outros pelos cães ou passarinhos. Impulso mais forte era o que movia o coração de Berta para aquele mísero ente, como para todo o infortúnio que encontrava em seu caminho[2].

Ninguém na casa se importava com essa galinha, a não ser para fazer-lhe mal. Antes de perder os pés, por ser feia e arisca perseguiam-na a pedradas, quando aparecia no quintal. Depois que a roeu a ratazana, esteve ameaçada da panela, donde a salvou Berta, que desde esse dia a tomou a seu cuidado.

Daí em diante, não houve mais quem bulisse com a sura; porque sabiam que não o sofreria sua linda protetora. E como todos queriam a Berta de coração, o ponto era mostrar ela predileção por alguma pessoa, ou mesmo objeto, que porfiavam por lhe adivinharem os pensamentos.

Tendo acomodado a galinha na sua capoeira* coberta de palhas, e mudado a água do caco*, a menina que derramara pelo chão um punhado de milho e couves, entreteve-se alguns instantes a ver suas flores, umas já de véspera abertas, outras botão como ela, esperando o primeiro raio do sol para desabrocharem.

Entre eles, colheu um de rosa que entrelaçou nos cabelos; e deixando o quintal, sem demorar-se com as outras galinhas que a cercavam cacarejando, e às quais atirou de passagem o resto do milho, ganhou o campo.

Estendia-se este com pequenas ondulações até a margem do rio, que ficava a umas cem braças* da casa. Entre as pitas* e crautás, que formavam touças* aqui e ali, em torno de algum arvoredo, serpejavam trilhos, cruzando-se em várias direções.

Seguiu Berta por aquele que estendia-se na direção do rio. Não tinha, porém, dado vinte passos, que voltou-se rapidamente, ouvindo rumor da porta da varanda que outra vez se abria.

Por entre a folhagem e através da neblina viu ela o vulto de Miguel, que parara no quintal, volvendo o rosto de um a outro lado, como indeciso no rumo que devia tomar. Adivinhou logo a menina que o rapaz lhe percebera a saída e vinha disposto a acompanhá-la.

Ocultou-se então em uma das touceiras, que embastiam* as cortinas de erva-de-passarinho*, pendentes das ramas de uma velha laranjeira-do-mato. Daí observou Miguel, o qual depois de vagar um instante perplexo pelo campo, meteu-se pela vereda paralela ao rio, e pouco depois desapareceu por detrás de uma ponta de capoeira*.

Continuou então Berta o seu caminho; mas receosa de que o rapaz estivesse espreitando ou voltasse de repente, ora avançava trêmula de susto, hesitando a cada passo e de chofre escondendo-se atrás das árvores, ora disparava a correr para encobrir-se no mato que bordava o sopé da colina[3].

2

Zana

Ao passar pela garganta de dois outeiros pedregosos, que formavam abraçando-se uma estreita e úmida charneca*, Berta bateu com força as palmas das mãos breves e delicadas.

Ouvia-se de perto um ornejo* soturno, que mais parecia gemido; e logo depois surdiu dentre o maciço da folhagem a enorme orelha de um burro, que a muito custo movia o passo trôpego. De magreza extrema, ressaltavam os ossos a modo que pareciam prestes a furar-lhe o couro. Era propriamente uma carcaça, coberta com espessa crosta de lama, onde o animal estivera deitado e lhe secara no pelo.

A outra orelha, que aparecia, a perdera ele na mesma ocasião em que de uma foiçada lhe vazaram o olho esquerdo, levando-lhe boa parte da cabeça. Parece que o arteiro* do burro conseguira furar a cerca da roça de um caipira, e regalava-se de milho verde e tenra fava. Mas saiu-lhe cara a gulodice.

No mísero estado em que o pusera o caipira, pôde, arrastando-se, chegar àquela charneca, onde se deitou, quase moribundo, em um brejal*. Com pouco* os urubus vieram pousar nas ramas da imbaúba*.

Acaso passou Berta pelo caminho e ouvindo gemidos, foi, guiada pelos abutres, dar com o animal agonizante no meio de uma touça de junça*. Movida de compaixão, venceu a natural repugnância que lhe devia causar o aspecto da ferida para lavá-la e cobrir com folhas de fumo atadas por embira*.

Do fumo sempre ouvira falar como remédio para todos os achaques. Se não servisse para ferimentos, em todo o caso guardava o talho contra as moscas e tavões*.

Repetiram-se estes cuidados, até que afinal começou a ferida a cicatrizar; mas deixara o burro em tal lazeira*, que ainda era duvidoso se escaparia. Não desanimou Berta, em cuja alma se produziam na maior efervescência os transportes dessas abnegações veementes, que são para certas naturezas uma necessidade irresistível de expansão[4].

– Coitado do cotó! Ainda está muito magricela?... disse a menina com um carinho compassivo.

E tirou do saco meia dúzia de espigas de milho, que o animal devorou com uma gana de convalescência.

Debulhado o último sabugo, farejou o burro o saco, donde se escapavam umas exalações que lhe pruíam agradavelmente o olfato.

Rindo, outra vez meteu Berta a mão no seu inesgotável saco e trouxe um punhado de farinha que o burro lambeu-lhe das palmas. Dando então um ligeiro tapa na belfa* do animal, deitou a correr pelo campo fora seguindo a mesma vereda.

Atrás de um fraguedo*, cuja falda atravessava o leito do rio, abrolhando-lhe* a corrente, existia naquele tempo uma casa em ruína. Já tinha desabado metade da parede do sótão e o telhado abatia aos poucos, rompendo os caibros podres.

Da cozinha, que ainda se conservava em bom estado, com exceção da porta já tombada ao chão pela ferrugem das dobradiças, saía um som roufenho* e soturno, como o grunhido de um porco. Acocorada a um canto, com o queixo sobre os cotovelos fincados ao peito cerrando a cara, descobria-se uma criatura humana, dobrada sobre si a modo de trouxa.

Era uma preta velha, coberta apenas de uma tanga de andrajos, e que resmoneava*, batendo a cabeça com um movimento oscilatório semelhante ao do calangro*. De tempo em tempo desdobrava um dos braços descarnados, insinuava ligeiramente a mão pela espádua, e fazia menção de matar uma pulga que imaginava ter presa entre o polegar e o indicador.

Havia algum tempo já que Berta parara à porta da cozinha, sem que a estranha criatura desse o menor sinal de a ter percebido.

– Zana! disse afinal a menina.

Estremeceu a negra, e pôs-se à escuta daquela voz, como se viesse de longe, de bem longe, e só mui de leve lhe ferisse as ouças*. Não se repetindo o chamado, voltou à primeira posição e continuou a resmonear, abanando a cabeça coberta de uma carapinha grisalha da cor de lã churra* do carneiro.

Entretanto Berta aproximou-se de uma prateleira que havia na parede, junto ao fogão, para esvaziar ali o resto do saco. No velho alguidar esborcinado*, deitou a farinha de milho; e sobre a tábua algum feijão e torresmos de carne de porco, embrulhados em folhas de couves.

Recostando-se então à aba da prateleira, a menina com os olhos fitos na preta começou em um tom brando e suavíssimo a repetir este acalanto:

Cala a boca, anda, nhazinha,
  Ai-huê, lê-lê!
Senão olha, canhambola*,
  Ai-huê, lê-lê!
Vem cá mesmo, Pai Zumbi,
Toma, papa nhá Bebê!

À proporção que a menina cantava, à preta desrugava-se o rosto contraído por um espasmo, que lhe deixara impressa no semblante alguma profunda angústia. Uma vaga expressão de sorriso chegou a iluminar aquela fisionomia bruta e repulsiva. Os olhos pouco antes baços e quase extintos desferiram um lampejo, e vagando um instante pelo aposento, se fixaram enfim no vulto de Berta.

– Bebê!... regougaram* os grossos beiços da negra com uma voz que não parecia humana, embora repassada de extrema doçura.

Depois arrancou do peito cavernoso a mesma toada do acalanto, cujas palavras truncava por forma que somente se percebia delas a sonância confusa e estranha. Dir-se-ia que ela cantava em algum dialeto africano, tão bárbara era a pronúncia com que se exprimia.

Entretanto fora dela mesma que Berta aprendera a cantilena por tê-la ouvido repetir muitas vezes. Imagine-se que esforço de paciência e atenção não fora necessário à menina para decifrar entre os sons ignotos e quase inarticulados, as palavras da cantiga, que ela dantes nunca ouvira.

Mas a pobre louca era uma das misérias sobre que se derramava como bálsamo a alma de Berta. Desde criança se habituara a passar aí algumas horas, de quando em vez; tornando-se moça vinha regularmente duas vezes por semana visitar a sua protegida e trazer-lhe o sustento.

Esperou Berta com a maior paciência que Zana acabasse de cantar; e então mostrando-lhe as provisões, conseguiu que ela comesse alguns bocados dados por sua mão. Para que a doida abrisse a boca, porém, era necessário que a menina estivesse a repetir de momento a momento duas palavras que pronunciadas por sua voz carinhosa produziam sobre esse espírito enfermo um efeito mágico[5].

– Zana, bebê!...

3
A visão

Sentara-se Berta na soleira da porta da cozinha, e com a vergôntea que partira do galho seco de um marmeleiro*, traçava letras no chão do quintal.

Eram iniciais de nomes, que ela tinha no coração ou na memória; e naquele momento de cisma* lhe acudiam de envolta* com as recordações de sua modesta existência, à qual estavam entrelaçadas.

De instante a instante, voltava o rosto para observar Zana, que já completamente alheia e desapercebida* de sua presença, continuava a menear a cabeça com a mesma incompreensível surdina; ou arrancava da taipa um torrão de barro, que mastigava com avidez.

Nessas ocasiões fitava Berta os olhos em uma réstia de sol, que, penetrando pela fresta praticada no alto da parede exterior, cortava obliquamente o aposento com uma faixa de luz. O raio esbatido na taipa do fundo se inclinava gradualmente com a elevação do sol no horizonte, e descia vertical sobre o canto onde se acocorava habitualmente a louca.

A folhada crepitou com um estalido cadente, que indicava passo de homem ou animal a caminhar por entre o matagal que cercava as ruínas e ameaçava afogá-las sob a basta ramada.

Olhava a menina assustada para o lado de onde viera o rumor, quando na balsa* fronteira lobrigou* um vulto pardo que resvalava por detrás do tapigo*, e cujo ofego* sussurrava entre as folhas.

Ligeira escondeu-se Berta na cozinha, e por uma fenda que havia no aposento próximo, outrora dispensa, espreitou o circuito. Mas um incidente a distraiu desse propósito, chamando sua atenção para o interior.

A réstia de sol, descendo, batera na cabeça de Zana, que se ergueu esfregando os olhos, e aproximou-se do fogão. Agachada em frente ao bueiro*, começou a soprar, como se houvesse ali nas grelhas algum brasido* coberto pelo borralho*; entretanto o tijolo gretado, que servia de lareira, já não conservava nem restos de cinzas.

Depois de algum tempo empregado na quimérica operação de acender um fogo ausente, a louca foi à prateleira buscar uns cacos* de telha, que se lhe afiguravam panelas ou frigideiras; e fez menção de lavar o trem de cozinha, para preparar a comida.

Em meio dessa ocupação, de chofre voltou ela a cabeça, aplicando o ouvido, à guisa de quem escuta um chamado, e para acudir arrancou do peito um grito áspero e gutural:

– Inhá!...

Imediatamente deixou o fogão, depois de pôr os testos* às panelas, e dirigiu-se pelo corredor à sala da frente, donde passou à alcova próxima. Não havia aí ninguém; as paredes esbroavam-se; o teto de fasquias* de taquara caía aos pedaços, e as tábuas do soalho rangiam sobre os barrotes* carcomidos.

Zana tinha parado junto à porta, em atitude de escutar outra pessoa, que porventura ali estivesse a falar-lhe. Os gestos rudes, mas expressivos; os esgares* vivos e rápidos, que lhe cambiavam a móbil fisionomia, indício eram das impressões encontradas que abalavam esse espírito embotado*[6].

Seguira Berta com ansiosa atenção os passos da louca, decorando seus menores movimentos e observando-lhe amiúde a expressão do rosto. Cosida a ela como a sombra ao corpo, roçando-a muitas vezes a seu pesar, ou bafejando-lhe o rosto com o hálito, quando acaso se inclinava para espiar-lhe o semblante, nem assim Zana dava fé de sua presença.

Desde algum tempo, em uma de suas visitas, reparou Berta na singular mímica da doida, e de princípio não viu nisso mais do que um efeito natural da loucura. Mais tarde, porém, notando a insistência com que a negra repetia os mesmos movimentos, e ordem em que eles se sucediam, suspeitou a menina um mistério.

Não seria essa pantomima a representação muda de uma cena que ali, naquela casa em ruínas, passara outrora, e abalara a alma da negra a ponto de a subverter e alucinar?

Assim como dizem que a pupila conserva a imagem da última visão, não sucederá o mesmo com o espírito, e não ficará nele gravado, como em estereótipo, o quadro que iluminaram os últimos clarões da razão extinta?

Foi este o pensamento de Berta, que, atraída pelo encanto desse mistério, empenhou-se em perscrutar esse ermo onde jazia no seio de uma casa e de uma consciência, ambas em ruínas, o arcano impenetrável.

De tantas vezes que assistira àquele esboço rude e taciturno de uma tragédia ignota, já conhecia Berta de todos os seus episódios e incidentes, que mais tarde ela reproduzia de memória com o afã de penetrar-lhes* o sentido oculto.

Até o momento em que Zana entrava na alcova, era fácil de compreender o fato que a reminiscência da doida retraçava tão ao vivo.

A preta, que era naturalmente a cozinheira da casa, despertada pelo sol, do costumado cochilo, acendera o fogo e preparava o almoço, quando ouviu chamarem-na do interior. Deixou a ocupação, e acudiu alguém, que estava na alcova[7].

Aí ouviu assustada e com espanto o que lhe dizia essa pessoa, e, achegando-se à janela na ponta dos pés, enfiou os olhos na direção que lhe fora indicada. Assim permaneceu algum tempo, até que recuou espavorida, com a máscara do terror no semblante, e os ossos dos joelhos a estalarem, batendo um contra o outro.

O que vira ela?

Não pudera a menina atinar ainda, nem com a explicação desse terror, nem com o resto da história, que de mais em mais se complicava.

No meio do súbito pavor, cobrava* Zana a vontade, estendia os braços crispados, parecia tomar um objeto que apertava ao seio convulso, como se quisesse esconder ou sufocar; e atirava-se fora do aposento com um ímpeto de horror que a levava até um cubículo da cozinha, onde fazia sua dormida.

Dir-se-ia que deitava o seu fardo no chão, e corria ao fogão para tirar dali alguma coisa, que depois de moída espalhava nas palmas das mãos para ir esfregar o objeto escondido no cubículo.

Saía então ao terreiro, e passeava de um a outro lado com os modos de uma ama, ninando criancinha de colo. Era nessa ocasião que, balançando o corpo, com os braços arredondados ao peito, ela entoava a monótona cantiga, que Berta conseguira decifrar.

De repente transmudava-se completamente a doida, passando daquela extrema volubilidade a uma apatia balorda. Parecia fazer-se um vácuo em suas reminiscências, que fugiam-lhe deixando a alma sepultada em treva espessa. O semblante se intumescia com a expressão do idiotismo.

Nesse estado de estupor, vagava a passos trôpegos pela casa, até que parava automaticamente na porta da alcova e estendia o pescoço para dentro. Devia de ser horrível o espetáculo que ali surgira a seus olhos, porque depois de tantos anos, a só imagem a fulminava.

Erigia-se-lhe o corpo hirto; um grito de terror estalava no peito e vinha estrangular-se nas fauces*. Volvia sobre si; e tombava ao chão, como uma pedra[8].

4
O desconhecido

Tal era o esboço grosseiro do misterioso drama, que ali se representara e do qual Berta debalde se empenhava em devassar o segredo.

Mais estimulava a sua curiosidade o cuidado com que em criança a tinham arredado da casa em ruínas, já inspirando-lhe um terror supersticioso da louca, já recomendando-lhe que nunca se dirigisse para aquela banda.

Também quando a menina queria saber a história de Zana e a razão por que a negra doida ali vivia abandonada numa casa em ruínas, que devia ter pertencido a pessoa abastada, ninguém lhe respondia; mas procuravam uma evasiva para não falar sobre tal assunto.

Tudo isto, longe de arredar a menina daquele sítio, bem ao contrário desenvolvia nela uma dessas tentações de criança que não conhecem obstáculos. A pouco e pouco, de susto em susto, animou-se ao cabo de muitas semanas a aproximar-se das ruínas e observar Zana em distância, até que afinal se convenceu que era uma criatura inofensiva a mísera doida.

Já tinha então Berta seus quinze anos, e com a afoiteza da idade também ganhara mais largueza e desenvoltura da ação para sair de casa e demorar-se fora sem inspirar cuidados.

Berta passava por enjeitada e ela o sabia, pois nunca lho ocultavam. Fora a mãe de Miguel, nhá Tudinha, quem a recolhera e criara com o maior desvelo. Na casa, porém, onde se achava emprestada e por comiseração, era ela a verdadeira senhora, pois que os donos se faziam cativos seus e porfiavam em adivinhar-lhe as vontades para satisfazê-las.

Sem dúvida que nhá Tudinha queria mais bem ao filho de suas entranhas; mas não tinha para ele os extremos, as debilidades e carinhos, que fazia por essa filha de criação, a enjeitadinha. De seu lado, Miguel, embora se estremecesse pela mãe, decerto que pensava mais em Berta, sua colaça*.

Sentindo a sedução que exercia em torno de si, não abusava todavia a menina, transformando-a em uma pequena tirania doméstica, à imitação de certas crianças dengosas. A não ser para conservar a liberdade, a que a habituara uma educação campestre, no mais esquivava-se quanto podia ao império que lhe deferiam os súditos de sua graça e gentileza.

Assim explica-se como podia Berta passar horas e horas nas ruínas, observando Zana, e esforçando por desvendar o mistério dessa louca solitária, que ali vivia ao desamparo, completamente esquecida e nutrindo-se de terra e de raízes cruas, antes que a menina se incumbisse da tarefa de prover a sua subsistência[9].

No dia em que estamos não acabou Zana a pantomima de sua visão diária.

Quando se aproximava pé ante pé da janela da alcova, em atitude de quem espreita, os olhos da negra esbarraram com os de um homem. Era o Barroso que assomara de dentro do mato, pouco antes, e dirigiu-se passo a passo para as ruínas.

Estremeceu a doida, e tão violenta foi a propulsão, que a fez saltar sobre si. Com os olhos esbugalhados, a boca escâncara* e os beiços arregaçados, ficou banza* um instante; mas logo, espancada pelo terror, precipitou-se para fora tão desastradamente que errou a porta e bateu em cheio na taipa*.

De novo arremeteu, e, rechaçada pelo choque, andou aos embates contra a parede, até que acertando com o vão da porta fugiu estremunhada* de pavor.

Advertida pelo primeiro sintoma de estupefação da louca, Berta seguindo-lhe a direção do olhar, avistara também o Barroso, que nesse momento parado em face da janela, a alguns passos apenas, a encarava com uma expressão de profundo rancor.

Teve medo a menina, e recuou instintivamente. Estava acostumada a correr só os campos vizinhos, onde frequentemente encontrava caipiras e toda a casta de gente malfazeja, de quem aliás nunca se receara. Esse homem, porém, inspirava-lhe uma indefinível repugnância e terror.

Esteve Barroso a considerá-la alguns instantes, com ar de quem se resolve. Por fim, mascando um riso mau, que revia-lhe dos lábios, afastou-se murmurando:

– Eu hei de saber! Ah! se fosse!...

Com a partida do desconhecido, recuperou Berta a calma de espírito, e volvia os olhos pela sala procurando Zana, que vira fugir, quando lhe feriram o ouvido gritos esganidos* e sufocados, que vinham do terreiro.

Precipitando-se da alcova, a preta viera até o terreiro da cozinha, onde, faltando-lhe as forças, abateu-se como um fardo a que retiram o apoio[10].

Imediatamente de dentro do balseiro saltou com o arremesso de um gato do mato uma estranha criatura cuja roupa de grosso brim escuro, mosqueado de nódoas, ainda mais concorria para a ilusão. Acocorando-se em cima do corpo inerte da louca, apertava-lhe ao pescoço as mãos crispadas, procurando esganá-la, enquanto com os pés e os joelhos malhava-lhe o ventre[11].

Foi esta cena cruel que Berta viu de relance ao chegar à porta da cozinha, chamada pelos gritos. Arrojando-se do mesmo ímpeto ao terreiro, seus lábios lançaram com um

tom de severa exprobração o nome do perverso, que espancava tão barbaramente uma criatura inofensiva.

– Brás!

Não se animou o rapaz a erguer a cabeça, tão acabrunhado ficara, e tão corrido de sua barbaridade. Naquele instante não havia[12] forças para obrigá-lo a fitar o semblante de Berta, e afrontar a cólera de seu olhar.

Agachado, como se quisera sumir-se pela terra adentro, fugira ele antes que a menina chegasse para tirar-lhe a preta das garras; e foi esconder-se por detrás de um marachão* da taipa, que esbroara da parede do oitão*.

Cuidou Berta de levantar a cabeça da doida, na esperança de reanimá-la, o que só conseguiu depois de muito tempo. Quando a preta se pôde erguer, ajudou-a ela a ganhar o cubículo, onde à noite se agasalhava a infeliz. Havia tempo lhe trouxera a menina uma esteira, sobre a qual a acomodou, prometendo a si mesma voltar logo mais com aguardente e pano para deitar sobre a contusão que tinham deixado as mãos de Brás.

Este continuava agachado por trás do medão de taipa; espiando à sorrelfa* os movimentos de Berta, quedava-se com a humildade do rafeiro* quando espera que a mão do senhor o fustigue pela falta cometida. Ao rumor dos passos da menina, que vinha de seu lado, encolheu-se ainda mais; parecia concentrar-se todo para o transe difícil.

Trazia Berta no olhar uma profunda repulsão, e o lábio frisado por um assomo de cólera. A perversidade do rapaz contra a mísera doida a revoltara dolorosamente a ponto de esquecer que também esse ato cruel era de um espírito enfermo, e quem sabe se mais digno de lástima[13].

Parou ela em face do culpado, perplexa, hesitando porventura no castigo que devia infligir-lhe. Por fim deixou cair dos lábios um sorriso de desprezo e afastou-se rapidamente.

Esperava o rapaz uma severa repreensão. Este desprezo e repentino abandono, o trespassaram de dor. Quis levantar-se para correr após a menina, e as pernas lhe fugiram. Voltando-se ao rugido que ele soltara, o viu Berta de joelhos, estorcendo as mãos súplices, e esforçando arrancar das fauces* uma palavra que o sufocava.

– Não! disse a menina.

Esta palavra fulminou Brás, que estrebuchou no chão, estorcendo-se em uma convulsão medonha, que dobrou-lhe o corpo hirto, como se fosse uma verga de chumbo. Espumava-lhe a boca, e os dentes rangiam com horríveis contrações, que deformavam-lhe o semblante.

Vencida pela compaixão dessa agonia, Berta correu a ele; e sentada sobre a relva, o tomou ao colo para amimá-lo como o faria a uma criança, acalentando-a com meiguices e carinhos.

5
A pousada

Quem transitava pela estrada de Campinas via, meia légua antes de Santa Bárbara, dois casebres unidos por uma espécie de rancho ou telheiro.

Um dos edifícios era bem velho, o outro novo; porém ambos de grosseira fábrica, sem reboco nas paredes mal emboçadas*, que mostravam entre os torrões de barro as varas atadas com cipó aos frechais*. O chão despido de ladrilho, ou qualquer espécie de soalho, estava cheio de buracos e poças; de pintura não havia traços, nem mesmo de uma simples caiação.

Na extremidade da casa velha, as duas portas abriam para uma espécie de taberna, a julgar pelo balcão de pau que dividia o aposento a meio, e por duas ou três ordens de prateleiras, onde se viam alguns rolos de fumo em corda, rapaduras envolvidas com palha de milho, e uma dúzia de garrafas arrumadas em fila.

Da venda passava-se por uma porta lateral para o aposento próximo que, em sendo preciso, servia de pousada.

Era uma quadra de tamanho regular. Ao centro da parede interna encostava-se uma tosca mesa, ladeada em todo o comprimento por um só banco estreito. Em cada canto havia uma cama, cuja barra* era feita de tiras de couro cru entretecidas a modo de esteira.

Era já sol fora.

Abrira-se de pouco a taberna, que parecia deserta, como todo o resto da habitação. Ao menos quem passava na estrada, acertando de enfiar os olhos pela porta, não via no meio da silenciosa imobilidade do interior outro sinal de vida a não ser o voo das moscas pousando sobre o balcão para sugarem o mel de umas farpas de rapadura, que ali tinham deixado os viajantes da véspera.

Não era, porém, tão absoluta como parecia, aquela solidão.

Na venda, por trás de uma quartola*, arrumado em cima do balcão e de bruços neste, cochilava um sujeito com a cabeça posta sobre os dois braços cruzados em cima da tábua. Quando algum tropel soava na estrada, levantava ele a meio a testa, e enfrestava* pela aberta* que havia entre a parede e o bojo da quartola* uma vista encandeada* pela claridade. Passado que fosse o viajante, voltava à contínua modorra.

Ainda moço e robusto, derramava-se não obstante no físico desse homem certo ar de indolência, que nesse momento mais se carregava com a sonolenta expressão do rosto seco, pálido, baço, e levemente sombreado por alguns raros fios de barba. O cunho especial dessas feições, e particularmente o viés dos olhos com os cantos alçados para as têmporas, revelavam o cruzamento do sangue americano com a casta boêmia[14].

Do lado oposto da habitação, em um compartimento, que tinha jeito de varanda, cozinha e pátio de criação, tudo ao mesmo tempo, fervia a panela posta em uma trempe* de pedra no meio do chão. O fogo, apenas alimentado por gravetos, mal cozia o feijão e couves, destinados ao sustento daquele dia.

Fronteira à janela, sentada ao chão, com os joelhos levantados e os braços caídos sobre eles, estava uma rapariga de seus vinte e cinco anos, que parecia muito e muito ocupada em observar a fervura da panela; pois não tirava dela os olhos, nem fazia outra coisa. Perto dela jaziam, espalhados pelo chão, ou dentro de uma gamela*, vários pratos brancos de beira* azul, uma tigela igual e algumas colheres de estanho.

Diferentes vezes já, a rapariga lançara um olhar de enfado para a louça ainda suja do serviço da véspera, e alongava depois a vista pela porta afora até lá embaixo no brejal*, onde passava o rego da água, e media a distância a percorrer. Abria então a boca em um interminável bocejo, espreguiçava o lombo estirando os braços; e, quando parecia levantar-se para cuidar na lavagem dos pratos, achatava-se ainda mais no chão, murmurando:

– Tem tempo!

Ouvindo o estrupido de animal na estrada, ergueu o sujeito a cabeça para olhar pela fresta; e seu rosto debuxou, através da sorna* habitual, um gesto de aborrimento* e agastadura*, produzido pela vista do viajante que se aproximava.

Era este homem de trinta anos, de tão alto e esguio talhe que se curvava ao peso de uma cabeça enorme e guedelhuda*, ou talvez pelo hábito de cavalgar derreado à banda, como usam os caipiras. Sua fisionomia grosseira nada tinha de notável, a não ser a malha* que lhe marchetava de nódoas brancas a tez acobreada, bem como as costas das mãos.

Vestia um pala* em bom uso, sobre fina camisa de morim e calça de brim de listra. O chapéu era novo e de meio castor; as botas de couro de veado com chilenas* de prata.

Trazia no arção* da sela uma espingarda de dois canos, e na cinta uma garrucha.

Parando a mula à entrada da venda, o cavaleiro bateu com o cabo de rebenque* na porta, gritando:

– Ó de casa!... Ainda se dorme por aqui, nhô Chico?... Querem ver que o diabo do Tinguá está mesmo ferrado na soneira?... Foi volta de samba esta noite, e samba grosso que deu de si até a madrugada. Não tem dúvida! Ó lá de dentro! basta de dormir! Já deve estar bem cozida a camueca*!

Desenganado de que não se ia o importuno, resolveu-se afinal o sujeito da venda a fingir que despertava da sonata*; e, estorcendo-se em um ruidoso bocejo, estirou a cabeça por fora do bojo da quartola.

– Quem é?... Ah! nhô Gonçalo!

– Ora, bem aparecido!... Parece que por cá anoiteceu de madrugada!...

– Não sei o que é; mas ando com uma canseira agora. Tenho cismado que seja dureza*. Levo só a dormir!...

No rosto do Chico nem vestígios restavam mais da expressão aborrida que provocara a presença do Gonçalo. Ao contrário, com o riso postiço, e a oficiosidade própria dos estalajadeiros, que sabem seu ofício, se erguera para falar ao freguês; e, apenas o viu apear, preparou-se para acudir pressuroso a seu serviço.

Neste ponto fazia o dono da taberna uma exceção à habitual indiferença com que de ordinário via chegarem à sua casa, e nela pousarem, viajantes de posição muito superior à do Gonçalo. Haveria porventura a respeito deste alguma razão particular.

– Bebe-se café por aqui, ou não se usa?

– Sempre há de se arranjar!

– Pois então vamos a isto; enquanto descanso um tantinho. Aqui onde vê este degas, já desanquei uma capangada! Quiseram se meter de gorra!...

– Nhanica!... bradou o Chico para dentro. Coa um bocado de café!

Ergueu-se então a rapariga e sem espreguiçar-se; tirou da trempe* a panela de feijão para deitar o boião* d'água; e arranjando o saco, onde ainda estava o polme* da véspera, que servia para dois dias, correu a buscar água para lavar a louça.

Entretanto o Gonçalo, derreado sobre o balcão, chalrava com o Chico sobre o que vinha a pelo*:

– E o Bugre, como vai? perguntou de repente o Gonçalo.

– Eu lá sei, homem! Anda pelos matos, enquanto não dão cabo dele, que não tarda muito!...

– Então acha que o filam mesmo? acudiu o Gonçalo com um alvoroto de prazer, que mal disfarçou.

– É o mais certo! Dizem que estão lhe pondo cerco.

– Ora, isso há muito tempo!

– Mas um dia chega a caipora.

– Como? Se ninguém sabe onde ele vive?...

– Lá isso é verdade! Ninguém!

– Pois eu cá não me escondo! Quem quiser que venha!

De costas para o interior da venda, o Gonçalo, embora olhasse para fora, espreitava de soslaio* o Tinguá, que nesse momento, debruçado sobre o tampo do balcão, onde fincava os cotovelos, parecia inteiramente absorvido em examinar as ferraduras da mula.

– Um dos cravos da mão está bambo! disse ele apontando para o casco do animal.

– É mesmo! tornou Gonçalo, que levantara a pata da mula. Pinche-me* cá o martelo.

Nesse instante, no topo do caminho que descia à esquerda pela rampa de uma colina, apareceu uma troça* de caipiras. Vinham a pé, com as espingardas ao ombro; e diante deles trotavam a cruzar o caminho e farejar as moitas, dois cães de caça.

6

*O bacorinho**

No inverno costumam passar por aquelas paragens ranchos de caçadores que demandam o sertão para a monteria* das antas* e veados que ainda abundam nos campos de Araraquara e Botucatu.

Parecia uma dessas partidas de caça o magote de caipiras que parou fronteiro à venda, e para lá encaminhou-se depois de combinarem entre si os companheiros.

Um deles, que parecia ter sobre os camaradas tal ou qual preeminência, adiantou-se enquanto os outros atravessavam muito vagarosamente a testada da casa.

– Viva, patrício! Queremos arranchar* aqui para almoçar!

– Pois sim! respondeu o Tinguá com a sua voz sorneira sem mexer-se do balcão onde continuava debruçado.

Habituados certamente a esse modo de acolhimento, os caipiras foram por si tomando conta da casa, e aboletando-se na pousada. Uns se estiravam nas camas, e outros já sentados no banco junto à mesa esperavam o almoço com uma fome de caçador.

– Sô Filipe, venha alguma coisa que se masque, para despregar a barriga do espinhaço! exclamou um dos companheiros.

– E também que se chupite*, para untar os gorgomilhos, e consolar o peito! acudiu outro.

– Aí vem, camaradas, não se assustem! retorquiu o Filipe.

Dirigindo-se ao balcão, pesquisou ele com os olhos nas prateleiras e por todo o âmbito da taberna, o que havia para matar a fome: e sempre arranjou-se com um velho queijo de Minas, algumas rapaduras e farinha de milho.

– Pode nos dar café? perguntou ao Chico.

– Há de se poder! tornou o vendeiro.

Rodearam os caipiras a mesa, e devoraram as provisões, depois de terem molhado a garganta com um copázio de boa cachaça de Piracicaba, a fim de escorregar-lhes bem o bocado, e não os engasgar.

Na extremidade oposta, tomava o Gonçalo seu café, observando os caçadores com a curiosidade natural à vida monótona do interior, mas também com um recacho* de arrogante fatuidade. Sem dúvida tinha-se ele por um grande personagem, incógnito àqueles pobres-diabos.

– Isso há de ser tarde já! disse olhando céu.

Era um pretexto para travar a conversa; mas os outros com a boca cheia não estavam dispostos à palestra. Apenas o Filipe correspondeu com um meneio de cabeça.

Virou o Gonçalo a palangana* de café e acendeu o pito.

– É servido? perguntou oferecendo fogo ao caipira.

– Nada, obrigado.

– Ainda que mal pergunte, o patrício vem de longe?

– De Campinas!

– E anda caçando? Por estas bandas há muito veado e paca: mas como os caititus* este ano, nunca se viu; é mesmo uma praga!

– Nós cá andamos no rasto, mas é de outra caça! atalhou um dos caipiras a rir.

– Viemos desencovar uma onça! acudiu outro.

– E é suçuarana!

– Qual! Tigre verdadeiro!

Fizeram coro os caipiras na gargalhada que despertara o dito do companheiro. Não compreendendo a pilhéria, o Gonçalo estava a olhá-los meio desconfiado e com um riso insosso.

– O patrício não lobriga*?

– Por vida, que não! tornou o Gonçalo. Ainda que Suçuarana é o sobrenome cá do degas; por causa de ser malhado como a bicha. Não vê?…

E mostrou as manchas da cara.

– Sem falar da munheca!… Talvez o amigo não acredite; mas onde a vê, já pegou queda de braço com uma; e mais era um bichão da altura daquela porta, sem exageração! Agora quanto às risadas dos patrícios, a falar verdade não avento*!

– É cá uma história!

– Por força que há de conhecer um tal Jão Bugre?

– Conheço bem!

– Pois aí está a bicha fera que viemos desencovar. Parece que a furna dele fica por aqui perto. Não podia nos dar notícia?

– Mas então os camaradas andam-lhe na pista?

Entrava o Chico Tinguá, com a pichorra* de café e as palanganas que deitou sobre a mesa, recostando-se depois ao portal da entrada, com a perna trançada e a mão no quadril.

– Não ouviu falar no Aguiar, do Limoeiro, não?... Um fazendeiro, que o tal Bugre arrumou com duas facadas, há de andar por uns dois meses?

– Tenho uma ideia, replicou o Gonçalo.

– O negócio deu brado*, porque o homem era rico e andava sempre com uma ruma* de capangas. Mas Bugre fez-lhe as contas.

– É um temível!

– Marcado como ele só!

– Nem por isso! observou o Pinta. Mas então é por causa dessa morte que os camaradas vêm prendê-lo?

– O filho do Aguiar dá dois contos a quem filar* o meco*.

– Já vê que é caça gorda.

– Não digo que não!

– Se quer entrar na festa?

Relanceando um olhar ao Tinguá, que parecia cochilar encostado à ombreira da porta, respondeu o Gonçalo com frouxidão:

– Nada; tenho obra mais fina.

– Quem sabe se o senhor conhece o Bugre?

– Pois que dúvida!

– Será mesmo o durão que dizem?

– É conforme. Eu cá não conto com ele.

– Hum!...

– O senhor bem podia nos dar alguma inculca* do bicho?

– Cá o amigo Chico é quem há de saber por onde anda o cujo. Oh! psiu!...

– Nhô Pinta... Ah! Nhô Gonçalo! acudiu o Tinguá querendo engolir as primeiras palavras escapas.

– Não sabe que rumo levou o Jão?

– Tanto como mecê.

– Ora, ande lá.

– Ele aparece aqui, e arrancha* tal e qual como os outros; não conta onde pousa; nem a gente indaga da vida alheia.

– Pois tocava uma boa maquia* a quem nos pusesse no rasto da onça. Cem bicos*!

Nesse momento um bacorinho* de pelo ruivo, embetesgava* com um trote miúdo, mas ligeiro, pela cozinha, e atravessou toda a casa até a pousada, onde conversava a capangada. Aí começou a fossar nas pernas do Chico Tinguá, que, arrancando-se à balorda posição, desfechou no importuno animal um pontapé[15].

– Arre, patife.

Deu-se por advertido o bacorinho, que imediatamente enfiou outra vez pela venda e foi sair no quintal, onde pôs-se a grunhir com o focinho ao vento e os olhos na porta da cozinha.

– Pelos modos lá o homem de Campinas está com gana mesmo no Bugre? observou o Gonçalo que não tirava os olhos do Chico.

– Pudera não! Da maneira por que arranjou-lhe o pai!

– Xô!... Eh! baia!... xô!... Diabo de mula canhambola*!

Partiam vozes do vendilhão, que fazia um grande escarcéu com braços e pernas, a fim de espantar uma besta muar que sua imaginação figurava estar furando a cerca do pasto, ao lado direito da casa. Entretanto o inocente animal assim caluniado pelo dono restolhava pacatamente a grama tosada, em companhia de uma porca e um bacorinho preto, de tamanho igual ao do outro.

Afinal atirou-se o Chico para a cerca, sempre a enxotar o burro, e quebrando o canto desapareceu.

O Gonçalo, a quem não escapara esse manejo, ergueu-se pronto da mesa, e, correndo ao ângulo da casa, observou o campo oculto pela quina da parede.

O bacorinho trotava pela vereda que ia dar ao mato, e seguindo-lhe as pegadas, o Chico Tinguá estugava o passo.

Riu-se o Gonçalo, e do terreiro disse ao Filipe:

– O patrício faz favor?

7
O trato

O tal Gonçalo era um valentão; e tinha-se na conta do mais façanhudo* espoleta* de toda aquela redondeza.

Não acreditava, porém, a gente do lugar nas proezas de arromba que lhe blasonava o pábulo; nem tomava ao sério as roncas* e bravatas com que andava sempre a azoinar* os ouvidos aos mais.

Para dar à sua pessoa um tom ameaçador e ao mesmo tempo disfarçar o senão do rosto, engendrara o Gonçalo sagazmente o apelido de Suçuarana, que a todo o instante atirava à barba dos outros, mostrando as pampas* da cara.

Mas à exceção dele, ou de algum súcio que lhe filava a pinga, ninguém o chamava pelo tal apelido senão pela alcunha de Pinta, que lhe tinham posto para o distinguir de outro Gonçalo carafuz*, também morador no lugar.

Não aturava, porém, o valentão esse desaforo; e disparatava* com quem o tratasse pela alcunha. Para não se meter em rixas, evitava a gente de o chamar daquele modo na presença, ainda que muitas vezes pelo costume lá escapava a palavra; mas o Gonçalo fingia não ouvir. Também, segundo contavam, já por vezes lhe tinham chimpado* com o Pinta de propósito e mesmo na bochecha, sem que ele respingasse.

Todavia o que mais amofinava o Gonçalo era a fama de Jão Fera, de quem invejava não só a força e valentia, como o apelido, que lhe granjeara sua malvadeza, o terror que inspirava aquele nome, e até as mortes de que acusavam o outro, eram para ele façanhas de estrondo.

Chegava o zelo do valentão a ponto de consumir-se quando ouvia mencionar o Bugre como o maior criminoso de toda a província de São Paulo. Muitas vezes em seu despeito encavacou* seriamente; e andava pelas vendas e ranchos com a canseira de provar que ele, Gonçalo Suçuarana, merecia cem vezes mais a forca do que Jão; pois as perversidades cometidas por este eram travessuras de criança comparadas com os seus espalhafatos[16].

O subdelegado sabia disso e fazia como o juiz de paz, a quem a lei o substituíra. Deixava bem descansado de seu o Gonçalo Pinta, que assim podia a salvo gabar-se de ser um fama* sem segundo na arte de matar gente.

Todavia enquanto vivesse Jão Fera, sabia o valentão que o nome deste havia sempre de ser o mais falado e temido de toda aquela redondeza, e por isso o tinha em grande ojeriza, apesar do serviço, que lhe prestara o Bugre, havia anos, livrando-o de um recruta que o levava preso.

Já ele teria dado cabo do rival, se pudesse, mas como não se atrevesse a atacá-lo de frente, espreitava ocasião de atirar-lhe o bote certeiro, e desde muito rondava disfarçadamente pela venda do Chico Tinguá, que suspeitavam de ser o inculca* e espia do capanga foragido.

Tais eram as disposições do Gonçalo quando chamou o Filipe para dizer-lhe em particular:

– O patrício quer mesmo pilhar o Jão Fera? perguntou ele.

– Mas decerto, homem!

– E não sabe onde ele se encafua?

– Qu'esperança! Pois ainda estava aqui?

– E se eu lhe ensinasse a toca do bicho?

– Abra o preço, amigo.

– Duzentos bicos*?

– Topado.

– Mas há de ser com um ajuste...

– Diga lá.

– Isto fica entre nós dois só. Negócio de muitos não serve.

– É assim mesmo.

– Pois então moita. Toca pra dentro, antes que os camaradas aventem*. Olhe que o Tinguá é ressabiado, hein! Vá andando por aí fora. Passando este morro, atrás do outro, há um rancho. Eu já me boto pra lá. É só enquanto avio* aqui outro negocinho.

Este curto diálogo travara-se no canto da casa, junto da cerca, onde havia um grosso toco de árvore, denegrido pelo fogo da coivara que ali passara outrora. Ainda quando menos os preocupasse o assunto, dificilmente distinguiria qualquer dos interlocutores, ali a dois passos dele, o vulto decrépito de um negro, arrimado a uma brecha da cepa carcomida com a qual se confundia, como o escorço de uma sapopema*.

Seguiu Filipe o aviso de Gonçalo, e, pagando a despesa à Nhanica, mulher do Tinguá, que fazia no balcão as vezes do marido na ausência dele, pôs-se a caminho com os companheiros.

Partiam eles por um lado, que do oposto avistava-se um cavaleiro a galope. Era o Barroso que descambando o outeiro, na rápida guinilha* do castanho*, veio parar à porta da venda.

– Já está por cá? perguntou o Gonçalo que o esperava no terreiro.

– Ora! O milho que a mula comeu quando cheguei, já teve tempo de grelar*! tornou o Gonçalo rindo-se da sua pilhéria.

– Pois bom proveito lhe faça a roça!

Retorquindo assim ao Pinta, dirigiu-se o Barroso à vendeira:

– Quede este homem?

– Ele não está, nhor não!

– Onde foi?

– Na vila, nhor sim.

– Quando volta?

– Volta logo.

– O diabo o leve e mais quem o ature.

Saiu o Barroso da venda fumando e a respingar* contra o Chico Tinguá que lhe havia pregado um famoso logro; qual fosse, não o dizia ele; mas despicava-se* em ferrar o dente no pobre do vendeiro.

– Que lhe fez cá o homem? inquiriu Gonçalo.

– É um refinado tratante, ele e mais o tranca* do Jão Bugre.

– O patrão também tem negócio com esse danado? disse Gonçalo.

– Pois o negócio era com ele; mas o patife não ata nem desata; e já a coisa me cheira a caçoada.

– Que quer? O senhor foi se meter com ele: não tinha que ver!

– Então não é o que dizem?

– Qual! Gabolice tudo! Não deixa de ser valente. Lá isso é verdade. Mas onde vê, já o encostei, e só com este braço. Não é debalde* que me chamam de Suçuarana!

– Contanto que me avie o diabo depressa.

– Não custa. É só falar; o mais fica por minha conta. Eu cá não sou lerdo como o Bugre. Ainda bem o ajuste não está feito, que eu já ando com a obra em meio.

– Pois vamos acabar com isto de uma vez.

Cavalgaram os dois de novo e seguiram pela estrada na mesma direção que havia tomado pouco antes o Filipe e sua troça*.

Neste momento o casco da cabeça do negro, lisa como um quengo*, surdia* por cima da velha cepa queimada, e dois olhos que pareciam carbúnculos, se alongaram pelo caminho além.

– Eh! branco mesmo!... resmungou uma voz trôpega.

8
Nhá Tudinha

Era pela volta das oito horas.

Nhá Tudinha entrava e saía, andando de um lado para outro, na labutação do costume. Não por necessidade, que só por gênio, vivia ela nessa contínua lida caseira desde que amanhecia até o escurecer.

Tinha essa mulherzinha baixa e rolha* tal prurido da pele que não podia estar um momento sossegada. Por força que se havia de ocupar com alguma coisa; e para que lhe rendesse a tarefa, muitas vezes desfazia o que já estava pronto, a fim de ter o gosto de arranjar de novo.

Nunca sentia-se tão feliz e contente como nos dias em que a apoquentavam de trabalho. Correr daqui para ali, revolver os cantos da casa, abrir e fechar portas, acudir da varanda à cozinha, e dar vazão a tudo; nisso consistia o seu maior prazer nesse mundo.

Quem a visse naquela dobadoura* da manhã à noite, ficaria admirado de seu ar lépido e agudo; pois decerto não se podia esperar semelhante volubilidade naquele corpo rechonchudo, com suas perninhas curtas e socadas.

Achava-se então nhã Tudinha em uma de suas boas vezes. O São João estava à porta; e ela, que tinha, e com muita razão, o seu garbo de doceira afamada, por costume antigo se pusera na obrigação de mandar em dias de festa os mimos feitos por suas mãos, no que estava o chiste, às pessoas de amizade, cujo rol começava necessariamente pelo compadre Luís Galvão, padrinho de Miguel.

Por isso já de véspera andava ela às voltas com o alguidar* e o forno.

Sentada na varanda sobre uma esteira e rodeada de todos os petrechos, estava mui atarefada em anaçar* ovos e amassar fubá mimoso para fazer as broas saborosas e os bolos de milho que ninguém preparava como ela.

Ajudava-a neste mister a Fausta, preta de meia-idade. Eram, essa escrava e a casinha, os restos da abastança de que outrora gozara em vida de seu finado marido, Eugênio de Figueiredo, companheiro e amigo de Luís Galvão. Más colheitas e juros enormes tinham consumido os modestos haveres.

Quando estava nhá Tudinha mais embebida em fazer um passarinho de biscoito, de repente lho arrebataram sutilmente da mão, e uma voz brejeira que arremedava tanto quanto podia o abocanhar de um cãozinho, gritou:

– Nhau!...

Voltou-se a rechonchuda mulherzinha debulhando-se em uma risada gostosa, porque adivinhava o autor da travessura, que não era outra senão a ardilosa da Berta, em quem ela achava uma graça imensa. Não fazia a menina um trejeito, nem dizia uma facécia*, que a viúva não se desfizesse em gargalhadas. Era a efusão de sua ternura pela pequena. O coração de nhá Tudinha só tinha para exprimir o amor dois vocábulos, o riso, ou então o choro nos dias de tristeza e luto[17].

– Ai, menina!... Quiá!... quiá!... quiá!... Já se viu, que ladroninha?

– Uh! pumbu!... dizia entretanto a Berta, beijando o biquinho da rola de biscoito; e acrescentou voltando-se para a viúva. – Quer ver como voa?

Começou então a traquinas a fazer voar o biscoito, no meio das cachinadas* de nhá Tudinha, que de tanto se estorcer, afinal arrebentou o cós da saia.

Cansada Berta, ou antes aborrecida daquele brinco* infantil, e curado o frouxo* de riso da viúva, levantou-se esta para o almoço, que já estava posto à mesa, e frio de esperar.

– Que mãezinha má! tornou Berta com faceirice. Fez tantos biscoitos e não me guardou um só!

– Pois então! Não me deixaram sozinha? Cuidei que não voltavam mais hoje. E o almoço esfriando!

– Bem bom! Não queima a gente!

– E o outro?... perguntou a rir a viúva. Por onde anda?

– Quem sabe se perdeu-se?... Coitadinho do Miguel!...

– Ai, que já não posso! Quiá, quiá, quiá!... Mas você, aposto que foi ver a Zana!

– Que tem?

– Eu fico mesmo tão assustada quando Inhá vai para aquelas bandas! Não é graça, não!

– Por quê?... Tem medo que o tutu* me pape? Ele que se meta em bulir comigo e verá! Olhe, mãezinha, eu agarro-o pelas orelhas, assim; e meto-lhe um cipozinho, zás, zás, zás, que ele vai por aí gritando, ui, ui, ui!...

Nova gargalhada de nhá Tudinha, que já sentada no banco junto à mesa foi obrigada a erguer-se para apertar as ilhargas temendo estalassem com as embigadas que lhe fazia dar o frouxo* do riso.

A esse tempo chegara Berta à porta e chamou o Brás, que se deixara ficar no meio do quintal, a alguns passos da casa, com os olhos fitos no lugar onde sumira-se a menina a quem ele acompanhava.

Depois que Berta com seu desvelo e afago dissipou os violentos paroxismos da convulsão em que se estorcia o rapaz, e foi-se a crise acalmando, procurou ela adormecê-lo, cerrando-lhe docemente as pálpebras.

Da posição em que estava junto à tapera da Zana, descobria-se uma volta da senda tortuosa que enredava-se pelas faldas ensombradas de um serrote*. Desde algum tempo seus olhos voltavam-se a espaços naquela direção, e agora, amiúde, com certa impaciência.

Vendo o rapaz quase adormecido, repousou-lhe a cabeça em uma leiva* de grama, e adiantou-se pelo trilho além, parando às vezes, para depois continuar.

Havia andado já grande extensão, quando reparou que fazia-se tarde; e, malograda sua esperança retrocedeu ao lugar onde tinha deixado o Brás. Este porém já ali não estava; apenas se afastara a menina, que ele abrira os olhos, e agachado, lhe seguira sorrateiramente e de longe os passos.

Quando viu o rumo que ela tomava, um movimento de ira escapou ao monstrengo, que atirou ao vento os murros das punhadas convulsas, arquejando de raiva. Rastejou então como um reptil*, por meio da relvagem*, e sumiu-se nas entranhas da terra[18].

Metera-se ele em uma espécie de fojo* que tinha recentemente praticado em um barranco atufado de junças*, e a cuja borda passava o trilho. Aí cavava o chão, com as unhas aduncas, e como tomado de um frenesi; até que percebeu, por uma repercussão da cova, o passo de Berta que voltava.

Vendo-o com as mãos cheias de terra, e a roupa suja de arrastar-se pelo chão, a menina o ralhou brandamente e conduziu-o à casa onde acabava de chegar.

– Venha almoçar! disse Berta da porta.

– Não quero!

Esta resposta do menino, deu-a ele com sua fala particular, que era uma rouca explosão da voz, despedida em ásperas e bruscas articulações, como o rugido de um animal, ou a blateração* de um surdo-mudo.

A quem não estivesse muito habituado com essa pronúncia desabrida e selvagem, seria impossível discernir de pronto os vocábulos, pela velocidade com que eram arremessadas as sílabas incisas e truncadas.

Aproximara-se nhá Tudinha com a curiosidade de ver a quem falava Berta, e como reconhecesse o menino, escapou-lhe um gesto de visível repugnância. Mas um olhar da menina bastou para apagar essa repulsa, e convertê-la em agasalho.

– Ande, Brás, disse a viúva com afabilidade. Tome uma coisa que lhe guardei.

Desta vez nem se deu o rapaz ao trabalho de responder com a voz. Fez uma careta má a nhá Tudinha e voltou-lhe as costas.

– Brás!...

Nesse monossílabo proferido por Berta, com sua voz sempre doce e melodiosa, percebia-se uma vibração íntima que destoava no meio daquela harmonia. Era como o brandimento da corda que estalava, ou como o áspero triscar do diamante no vidro.

Voltou-se Brás e veio dócil e humilde, acompanhando a indicação do gesto de Berta, colocar-se em frente dela, que, depois de lavar-lhe as mãos, e cortar-lhe as unhas, o sentou a seu lado no banco da mesa. Aí tomou o prato, que lhe serviu ela, e comeu com uns modos comedidos, embora um tanto hirtos, que ia copiando da moça. Ninguém diria fosse este o mesmo lambaz*, que na mesa de Galvão metia o queixo na xícara, deixava na toalha uma roda de sobejos*, e lambuzava a cara de sopa e manteiga[19].

Foi rápido o almoço.

Nhá Tudinha não tirava o sentido do forno onde assava um bolo de mandioca puba*; além de que de prova em prova já petiscara seus biscoitos bons. Berta, essa comia como um passarinho, aos beliscos. Antes de sair de casa pela alvorada, tomara café; e de caminho trincara as roscas de goma que levava para Zana.

O Brás também não tinha fome. O constrangimento, em que o punha a presença da menina e a sua fascinação, deviam de embotar-lhe* o apetite insaciável, com que de ordinário devorava quanto lhe deixassem.

9
A lição

Àquela hora da manhã, projetava a casa larga sombra para o oitão* voltado ao poente.

Nessa fresca penumbra, que recatava* da estrada uma cerca de estacas de cambuís* já enramadas, acomodou-se Berta para passar a sesta, que se aproximava. Daí avistava--se por uma ogiva rendada que abria a folhagem em arabescos, o caudal Piracicaba, adormecido no regaço da campina.

Sentara-se a menina em um pedaço de alto pranchão, que aí tinham colocado para servir de banco; e suas mãos sutis e ligeiras tomavam o ponto às meias, ou cerziam e remendavam a outra roupa lavada, que precisava de conserto e enchia o balaio posto a seu lado na ponta do tabuão*.

Adiantando a sua tarefa diária, que pelo hábito já os dedos ágeis faziam às cegas e com uma presteza admirável, escutava com atenção ao Brás, ajoelhado ao outro lado do balaio, na esteira de tábua, que servia de tapete, ou antes de tabuleiro para a roupa já consertada, a fim de não misturar--se com a outra da cesta.

Com as mãos postas*, e um modo sério, repetia o rapaz de cor a Salve-Rainha, sem titubear. Dirse-ia que estava lendo no formoso semblante de Berta por mágica influição aquelas palavras ignotas, tal era a fixidez da pupila, e a absorção de sua alma no hausto desse olhar.

Era sem dúvida a primeira vez que o Brás dizia certa a oração, pois no gesto da menina, onde vislumbrara uma vaga inquietação, derramou-se grande contentamento pelo triunfo obtido sobre a fatalidade que encadeava aquele espírito bronco.

– Assim, Brás! disse a gentil mestra desfolhando-se, como uma bonina*, em ledos sorrisos.

– Til contente? perguntou timidamente o rapaz, com certa brandura de voz, que desvanecia o tom brusco e explosivo.

– Muito!...

E a menina cingiu com o braço esquerdo a cabeça do rapaz e a estreitou ao seio com efusão. O sentimento de bem-aventurança que difundiu-se pela fisionomia do idiota; o êxtase de felicidade, no qual se embeberam suas feições, sempre transtornadas pela imbecilidade, e agora concertadas[20] por um plácido sopitamento*; essa elação* ao toque da meiga carícia, não há traços para a esboçar.

A transição súbita de um informe toro* em estátua acabada, somente pode dar uma ideia da transfiguração, que um supremo gozo havia operado nessa infeliz criatura, cujo vulto descomposto e mal-amanhado negava muitas vezes a forma humana[21].

Esteve Berta a espiar-lhe por entre os revoltos cabelos essa expressão inefável de rosto que ela conservava unido ao seio; e de seus olhos um tanto amortecidos e brandos naquele instante, manava uma ternura santa e imensa, na qual ressumbravam extremos da maternidade.

– Agora a Ave-Maria! disse Berta afastando a cabeça do rapaz, e tornando à anterior posição.

Arrancado ao enlevo, como um galho decepado que rola ao chão, ou como a lasca do penedo que se alteava no píncaro* do alcantil* e vai sumir-se no abismo, sentiu o idiota romper-se-lhe o coração e estalar com dores cruas e dilacerantes. Era a alma arremessada do céu ao báratro*.

Foi muda porém essa angústia, que afundou-se pelo íntimo, nos recessos insondáveis dessa consciência vedada ao mundo; e não ressumou um ai dos lábios nem lentejou* uma lágrima as pálpebras. Os bolhões*, que porventura levantou lá nos mais escusos refolhos, como a rocha tombando nos pegos e tremedais, só os denunciou a crispação pungente das feições.

Reparando naquele espasmo doloroso, quase arrependeu-se Berta de haver quebrado ao pobre idiota o encanto em que o tinha. Mas o seu carinho, ameigado, não embotava* contudo as energias d' alma da mais fina têmpera, que semelhante a lâmina de aço, dobrava-se com a flexibilidade de uma fita de seda, mas também, quando brandida, cravaria o bronze, sendo preciso, como o buído* fio de um estilete adamascado*.

Naquele instante ela era sobretudo mestra; ou mais que mestra, pois não ensinava somente, senão que tirava do caos dessa animalidade confusa e revolta o balbuciar de uma razão sopita*. Era quase uma criação a obra sublime, a que se dedicava, de plasmar do mostrengo um ser humano.

– Reze!... insistiu Berta com autoridade.

Engalfinhou o rapaz outra vez as mãos e começou a recitar com a mesma concentração de espírito a Ave-Maria, passando sucessivamente às orações do catecismo. Terminava a reza uma tenção particular, como se usa em muitas casas, e na qual se implora a proteção divina a favor das pessoas da família, dos entes mais queridos.

Chegado a este ponto estacou Brás.

– Virgem Puríssima... proferiu a voz insinuante de Berta.

Vendo pintar-se no semblante do idiota as vacilações da memória prestes a apagar-se, articulava a menina mudamente as palavras que se desenhavam em seus lábios mimosas e fagueiras, donde o Brás as recebia como imagens a se refletirem no espelho da alma.

– Virgem Puríssima, Rainha do Céu, Bem-aventurança nossa, Mãe de Jesus e dos aflitos, intercedei...

Aqui fez o menino uma reticência, e fechando um instante os olhos para não ver o rosto gentil da moça que servia de página àquela súplica singela, terminou abrupto por um modo teimoso e rebelde:

– Intercedei por Til, só, só, só, só!... Til muito feliz! Til muito bonita, muito tudo!...

Ressumbrou aos lábios de Berta um meigo sorriso, que ela escondeu sob um gesto severo:

– Diga direito!

– Ele ruim... ela ruim!... Morde nele... nos outros... Bem eu?... tu só!

– Há de querer bem a todos, Brás, que eu mando!

A expressão de rancor, derramada na feição do rapaz, sublevou-se em assomos de fúria selvagem. Parecia que desse bolônio* informe e labrusco*, surgira por estranha mutação uma víbera* terrível, que um instante subjugada pela fascinação, silvava de raiva e assanhava-se contra o encanto que a entorpecera.

Erguera, porém, Berta a mão direita, e com o indicador fez ao rebelde um gesto de ameaça, estendendo a unha rosada quase a cravá-la no meio do sobrolho espesso do idiota.

– Diga, senão...

O confrangimento de uma vasca estampou-se na figura do infeliz; mas apesar, os dentes rangiam-lhe de cólera.

– Não sou mais Til! disse a menina lentamente.

Caiu-lhe então aos pés, outra vez humilde e cativo, rojando como um verme, o mísero idiota, de cujo corpo rompia em arquejos e contorções o pranto, que não sabia exprimir como os homens em lágrimas e lamentos.

Acalentou-o Berta, amimando-lhe as faces, e depois que o viu calmo, trouxe-o de novo à reza e o fez recitar a prece interrompida.

"– Virgem Puríssima, Rainha do Céu, Bem-aventurança nossa, Mãe de Jesus e dos aflitos, intercedei por meu tio, minha tia e meus primos; por mim, por Berta e aqueles a quem ela quer bem, e fazei-nos a todos felizes."

– Vamos à lição! disse Berta.

Repetiu então o Brás de cor o abecedário e uma parte da carta de sílabas e nomes.

10
O idiota

Tirando do balaio uma varinha de peroba em forma de flecha, que lhe servia para esticar o pano, quando tomava o ponto às meias ou cerzia a mais roupa, Berta começou a traçar no chão as letras do alfabeto.

À proporção que Brás acertava com o nome de cada letra, a ia apagando a mestra gentil com a ponta do pé buliçoso* e faceiro, para escrever outra e outra até o fim do abecedário, como se costuma nas escolas sobre a ardósia*.

O grande esforço, que faz o idiota para decifrar as letras e sílabas, ressalta-lhe do rosto contraído. As feições de ordinário balordas e flácidas, como abandonadas à sua materialidade pela ausência do espírito, as confrange neste momento a tensão violenta do bestunto porfiando romper a rija crosta que o empederniu.

Assim pasmam-se, em uma fixidez espantosa, as pupilas vagas e amortecidas; a belfa* caída sempre como a mandíbula de um animal, a arreganhar a boca, dava-lhe uma expressão lorpa*; mas agora comprime fortemente o lábio superior, e a ponto que rangem-lhe os dentes e nas ventas sibila o sopro da respiração ofegante.

Às vezes parecia que, extenuado por esse afã, o bronco entendimento do rapaz ia desfalecer e sucumbir; pois perpassava-lhe no semblante uma ânsia repentina e seus olhos apagavam-se, como se a enorme cabeça vacilasse.

Nesses momentos de obliteração, porém, o doce olhar de Berta sustinha aquele espírito titubeante prestes a submergir-

-se nas trevas. Entrelaçando o rude labor da lição com sorrisos e meiguices, que orvalhavam a alma enferma do mísero idiota, a carinhosa mestra não só incutia-lhe o ânimo de perseverar no insano esforço, como iluminava com um vislumbre de sua alma a densa caligem* daquele cérebro granítico.

– Esta letra, Brás!... Não se lembra?... Olhe para mim, olhe bem! O que estou fazendo?...

– Rindo!

– Então que letra é?

– Erre?... dizia o rapaz depois de lenta cogitação.

– Isso mesmo.

Outras vezes, para dirigir o entendimento de Brás, e despertar-lhe a embotada* reminiscência, contava Berta uma história, imitava o canto de um pássaro, ou inventava um brinquedo que suscitasse a noção esquecida.

Embora já tivesse Brás percorrido quase toda a carta de leitura, de súbito, e não obstante esse adiantamento, faziam-se em seu entendimento profundos eclipses. Dir-se-ia que apagava-se de todo o morno lampejo da inteligência bruta, e que esse crânio vazado em molde humano descia abaixo de uma caveira suína.

Por isso Berta o obrigava a repetir constantemente tudo quanto já havia aprendido, no intuito de, à força de hábito, por uma espécie de atrito contínuo, gravar-lhe profundamente no boçal engenho os rudimentos que tinha ensinado com admirável paciência. Só de tal sorte conseguira ela inserir nessa bruta animalidade algumas ideias, que ali permaneciam como inscrições lapidárias abertas em lousa.

Era Brás filho de uma irmã de Luís Galvão, a qual falecera três anos antes, ralada pelos desgostos que lhe dera o marido, e pelo suplício incessante de ver reduzido ao lastimoso estado de um sandeu*, o único fruto de suas entranhas.

Quando morreu, já era de muito viúva a infeliz senhora; e, pois, com a sua perda, ficou Brás sem outro arrimo, a não ser Luís Galvão, seu tio e mais próximo parente, que o trouxe imediatamente para casa e desvelou-se como pôde, pela sorte da mísera criança.

Compreende-se quanto devia custar a D. Ermelinda, ciosa em extremo da morigeração* de seus filhos, o receber no íntimo seio da família um menino até certo ponto estranho, e não só baldo* de toda a educação, como incapaz de recebê-la. Mas compenetrara-se a digna senhora que seu marido, recolhendo o sobrinho órfão e servindo-lhe de pai, cumpria um rigoroso dever; e tanto bastou para que não suscitasse a menor objeção. Resignada ao mal inevitável, socalcou* sua repugnância.

Somente exigiu de Luís Galvão, e isso o fez com autoridade de mãe, que, recebido Brás e tratado como filho da casa, se evitasse contudo seu íntimo contato com Afonso e Linda, conservando-os, quanto possível, alheios à existência do primo, e impedindo o menor trato e convivência com ele.

Consentia D. Ermelinda em ser-lhe mãe e cercá-lo de toda a solicitude, apesar da natural repulsão que deviam causar à sua índole tão delicada os modos brutais e parvos do idiota. Não lhe sofria porém o coração que seus filhos vissem nesse menino mal-amanhado e grosseiro um camarada e um parente, quanto mais um irmão[22].

Apesar de convencido da inutilidade de seus esforços, não os poupava Luís Galvão para reparar a desgraça do sobrinho ou pelo menos atenuá-la. Havia em Santa Bárbara uma aula pública de primeiras letras, a qual ainda o vulgo pelo costume antigo tratava de escola régia. Servia de mestre um latagão* de verbo alto e punho rijo, que fora outrora ferrador e a quem chamavam de Domingão.

Fiel às tradições da antiga profissão, entendia ele lá de si para si que um bom processo de ferrar bestas devia ser por força excelente método de ensinar a leitura e a tabuada: e fossem tirá-lo dessa ideia! Assim encaixava o abecê na cachola do menino com a mesma limpeza e prontidão com que metia um cravo na ferradura. Era negócio de dois gritos, um safanão e três marteladas.

Tal era o professor, a quem foi incumbida a tarefa de ensinar a ler ao Brás. Depois dos três primeiros dias de indulgência, pôs o ferrador em prática o seu método repentino, que desta vez, com pasmo seu, falhou completamente. "Nunca, em sua vida, dizia ele, tinha encontrado um jumento de casco tão rijo."

Debalde o Domingão brandiu a pesada palmatória de guaratã*, e ferrou uma chuva de formidáveis carolos* na cabeça do Brás; não conseguiu dele em um mês que repetisse o nome das três primeiras letras. Quando lhe puseram nas mãos a carta pregada em uma tábua, o menino percorreu todos aqueles hieróglifos com olhos pasmos e botos*, e só deu sinal de atenção, em descobrindo o til[23].

Então expandiu-se-lhe o estúpido semblante com um riso alvar*, que estertorou na gorja*, e, tomado por súbita alacridade, ele, de ordinário soturno e pesado, começou a fazer trejeitos e gatimonhas* ao pequeno sinal ortográfico, procurando imitá-lo à uma com os dedos, com a boca, e até com todo o corpo nos saltos extravagantes que dava pela casa.

Toda a escola disparou a rir; e o mestre no primeiro momento não se pôde conter; mas logo refazendo a carranca magistral, pôs cobro ao escândalo.

Sem embargo, repetiu-se ele ao outro dia, e em todos que se lhe seguiram. Em apresentando-se a carta ao marmanjo, era a mesma indiferença para tudo, e a mesma festa grotesca ao til.

Com as mãos doídas das palmatoadas, e a cabeça empolada dos coques de régua, fugia o pobre do Brás para o mato, onde ia descobri-lo o pajem, que diariamente o acompanhava pela manhã da fazenda à escola e vinha buscá-lo por volta de uma hora da tarde.

11
O abecê

Em uma das escapulas que fez o Brás da escola, sucedeu encontrá-lo Berta, acocorado, a soprar as palmas inchadas e rosnando contra o Domingão, a quem ameaçava de longe com murros ao vento.

Consolou-o ela e o levou consigo até a casa para deitar-lhe panos de aguardente nas mãos e distraí-lo da exasperação em que o via.

De todas as pessoas que Brás encontrara nas Palmas, fora Berta a única de quem não o afastara o seu natural bravio, nem a aversão instintiva que lhe inspirava toda criatura humana com quem se achasse em contato. A gratidão, que logo mostrara pelo modo compassivo e meigo da menina, redobrou com aquele incidente.

Quis Berta, para livrar o pobre rapaz dos bolos* e repelões do mestre, ensinar-lhe todas as manhãs a lição; e nesse desígnio preparou-lhe uma carta. Continuaram as cenas da escola; e repetiram-se as visagens e gaifonas* à vista do til; porém desta vez em maior escala, pela liberdade em que estava o parvalhão do rapaz. No seu afã de imitar o sinal, que tanto lhe dera no goto,* virava cambalhotas e corcoveava pela grama.

Trabalhava a enjeitadinha com toda a meiguice para aplicar às letras o boto* engenho daquele órfão, ainda mais que ela desamparado da fortuna. Vão esforço, em que, não obstante, porfiava com uma perseverança incrível naqueles tenros anos, e em tão humilde condição.

De seu lado também não descoroçoava o Domingão de meter o abecê nos cascos do Brás, ainda que para isso fosse necessário abri-los de meio a meio:

– Burro! gritava ele com uma voz de trompa, esgrimindo a férula*. Ou te racho o quengo com este bodoque, ou pões em achas o guaratã*!...

Afinal teve Berta uma inspiração. Desenganada de obter que o menino pronunciasse ao menos o a, deixou-o lançar-se aos costumados esgares* e gambitos*. Observando então o pobre sandeu* com um dó profundo, pensava ela que Deus, em sua infinita misericórdia, concedia a essa alma tão atribulada e sempre confrangida* por terrível angústia, um breve instante de alegria.

Nisso o Brás pulando como um boneco de engonço*, passava a ponta do dedo mui de leve pelas sobrancelhas negras de Berta, por seus lábios finos, pela conchinha mimosa da orelha; e, apontando alternadamente para o til na carta do abecê, repinicava as risadas e os corcovos.

Iluminou-se de súbito o coração de Berta. A impressão estranha que no idiota produzira aquele insignificante objeto, e cuja causa escapava à sua compreensão, não era a trepidação de um raio, tênue embora, de inteligência, que filtrava daquele cérebro denso como o frouxo bruxuleio de uma estrela através do nevoeiro?

A camada profunda que soterrava o espírito do Brás, tinha um interstício por onde coava-se alguma chispa, que rareava as trevas carregadas dessa noite sem manhã. E por singular coincidência o primeiro balbucio da inteligência bota se dirigia a ela, como o primeiro vagido da criancinha no berço chama pela mãe.

Ninguém sabe o que passou então no íntimo de Berta, que tinha suas venetas, e de quem se referiam casos que a gente velha do lugar, e especialmente as pretas da fazenda, atribuíam a uma influência misteriosa e sobrenatural.

Associando-se à lembrança original do idiota, disse-lhe a menina, ajudando a palavra com mímica expressiva e apontando para a carta.

– Eu sou til!

Esteve Brás um instante pasmo e boquiaberto, sem compreender, apesar da ânsia com que afinal bateu palmas de contente e deitou a pular, regougando* a sua parva risada.

– Eh!... eh!... eh!... Berta, umh!... Berta, umh!...

Daí em diante aquele sinal, que para o idiota era símbolo da graça, da gentileza e do prazer, tornou-se a imagem de Berta, e não se cansava Brás de o repetir, não por palavras, mas por acenos com os meneios mais extravagantes.

Dias depois, chamando-a ele pelo nome, a menina respondeu-lhe:

– Não me chamo mais Berta; meu nome agora é Til[24].

– Hanh!... fez o idiota com essa interjeição ou bocejo, que na sua bruta linguagem exprimia uma interrogação embasbacada.

– Til!... tornou Berta com a pronúncia clara e vibrante.

Forcejou o infeliz para articular o monossílabo; mas só a custo, e ajudado por Berta, o conseguiu. Causou-lhe isso tão intenso prazer, que a todo o instante proferia o nome, e amiudando-o trinava com ele, a modo dos pássaros, quando em seu crebro* gorjeio repicam a mesma nota.

Assim identificada com a carta pela estranha afinidade que inventara a estultice do menino, Berta recobrou a esperança que já a ia abandonando.

Um dia, Brás com violento esforço e após funda concentração, arrancou dos beiços grossos e flácidos estas palavras truncadas:

– Brás... bem Til... muito... muito!...

Sorriu-se Berta, e agradeceu-lhe com um carinho.

– E Til?... interrogou o idiota com ar ansiado.

– Til quer bem...

Com um repente, mostrou-lhe Berta a carta, pondo o dedo sobre o a.

– A este!...

– Pela primeira vez reparou o rapaz na forma da letra, que se lhe gravou na memória.

– Hanh?... tartamudeou ele ofegante.

– Afonso!

Arreganhou-se a estólida cara do idiota na terrível catadura* de um sabujo* em furor. Arrebatando o abecedário da mão de Berta, despedaçou-o para arrancar o a, que trincou nos dentes com sanha*.

A princípio atemorizou-se a menina; mas logo, revoltando semelhante fraqueza as energias de sua alma, tranquilamente e com ar de indiferença observou aquela cólera brutal, que atingiu a maior exasperação.

Como se esperasse justamente esse momento culminante do acesso, chamou Berta o idiota para junto de si com um aceno; e bastou-lhe pousar a mãozinha afilada sobre o ombro para aplacar-lhe a exacerbação.

– Til gosta deste!

Estas palavras, disse-as a menina mostrando com a unha rosada o b e repassando-as de uma voz tão doce, que derramou na alma ulcerada do mísero um ignoto consolo. Voltou ele para Berta os olhos baços, que iluminaram-se com um reflexo vítreo.

Compreendeu Berta a muda interrogação, e a satisfez.

– É Brás!

– Til?... balbuciou a voz trôpega, enquanto o dedo convulso apontava a letra.

– Sim! disse Berta.

Caiu Brás em um novo acesso, porém este de alegria, que chegava ao delírio. Atirando-se ao chão, estrebuchou de prazer, soltando gritos descompassados e risos sibilantes, que mais pareciam guinchos de um animal bravio.

Assim em torno dela, que era o til, Berta foi engenhosamente agrupando todas as letras do alfabeto, com os nomes das pessoas e objetos que a cercavam. Pondo em jogo as broncas paixões do idiota, e colhendo os rudes germes de ideia que se formavam em seu bestunto, obteve ela afinal transformar a carta do abecê em uma família, em um mundo, para a existência enfezada dessa mísera criatura.

Ao cabo de um mês, conhecia Brás todo o abecedário. Que inauditos esforços de paciência, que sublimes intuições não foram necessárias para vencer esse impossível!

Só Berta o poderia conseguir. A fascinação que exercia sobre o idiota era uma sorte de encanto e magia. Sua vontade movia aquele corpo, como se fosse o espírito que o animava. Brás sentia e pensava unicamente pela alma dela, que lhe transmitia as impressões no olhar carinhoso, na voz suave, no sorriso fagueiro.

Dir-se-ia que se tinha operado a misteriosa transfusão d'alma do anjo na grosseira bestialidade do mostrengo. Quando nos acessos epilépticos, estrebuchando o infeliz em medonhas contorções, não bastavam as forças de três homens possantes para sopear os ímpetos formidáveis, nem as mais enérgicas aplicações para superar a crise violenta; o simples toque dos dedos de Berta ou sua fala maviosa, subjugava aquele furor, e aplacava logo a horrível convulsão[25].

12
*A cutia**

Percebendo que a fadiga abatia as forças de Brás, suspendeu Berta a lição.

– Descanse agora!

Ajoelhado como estava, deixou-se Brás cair sentado sobre os calcanhares; de corpo bambo, os braços pendurados, e o queixo caído, quedou-se o estafermo* em pasmatório*, com os olhos dormidos no gentil semblante de Berta.

Ocupada com sua tarefa, já não lhe dava atenção a menina, cujo pensamento andava agora enleado em outras cismas*.

Nisso apareceu Miguel, que voltava afinal, e, procurando Inhá pela casa, veio a sair na porta do oitão*.

– Sempre chegou?… disse Berta a rir.

– Não faço falta, respondeu Miguel com um motejo tristonho.

– Mecê está hoje tão macambúzio, nhô Miguel! replicou a menina galhofando com a intenção de desanuviar o semblante do moço.

– Nem sempre faz bom tempo! Às vezes amanhece a gente com uma cara, que mete medo aos outros, e os obriga a se esconderem! Não é assim?

Com a alusão de Miguel atalhou-se Inhá, enrubescendo de leve, pois logo acudiu-lhe a sua graciosa petulância:

– Ora que caçador!… exclamou a rir. Não deu com a pista!…

– Não quis, e para não agoniá-la.

– A mim?

– Cuida então que eu não percebi desde muito tempo? Quando você vai ver a Zana, não gosta que ninguém a acompanhe!

– Ah! descobriu isso? Está muito adiantado! tornou Berta com um modo agastado, e concentrando-se em sua tarefa.

– Zangou-se?

– Eu não ando espiando o que os outros fazem!

– Não faça caso do que eu disse, Inhá! Desculpe!… tornou Miguel enleado e aflito.

Berta, de todo absorta no conserto da roupa, parecia ter esquecido a presença do colaço*, o qual a contemplava com um enlevo apaixonado, que rompia dentre a expressão abatida de sua figura. Pesaroso por ter ofendido a menina e acanhado com a presença dela, queria falar, e não achava palavra para desvanecer o enfado, que havia causado.

Brás, que desde a chegada de Miguel se agachara sobre as patas como um cão de fila, rosnava surdamente, saltando com o olhar do semblante de Berta ao vulto de Miguel, como se esperasse um gesto da senhora para filar* a presa e abocanhá-la.

Os agastamentos de Berta eram cóleras de colibri, que tão depressa belisca e arrufa-se*, como cintila aos raios do sol, feito um rubim* celeste.

A cabeça inclinada sobre a costura ocultava-lhe o rosto que Miguel supunha fechado ainda pela zanga; quando já dos cantinhos da boca lhe estava borbulhando um sorriso zombeteiro que lhe salpicava as faces de petulante malícia.

Relanceando uma olhadelha de soslaio*, percebeu o pesar de Miguel e arrependeu-se de se haver agastado com ele; mas conteve-se para fazer-lhe pirraça e gozar por algum tempo ainda do enleio* do moço.

Desde alguns instantes ouviam-se uns guinchozinhos, como de preá*, mas abafados; e apesar da curiosidade de saber donde partiam, a menina não levantava a cabeça.

– Aqui está o que eu lhe trouxe, Inhá, animou-se a dizer Miguel tristemente.

Metendo a mão por baixo do pala*, tirou uma linda cutia, que tinha as patas amarradas para não fugir.

Berta apenas erguera um canto da pálpebra; mas foi o bastante. De relance pulou junto de Miguel, arrebatou-lhe a cutia, e conchegando-a ao seio, começou a alisar-lhe a pelúcia dourada, amimando-a com os dengosos requebros e a garrulice carinhosa em que se expande a inexaurível sensibilidade da mulher por tudo que é frágil, mimoso e delicado como ela.

Passado o primeiro afago, a travessa repartiu com Miguel as meiguices, não só por gratidão do mimo que lhe dera, como para mostrar que já não conservava a menor queixa dele.

– Coitadinha! exclamou ao ver que o animal estava com as patas ligadas por uma fita de crautá.

– Olhe que foge! disse Miguel impedindo a menina de desdar* o laço.

– Então você há de fazer uma casinha para ela! Tão bonitinha! Que pelo macio; parece um veludo. E os olhos? Tão lindos! Eu conheço uns olhos ternos assim! Não se lembra?

– Se me lembro! atalhou Miguel com um tremor na voz. Pois não os estou vendo?

Com sua volubilidade natural, já estava Berta longe da pergunta que fizera, e, toda embebida de novo com a cutia, sentara-se para agasalhá-la ao colo.

– Onde apanhou?

Teve Miguel de referir então a longa história de como fora o animal apanhado, os incidentes que tinham acompanhado a caçada, e muitas particularidades que Inhá desejava saber; se a linda cutia ainda tinha mãe; se já era casada, e deixara no mato algum filhinho; pois nesse caso queria soltá-la.

Tranquilizou-a Miguel, asseverando que a cutia era solteirinha e vivia só, por terem as raposas acabado toda a família, não tardando que lhe fizessem o mesmo a ela, pelo que era até um benefício retê-la cativa.

– Ai, coitadinha! exclamou Berta condoída, e conchegando outra vez o animalzinho ao seio. Veja lá, Miguel, você há de fazer a casinha para ela, com porta e janela, e também um coche* com seu bebedouro. E depressa que é para eu dar a Linda!...[26]

Ao mesmo tempo que voltava Miguel o rosto para esconder a expressão de pesar que o tinha subitamente invadido, um grito de espanto partia dos lábios de Berta.

Rápida como uma seta, a cutia fuzilou no ar e sumiu-se pelo mato. O Brás de quem os dois se haviam esquecido, se aproximava rojando pelo chão como um reptil, e sem que o percebessem, acocorado junto à parede, gorgotava um riso sarcástico e manhoso[27].

Precipitou-se Miguel para castigar o idiota, que ele adivinhava ser o autor da pirraça; mas Berta, que lhe viu o ímpeto, se interpôs a tempo.

– Deixe, Miguel! exclamou ela; e voltando-se para o alarve*, atirou-lhe apenas esta palavra: – Lesma!

Como um novilho ferido pelo aguilhão*, o idiota arremeteu pelo campo e desapareceu.

– Se você não fizesse tão pouco caso do que eu lhe dei, aquele brutinho não se havia de atrever.

– Oh! Miguel, pois queria mais?

– Dando aos outros em vez de guardar para si?

– Mas era para Linda! atalhou Berta com ingenuidade. Ela havia de ficar tão contente, sabendo que vinha de você!

Concentrou-se Miguel em um violento esforço, que lhe desmaiou o brilho dos grandes olhos e a cor das faces.

– É tempo de acabar com este gracejo, Inhá. Além de minha mãe, eu lhe juro, que só a você quero bem; mas você não se importa comigo; portanto já sei o que devo fazer. Não hei de aborrecê-la mais.

13
A bolsa

Naquela manhã Jão Fera saíra das brenhas*, onde se acoitava, à mesma hora em que Berta chegava à tapera para ver Zana.

Vinha o capanga sombrio e torvo mais que de ordinário, porém sobretudo absorto em funda cogitação, e tão alheio de si, que não se apercebia do lugar por onde passava, nem dos objetos que o cercavam.

Devia ser poderosa a preocupação que assim o demovia da habitual desconfiança, bem como das precauções, indispensáveis na sua condição de foragido, e reclamadas pela perseguição de que era alvo.

Assim não ouviu ele um ruído subterrâneo que ressoou-lhe embaixo dos pés; ou, se ouviu, não fez reparo, atribuindo a algum animal, que estivesse a abrir a toca.

Era o Brás, o qual antes de aproximar-se da tapera, onde encontrara Berta, ali andava cavando com a pá, achada no esqueleto de um burro, a terra que tirava com as mãos e o chapéu.

Havia nesse lugar uma pequena estiva*, feita sobre um socavão* pelos antigos moradores do sítio, para serventia da roça. Com a ruína da casa, desapareceram as plantações, e do caminho só restava aquele carreiro, e o aterro que aí tinham posto.

Aproveitando-se da configuração do terreno, gizara* Brás com instinto perverso aluir* as ribanceiras do grotão, para que faltando apoio às extremidades da estiva, um dia abatesse ela com o peso de Jão Fera, que rolaria pelo barranco abaixo.

Entretanto prosseguia lentamente Jão Fera seu caminho; senão que ao passar perto da tapera, e como subitamente arrancado aos pensamentos que o tomavam, manifestou seu gesto, à vista da casa em ruínas, uma espécie de terror e espanto, que o fez acelerar o passo e afastar-se quase em fuga.

Sabia o capanga que àquela hora costumava Berta aparecer na tapera onde tantas vezes a tinha encontrado, e era dela que fugia, dela a quem não se animara a rever desde a cena da azinhaga* no dia da tocaia.

Quando três dias antes partira espavorido daquele sítio ao ver o relicário de que Berta lhe oferecera o cordão de ouro, correra por algum tempo sem consciência de si, mas acossado por uma lembrança que o pungia, como o aguilhão* da mutuca* no lombo do tapir*.

Recobrada a calma, achou-se à borda da estrada, que em sua carreira por dentro do mato ele perlongara sem o sentir. Soava perto um tropel de animais, e Luís Galvão apareceu na volta do caminho. Seguindo pela batida na orla da estrada, o animal ia passar rente com o capanga, oculto pela cepa de uma gameleira.

Foi um momento de colisão para Jão Fera. Aí estava ao alcance do braço, à mercê de um movimento seu o cumprimento de sua palavra, que ele não podia doutro modo libertar. Mas o olhar cintilante de Berta, e o gesto de seu desprezo se debuxavam ainda ao pensamento do facínora como um anátema.

Luís Galvão passou incólume; e Jão Fera encaminhou-se à venda do Tinguá.

Esperava-o aí o Barroso, que mal avistou-o no terreiro do rancho, logo saiu-lhe ao encontro, impaciente de receber a nova.

– Arrependi-me! disse-lhe o capanga secamente e com um olhar de chumbo.

– Hein!… exclamou o outro azoado* com a palavra.

– Não se faz nada.

– Por quê?

Podia o capanga arranjar uma desculpa; mas repugnava-lhe a mentira.

– Não quis! respondeu lacônico.

– Está galante a embroma*! rascou o Barroso com rinchavelho* de cólera. E vem dizer-me isto com toda a frescura!… Mas a culpa tenho eu em fiar-me num tratante da sua laia.

A última palavra não a acabou de proferir, que dum revés* da mão o capanga o lançou chão, calcando-lhe a alpercata ao peito. Viu ele descer ameaçadora a coronha do bacamarte e fechou os olhos. O Bugre ia esmigalhar-lhe a cabeça, como se faz com um reptil.

– O que te vale é estar eu em dívida contigo. Mas São João não tarda; e até esse dia duma ou doutra forma hei de desempenhar minha palavra. Então ajustaremos esta conta[28].

Afastando de si o corpo do miserável com a ponta do pé, entrou na venda para beber um martelinho* de cachaça. Debalde o Chico Tinguá quis tirar conversa; o taciturno capanga, na introversão d'alma, nem se apercebia da presença do amigo.

Onde e como obter a soma necessária para resgatar sua palavra, ele que só conhecia um meio de ganhar dinheiro, e nunca tivera outra profissão a não ser a de matador?

Sem aquela quantia, como livrar-se do empenho* que tomara, senão dando conta da tarefa, e incorrendo portanto no desprezo e aversão de Berta, que jamais lhe perdoaria?

Eis a ânsia em que se debatia a alma de Jão Fera.

Após longa obsessão, ergueu-se impelido por uma ideia, que de repente acudira, e sem despedir-se partiu. Saído ao terreiro, no lugar onde há pouco se encontrara com Barroso, seus olhos baixos deram com um objeto, que lhe causou reparo. Era uma bolsa de couro, e parecia recheada de moedas.

– Ó Chico!

Acudindo o vendeiro, Jão empurrou com a coronha do bacamarte a bolsa:

– Guarda isto para entregar àquele safado!

Não tinha andado cem braças* o capanga, quando ouviu os psius do Tinguá a chamá-lo. Era o caso que sentindo o Barroso falta da bolsa, voltara por ela, justamente quando o vendeiro entrava para guardá-la; e, sabendo que a achara o capanga, deixou-lhe uma moeda de alvíssaras, talvez com a esperança de aplacá-lo. Para entregar essa gorjeta correra o Chico ao alcance de Jão.

– Toma para ti. Eu não aceito dinheiro de semelhante peste.

E sem mais foi-se.

Pouco além, ganhando um atalho para desviar-se da estrada, lobrigou* ao longe um vulto entre a folhagem.

Era um mascate, dos muitos que percorrem a pé os circuitos das cidades do interior, onde se demoram semanas a vender pelas fazendas e arraiais.

Descansava, à sombra de uma árvore, da excursão que já tinha feito naquela manhã, e da qual lhe surtira bom lucro, pois estava ele entretido em contar os miúdos, que tirava da algibeira da burjaca*. Colocando-os, uns sobre outros, formava os maços de dez, aos quais ia acomodando em uma grande carteira de marroquim* azul, aberta diante dele sobre a grama e já bem fornida de notas.

Ao lado, estava a maleta de joias e miudezas, que ele costumava trazer às costas, presa por uma correia, e um grosso bordão ferrado, que servia ao seu braço musculoso não só de arrimo à fadiga, mas de arma formidável para a defesa.

Muito embebido estava o italiano em seus cálculos, pois não percebera a aproximação de Jão Fera, que em pé atrás do tronco, e a dois passos dele, o tinha em seu poder.

14
Desencargo

Na posição em que se achava Jão Fera, bastava-lhe carregar a mão sobre a nuca do mascate para subjugá-lo, sem que este pudesse fazer ou sequer tentar a mínima resistência.

Entretanto pela mente do capanga, desse homem feroz que se fizera instrumento de ódios e vinganças alheias, nem de longe perpassou a ideia de que tinha ali à mercê da vontade e ao alcance do braço, uma quantia superior àquela de que necessitava para desempenhar sua palavra, e pela qual dera de bom grado alguns dias de vida.

Bem diverso foi o pensamento que lhe sugeriu o inesperado encontro.

– Este tem de sobra, bem que podia me emprestar! murmurou consigo.

Já promovia o passo a fim de aparecer ao mascate, quando foi tolhido por um receio, que o estacou. Sua presença imprevista, naqueles ermos e em semelhante ocasião, devia necessariamente sobressaltar o italiano, que sem dúvida se julgaria ameaçado, e o tomaria, a ele Jão Fera, por um ladrão de estrada.

Tanto bastou para que o capanga sem mais demora se retirasse com todas as precauções de modo a não pressenti-lo o mascate; e, chegado que foi a alguma distância, afastou-se rapidamente daquele lugar.

Nos três dias que decorreram desde então, debalde engendrou Jão Fera meios de obter a soma precisa. Frustraram-se todas as esperanças, uma após a outra.

Jogou e perdeu os magros cobres que tinha. Alguns ajustes entabulados falharam: porque o genro que desejava aliviar-se do sogro, e o cafelista* a quem azoinava* um vizinho rezinguento*, tinham resolvido esperar pela mudança da política, para com mais segurança aviarem esse negócio.

Um tigre que descera do sertão destruía o gado de uma fazenda próxima, cujo dono prometera boa recompensa a quem o matasse. Botou-se para lá o capanga; mas já a onça acossada por outros caçadores se havia retirado.

Afora estes, não imaginava Jão Fera outros meios de ganhar dinheiro sem humilhação. O trabalho, ele o tinha como vergonha, pois o poria ao nível de escravo. Prejuízo este, que desde tempos remotos dominava a caipiragem de São Paulo, e se apurava nesse homem, cujo espírito de sobranceira independência havia robustecido a luta que travara contra a sociedade.

Era a enxada para ele um instrumento vil; o machado e a foice ainda concebia que os pudesse empunhar a mão do homem livre; mas em seu próprio serviço, para abater o esteio da choça ou abrir caminho através da floresta.

Tornando da malograda espera do tigre, alcançou o capanga um casal de velhinhos, que seguiam diante dele o mesmo caminho, e conversavam acerca de seus negócios particulares. Das poucas palavras que apanhara, percebeu Jão Fera que destinavam eles uns cinquenta mil-réis, tudo quanto possuíam, à compra de mantimentos, a fim de fazer um moquirão*, com que pretendiam abrir uma boa roça.

– Mas chegará, homem? perguntou a velha.

– Há de se espichar bem, mulher!

Uma voz os interrompeu:

– Por este preço dou eu conta da roça!

– Ah! É nhô Jão!

Conheciam os velhinhos o capanga, a quem tinham por homem de palavra, e de fazer o que prometia. Aceitaram sem mais hesitação; e foram mostrar o lugar que estava destinado para o roçado.

Acompanhou-os Jão Fera; porém, mal seus olhos descobriram entre os utensílios a enxada, a qual ele esquecera um momento no afã de ganhar a soma precisa, que sem mais deu costas ao par de velhinhos e foi-se deixando-os embasbacados[29].

Na manhã em que estamos, saíra o capanga de seu esconderijo* resolvido a lançar mão do meio que reservava para a última extremidade. Afastando-se das ruínas para evitar um encontro com Berta, chegara a um sombrio raleiro* do mato, onde retouçava o bacorinho* ruivo.

Enxotado por Jão, o animalzinho desapareceu, e antes de meia hora estava de volta precedendo a trote miúdo o Chico Tinguá.

Pensou lá consigo o vendeiro, apesar do chamado, que o mais urgente era avisar o capanga do que tramavam contra ele; e pois foi logo contando o quanto ouvira pouco antes.

Riu-se o Bugre.

– Deixá-los!

– Mas o arengueiro do Pinta meteu-se de súcia com eles, redarguiu Chico; e não é de bom que o demônio me anda a cheirar cá pelo rancho há uns tempos. Agora mesmo quando vim, lá me ficou espiando!

Jão Fera encolheu os ombros com um ar desdenhoso.

– Escuta, Chico, isto é negócio sério. Hás de ir agora mesmo à fazenda do tal Aguiar. Diz-lhe que ele perde seu tempo em estar oferecendo contos de réis a quem me agarrar. Se quiser, que te entregue cinquenta mil-réis, e sou capaz de ir lá à fazenda uma tarde que ele marcar depois de São João. Dou minha palavra[30].

Olhou-o Chico espantado e quis objetar.

– Vai ou não? atalhou Jão com o tom decisivo.

O vendeiro abaixou a cabeça e partiu. Vendo-o desaparecer, dirigiu-se o capanga para a casa de nhá Tudinha, e já há pedaço oculto entre a ramada, estava de longe observando Berta, quando Miguel se retirou despeitado, deixando só a colaça*. Nessa ocasião animou-se ele a transpor a orla da mata; a menina o viu e adivinhando que lhe queria falar, foi a seu encontro.

O olhar de Berta era uma interrogação instante e cheia de inquietação. Não se encontrara com o capanga, desde que este fugira de volta da Ave-Maria, sem fazer-lhe a promessa que ela exigia.

– Agora posso desempenhar minha palavra, e não me importarei mais com o Galvão, disse o capanga cabisbaixo e humilde.

Estremeceu Berta, pensando no perigo que até aquele instante correra o pai de Linda.

– Obrigada, Jão! disse Berta com efusão sincera.

Nem lhe ocorreu, fosse o que ela agradecia, dádiva de um assassino, que lhe cedia uma existência como um artigo de seu bárbaro tráfico.

– Mecê está contente? perguntou animando-se o capanga.

– Muito, muito, Jão!

– Então… me deixe…

A voz do capanga balbuciou, e por fim gelou-se nos lábios trêmulos e lívidos.

– O que é? insistiu Berta. Fale, não tenha susto. Quer que eu faça alguma coisa por você?

– Sim!

– Pois diga.

Com um violento esforço arrancou o capanga estas palavras trôpegas:

– Beijar o bentinho*.

Sorriu-se Berta, e com um gesto gracioso tirou do seio o relicário pendente com a cruz do cordão de ouro, e, erguendo-se na pontinha dos pés, o deu a beijar, preso como estava ao pescoço.

Jão Fera roçou os lábios pela relíquia, e, sem força para erguer a cabeça bamba, com o corpo balordo* e o passo trôpego, cambaleando como um ébrio, afastou-se da menina, sem ânimo de pôr os olhos no semblante dela.

"Está embriagado!" pensou Berta com indignação que se pintou em sua fisionomia.

Mas já a caridade vibrava as cordas mais suaves de sua alma, e o primeiro assomo de severidade se afogava nos eflúvios de uma compaixão inexaurível.

– Coitado! murmurou.

A blateração* do Brás a surpreendeu nesse instante. Voltava com a roupa em frangalhos, a cara arranhada de espinhos, as mão escoriadas, os cabelos emaranhados de gravetos, e todo ele coberto de pó ou lama. Trouxera presa uma cutia, que fora caçar para Berta, em troca da outra.

Quando a ia entregar à menina, vendo a repulsão que se desenhava no lindo semblante, e adivinhando a causa, o idiota soltou a sua bestial interjeição, apontando para o vulto de Jão Fera.

– Hanh! hanh!...

Tinha o idiota a atitude e o gesto do mastim* que interroga o olhar do senhor, e com um latido surdo pede-lhe que o estume* contra o inimigo.

15
Trama

Era véspera de São João.

Na Fazenda das Palmas, desde muito cedo que se faziam os aprestos* para a festa daquela noite de folguedos. Já o pátio estava enramado de coqueiros; e no centro erguia-se uma pilha de lenha para a fogueira fatídica.

Nhá Tudinha se instalara na cozinha. Cercada de uma multidão de caçarolas, frigideiras, gamelas*, alguidares* e latas, a repolhuda comadre repimpava-se no cepo* do pilão, para distribuir suas ordens pelas raparigas; mas não se podia ter que não saltasse logo do seu pedestal e acudisse aqui e ali, em toda a parte, com uma azáfama crescente, o que fazia dizer a crioula Rosa, em aparte ao Faustino:

– Gentes! Esta mulherzinha tem bicho-carpinteiro*.

D. Ermelinda abdicara naquele dia em nhá Tudinha o governo da cozinha e despensa para ocupar-se exclusivamente com a recepção dos hóspedes que eram esperados à tarde.

Depois do almoço, Linda e Berta com os braços entrelaçados pelas cinturas, desceram ao terreiro por uma das escadas laterais e depois de percorrerem as ruas de coqueiros e o pavilhão de folhagem que tinham arranjado ao redor da fogueira, foram abrigar-se do sol na horta à sombra de uma latada*, onde podiam conversar à vontade.

Linda parecia triste. A próxima festa, longe de enflorar, lhe desfolhava o brando e mavioso sorriso. Como o dourado inseto que se esconde entre as pétalas da rosa, havia um segredo a suspirar nesses lábios mimosos.

– Esta noite as moças ficam sempre tão contentes! disse a menina em tom suave de queixume.

– E você? tornou Berta com um sorriso.

– Eu não!

– Por quê, Linda?

– Todas têm uma pessoa que pense nela.

– Então você não tem? perguntou Berta com um doce remoque*.

Linda abanou a cabeça melancolicamente.

– E Miguel?

– Ele não gosta de mim! suspirou a menina com o lábio balbuciante e uma lágrima a tremer na pálpebra.

Respondeu-lhe Berta com uma fresca risada, que debulhou mesmo nas faces da amiga, como os bagos nacarados* e saborosos de uma romã.

– Olhem que sonsinha!...

– Nunca mais lhe direi nada, Berta! acudiu Linda, ressentida do modo por que recebera a amiga sua confidência.

– Pois, menina, você tem lembranças, que a gente não pode mesmo deixar de rir-se. Então Miguel não gosta da senhora? Era preciso que ele não tivesse olhos para ver essa carinha de feitiço.

– Há outra que ele acha mais bonita!

– Outra?... Qual?... perguntou Berta de todo confusa.

– Esta, que ele vê a todo o momento! replicou Linda, afagando o semblante da amiga com um gesto de triste resignação.

De novo disparou Berta a rir com a lembrança da amiga.

– Ai, que ciumenta, Jesus!

Retiniu perto o grito áspero do curiau*. No meio do silêncio que reinava naquele sítio, como era natural, excitou esse brusco rumor a atenção das duas amigas, e arrancou-as à anterior preocupação. Berta sobressaltou-se com a lembrança de que ouvira o mesmo apito no dia da tocaia[31].

Conteve-se receando assustar Linda; mas, apesar da promessa que lhe fizera o Bugre, estremecia com a ideia de que Luís Galvão devia chegar de Campinas naquela manhã, e talvez ao passar na volta da Ave-Maria fosse vítima do assassinato que ela uma vez impedira. Em falta de Jão Fera, a oculta vingança que ameaçava a existência do fazendeiro, teria procurado outro instrumento.

– Vamos ao mirante, Linda? O Sr. Galvão não pode tardar.

– Papai só chega ao meio-dia, respondeu a moça erguendo-se para acompanhar a amiga.

Na ocasião em que as duas atravessavam a horta, um vulto se esgueirando por detrás dos pessegueiros, passava a cerca e sumia-se no canavial. Berta que o viu nessa ocasião, e apenas de relance, inquiriu de Linda para certificar-se.

– Não é o Faustino aquele?

A filha do Galvão, distraída, de nada se apercebera.

Não se enganara Berta. Era de feito o pajem Faustino, que saíra de casa sorrateiramente para acudir ao grito do curiau, sinal combinado com o Barroso. Atravessando três ou quatro talões* do canavial, foi ele surdir* justamente no lugar onde anteriormente, no dia da partida de Luís Galvão, estava de espreita o Monjolo.

Era um sítio escuso e sáfaro*; ficava embaixo de uma barranca, escondido pelo maciço do canavial e pelo matagal embastido* que já invadira o valado*.

Aí estavam Barroso e Monjolo, ambos com o ouvido à escuta de qualquer rumor que lhes anunciasse a chegada do pajem. O branco descansava encostado à barranca; o negro estava acocorado como gambá, junto a uma casa de cupim[32].

– Então o diabo chega, ou não chega? disse o Barroso ao Faustino, mal lhe pôs os olhos.

Não tarda; antes do meio-dia está aí, sim senhor, respondeu o pajem.

– Eh! eh!… fez o Monjolo.

– Vem mesmo?

– Se vem!…

– Pois então, esta noite é o batuque. Estão ouvindo?

– Monjolo já está sacudindo, sim senhor! disse o africano fazendo jeito de saracotear.

– Tomara eu ver a dança! acudiu o pajem.

– Olhem lá! Cuidado em trancar a negralhada no quadrado*, senão está tudo perdido.

– Isto é com Monjolo!

– Monjolo arranja tudo, deixa estar.

– Quando estiverem bem seguros é só dar o sinal, que o fogo rebenta cá no canavial. O diabo corre para acudir; e aí você, rapaz, tranca também a gente da casa, a mulher e os filhos, e espera, que eu não tardo, para arranjar a história. Ouviram bem?...

– Não tem dúvida! disse o Faustino.

– Você que é mais ladino, explica bem àquele pai.

Riu-se o Monjolo, com uma expressão bestial, que parecia confirmar o dito.

– Mas... replicou o Faustino. Eu cá é com a condição que o senhor sabe. Eu, forro; a Rosa, para mim; e o mulato surrado como canhambola*.

– Pois está entendido! disse o Barroso. Foi o ajuste.

Fuzilou uma chispa na rúbida* pupila do africano.

– E tu, paizinho?

– Monjolo não quer nada, senão jimbo* muito para comprar fumo e cachaça.

– Fica descansado.

Separaram-se os cúmplices. O pajem voltou à casa, Monjolo à roça, e Barroso foi juntar-se a pouca distância ao Gonçalo Pinta, que o esperava com dois animais à destra.

Apenas se desvaneceu o rumor dos passos, que um galho murcho atirado a um canto da barranca se agitara, descobrindo a boca de um covão, talvez de tatu-canastra*, de onde saiu de rojo meio corpo do Brás.

Daquele escondrijo*, a que se acolhera para o não surpreenderem, ouvira o idiota a maquinação do Barroso, e, fato incrível, a compreendera, ou antes a sentira, porque não fora pela razão, mas por uma sorte de faro moral, que recebera essa percepção.

Adivinhara a intenção dos cúmplices, como o animal carniceiro conhece o desígnio do caçador e o acompanha para aproveitar dos despojos das vítimas.

Um riso, que ressumbrava* brutal crueldade, arregaçou-lhe os beiços estúpidos[33].

16
Pai Quicé

Sentado o Brás num torrão de argila, que esbroara da barranca, entregou-se a uma singela ocupação.

Tirou do seio um embrulho de folhas de inhame, onde prendera uma boa porção de gafanhotos, que poucos momentos antes apanhara a devorarem um arbusto. Espetando cada qual em um espinho de juçara*, fincou-os no chão, diante de si, até o número de seis.

Terminada esta operação, começou o sandeu a ranger os dentes, espumando de raiva e ameaçando os insetos com os punhos crispados. Enquanto se desarticulava nessa furiosa gesticulação, escapavam-lhe dos lábios sons estranhos e guturais como o grunhido de um porco, ou o ganir de um cão.

As pupilas vítreas esbugalhavam-se com as contorções da fúria brutal que lhe contraía os músculos faciais. Eram as fosforescências de um ódio violento, que iluminavam de reflexos lívidos esse olhar, de ordinário morno e fusco.

Afinal tomado de um acesso de ira, saltou o idiota sobre uma pedra, e com ela esmagou freneticamente, um a um, todos os seis gafanhotos. Não contente com este suplício, ainda por cima trincou nos dentes a cabeça daqueles que tinham sido poupados por seu açodamento*.

Ofegante, exausto pela violência das emoções, prostrou-se por terra e aí ficou por algum tempo arquejando.

Era o desgraçado menino um estranho aborto da natureza. De todo bronca e estúpida, tinha contudo essa monstruosa organização bem vivo e patente o instinto do mal. Parecia que o aleijão, privando-a da alma racional, não reduzira só o homem à condição de bruto, mas o tinha logo demudado em fera[34].

Até conhecer Berta, o único vestígio humano que havia nessa bestialidade, era o ódio. Aborrecia a toda criatura racional, talvez por uma confusa percepção de sua deformidade e estupidez.

Depois que o desvelo da menina lhe inspirara a fúria amorosa, transformara-se em profundo rancor a profunda repugnância que ele sentia por todos; e tal fora o choque produzido por estas paixões, que acendeu uma centelha nas trevas daquele espírito embrutecido.

Desde então houve nessa animalidade um impulso que não era idiota; e foi o ódio. Estúpido em tudo, parvo até nos ímpetos da cega dedicação que votava a Berta, mostrava para o mal uma astúcia e perspicácia admirável. Incapaz de conceber uma ideia, maquinava pacientemente uma vingança terrível. À sutileza do reptil venenoso, reunia a sagacidade do guará*[35].

Os insetos figuravam as pessoas que mais odiava, e a quem ruminava exterminar, espreitando a ocasião de levar a cabo a feroz maquinação. Enquanto não chegava o momento, divertia-se com aquele sinistro folguedo.

Surpreendido quando chegava ao sítio habitual, e obrigado a esconder-se, ouvira a trama do Barroso, que o alegrou a princípio, porém agora o contrariava pelo receio de perder a sua maldade.

Sacando do socavão* um pedaço de arco de barril que afiara a ponto de torná-lo um punhal, ocultou-o no bolso do jaleco; depois do que desapareceu um instante ao lado do brejal*, e voltou com um sapo que atirou junto ao buraco da casa de cupim, debruçando-se em cima dela, à espreita.

Imediatamente ao grasnido do anfíbio, apareceu no buraco a enorme cabeça de uma cascavel, que fitou no sapo a pupila cintilante.

Desde muito tempo cevava aquela serpente, que entrava no seu plano. Com uma forquilha, da posição em que estava, facilmente conseguiu prender a cabeça da víbora* e agarrando-a pelo colo sem importar-lhe a sanha* com que ela silvava, estorcendo a cauda e açoitando-lhe o rosto, deitou a correr por dentro do canavial[36].

Chegado que foi junto à casa, trepou a uma jabuticabeira para alcançar o peitoril da janela, cuja vidraça estava erguida, mostrando entre as cortinas de cassa uma linda cama de mogno coberta por colcha de damasco azul, um toucador*, guarda-vestidos e outros móveis da recâmera de uma senhora.

Era a alcova de Linda. A mão perversa do idiota arremessou a cobra, que foi cair justamente sobre a cama e depois de aplacada a fúria, encolheu-se entre as rendas dos travesseiros, com a pupila em sangue e o bote armado.

Acabava o idiota de preparar assim o primeiro ato da obra de extermínio, que ele ruminava em sua feroz estultícia, quando o fez estremecer a voz de Berta que se encaminhava para a alcova.

Luís Galvão havia chegado. Ao avistá-lo as meninas tinham descido do mirante a correr para chamar D. Ermelinda e irem ao encontro do fazendeiro. Também acudiram para tomar a benção ao senhor os escravos empregados no serviço doméstico, e alguns dos que não trabalhavam na roça, mas andavam por perto nas tulhas* e fábricas.

Entre estes distinguia-se um inválido curvado como um arco de pipa, com a cabeça lisa como um quengo, e o queixo fino como uma faca desdentada; pelo que chamavam de Pai Quicé. Era ele um dos favoritos de Berta, que todos os domingos lhe dava um vintém para fumo.

Depois de salvar ao senhor, Pai Quicé que ainda não tinha visto Berta naquele dia, fez-lhe muitas festas como sempre, e começou a costumada e interminável lengalenga com que a menina muito se divertia.

Berta era curiosa, e pois gostava de saber de tudo quanto se fazia ou falava por aqueles arredores. O negro velho que não tinha outra coisa para dar à sua gentil protetora, trazia-lhe quanto mexerico e história ouvia pelas vendas, onde graças à liberdade de traste inútil, passava a maior parte do tempo.

– Nhá moça, sabe? Aquele homem muito mau, que mata gente, o Bugre que foi aqui da fazenda?...

– Que tem? perguntou Berta, cuja atenção foi excitada.

– Vão prender ele.

– Quem te disse?

Contou o negro velho o que ouvira ao Gonçalo junto à venda do Chico Tinguá, e o mais que dos ditos de outros e de sua própria astúcia colhera posteriormente. Era naquela tarde que o Pinta ficara de guiar Filipe ao escondrijo do Bugre.

– E você sabe onde ele está? perguntou a menina com vivacidade.

– Sabe, sabe; Quicé sabe.

– Onde é?

– Quicé mostra o caminho.

– Pois vai indo que eu já te apanho.

Este rápido diálogo travara-se no meio do terreiro. Entrando em casa, viu Berta a amiga na sala e perguntou-lhe:

– Onde deitou meu chapéu, Linda?

Foram estas palavras que estremeceram Brás, e ainda mais quando ouviu a resposta de Linda.

– Em cima de minha cama.

Apoderou-se a vertigem do idiota, que tombou da árvore ao chão[37].

Terceiro Volume

1
O bugrezinho

Em 1826, a mais bonita moça que havia nas vizinhanças de Santa Bárbara, era Besita[1].

Quando ia à missa aos domingos e dias de guarda, todos se voltavam na rua para vê-la passar. Festa em que ela não aparecesse, perdia toda a graça; até os velhos achavam desenxabida a patuscada.

Filho de fazendeiro, que tinha a mostrar bonita mula arreada de prataria, lá passava duas e três vezes por dia defronte da casa da moça, que morava em companhia do pai, quase ao sair do povoado, bem perto de nhá Tudinha.

Entre os mais assíduos, nenhum levava as lampas* a Luís Galvão, que era naquela época um chibante* mocetão de vinte anos. Raro dia, não vinha ele ao povoado e não achava pretexto para apear-se em casa do velho Guedes, pai de Besita.

Apesar da roda que lhe faziam tantos rapazes e da balda* que há em terra pequena de bisbilhotar tudo, não aparecera o menor mexerico a respeito da moça, e quando se falava dela era para gabar o seu modo sério e o recato que sabia guardar com todos; o que mais admirava por ter perdido a mãe ainda criança, e viver quase sobre si, pois o velho mal podia com seus achaques.

Nesse tempo servia de camarada* a Luís Galvão um rapaz de pouco menos idade, que o acompanhava constantemente em passeios e viagens. Era Jão, a quem os outros se tinham habituado a chamar de Bugre, pela tez bronzeada, que distinguia aquela raça indígena.

Esse rapaz fora criado nos Pilões, antiga fazenda de Afonso Galvão, pai de Luís; e aí viera ter de um modo singular e misterioso.

Um dia, no mais ardente da calma*, quando os enxadeiros descansam na roça à sombra das árvores, esperando a janta, e o resto da gente recolhe às habitações, acaso chegando o velho fazendeiro à janela viu parado no terreiro deserto um sendeiro* sobre o qual se encarapitava uma figurinha que à primeira vista pareceu-lhe um macaco.

Logo, porém, reconheceu que era uma criança, de pouco mais de um ano. Apesar do natural pacato do rocim causava espanto que o pequerrucho se pudesse conservar em cima dele, escanchado na cernelha* e agarrado às crinas.

– Que quer você, pirralho? perguntou o velho Galvão.

Volveu a criança para o fazendeiro uns olhos negros como carbúnculos, e ficou a mirá-lo com o ingênuo pasmo da infância. Como se verificou depois, o menino não falava ainda, talvez por ser tarde nele o desenvolvimento dessa faculdade.

Nunca se pôde saber donde saíra aquela criança; como chegara até o terreiro sem darem por ela; se viera só ou alguém a trouxera. Também foram inúteis as pesquisas que se fizeram para descobrir os pais, ou ao menos algum indício de quem poderiam ser.

Como de costume, apareceram várias conjeturas e invenções, cada qual mais engenhosa. Uma velha, muito versada no Novo Testamento, afirmou que esse menino era o Anticristo e o sendeiro* a própria besta do Apocalipse, descrita por São João. Outra jurava ser o caçula do diabo cocho que se metera na pele do bugrezinho, e andava fazendo estrepolias pelo mundo.

À parte essas e outras caraminholas de que os visionários encheram a cabeça da gente ignorante, correu entre as pessoas sisudas uma versão, que ninguém soube donde proveio, e naturalmente formou-se de uma misteriosa agregação de circunstâncias, como sucede sempre às rapsódias populares.

Houvera grande cheia no rio. Uma família de gente pobre ia passar o vau, que faltou-lhes. A mulher sumiu-se, o marido

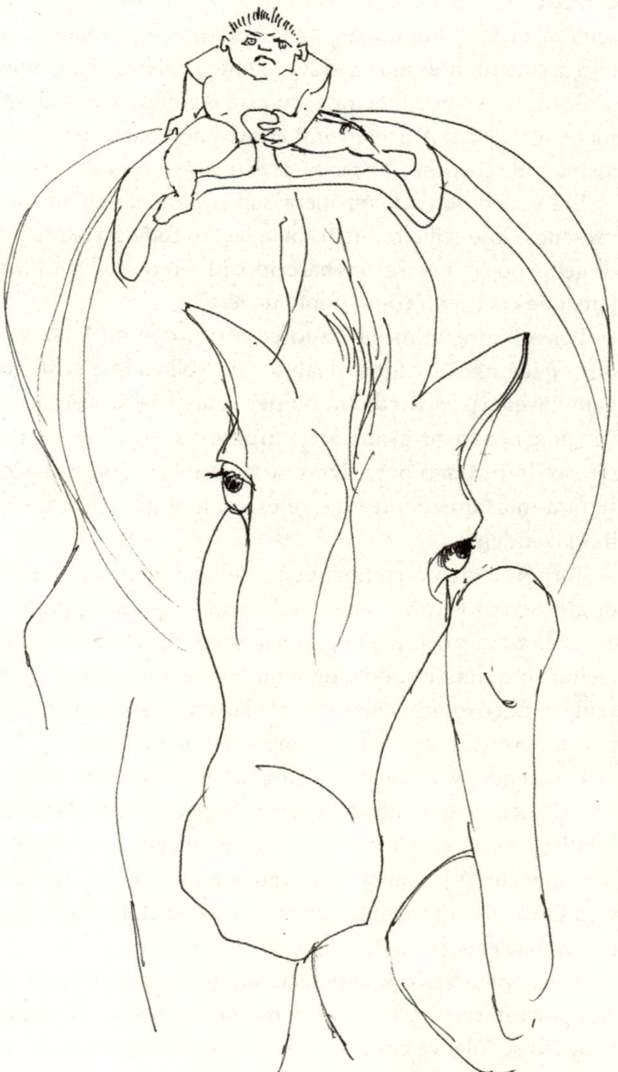

correu a salvá-la, desapareceram ambos arrebatados pela correnteza, ou tragados por algum perau*. Então o sendeiro, que levava o menino, e cujo cabresto soltara o infeliz pai no impulso de salvar a companheira, recuou, e seguindo pela margem foi ter à fazenda. A tronqueira* estava aberta naturalmente; e assim pôde chegar ao terreiro, onde o descobriram.

Era essa a verdade ou mera suposição? Ninguém tinha presenciado o sinistro, nem sabia-se em toda a vizinhança, de gente que houvesse desaparecido. Mas todos afirmavam o fato, que era aceito como ponto de fé.

Foi o bugrezinho batizado com o nome de João, sendo o padrinho o Afonso Galvão. As velhas que sustentavam haver partes do diabo no pequeno, não se deram por vencidas; e asseguravam que, durante o sacramento, o manhoso do inimigo para livrar-se da estola e d'água benta, saltara mais que depressa e se escondera na pança do velho fazendeiro.

Tornou-se Jão o companheiro de brinquedos de Luís; e desde logo mostrou a têmpera do caráter que só mais tarde se havia de formar. Já em criança era robusto, valente, mas taciturno e sombrio; quando a molecada, que fazia roda ao senhor moço, o inquizilava*, a ele Jão, ia-os sovando em regra, apesar de serem muitos e mais velhos.

Crescendo, veio a ser o camarada* de Luís, a quem servia com dedicação que sob aparência ríspida e seca, era sincera e infalível. As vezes que salvara a vida ao jovem patrão, já não se contavam. Arriscar-se estouvadamente o moço fazendeiro, e salvá-lo com fria intrepidez o rapaz, era fato comezinho e trivial na existência de ambos.

Assim nem Luís já agradecia aquilo, que passava entre eles por um serviço tão fácil como de arrear-lhe* o animal; nem Jão se julgava com o menor título ao reconhecimento de seu patrão, por ter feito uma coisa, que lhe dava a si mesmo prazer e satisfação.

Luís Galvão era magano* e fragueiro; gostava de bulir com as raparigas e pregar peças aos caipiras. Daí resultavam constantes desavenças, em que Jão, para defender o moço, tinha necessidade de desancar os assaltantes, pagando em muitas ocasiões com a pele as aventuras galantes do jovem patrão.

Uma vez travou-se tão renhida a luta, que o Bugre prostrou morto a seus pés um arrieiro* com quem Luís Galvão puxara briga, oferecendo vinte patacões* pela mula de estimação em que ele montava, a fim de fazer torresmos do couro. Irritou-se o tropeiro por tal forma com o sarcasmo, que teria com certeza morto ao filho do fazendeiro, se Jão não lhe arrostasse a fúria.

Com algum dinheiro tapou-se a boca aos parentes do morto e acomodou-se tudo; de modo que o Bugre continuou a acompanhar ao patrão em suas correrias.

Foi pouco depois desse incidente que Luís Galvão, passando uma tarde por Santa Bárbara, viu Besita à janela e ficou imediatamente caído por ela.

2
O casamento

Tinha Jão por Besita uma dessas paixões veementes que se afrontam com o impossível e arcam para subjugá-lo.

As pujanças de sua alma se revoltaram contra a adoração férvida e respeitosa que o trazia submisso; mas o caráter indomável estava enervado pela fascinação que exercia em natureza tão ardente, a sedutora beleza da moça.

Quantas vezes não pensou que bastava-lhe um momento de resolução para arrebatar a mulher a quem amava, e levá-la ao deserto onde ela não se envergonharia de seu amor, e talvez sentisse orgulho de o inspirar tão possante e extremoso.

Mas ele que não temia o mundo e zombava dos perigos, assustava-se só com a ideia de um ressentimento de Besita; e não era preciso mais para espancar de seu espírito a tentação que em si produziam os encantos da menina.

Imagine-se, pois, o que pensou o Bugre quando percebeu que Luís Galvão gostava de Besita.

No dia em que teve certeza do fato, o provocador das rixas foi ele, que brigou sem descanso e com desespero. Pelo modo por que se expunha aos golpes dos adversários, parecia obstinado em procurar a morte, que entretanto fugia caprichosamente diante dele.

Quando não achou mais com quem tirar bulha*, embriagou-se, ele que até então dera provas de sóbrio; e tal foi a moafa*, que todo o dia seguinte não deu acordo de si, e esteve atirado na estrada onde escapou de ser esmagado por um carro de bois.

Essa crise fez remissão. Recobrando-se do primeiro e violento abalo que sofrera, achou o rapaz dentro de si, no coração revolto, certa calma e consolo.

Se alguém, que não ele, tinha de ser amado por Besita, fosse-o Luís Galvão de quem era amigo; outro qualquer morreria às suas mãos; assim o jurara.

Adivinhou Besita as duas afeições de que era objeto, e com a intuição da mulher amada, conheceu o contraste profundo que havia entre ambas. A paixão do Bugre era submissa, a do moço imperiosa; na primeira ressumbrava a abnegação, a segunda ardia em desejos.

Sentiu ela também que ia amar, senão amava já a Luís Galvão; e por isso mesmo prevendo os perigos de sua ternura por um homem capaz de tudo ousar, tornou-se fria e constrangida em relação a ele, enquanto mostrava-se expansiva e afetuosa com o Bugre. Sabia que deste nada tinha a recear nem mesmo um olhar impertinente, pois todo o empenho dele era ocultar sua ardente dedicação. Assim podia gozar desse inocente prazer de ver-se adorada mudamente como uma santa.

Em princípio contentou-se Luís Galvão com as visitas que sob qualquer pretexto fazia ao velho Guedes, e os encontros que tinha com Besita na missa ou em casa de nhá Tudinha. De dia em dia porém foi-se tornando mais exigente; e chegou a alcançar da moça algumas entrevistas no quintal ao escurecer.

Besita concentrava todas as suas forças para resistir; considerando-se irremediavelmente perdida, buscava em torno de si um apoio que a amparasse e não achava. Seu pai era um pobre velho, que via no namoro de Luís uma boa fortuna. Não tinha em falta de sua mãe, uma amiga, que a defendesse contra os próprios impulsos de seu coração.

Nestas circunstâncias, apareceu em Santa Bárbara um moço chamado Ribeiro, que vinha arrecadar alguns bens da herança de um tio. Vendo Besita, apaixonara-se por ela e a pedira em casamento ao velho Guedes.

– O Luís é melhor! disse o pai à filha, comunicando-lhe o pedido.

Besita tornou-se pálida e respondeu com a voz trêmula:

– Mas Luís não se casará comigo!

– Tu pensas?

– Tenho a certeza.

– Pois havemos de ver.

À tarde apareceu Luís Galvão. Contou-lhe o Guedes a pretensão do Ribeiro, e pediu-lhe conselho. O filho do fazendeiro demudou-se; mas recobrando-se sugeriu dúvidas sobre os haveres do pretendente, alegando ser pessoa desconhecida no lugar.

Esperou o Guedes quinze dias, decorridos eles, disse à filha:

– Tu adivinhaste. É um peralta!... Aceita a mão do Ribeiro, e serás feliz.

– O que meu pai ordenar, eu o farei de boa vontade! respondeu a menina com doce resignação.

Aceitava ela esse casamento como um sacrifício, para salvar sua virtude, embora à custa dos sonhos fagueiros de sua alma.

Espalhada a notícia do casamento, Jão sabendo-a teve um cruel soçobro*, como se fora ele próprio a quem a moça repudiasse para se dar a outro. Tão identificados estavam em sua alma os dois amantes, que ele já não os separava em seu afeto; e envolvia Luís na adoração que tinha por Besita, e esta na amizade que votava àquele.

A primeira vez que depois disso o capanga viu a moça à janela, voltou o rosto para não lhe falar.

– Está mal comigo, Jão? disse Besita com o modo afetuoso que lhe era habitual.

Deitou-lhe o Bugre um olhar duro, e pregando a aba do chapéu na testa com um murro, não tugiu.

– Que lhe fiz eu, para não me falar?

– Mecê não vai se casar com o Ribeiro?

– É por isso?

– E nhô Luís?

Besita fitou o rapaz nos seus grandes olhos, onde brilhavam aljôfares* de lágrimas, e mostrou-lhe um cravo que tinha nos cabelos:

– Se você, Jão, atirasse na beira da estrada, como uma coisa à toa, esta flor, podia se queixar porque outro a apanhasse para si?

– Então ele não quer bem a Nhazinha?

– Quer, mas como tem querido a outras antes de mim: não mereço ser sua mulher!

Partiu-se Jão a galope e foi ter em casa com o patrão:

– Nhô Luís, ela lhe quer bem!... Case com ela!

– Qual, Jão!... O velho não admite!

Não quis ouvir mais o Bugre; arrecadou em um lenço o que tinha de seu, tão pouco era, e despediu-se do patrão com estas palavras:

– Pode procurar outro camarada*; eu não conto mais com o senhor.

Foram baldados os esforços que fez Luís Galvão para retê-lo. O Bugre ficou inabalável na resolução que tomara em um minuto, de deixar a casa onde fora acolhido e vivera desde a infância.

Pouco tempo depois efetuou-se o casamento de Besita com o Ribeiro; mas este ao sair da igreja recebeu uma carta, que o chamava a toda a pressa para Itu para salvar a maior parte da herança, que o tio confiara a um negociante daquela vila, hoje cidade.

Partiu o Ribeiro no dia seguinte para voltar logo. Sua mulher foi viver na casa da fazendola, que o trouxera a Santa Bárbara, na intenção de vendê-la; e agora devia servir-lhe de morada ao menos nos primeiros tempos do casamento[2].

3
Bebê

Tinham decorrido dois meses depois do casamento de Besita.

Eram nove horas da noite. A moça beijando a mão do pai, se recolhera à alcova; e depois de rezar, cismava em sua vida, lembrando-se com saudade dos sonhos de ventura que fizera outrora e que tão depressa se tinham desvanecido.

Encostada à rótula da janela, com os olhos engolfados no azul, bebendo a cintilação das estrelas como um orvalho de luz, sentia-se arrastada para aquele passado recente, e deleitava-se com as reminiscências das carícias de Luís e dos seus ternos protestos, que ela sabia mentidos, mas que não obstante a embeveciam.

Já todos dormiam na casa, quando ela, deixando a janela, deitou-se. Nesse instante ouviu sobressaltada bater à porta. Quem seria, àquela hora?

Soaram os passos de Zana no corredor, e logo depois a voz da preta a trocar perguntas e respostas com a pessoa que batia. Afinal rangeu a chave na fechadura.

– Nhazinha, é sinhô!

Ia Besita levantar-se precipitadamente para receber o marido, quando sentiu no escuro que dois braços a cingiam e uma carícia atalhava-lhe a palavra nos lábios.

Ao bruxulear da madrugada, Zana acudindo ao chamado da moça foi achá-la debulhada em pranto, na maior consternação.

– Tu me perdeste, Zana! Não era meu marido!

– Quem era então, Nhazinha? perguntou a preta espantada.

– Olha! disse a moça mostrando-lhe o vulto de Luís Galvão que se afastava.

– Meu Jesus do céu! exclamou Zana caindo de joelhos aos pés da senhora.

Felizmente o velho não ouvira bater; e nunca soube da desgraça da filha. Morreu meses depois crente de que a deixava no mundo feliz e amparada.

Uma pessoa, porém, suspeitou do que havia ocorrido. Foi Jão Bugre, que na sua indignação quis matar Luís Galvão; e o teria feito, se Besita não o proibisse.

Entretanto o Ribeiro não dava cópia* de si; corriam os meses sem que em Santa Bárbara houvesse novas dele, e do rumo que levara. Somente sabia-se que não estava em Itu, ou qualquer outra vila próxima. Esse abandono, que o marido parecia ter feito dela, foi o que deu coragem a Besita para resistir à desgraça que a acabrunhara, sobretudo quando lhe conheceu todo o alcance.

Mais de um ano, depois que a abandonara o Ribeiro, teve Besita uma filha, cujo nascimento foi inteiramente ignorado em Santa Bárbara, pelo isolamento a que se condenara a moça desde a morte do pai. Só o soube, fora Zana, Jão Bugre, cuja dedicação apurava-se com o infortúnio daquela por

quem sacrificaria a vida, se pudesse por este preço resgatá-la aos dissabores.

Um dia às ocultas, levou o capanga nos braços a criancinha a Campinas, a fim de a batizar o vigário dessa vila, pondo-lhe o nome de Berta, que tinha sua mãe. Havia ajuntamento na igreja para assistir a um casamento: era o de Luís Galvão com D. Ermelinda.

Custou ao Bugre conter-se, que no seu exaspero não insultasse ali em face de toda gente aquele homem de quem fora amigo, e por quem tinha agora a maior aversão. Reprimiu-lhe o primeiro ímpeto a lembrança de Besita e da mágoa que lhe podia causar o escândalo.

Voltou sombrio e sinistro:

– É preciso que eu mate esse homem! disse ele à moça entregando-lhe o filho.

– Não quero que lhe faças o menor mal! respondeu Besita com império.

– Mecê sofreria se eu o matasse?

– Muito!...

– Basta, Nhazinha! atalhou Jão.

Algum tempo viveu Besita com sua filhinha no mesmo isolamento sem outra companhia além de Zana, que lhe dera de mamar, e o capanga, o qual a servia como um escravo humilde e fiel da casa. Convencida de que realmente seu marido a abandonara de vez, habituara-se com o correr do tempo à placidez e serenidade daquela existência recôndita, que embeleciam* as efusões do amor materno. No seio dessa tranquila solidão, cercada de afeições sinceras, sentia-se quase feliz[3].

Seu prazer, nos momentos que lhe deixava a criação, era enfeitar a filha, e fazer bonito o seu Bebê, arranjando-lhe ora toucas de rendas, ora roupas. Lembrou-se um dia de bordar-lhe um cinto com signo-saimão*, zodíacos, figas e outras figurinhas de prata, como se usava então para livrar do quebranto*.

Não havendo por perto ourives capaz de lavrar os emblemas, mandou Besita o Bugre a Itu, a fim de os encomendar. Com repugnância, e um inexplicável constrangimento, ausentou-se Jão por alguns dias dessa casa onde vivia quanto amava neste mundo e sobre a qual velava como um cão fiel e dedicado.

Foi isto em uma terça-feira. Na quinta seriam oito horas da manhã, e Besita fazia saltar sobre os joelhos a sua linda Bebê, sentada na alcova, com uma rótula aberta a meio. Eis que derramando a vista pelo arvoredo, ficou transida, como se lhe surgisse em face um espectro.

Enxergara o rosto de Ribeiro, que se ocultou entre a folhagem. Seria apenas uma alucinação de seu espírito, ou a tremenda realidade, cuja ideia tantas vezes a enchera de terror, nas longas noites não dormidas?

A tremer chamou a preta, que estava na cozinha cuidando do almoço:

– Meu marido, Zana!...

Aterrou-se a ama, ouvindo da senhora os pormenores da aparição, que anunciava tamanhas desgraças; e esteve algum tempo a espiar por entre a rótula a ver se lobrigava* ainda o vulto do Ribeiro, mas nada viu.

Acudiu-lhe então uma lembrança engenhosa, com a qual esperou e por entre a rótula quase cerrada, não podia o Ribeiro distinguir o semblante da criança. Tomou-a Zana dos braços desfalecidos da senhora, e levando-a a seu cubículo, tisnou-lhe o corpo de carvão.

Feito isto arranjou outra vez as fraldas e a touca; e saiu ao terreiro para acalentar a criança, andando de uma para outra banda, e entoando a costumada cantiga, mas então alterada por esta forma:

Cala a boca, anda, negrinha,
Ai-uê-lêlê!
Senão olha canhambola*,

Ai-uê-lêlê!
Vem cá mesmo Pai Surrão
Toma, papa este tição.

Compreendeu Besita o ardil da preta, e no desamparo em que se achava, confiou nessa frágil esperança.

Passou o resto da manhã sem o menor acidente. Assim desvaneceu-se o primeiro sobressalto, e a moça inclinada a crer que apenas fora vítima de uma ilusão cruel, cobrou ânimo, embora não se pudesse esquivar à inquietação que lhe deixara o terrível susto.

Veio a tarde: o céu estava sereno, e coava-se no espaço uma aragem tão doce que Besita encostou-se ao peitoril da janela. Com a fronte descansada à ombreira, deixando cair para fora as longas tranças de seus lindos cabelos negros, que a brisa fazia ondular, embebia-se em contemplar a estrela vespertina, que cintilava no horizonte. Súbito, no esquecimento dessa cisma*, uma estranha ideia despontou-lhe no espírito. Pareceu-lhe que, através da cintilação da luz, desenhava-se a imagem de sua mãe, a sorrir-lhe lá do céu e a chamá-la.

Então ouviu Zana um grito de terror, que se extinguiu em um gemido de angústia. Fora de si correu à alcova da senhora, onde a esperava um quadro horrível.

No meio do aposento, o Ribeiro, pálido e medonho como um espectro, agarrando a mulher pelo pescoço, estrangulava-a com as longas tranças de cabelos[4].

4
Órfã

Um grito espantoso retumbou, que estremeceu o assassino e o lançou espavorido fora do aposento.

Antes de sumir-se, porém, viu assomar no quadro da janela o vulto pavoroso de Jão, que de um arremesso atirou-se a ele para despedaçá-lo.

Nesse instante trespassou a alma do Bugre uma voz exausta, que se desprendia a custo do arquejante soluço:

– Jão!...

Prostrou-se o rapaz aos pés da moça, que o Ribeiro deixara agonizante, com o corpo atirado sobre um baú, e a cabeça pendida como o lírio, cuja haste o vento partiu.

Julgando-a morta, Jão só tivera um pensamento, a vingança; não eram lágrimas, mas o sangue do assassino que ele queria derramar sobre aquele despojo do que unicamente amara neste mundo.

– Nhazinha!... soluçou ele de mãos postas*.

– Minha filha, Jão, minha... Ele... matá-la!

Concentrara a pobre moça todas as forças naquela ânsia, truncada pelas vascas. Nesse já frio cadáver ainda palpitava o coração materno.

Precipitou-se o Bugre em busca da menina, que Zana alucinada apertava convulsamente nos braços contraídos, e com o fito de escondê-la ao seio, quase a sufocava. Foi preciso luxar-lhe* os ossos para arrancar a criança.

Quando Jão outra vez ajoelhou aos pés de Besita com a menina ao colo, a mísera mãe, soerguendo o busto num arranco supremo, lançou os braços já hirtos aos ombros do rapaz e cingiu no mesmo abraço Berta e o fiel amigo que a salvara. Arrojou-se então para dar à filha o beijo extremo; mas fugindo-lhe já a luz dos olhos, vacilava a fronte, e os lábios gelados a esmo roçaram pelo rosto da criança, como pelas faces de Jão.

Ao toque desse beijo, desmaiou o Bugre; mas embora lhe fugissem os espíritos, seu corpo não tombou; somente desabou sobre si mesmo, como um penhasco, minado pela base, que soterra-se em seu próprio âmbito.

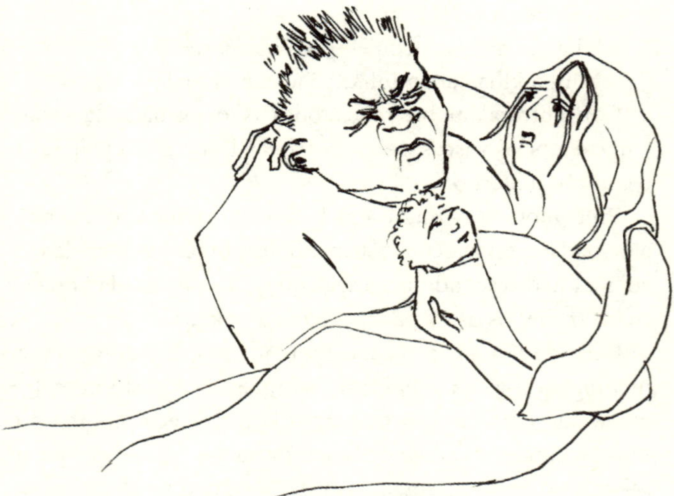

Passada a vertigem, a vista ainda baça do rapaz lobrigou* através de uma névoa escura o vultozinho de Berta, que brincava com a mão gelada de Besita, chilrando como um passarinho.

Aquele beijo fora o supremo adeus da mãe. Besita estava no céu.

Ofegou o peito de Jão com uma ânsia que parecia rompê-lo; e o pranto se arrojou para os olhos sombrios; mas todo esse arremesso de uma dor imensa veio estalar na gorja*, e tombando de novo nas profundezas da alma socavada pela dor, deixou apenas escapar uma surda estertoração, semelhante ao estrépito da torrente que se precipita da garganta da serra no abismo dos algares*.

Aí, entre o cadáver da mulher a quem adorara, e o corpo frágil da criancinha órfã, se quedou o rapaz um momento, procurando reatar em seu espírito o fio das recordações subitamente apagadas. De repente soltou um brado, e arrojou-se.

Valera-se o Ribeiro da demora que tivera Jão ouvindo a voz exausta de Besita, para fugir e pôr-se fora do alcance de seu perseguidor. O assassino, que tinha maquinado friamente a sua vingança, se preparara para a fuga, no caso de perigo.

Havia cerca de dois anos que esse homem partira de Santa Bárbara, deixando sua esposa no dia seguinte ao do casamento, para Itu, salvar avultados interesses comprometidos. Apesar da pronta determinação, o negociante, seu devedor, já se tinha ausentado; e suspeitava-se que se dirigia a Curitiba.

Foi-lhe no encalço o Ribeiro; e tão feliz que obteve cobrar boa parte da soma. Vendo-se rico de repente, não resistiu o moço à tentação de gozar dos prazeres com que o seduziam a cada instante as gabolices dos tropeiros e marchantes.

Afinal, ao cabo de dois anos, lembrou-se da mulher que deixara ainda noiva, no dia seguinte ao do casamento; e dirigiu-se a Santa Bárbara. Remordia-lhe a consciência; como era natural encheu-se de desconfianças.

Às ocultas aproximou-se da casa; e ficou à espreita. Viu Besita com a filha ao colo; e suspeitou de uma traição. Ao cair da tarde, quando a moça cismava com os olhos engolfados no céu, ergueu-se diante dela irado e ameaçador.

A infeliz prostrou-se de joelhos a seus pés e confessou-lhe tudo, o engano fatal de que fora vítima, e a desgraça irreparável que a separara para sempre dele e do mundo.

A resposta foi um escárnio.

– Ele já era teu amante!

Tomado por um acesso de fúria, deitou as mãos ao alvo colo da moça, e enleando-o com a madeixa, a estrangulara. Acabava essa cruel vingança e pensava em imolar também ao seu rancor a inocente criança, quando o bramido do Bugre o estremeceu de horror.

Sem hesitar ganhara o mato pelos fundos da casa, e embarcando na canoa que o esperava, desceu o Piracicaba com a rapidez que dava a enchente à correnteza das águas.

Pressentindo que o perseguia o ódio profundo e implacável de Jão, ou talvez acossado apenas por um remorso dilacerante, não descansou o Ribeiro enquanto não transpôs o oceano, colocando-o entre si e a terra onde exercera sua vingança.

O Bugre o procurou por toda a parte, mas debalde*: o homem estava em Portugal.

Berta fora recolhida por nhá Tudinha, cujo marido ainda vivia. Voltando do povoado a boa mulher ouvira um forte choro de criança que vinha da casa de Besita; e levada por uma curiosidade compassiva, aproximou-se para espiar disfarçadamente pela janela.

Viu Jão que desajeitadamente ninava a criança, desesperada de fome por falta de mama. Tentava o rapaz inutilmente que a menina chupasse a ponta de um pano embebido em café; e vendo sem resultado seu desvelo, caíam-lhe as lágrimas dos olhos em bagas*.

Surpreendida com esta cena e assustada com a imobilidade do vulto de Besita, que ela via deitada sobre a cama, nhá Tudinha animou-se a entrar e soube do Bugre o lúgubre acontecimento. Não hesitou desde esse momento em considerar Berta sua filha.

Apesar de ser Miguel muito mais velho do que Berta, ainda nhá Tudinha tinha leite; e ali mesmo acalentou a infeliz órfã dando-lhe de mamar.

O nascimento de Berta e a morte de sua mãe eram um mistério para a gente do lugar. Zana enlouquecera, e Jão, única testemunha daqueles acontecimentos, só por alto os referiu a nhá Tudinha, que nunca revelou o segredo.

A casa onde nascera Berta ficou abandonada, e estava reduzida a tapera, onde vivia a doida, que depois de tantos anos ainda via na sua alucinação desenhar-se a cena pavorosa da morte da senhora[5].

5
Fera

Não se pinta a exacerbação de Bugre quando sentiu que lhe escapara o assassino de Besita.

Estuava-lhe* a alma. Entrava na venda para matar a sede que o abrasava; mas a cachaça parecia-lhe chilra* e insípida como a água do brejo. Sangue era o cordial* que podia mitigar-lhe esse fogo intenso a lavrar-lhe dentro.

Queria brigar; tinham medo e fugiam dele. Matar a frio, maquinalmente, como o carniceiro faz à rês, e o caçador à perdiz, isso não o poderia; repugnava-lhe; tinha nojo ao cruor*.

Foi nestas condições que um ricaço, informado da valentia de Jão, o tomou para capanga; e bem precisava ele, que não lhe faltavam inimigos. O preceito do Evangelho é "não fazer aos outros o que não queremos nos façam". Daí tinha o mandão extraído uma regra para seu uso, a qual em sua opinião, era apenas o complemento da máxima cristã. "Façamos aos outros o que eles nos pretendem fazer", dizia ele; e sem o menor escrúpulo, com perfeita serenidade de consciência, ia aviando os seus inimigos, para não lhes morrer às mãos.

Eis o homem a cujo serviço esteve Jão durante algum tempo, não só pela necessidade de ganhar a subsistência, como pela ânsia de saciar a sanha* terrível que o devorava. Fez-se instrumento da perversidade do mandão; mas essas vinganças não eram senão brigas e combates, em que ele barateava sua vida, ansiando pela morte, que se obstinava em poupá-lo[6].

Sujeito que fugisse e se amedrontasse, não lhe tocava Jão, qualquer que fosse a recompensa ou ameaça do amo. Mas também quando se enfurecia, nada aplacava essa alma calcinada pelo fogo surdo que lavrava desde a morte de Besita.

Referiam-se desse homem as maiores atrocidades; e a alcunha de Jão Fera que lhe tinham dado por esse tempo, bem revelava a profunda impressão produzida na gente do lugar pelos fatos que ele praticara. Alguns não se explicavam, a não ser pelo delírio sanguinário que se apodera de certos homens, e não é talvez senão a exaltação do hábito levado até a mania.

Chamado, pago e protegido por homens poderosos para escoltá-los em aventuras e servir às suas paixões, o Bugre recebeu a iniciativa e a animação que iam acostumando seu braço a ferir e a repousar depois do crime, como se tivesse praticado uma honrosa façanha, uma valentia digna de louvor.

Esta é com pouca diferença a história de todos os assassinos incorrigíveis, que infestam o interior do país. Eles foram educados pelos poderosos como os dogues* que se adestravam antigamente para a caça humana, dando-lhes a comer, desde pequenos, carne de índio.

Durante o tempo que serviu como capanga a diversos patrões, não esqueceu Jão os dois pensamentos únicos de sua vida, ou antes único pensamento que se dividira agora em dois cuidados.

Era Besita que lhe deixara em legado, vingar sua morte, e proteger sua filha[7].

Não se passava um dia sem tirar Jão inculcas* do Ribeiro, esperando que fizesse o acaso o que não pudera toda a sua diligência. Também de tempos em tempos vinha às ocultas até Santa Bárbara para ver Berta; e então sempre lhe trazia algum enfeite e deixava na mão de nhá Tudinha dinheiro para comprar-lhe o necessário, de modo que andasse bem pronta e arranjada.

Berta a princípio não queria saber daquele homem triste e carrancudo. Quando nhá Tudinha a levava pela mão até o mato, onde ele as esperava para não ser visto, a menina tinha medo. Mas a pouco e pouco foi se habituando, e afinal sentada em seus joelhos brincava com a faca de ponta que lhe tirava da cinta e arrepiava-lhe a barba ruiva.

Tinha Berta as feições da mãe, e Jão via com enlevos, travados muitas vezes de um terror supersticioso, surgir pouco e pouco do vulto da menina a imagem rediviva da mulher, a quem adorara como uma santa, embora tivesse amado também com a fúria de um possesso.

Quando já tinha Berta seus doze anos, e no corpo infantil iam se esboçando os relevos graciosos e suaves contornos da estátua feminina, deixava-se o Bugre ficar longas horas em muda contemplação, com os olhos pasmos na menina, que brincava pelo campo sem dar-lhe atenção.

Havia então singulares alucinações na alma desse homem. A paixão que jazera recalcada por tantos anos no fundo de seu coração, irrompia-lhe de novo com ímpetos medonhos, semelhante a um tigre sedento que se arroja contra a jaula para despedaçá-la.

Berta lhe pertencia. Não pela mesquinha razão de a ter salvado, mas pela consagração das angústias que sofrera. Ela era filha de sua dor; quando o pai a desprezara, abandonando a infeliz mãe, ele as envolvera ambas em uma ardente e incessante dedicação. A alma se lhe estancara nessa paixão imensa; carecia pois de orvalhos para umedecer a terra sáfara* e exausta, que era sua existência agora.

Afigurava-se à sua mente enlevada, que Besita revivera na filha para pagar a ele Jão os extremos do puro e humilde afeto. Enleava-se nas cismas* de outros tempos e surgiam-lhe os sonhos que fizera outrora, os devaneios da vida feliz, no seio da floresta, longe do mundo que o perdera. Seu amor era infindo; chegava para encher o deserto.

Todavia o olhar da menina o turbava, e desde muito tempo já não se animava ele a sentá-la nos seus joelhos, como dantes. Se acaso Berta lhe fazia um afago, ao contato da mão mimosa o sangue espadanava-lhe do coração como lavas; mas logo refluía, gelado por um calafrio glacial.

Já não era Berta que ele via e sentia, mas o vulto de Besita, surgindo triste e lacrimosa para defender a filha.

Nos arrancos e embates dessa luta correu a infância de Berta.

Havia um ano deixara Jão o ofício de camarada*; e vivia oculto nas vizinhanças de Santa Bárbara, onde facilmente via Berta e lhe falava. Cessando a proteção que os potentados costumam dispensar a seus asseclas, e a imunidade de que os revestem, começou logo o Bugre a ser perseguido como um flagelo.

Mas até então zombara de todos os esforços, apesar de prosseguir em suas façanhas. Raro era o mês no qual não se consumava pelos arredores alguma vingança; e o instrumento era quase sempre ele, Jão Fera, a quem buscavam de preferência para esta tarefa, pela fama terrível que tinha adquirido.

6
Restituição

Ao cabo de quinze anos voltara o Ribeiro a São Paulo.

Não se animaria contudo, se os anos, e mais ainda uma irrupção no rosto, não lhe tivessem alterado completamente as feições. Em Portugal o chamavam de Barroso, apelido que substituiu ao seu para maior segurança.

Já estava há meses na província, quando resolveu ir a Santa Bárbara. Com a vista daqueles lugares acendeu-se o ódio sopitado; um pensamento de serôdia* vingança despontou em seu espírito e medrou.

Ouvira falar do Chico Tinguá como inculca* de um sujeito que se incumbia, mediante boa espórtula, de arranjar esses negócios. Tocou no ponto ao vendeiro; este expediu o bacorinho* a Jão Fera, que não tardou no rancho, onde se fechara o ajuste, mediante o sinal de vinte patacões*.

Nenhum dos dois reconhecera o outro. Jão poucas vezes antes da morte de Besita vira o Ribeiro, e este nunca reparara no capanga, que raro tinha encontrado e de passagem em casa da noiva. Acrescia a mudança operada pela idade e outras circunstâncias.

Todavia notou Jão que esse homem lhe inspirava profunda aversão; e cada vez que o avistava tinha ímpetos de puxar briga com ele e matá-lo. Na Ave-Maria especialmente, no dia da tocaia, a não ser o urutu que espantou o cavalo, o Ribeiro cairia com o coração traspassado.

Ao vê-lo passar, na volta do caminho, entre os claros da folhagem, teve o capanga uma espécie de visão; pareceu desenhar-se a seus olhos a mesma face fouveira de raiva e terror, que rápida perpassara diante dele na tarde do assassinato de Besita, mas ficara para sempre estampada em sua reminiscência.

De seu lado o Ribeiro, embora não tivesse a menor suspeita do homem com quem lidava, não podia eximir-se de um involuntário confrangimento, quando se aproximava de Jão Fera. E se este carregava sobre ele o duro olhar, corria-lhe pela medula um frio glacial.

Assim estava impaciente de ver concluído o negócio para livrar-se do capanga; mas correram-lhe as coisas às avessas, pois agora depois do que passara na venda do Tinguá, sabia que o tinha no encalço, e tratou de aprecatar-se*.

Contudo não esquecera o Ribeiro a sua vingança, embora tomasse ela outra feição da que tinha em princípio. Depois da tocaia na Ave-Maria, passara pelas Palmas e vira a família de Luís Galvão, reunida no terreiro, gozando a frescura da tarde, ao expirar de um dia cálido.

Afonso lia para a mãe e a irmã. D. Ermelinda acompanhava com os olhos as mutações das alvas nuvens que o vento carmeava* no azul do céu, Linda fazia trabalhos de lã.

A serenidade e enlevo desse quadro pungiram acremente a alma do Ribeiro. Invejou a felicidade de Luís Galvão, no seio daquela família encantadora e no meio dos gozos que dá a riqueza.

Suas ideias tomaram um rumo desconhecido. Ele que tinha consumido toda a mocidade em uma vida aventureira e vagabunda, e se isolara inteiramente no mundo, sem outra companhia, além dos parceiros de jogo e prazer, sentiu de repente penetrá-lo um eflúvio da vida calma, sossegada, que desliza docemente no lar doméstico, entre as alegrias íntimas e as festas singelas da família.

Mas já estava adiantado em anos para tratar agora de criar uma família. Seria como o tardo lavrador que planta a árvore da qual não verá o fruto. O que lhe servia era uma família já formada, com seu macio conchego, seus hábitos encantadores, onde ele chegasse e tomasse o seu canto, como um conviva, que acha na mesa do banquete o talher preparado.

E não estava ali, perto dele, a família de que precisava? Onde encontraria mulher mais agradável? Podia nunca esperar que viesse a ter outros filhos mais lindos e prendados do que esse par gentil?[8]

Por estranhos que pareçam estes pensamentos, de tal modo se imbuíram no espírito do Ribeiro, que ele acabou rindo-se de seu primeiro projeto. Matar apenas Luís Galvão numa emboscada, como pretendia, era uma vingança brutal e estéril que afagava o seu ódio e nada mais.

Fazer porém desaparecer o fazendeiro, e tomar o seu lugar, como fizera ele outrora; essa era uma desforra de mestre, que não só ajustava as contas do passado, como garantia o futuro. Aplicando ao sedutor a pena de talião*, fazia ele, Ribeiro, ainda por cima um bom negócio.

Desde então empregou toda sua atividade em levar ao cabo a obra, cuja realização fora marcada para a noite de São João.

Ao recolher, se manifestará no canavial das Palmas um incêndio que se há de atribuir a algum foguete desgarrado. Luís Galvão naturalmente acudirá para acautelar maior estrago. Nem os escravos da roça, fechados nos quartéis por Monjolo, nem os pajens trancados por artes do Faustino, poderão acompanhar o senhor.

Gonçalo Pinta, emboscado no caminho, derrubará Luís Galvão com uma cacetada e o lançará nas chamas, para acreditar-se que foi vítima do incêndio, e não de uma trama pérfida e covarde.

Então Ribeiro ou Barroso, que figura passar casualmente pela estrada, acode e extinguindo com o auxílio dos camaradas* o incêndio, já de antemão cortado por largo aceiro, conduzirá o corpo do Galvão à casa e oferecerá à viúva seus serviços.

Eis o plano, em virtude do qual esperava Barroso estar casado com D. Ermelinda e senhor das Palmas, antes de findo o ano do luto.

Depois de fazer ao Faustino e a Monjolo as últimas recomendações, voltava ele acompanhado pelo Pinta, quando inesperadamente saiu-lhe ao encontro, de dentro do mato, Jão Fera.

O Barroso vacilou na sela; e o Gonçalo Suçuarana ficou ainda mais rajado, com a palidez que lhe afulou[9] o semblante. Todavia não fizera o Bugre o menor gesto de ameaça; apenas lhes tomara a frente, postando-se no meio do caminho.

– É hoje véspera de São João. Seu dinheiro aqui está; não lhe devo mais nada.

Estas palavras foram ditas pelo capanga na sua voz arrastada e mansa, estendendo ao Barroso um maço de notas, que ele recebeu maquinalmente com a mão bamba.

– Agora passe bem. Havemos de encontrar-nos! continuou o Bugre, cujo olhar despediu uma chispa.

E desapareceu.

7
Fascinação

Quando Berta abriu a porta da alcova em busca do chapéu, Linda veio ter com ela[10]:

– Onde vai?

– Ali, já volto, respondeu Berta iludindo a pergunta, e sôfrega por evitar conversa naquele instante.

– Guarde seu segredo! tornou Linda ressentida do modo frio por que lhe respondera.

Conhecendo que se agastara a amiga, cingiu-lhe Berta a cintura com um braço, e impediu assim que ela se afastasse.

– Olhem a curiosa! Zangou-se porque não lhe disse onde vou? Ah! Quer saber? Pois eu lhe conto; depois não fique aí vermelhinha como uma pitanga. Escute!

Aproximando a boca ao ouvido de Linda segredou-lhe com malícia:

– Vou a casa, buscar Miguel para que ele venha decidir a nossa aposta, e dizer se eu menti afirmando que ele morre por certa pessoinha muito nossa conhecida.

À proporção que falava a travessa da Berta, abrasava-se a concha nacarada da orelhinha de Linda, enquanto os longos cílios velando os brandos olhos, ensombravam docemente a sua face enrubescida.

Quando pronunciava baixinho as últimas palavras, viu Berta uma formosa cabeça magana e brejeira, que se insinuava arteiramente entre seus lábios e o ouvido da companheira, soltando estas palavras com um tom de motejadora confidência:

– Eu também entro no segredo!

Era o Afonso.

– Ai! exclamou Berta, sentindo nos lábios o roçar do buço macio que pungia a face do mancebo.

– Que abelhudo você é, mano! acudiu Linda, um tanto contrariada por não ouvir o resto do que tanto lhe interessava.

– Não disfarce, menina, você mesma é que me disse que Inhá estava me chamando para dar-me um bei…

– Um beliscão! atalhou Berta cravando-lhe no braço a unha rosada, mas rija como a garra da araponga*.

E abrindo rapidamente a porta, ganhou a alcova, com o sentido de fechar-se por dentro e evitar assim a desforra que o Afonso não deixaria de tomar e que ela bem suspeitava qual fosse.

Mas transtornou-lhe todo o plano o maganão, metendo de pronto o joelho à porta, antes que a chave desse volta. Começou então uma luta, que devia terminar pela derrota de Berta, apesar do petulante arrojo da menina, habituada aos folguedos de rapazes, e da galanteria com que Afonso moderava o seu impulso, a fim de não molestar a sua gentil competidora, e também para não lograr tão fácil a vitória.

Mas teve Berta um aliado, com o qual não contara o moço. Linda acudiu à amiga, como a formiguinha que mordeu o calcanhar do caçador para salvar a rola. Achegando-se ao irmão sorrateiramente, fez-lhe cócegas.

Afonso era árdego*; estremeceu, rindo como um perdido, e apartando os cotovelos, para se desvencilhar da irmã, sem abandonar o posto.

– Assim, Linda! gritava Berta.

– Espera, sonsinha, que tu me pagas! dizia o Afonso no meio das risadas.

– Deixe a outra! acudia Linda.

Apertado entre dois fogos, voltou-se rapidamente Afonso, para fazer face à irmã, enquanto com as costas empurrava a aba da porta. Vivo e pronto como foi esse movimento não evitou que Berta com extrema agilidade, aproveitando-se da breve intermitência em que a fechadura aderiu ao batente, desse volta à chave.

Ficou de todo o ponto azoado* o Afonso; e Linda, vendo-lhe a cara desconsolada, soltou uma risada gostosa.

Nisso repercutiu um grito; era de terror ou talvez de aflição; e vinha de dentro da alcova.

– O que foi, Berta? exclamou Afonso.

– Inhá, Inhá, é você! balbuciava Linda sufocada pelo susto e abalando a porta.

– Abra depressa! instava o moço cheio de inquietação.

Não tiveram resposta estas perguntas ansiadas e instantes. Reinava dentro grande silêncio, apenas cortado por um tinido vibrante, que arrepiava como o áspero trincar da lima no ferro.

– É graça; ela quer nos assustar! dizia Afonso disfarçando para consolar a irmã, porém angustiado por um terrível pressentimento.

Ao mesmo tempo, curvado, espiando pelo espelho da fechadura, investigava o interior quanto lhe permitia a estreita abertura por onde passava o olhar. A luz que entrava pelas janelas abertas esclarecia o aposento; assim via o rapaz distintamente o centro da parede fronteira, onde estava colocado o toucador da irmã. Com muito esforço, inclinando-se o mais possível à direita, percebia a orla do cortinado desfraldado pela cabeceira da cama.

– Viu-a? perguntou Linda que não cessava de chamar pela amiga.

– Não! respondeu agoniado o irmão.

– Basta, Inhá! disse a filha do fazendeiro, com o tom suplicante. Você nos aflige com esta brincadeira.

– Qual! Ela é pirracenta! replicava Afonso rindo-se para animar a irmã. Mas logo, quando eu a pilhar, há de arrepender-se. Eu cá me contento com uma dúzia; e você, Linda?

Assim galhofando, Afonso aplicava alternativamente os lábios e os olhos ao orifício da fechadura, para falar a Berta, e ver se ela dava sinal de o ouvir.

De repente, pareceu-lhe que uma sombra se interpunha entre a porta e o toucador; e afirmando a vista reconheceu o vulto de Berta, que oscilava. Cuidou que a menina, para fazer-lhe negaça*, estava de brejeira a bambolear o corpinho.

– Lá está ela se faceirando*! exclamou Afonso cheio de contentamento.

– Aonde?

Lembrou-se, porém, o moço que Berta voltava-lhe as costas, em vez de virar-se para a porta, como era natural. Querendo verificar esse reparo, já não o pôde, porque a sombra vacilara e desaparecera.

Sofregamente buscava ele de novo enxergá-la; e não o conseguia, quando casualmente seus olhos caíram sobre a face polida do espelho, que ornava o toucador de mogno.

Uma surda exclamação, que o moço não teve tempo de sufocar, lhe prorrompeu dos lábios.

– Ah!

– O que é? interrogou Linda transida de terror.

– Não sei o que ela tem... Sentou-se... Parece que caiu.

Estas palavras, proferiu-as o moço ofegante, recalcando as palpitações violentas, que lhe talhavam a fala, e sem tirar os olhos do espelho do toucador.

Fora ali que vira desenhar-se a imagem de Berta, sentada sobre o pavimento, com o talhe acabrunhado por súbito desmaio das forças; mas a cabeça promovida por um rígido impulso, e as negras pupilas dilatadas em um olhar fixo, estático, de vítreos lampejos.

Não se enganara Afonso; Berta se voltava com efeito para o interior, pois sua imagem refletia-se de frente no espelho. O que olhava, porém, ela com a vista assim pasma? Ansiava o moço por descobrir e não tardou muito.

Na borda inferior do espelho, sobre o friso da moldura de mogno, surgiu um ponto que foi a pouco e pouco avultando. Era a cabeça chata de um animal, coberto de três ordens de escamas transversais dispostas sobre um couro de pardo-fulvo mosqueado de preto.

Um brado de horror escapou da gorja* angustiada do mancebo, que recuando se arremessou com desespero, para espedaçar a porta.

Mas essa era de cabiúna; e desafiava as forças de muitos homens.

Linda caíra quase desfalecida sobre uma cadeira, ao ver a angústia e o espanto do irmão, o qual, reconhecendo a inutilidade de seus esforços contra a porta, se precipitara para o terreiro, com a ideia de saltar pela janela no interior do aposento.

Nesse momento, e como um eco de seu brado de terror, ouviu-se também do lado do canavial um grito, senão era uma gargalhada selvagem, semelhante ao grasnar do maracajá*[11].

8
Letargo

Uma cena espantosa acabava de passar na alcova[12].

Com o rumor que fizera Berta ao bater a porta, na ocasião de entrar, a cascavel alçou a cabeça, e descobrindo o vulto da menina, desdobrou-se para escorregar ao chão.

Apenas tocou o soalho, enroscou-se rapidamente sobre si, na sombra que embaixo do leito projetava o cortinado, e enristou* o colo como um dardo inserido na seteira* de uma torre e pronto para o arremesso. Ao mesmo tempo a cauda romba e curta, vibrada por uma crispação nervosa, batia no pavimento a primeira das três pancadas fatais que precedem o bote, chocalhando os cascavéis* com a sinistra crepitação, que gela a medula ao mais destemido.

Assim com o bote armado, esperou o insidioso reptil se aproximasse o inimigo, para de um jacto cravar-lhe os dois croques* terríveis que manam o sutil e mortífero veneno.

Quando Berta, aproveitando-se do descuido de Afonso, conseguira fechar a porta, imediatamente correu à cama a fim de tomar o chapéu que vira sobre as almofadas, e fugir pela janela, travessura que ela tinha em criança feito muitas vezes, e que se propunha a realizar agora antes de dar tempo ao moço para atalhar-lhe o caminho.

No meio do aposento, parou a menina de repente com um involuntário estremecimento. Ouvira o som áspero de um guizo estrídulo, tangido rapidamente; e sentiu logo um enjoo produzido por acre exalação que se derramara no ar.

Atraídos por um impulso misterioso, volveram-se os olhos de Berta, e caíram sobre a boicininga*, cujas pupilas fulvas fulguravam na sombra, jorrando em ondas uma luz fosforescente, como as chamas sulfúreas, que se levantam do seio da terra vulcânica e retalham o negrume da noite.

A fauce hiante*, sanguínea, se erriçava com duas serrilhas de dentes aduncos e retorcidos como garras, e no meio dela agitava-se a língua negra, híspida, dardejante, cuja ponta bífida* ressaltava como impulsa* por oculta mola de dentro de si mesma; pois servia-lhe de estojo a parte inferior.

Foi nesse momento, ao avistar a cobra que o grito de terror escapou-se da boca de Berta. Mas às perguntas de Linda e de Afonso, se ainda as ouviu confusamente, não teve ela mais voz para responder-lhes que seus lábios estavam gelados.

Encontrando-se o olhar da serpente e o seu, cravaram-se de modo, ou antes se imbuíram e penetraram tanto um no outro, que não pôde mais a vontade separá-los e romper o vínculo poderoso. Parecia que entre a brilhante pupila negra da menina e a lívida retina da cascavel se estabelecera uma corrente de luz na qual fazia-se o fluxo e refluxo das centelhas elétricas.

A mesma câimbra que retraiu o dorso flexuoso da boicininga* espasmou o talhe grácil de Berta, como se uma força única regera a vida nessas duas organizações. Aí estava produzida ao vivo a misteriosa identificação da mulher e da serpente, que deu tema ao poético mito* da tentação.

Lentamente a cascavel afrouxava os anéis em que enroscara o toro*, até que se espreguiçou ao longo pelo pavimento, pousando lânguida sobre a tábua a cabeça chanfrada. Recolheu-se a língua dentro da bainha, e esta desapareceu por baixo do focinho, que se abatera flacidamente sobre a mandíbula.

Toda a força vital da boicininga* se concentrava no olhar, donde coava-se uma flama trépida, por entre as titilações da membrana sutil, que reveste a retina da serpente. Encadeada por esse fio luminoso ao olhar cintilante de Berta, o medonho reptil parecia como deslumbrado por súbito lampejo.

Também a menina sofria a repercussão dessa influência.

As pernas trêmulas vacilavam; invadida por súbito desfalecimento, vergou ao peso do próprio corpo, e convolveu-se como a campânula* que frange as pétalas para cerrar o cálice e pender murcha sobre a haste.

Assim deixou-se Berta cair de joelhos e derreando sobre os calcanhares, foi preciso apoiar-se com a mão esquerda no soalho, a fim de suster o busto, que uma força misteriosa impelia avante, como para prostrá-la de bruços e colear-lhe* o talhe.

Ainda assim não resistia de todo àquela poderosa atração. Com o pescoço distendido, a cabeça lançada à frente, mostrava a ânsia de arrastar-se para vencer a distância que a separava da cascavel.

O desmaio da moça fora a princípio cheio de indizível angústia; apoderou-se dela um incompreensível pavor; queria fugir, e sentia-se elada a si mesma como a um poste de dor. Dir-se-ia que duas forças divergentes, duas naturezas em reação, lutavam dentro de sua alma e a dilaceravam, disputando-lhe o ser, como aves de rapina que brigam pelo cibo*.

Uma dessas naturezas abatia-lhe a fronte, que a outra porfiava em manter excelsa; e estorcia-lhe o corpo feito para a estatura nobre e senhoril. Umas vezes, presa da estranha vertigem, via-se em pé, diante de si mesma, imperiosa e cheia de desdém, a esmagar sua própria cabeça. Outras vezes transformada em víbera, eleva-se pelo colo da menina gentil, que ela era, e conchegava-se ao tépido calor de um seio virgem.

Afinal, com um movimento hirto estendeu Berta o braço direito para a cascavel, aberta a mão e crispados os dedos, no ímpeto de tocar o rosto do reptil, ao qual tornou-se mais viva a trepidação do olhar.

Confrangendo-se, a boicininga* propulsou de leve a cabeça, como se arrastara um fio invisível, e foi lentamente rojando para Berta. Nesse instante havia Afonso enxergado o reptil; e se precipitara horrorizado para despedaçar a porta.

Entretanto Berta, à proporção que avançava para ela a boicininga, ia-se retraindo; erigia-se o busto, e ressurgia-lhe n'alma essa elação que a desfere ao céu e que imprime na criatura humana a majestade do porte. Assumia a menina outra vez a fina têmpera de seu caráter altivo e inflexível.

Quando a cabeça da cascavel roçou-lhe a ponta dos dedos, um choque íntimo percutiu-lhe o corpo, e estorceu o toro da serpente. Mas passou instantaneamente; o reptil elando-se pelo braço mimoso, veio cingir-lhe as espáduas, formando colar.

Com o toque desse brando serpear sentiu Berta a doçura de uma carícia; a boicininga titilava de volúpia ao tépido calor da cútis acetinada*; e escondendo a monstruosa cabeça na conchinha da mão que a menina recolhera ao seio, caiu no letargo[13].

9
Transe

Enquanto rápidos corriam os últimos acontecimentos, Brás erguendo-se no canavial, ainda atordoado da queda e da vertigem, saltou a cerca do pátio.

Por diversas vezes tentou sungar-se pela parede e trepar à janela; mas escorregava por falta de apoio ou saliência a que se agarrasse para alcançar o batente. Afinal de um salto enorme logrou o intento; e pôde grimpar-se até o peitoril, onde agachou-se.

Ao ver Berta, sentada no chão, junto à cama, e enlaçada pela cascavel, deu tremendo pulo o idiota, que travou da cabeça do reptil como faria ao cabo de um chicote, e fugiu espavorido, soltando um berro de cólera, e zimbrando* o próprio corpo com a serpente que lhe servia de látego*[14].

Era o castigo que ele se infligia pelo susto causado a Berta e perigo de que a ameaçara com seu desazo*.

Subitamente arrancada ao encanto que a prendia, a menina correu à porta e abriu-a, lívida e palpitante de emoção. Linda atirou-se a ela para abraçá-la; e logo depois chegou Afonso, que voltara ouvindo abrir-se a porta.

Às impacientes interrogações, Berta respondeu mostrando Brás, que rompia o canavial em uma corrida furiosa, vibrando o seu látego vivo, a zunir pelos ares. Cheios de espanto, Linda e o irmão seguiram com os olhos o vulto do idiota até que sumiu-se; e voltaram-se para obter de Berta a explicação daquela terrível insânia que eles não haviam compreendido.

Berta porém tinha desaparecido.

Restabelecida da fascinação que sofrera, recordou-se a menina do motivo que a trouxera àquela alcova, e receando ter perdido muito tempo, esgueirou-se ligeira pelo interior da casa para ganhar as plantações e seguir o rumo que vira tomar o Pai Quicé.

No fim do canavial ouviu ela um sussurro particular que parecia o zumbir de um grande besouro, e voltando os olhos para o lado donde trazia a brisa aquele zunzum, avistou acocorado a uma pedra, como uma intanha*, o negro velho, que rosnava a sua monótona lengalenga em gíria africana.

– Psiu! fez a menina.

– Nhá moça?

– Vamos depressa que já perdi muito tempo.

Deitou-se a andar o paizinho e mais depressa do que se devia esperar da sua figura de arco de pipa. Apesar da torção que lhe vergara o espinhaço como uma hástea de taquaruçu*, conservava ele ainda certa agilidade nas gâmbias*, que se moviam à semelhança das patas de um guaiamum*.

Sulcava a capoeira* um trilho estreito, porém muito batido a julgar pela fita de argila socada e nua que serpejava, à guisa de um cipó, entre a grama. Por aí tomou Quicé, e a menina o seguiu com tamanha impaciência que sua mão sôfrega tocava amiúde o liso casco do negro como instigando-o a apressar o passo. Sua imaginação lhe representava Jão preso, algemado; quisera ter asas para voar.

Da capoeira desembocava-se em um vasto campo de cerca de meia légua, regaço da floresta virgem que lhe corria em volta, e cuja espessura já o machado havia desbravado do lado por onde vinham Berta e seu guia.

Quando se achavam os dois a meio da campina, ouviram longe o ribombo do trovão, o que era para admirar-se, pois o céu estava límpido, e no azul cristalino não se via capulho* ou froco* de nuvens.

Entretanto o surdo trovão crescia e vinha rolando das profundezas da floresta, mas contínuo, incessante, sem as intermitências dos roncos da procela*. A terra, como percutida por violento abalo, tremia, reboando os ecos do estranho fragor.

De momento a momento condensava-se o hórrido estampido, que já parecia fremir na orla da floresta. De repente surdiram do seio desse ribombo e começaram a sulcá-lo, outros rumores estridentes. Ouvia-se o estalo das ramas despedaçadas, como se o pampeiro* fustigasse a floresta; um áspero grunhido e também um ranger de ossos, que trazia à mente espavorida os contos de cemitérios e duendes.

Involuntariamente o preto velho estacou, volvendo em torno de si um olhar aflito. Súbito pavor lhe transtornara as feições, repuxando as rugas da pele relha e borrando-lhe o negrume da cútis.

Surpresa com o estampido e assustada pela expressão de terror que viu no semblante de Quicé, perguntou Berta:

– O que é?

– Queixada*, respondeu o preto com a voz sumida.

Com efeito, da orla da selva rompia um bando de porcos-do-mato. Mais de cem desses animais selvagens, com a pupila chamejante, ouriçando as ruivas cerdas* e afiando os longos colmilhos* nos queixais* chocalhados pela sanha, trotavam em fila, e figuravam na relva da campina a verga combusta do imenso arco de algum tamoio gigante.

Assim avançavam os ferozes queixadas, rompendo selvas, estraçalhando quando encontram com os cutelos das presas, ou esmagando-o sob a úngula* bissulca* das cem patas cadentes que batem o chão. Se o inimigo resiste ao primeiro ímpeto do centro, ou se receiam lhes fuja, as pontas do arco se estorcem e a vara* fatal cinge o mísero, que tomba em pedaços, como a isca à flor de tanque piscoso.

Era medonho o aspecto daquela serra navalhada a se estender pelo campo afora com extrema rapidez. Berta compreendeu o perigo que a ameaçava e horrorizou-se pensando no fim cruel que lhe fora reservado, e ali estava debuxado ante seus olhos com vivo e temeroso relevo.

Tinha-lhe ferido os olhos o sangue coalhado na belfa* de uma parte dos queixadas. Pelo focinho, como pelas unhas dos mais ferozes, viam-se fragmentos de animais, que pareciam cães, e também resto de um despojo que bem podia ser de criatura humana.

A última esperança todavia ainda não desamparou o coração de Berta ante esse quadro hediondo. Corajosa como era, quis salvar-se alcançando um abrigo que a subtraísse à fúria dos caititus*. Mas na campina rasa poucas árvores perdidas se elevavam a trecho*; dessas a mais próxima, ficava-lhe a cem passos, e já vergava rapidamente sobre esse ponto a ala esquerda da formidável falange.

O impulso de Berta foi precipitar-se para aquele refúgio e lutar de velocidade com os queixadas. Tinha confiança em suas forças, e contava alcançar a árvore antes das feras. Mas ao desferir a corrida, acudiu-lhe à mente o preto, que havia esquecido nas angústias daquele momento.

Abandonar o velho decrépito à fúria dos animais, não lhe sofria o coração, e contudo uma voz impiedosa, a voz da conservação, lhe exprobrava o sacrifício inútil de sua existência. Há almas assim, que Deus apura no crisol da abnegação, e forma para se derramarem como a luz, o ar, o perfume.

Travando o punho de Quicé, tentou Berta arrastá-lo em sua veloz corrida; não tinha dado vinte passos, que reconheceu a impossibilidade do violento esforço. O arco já se convolvia em caracol, fechando-a e a seu companheiro em uma espira sinistra, que cerrava-se de instante a instante, como a constrição da jiboia em torno à presa.

Estacou a menina; cada passo a aproximaria da morte, que a espreitava por todos os lados.

– Trepa na cacunda* de Quicé! disse o preto velho.

Com o olhar agradeceu Berta ao mísero cativo, que na impossibilidade de a salvar oferecia ao menos esse meio de retardar-lhe o martírio, conservando-a suspensa nos ombros enquanto não o dilaceravam as feras.

Enfim já não é arco, nem mesmo cadeia*, o que cerca os dois infelizes; mas um turbilhão fulvo, que marulha, fossa, remoinha, grunhe, amolando os colmilhos, e batendo o chão.

Estreitou-se Berta em suas roupas, como a virgem cristã no anfiteatro romano; e pondo os olhos no céu, esperou o martírio[15].

10
A garrucha

Não era natural a arrancada de tão numeroso bando de caititus* por aquelas paragens, fora da mata cerrada e próximo de habitações.

Houvera, porém, um motivo para essa alteração nos hábitos dos filhos bravios das selvas.

Fora aquele dia, véspera de São João, o que marcara Gonçalo Pinta para atacar o Bugre e agarrá-lo dentro da toca. Nesse intento e valendo-se da espionagem que fazia desde muito, combinara com Filipe um plano que não podia falhar.

O escondrijo* do capanga ficava no mais intrincado da mata, entre as fraguras* de uma penha* que lhe servia de baluarte e prolongava-se através da floresta como a geba* de algum monstro hirsuto.

Esse lado parecia a abrigo de qualquer ataque. Se da choça do capanga, embora dificilmente, se podia galgar o rochedo, era isso impossível da outra banda em que a penha se talhava a pique, em abrupto alcantil*.

Gizou*, pois, o Gonçalo que pela madrugada, Filipe com os companheiros ganhariam as cabeceiras da mata virgem. Ocultos pelas brenhas* se aproximariam do penhasco e tratariam de tomar a saída do único desfiladeiro por onde podia fugir o capanga.

Ao meio-dia, quando Jão Fera costumava descansar na grota, o Gonçalo com uma troça de espoletas*, pagos pelo Ribeiro, deitaria cerco pela frente, e o capanga, assim colhido, se entregaria vivo ou morto.

Partira o Filipe com sua malta à hora aprazada, e rodeou a floresta. Por segurança levava os cachorros que podiam servir-lhe para rastejar o inimigo no caso de escapula. A matilha, tomando faro ao fartum* que trazia a brisa do fundo da floresta, colou* e, embrenhada pela espessura, levantou um bando de queixadas.

* Termo de monteria*: afundar-se pelo mato para descobrir e levantar a caça. (N. do A.)

Acuaram as feras, voltando-se ameaçadoras. Avisados pelos latidos, acudiram os caipiras que tentaram defender a matilha e desvencilhá-la. Os queixadas, porém, estavam enfurecidos e arremeteram estripando os cães. Diante do perigo que corria, fugiu a gente; porém um dos companheiros, jarretado pelas terríveis navalhadas, tombou e num momento foi despedaçado.

Então o bando feroz, acossado pelos tiros que lhe desfecharam os caipiras, arremeteu através da floresta, grunhindo de sanha*, e foi romper no campo onde se devia representar o último ato do drama sanguinolento.

Resignada ao martírio, Berta erguera os olhos ao céu, pedindo-lhe asilo para sua alma pura prestes a desamparar a terra. Os porcos, removendo os queixos, já tocavam com as cerdas* do focinho o babado da saia, aflado* pela brisa.

Retiniu, porém, um brado espantoso, que reboou pelas crastas* e penetrais* da floresta como o berro medonho do sucuri quando surge à flor do imenso lago. Pávidos estancaram os queixadas, erguendo a tromba ao ar para conhecer donde provinha aquela ameaça.

Devorando a distância na corrida veloz, saltando por cima dos magotes que encontrava em seu caminho, e às vezes fazendo do próprio lombo das feras chão onde pisar, Jão precipitou-se enfim no lugar onde Berta e o negro velho aguardavam a morte contritos.

Suspendendo a menina com o braço esquerdo, enquanto brandia o direito a longa faca apunhada*, o vigoroso capanga, aproveitando-se do espanto das feras ante sua audácia, arrojou-se para a árvore mais próxima, onde poderia colocar a menina a salvo de perigo.

Já ele transpunha a distância, quando ouviu-se um grito dilacerante: o negro velho agitando convulsivamente os braços debateu-se no meio dos queixadas, como um náufrago no torvelinho das ondas, e estrebuchou.

– Jão! exclamou Berta angustiada, mostrando o corpo do africano que tombava.

– Não!

Perseguido pelas feras, bem via o capanga que não tinha tempo a perder; a menor demora podia ser fatal. Os queixadas eram sanhudos* e em numeroso bando. Se o envolvessem, tolhido como estava de um braço, corria grande risco Berta, a quem a morte dele, Jão, longe de salvar, roubaria a última esperança.

Por isso recusou-se ao pedido da menina.

– Pois eu não o abandono!

Retorquindo-lhe por esse modo, Berta soltou-se do braço do Bugre, para correr ao negro, como se ela, frágil menina, pudesse valer-lhe naquele transe.

Preveniu-lhe Jão o impulso, e estreitando-a ao peito com força, atirou-se em um arranco de desespero para o lugar, onde o mísero Quicé acabava de cair às focinhadas dos porcos. Abarcando-lhe o crânio com a mão robusta, o capanga arremessou-o longe, de um boléu*, como faria com uma pedra.

– Foge, bruto! disse ele à ossada que varava pelos ares e que estalou entre os seus dedos.

E com a faca de ponta que um instante segurava nos dentes para dispor da destra, começou a degolar e estripar os queixadas que o atacavam mais de perto e com sanha terrível. Eram muitos, porém; e toda sua pasmosa agilidade não bastava para resistir ao aluvião de feras que sobre ele crescia, assaltando-o por qualquer lado com redobrado furor.

Entretanto, Pai Quicé, caindo a vinte passos, onde o pinchara* Jão, embora meio desconjuntado com o tombo, tinha-se arrastado para a árvore, e pôde a muito custo içar-se pela rama a um galho mais rasteiro, onde contudo estava a abrigo dos temíveis queixadas, que lhe tinham retalhado o couro relho* das canelas.

Aí refocilando na egoística satisfação de se ver a salvo do perigo, que ameaçava a outros, o paizinho contemplava o combate de Jão Fera com os queixadas, como se fosse uma divertida caçada.

Quando, porém, mais recobrado do abalo reparou na multidão dos animais bravios que envolviam o capanga, e na raiva com que investiam, o negro velho prevendo uma desgraça teve pena, e lançou os olhos ao redor com ânsia, buscando a esperança de um socorro que ele, débil e alquebrado, não podia dar.

Com efeito, já o sangue de Jão corria dos golpes, que recebera nas pernas, e embora cada um tivesse custado a vida a muitos inimigos, outros sucediam-se, e outros, sem a menor intermitência. Era um ferir sem cessar.

Por vezes quis o capanga servir-se da mão esquerda, recomendando a Berta que se agarrasse aos ombros; mas curvado como estava para alcançar o rasteiro inimigo, e com a menina atravessada aos ombros para subtraí-la ao furor de algum queixada, não se animara: temia que em momento de susto, ela escorregasse ao chão.

– Nhazinha! disse Jão de chofre esfaqueando sempre. Tire na minha cintura a garrucha.

Com a sua habitual vivacidade e petulância dobrou-se Berta pela espádua do capanga, para arrancar-lhe da cinta a pistola, que forcejou armar, porém não conseguiu.

– Como é, Jão?

– Ponha na minha boca, Nhazinha!

Armou o capanga a pistola com os dentes; e arrebatando-a rapidamente da mão de Berta, desfechou sobre os queixadas um tiro à queima-roupa, que os fez recuar de terror.

Aproveitou-se Jão desse momento para romper o círculo de navalhas que o ameaçava e precipitar-se pelo campo fora, em busca da árvore.

Mas os queixadas, passado o primeiro estupor, arremeteram de novo na furiosa avançada[16].

11
A furna

Em meio da penha, que atravessava a mata virgem, por entre o embastido* da folhagem, fendia-se a estreita boca de uma caverna.

Era a furna de Jão Fera.

Não tinha essa caverna traços de primitiva formação, quando o fogo subterrâneo vazara o esqueleto granítico daquele fraguedo*; nem mesmo provinha de algum aleijão vulcânico, desses que às vezes subvertem as entranhas da terra.

Antigamente o que havia ali era apenas uma grande laje, entalada na garganta do rochedo.

Uma semente de jetaí*, trazida pelo vento, caiu aí numa greta da pedra e brotou. Cresceu a vergôntea, mas encontrou a escarpa saliente da rocha que lhe ficava sobranceira, e foi insinuando-se por uma brecha do alcantil*.

Estorcendo-se como um cipó de imbê*, para acompanhar as sinuosidades do estreito lisim*, afinal surdiu fora no alto do penhasco. Apesar de comprimido entre a escacha* da rocha, o cepo* nutrido pelo húmus exuberante que depositava sobre a laje o enxurro do monte, medrou, inseriu-se por todas as fisgas* de pedra, e fez-se tronco.

Um dia estalou o penhasco; e subitamente escalado, um estilhaço do alcantil* rolou sobre a laje. Amparada de um lado pela curva do tronco, e do outro retida por uma aresta da fronteira escarpa, a grande lasca ficou suspensa na altura de alguns pés, formando assim a abóbada da gruta, fechada em torno pelos rochedos abruptos.

Como uma poderosa alavanca trabalhara o tronco robusto do jetaí durante longos anos para escalar o penedo; mas este, por sua vez, caindo sobre o rijo madeiro, começou a vergá-lo sob o peso enorme.

Resistiu a árvore por muito tempo; afinal a sua copa frondosa que ensombrava a caverna reclinou-se para o abismo, onde não tardaria a despenhar-se, arrastando-a, o estilhaço que ela escachara do rochedo, e sustinha aos ombros.

Foi então que Jão Fera, à procura de um escondrijo*, descobriu a caverna, e querendo conservá-la, atochou* uma pedra roliça entre a laje e o jetaí, justamente por baixo do ponto onde assentava a abóbada.

Desse modo, enchendo o vácuo que havia sob a volta do tronco tortuoso, e pondo-lhe uma escora, mantivera o capanga suspensa a grande lasca de rochedo; mas o seixo que servia de esteio, podia a cada instante com o peso romper-se ou escorregar esbarrondando* a gruta.

Longe de inquietar, esta circunstância agradou ao Bugre, que dela se aproveitara para a sua segurança, como ele a entendia.

Deitado na cama feita apenas de molhos de sapé estendidos sobre a champa*, Jão Fera com a cabeça na escabrura* musgosa do rochedo que lhe servia de almofada, via pela fresta da caverna quanto passava nas faldas como nos píncaros do penhasco.

Quando por fatalidade o ameaçasse em seu covil tal força armada que lhe tirasse os meios de salvação, no último transe, perdida toda a esperança, bastar-lhe-ia deitado como estava meter o pé com força no seixo, para que este rolasse e partindo-se o tronco, o estilhaço tombasse esmagando-o a ele e a seus inimigos.

Se antes, enquanto dormia tranquilo, a pedra se deslocasse com a dilatação do tronco, ou se aluísse a base sobre que assentava, nenhum cuidado lhe dava isso. Para ele, Jão, a vida fora sempre um contínuo perigo; sua índole precisava desse estímulo.

Poucos momentos depois da luta que travara com os caititus, chegava o Bugre à falda do rochedo, em cujo flanco estava a sua furna. Com alguns tiros mais conseguira livrar-se do bando de queixadas*; e como um possesso deitara a correr para ali, em vez de refugiar-se em alguma das árvores próximas.

Atordoada com a velocidade da carreira e tomada ainda pelo susto do perigo a que escapara, deixou-se levar Berta nos ombros do capanga, sem resistência, até que ele parou no sopé do rochedo.

Então desprendendo-se de seus braços e travando-lhe das mãos com veemência, exclamou:

– Querem-no prender, Jão! Fuja! Eles não tardam!

O capanga levantou os ombros desdenhosamente, e fazendo menção de afastar-se, todavia parou a alguma distância, como se mão invisível lhe sofreasse a vontade. Assim permaneceu com o corpo lançado, a fronte abatida, e a mão fechada a calcar o peito revesso.

– Você não tem medo? replicou a menina vendo-o parado.

– Medo!... murmurou o Bugre. Eu tenho mesmo! E muito!

De efeito bambeavam os músculos dessa organização vigorosa e atlética; tremiam-lhe as curvas, e todo ele mostrava-se abalado por grande pavor, que derramava em suas feições e no seu gesto uma espécie de alucinação. Parecia que o assombrava temerosa visão ou que o esvairava algum horroroso pensamento.

– Jão, eu lhe peço, Jão, fuja!

– Sim... sim... balbuciou o capanga. Eu queria fugir... para bem longe... Mas não posso! Não!

– Meu Deus, que tem você?

Esta exclamação, a arrancara dos lábios da menina o espanto causado pelo aspecto medonho do Bugre que voltara-se arrebatadamente e cravara nela um olhar ardente e sombrio, como a cratera de um vulcão[17].

Mal pensava Berta que naquele momento a ameaçava outra fera mais horrenda, do que não era a terrível cascavel fascinada por ela, e os sanhudos* queixadas a cujas presas escapara um momento antes.

Seria então meio-dia.

A terra abrasada pelo sol exalava o bafo incandescente de uma fornalha; e contudo sentia Jão Fera correr-lhe pela medula um calafrio. O contato do corpo gentil de Berta queimava-lhe ainda o peito amplo; mas era a lava que ferve no meio dos píncaros* gelados dos Andes.

Tinha ímpetos de atirar-se a Berta e só por um esforço inaudito conseguira conter o veemente anelo. Sua pupila fulva devorava as formas encantadoras; mas ele abaixava a cabeça para não encontrar os olhos límpidos da menina, onde irradiava uma alma tão pura.

Finalmente arfou o Bugre, sacudindo as robustas espáduas como um homem que dum arranco extremo rompe as cadeias* que o prendem.

Depois fechou os olhos e avançou.

12

O assalto

Ao dar o primeiro passo, voltou-se o Bugre rapidamente, para ver o que lhe fossava o calcanhar.

Era o bacorinho* ruivo, que chegando naquele instante, esbaforido pela rápida corrida, focinhava os pés do capanga, estirando a tromba para o lado do campo, e soltando um grunhido particular, se não era antes um borborigmo*.

Não hesitou Jão, à vista destes sinais. Tomando Berta nos braços outra vez, galgou aos saltos por cima dos calhaus e barrocos*, agrupados na falda do rochedo, como os degraus de uma escada em espira; e sumiu-se com a menina no bojo da caverna[18].

Apenas o vulto do capanga desapareceu na sombra da gruta, ouviu-se farfalhar de leve o mato, que bordava as abas da penedia*; e dentre a folhagem surdiram os canos de espingardas, cuja coronha parecia colada aos troncos mais grossos das árvores.

Houve um instante de silêncio.

As armas, prontas a desfecharem, permaneceram imóveis, talvez à espera de um sinal. Nenhum rosto ou figura humana assomou na cortina da floresta; nem mesmo se lobrigava* qualquer vulto por entre a espessura.

Os assaltantes se tinham aproximado sorrateiramente, emboscados atrás do pau, saltando de um toco a outro, com receio da bala certeira, que o bacamarte do capanga podia mandar-lhes por entre as frestas da gruta.

Chegados à borda do mato, ficaram à espreita, com os olhos fitos na solapa, que servia de entrada à caverna, e as espingardas apontadas para aquele alvo aguardando um resultado, que não ousavam provocar.

Tão preocupados estavam de sua própria segurança, que não repararam em um acidente importante. A boca da furna, pouco antes de uma escuridão profunda, desvanecera um tanto; indício de que, ou se abrira na caverna alguma fenda por onde penetrava a luz, ou se fechara a entrada com alguma lasca de pedra, na qual se refrangia* a claridade exterior.

Passado longo trato nessa expectativa, soou enfim uma voz a gritar por detrás de grosso tronco de árvore:

– Entrega-te, Bugre do inferno, senão morres!

Não teve resposta essa intimação; mas a voz depois de curta pausa continuou a bradar:

– Chegou o dia!... Vais sentir o gonzo deste braço, e saber para quanto presta o Suçuarana! Agora é que se quer ver a fama! Salta cá para fora, caborteiro*, se és homem!...

Calou-se um instante o Gonçalo para escutar, e não ouvindo rumor na caverna, prosseguiu:

– Estás com medo, hein!... A valentia que arrotavas de papo cheio, fez víspora*, não é? A coisa cheira a chamusco; e vais tratando de pôr-te de molho. Pois olha, desta vez escusa de estares aí embromando, que não escapas, nem por artes do diabo.

Cada vez mais animado com o silêncio e placidez que reinava na caverna como em seus arredores, o Pinta chegou a destacar-se do tronco da árvore, ao qual estava colado, e lhe servia de guarita.

Agitando então os longos braços e batendo no chão com a coronha da clavina*, berrou ele:

– Estás filado mesmo, Bugre dos trezentos; e quem to diz sou eu, Gonçalo Suçuarana, que jurou cortar-te as orelhas, e aqui está para cumprir o prometido.

Ainda não teve resposta a arrogante bravata do Pinta. Mas um seixo desprendeu-se do flanco do penhasco e rolou pela fraga abaixo com grande estrépito, aumentado pela natural repercussão do som nas grotas e barrancos do serrote*.

De um salto, digno de onça, que ele tomara por seu xará ou tocaio*, o Gonçalo alcançara o tronco protetor, e perfilou-se ao longo dele por tal modo, que não lhe aparecia fora a aba do chapéu sequer, ou a mínima dobra do poncho.

Tanto ele, como sua gente, cuidou que fosse aquele o começo das hostilidades por parte de Jão Fera; e com o dedo no gatilho, o olho na boca da furna, e o ouvido alerta para qualquer rumor, se prepararam para receber a investida do inimigo.

Bem viam que o Bugre não cometeria a imprudência ou tolice de apresentar-se em face deles, na boca da furna, a descoberto, oferecendo-se como alvo aos tiros. Por isso, embora confiados no número, não deixava de invadi-los um terror vago com a lembrança de algum assalto brusco do capanga, favorecido pelos barrocos* e fojos* daquele sítio escabroso, que ele devia conhecer como sua casa.

Todavia, depois que rolou a pedra do alcantil*, se restabeleceu o silêncio que sepultava constantemente esse ermo, e só era interrompido então pelo zumbir das abelhas, ou pelo estalido das articulações dos insetos a saltar sobre a grama.

– Qual! rascou o Gonçalo com seu costumado entono*. O cabra não se atreve! Ele conhece o degas; e sabe que eu não brinco.

– Mas desta maneira não se arrocha o cujo! acudiu um da troça.

– Havera!... acrescentou outro. Vai-se ficando bem descansado de seu lá na toca, a rir-se da gente!

– Pois não! atalhou o Pinta. Aposto em como ele já se pôs ao fresco, muito concho* de si, porque pensa que pode escapulir. Mas sai-lhe a coisa às avessas, que lá está da outra banda o Filipe com os outros camaradas*.

– Bem pode ser; mas eu duvido. Que necessidade tinha ele de sair da concha onde está muito a seu gosto?

– Lá isso é verdade! Assim não se faz nada; é preciso desencafuar o bicho!

– Então vá lá.

Deram os assaltantes uma descarga sobre a caverna, e no meio do estrondo dos tiros ouviu-se a voz aguda e estrepitosa do Gonçalo Pinta, que mandava o assalto em berros formidáveis.

– Avança, camaradas! Fogo! Matem-me este Bugre endiabrado! Depressa, antes que fuja o danado!

Apesar destas falas, o Gonçalo não se resolvia a sair fora da precinta* da floresta; e o seu arrojo de ataque não ia além de um passo distante do toco de árvore ao qual logo prudentemente se recolhia. Bem desejava ele que os outros executassem as vozes de mando independente de ato seu, mas não entendiam assim os camaradas que esperavam o exemplo.

Cerca de uma hora decorrera nestas hesitações, quando ouviu-se da outra banda da penedia uma descarga de espingardas; e ao mesmo tempo um urro medonho.

Aquele brado retroou pelos antros e solapas do rochedo, arrepiou os assaltantes e encheu-os de horror e espanto, porque era em verdade um grito pavoroso de furor e sanha*.

Assim foi com a fala trêmula e soturna que disse o Gonçalo aos companheiros:

– Está seguro o bicho!

13
Luta

Penetrando na caverna, Jão Fera soltou dos braços a menina, e rolou um grande calhau para trancar a entrada.

À interrogação inquieta que lhe dirigira Berta, respondera ele com um modo brusco e um tom ríspido.

– São eles.

Arrimando então contra o alcantil* o corpo, que sentia vergar ao próprio peso, submergiu-se o capanga em profunda cogitação. A consciência desse homem era um antro medonho e tenebroso, onde ele raras vezes penetrava; e nessas ocasiões confrangia-se* de terror o coração, que nenhum perigo fizera nunca vacilar.

Berta, agitada por um receio que já se ia desvanecendo, mas viva e estouvada até mesmo nas suas comoções, estava espiando por uma fisga* da rocha os movimentos dos assaltantes ocultos entre a folhagem.

Jão continuava absorto; e às vezes, seu olhar fincado no chão, e tão pesado como um vergão de ferro suspenso pela extremidade, se levantava para cravar-se no talhe gracioso da menina, que meneava-se com vivacidade no esforço de alcançar a fenda do rochedo e enfrestar* por ela a vista.

Sentia o capanga revolto dentro em si todo seu ser, que bramia como o oceano proceloso, arrebentando contra as sirtes*. Queria ele conter nas arcas do peito aquelas vagas impetuosas; mas era vão o esforço, que não tardava ser arrebatado por elas.

O toque suave do corpinho mimoso de Berta produzira nele uma embriaguez maior, do que não tivera quando pela primeira vez tomara o gosto à cachaça, ou aspirara o fumo do sangue.

Ele tinha sede; sede imensa, ardente, abrasadora, mas era sede de fogo: só chamas poderiam aplacá-la.

Um turbilhão de pensamentos perpassava-lhe rapidamente pelo espírito sombrio, como nuvens de borrasca se acastelam em céu chumboso. A terra seca espera as primeiras gotas que a devem embeber; assim a alma de Jão buscava em cada um desses pensamentos bálsamo para a dor cruciante que o dilacerava.

A imagem de Besita, que invocara do fundo de seu coração, para amparar a filha, contra sua loucura, e subtraí-la à raiva que se apoderara dele, essa imagem querida, que adorara sempre, como uma santa, lhe aparecia agora, por um incompreensível delírio, excitante e provocadora.

Depois lembrando-se como Besita fora arrebatada a seu amor por um crime, sem que ele a pudesse nem defender, nem vingar, associava esse horroroso acontecimento ao perigo que tinha pouco antes corrido Berta e ao qual sucumbiria se por uma casualidade não chegasse a tempo de socorrê-la.

Como sua mãe, Berta se partiria deste mundo e o deixaria só, com aquele amor insano. Era preciso que ela lhe pertencesse, que ela a unisse à sua existência para sempre, a fim de protegê-la a todo o instante.

Ali estava a floresta; além o sertão imenso.

Ergueu-se o capanga; mas não teve força de promover um passo. Berta voltara-se de chofre, e caminhava para ele risonha, embora com ligeira palidez nas faces. Colou-se Jão à rocha com tal ímpeto que parecia embutido nela.

– Eles apontaram as espingardas para cá! disse a menina. Venha ver, Jão!

E ela segurou com sua mãozinha delicada o grosso pulso do capanga, a fim de trazê-lo à fenda por onde estivera espiando. Deu o Bugre um salto espantoso, arrancando o braço dos dedos mimosos, como se estes fossem rijas tenazes que lhe triturassem os músculos com dores atrozes.

Algum tempo errou o capanga pela caverna, roçando ou batendo pelos alcantis à semelhança da fera, que palpa os varões do cárcere em que a prenderam. Dera ele tudo para ver-se naquele instante, longe, bem longe dessa furna, onde rugia a paixão indômita; e contudo não se resolvia a fugir.

Sucedeu cair seu olhar sobre o seixo que servia de escora ao tronco do jetaí*; e uma ideia horrível atravessou como um relâmpago pela noite do seu pensamento. Lembrou-se de fazer saltar a pedra.

Desabaria o estilhaço de rocha, que servia de abóbada à caverna, esmagando a Berta e a ele; mas era justamente essa catástrofe, que lhe sorria, como um céu azul, no meio da sua terrível alucinação.

A morte os uniria para sempre; livrava a Berta de uma desgraça e a ele de um atentado espantoso. A filha de Besita deixaria o mundo como sua mãe, pura e adorada por ele, mas sem amar a outro, sem condená-lo ao suplício atroz que sofrera por tanto tempo.

Com os olhos fitos no recanto da caverna, estas cismas* se atropelavam no cérebro do capanga, que sofria nesse momento uma completa subversão do senso íntimo.

Através do delírio que o esvairava parecia-lhe que o seixo bruto animava-se, vivia, agitava-se; e ele, Jão, tornava-se uma coisa inerte, uma alma sem movimento.

Pouco antes o compelia um ímpeto poderoso de precipitar-se para a pedra, agarrá-la com ambas as mãos, para atirá-la ao despenhadeiro, derrocando dum jacto a caverna.

Agora, porém, era a pedra que arrojava-se para ele, travava de suas mãos, e com elas arrancava-se dali, de onde estava, para aluir* a gruta e sepultá-lo vivo sob a pesada abóbada.

E ele que reagia contra o impulso que o arrastava, agora pasmo e sucumbido abandonava-se àquela obsessão. Involuntariamente, como um autômato, se aproximava do seixo, acreditando em sua insânia, que era o seixo e não ele, quem se movia.

Continuava Berta a olhar pela fresta, atenta às ameaças do Gonçalo; e Jão, pasmo, sombrio, abatido, avançava lentamente aos trancos. Já ele tocava o seixo, e curvava-se.

Nesse momento Berta soltou um pequeno grito, e correu a esconder-se junto do Bugre:

– Eles vão atirar, Jão! exclamou ela.

– Nhazinha tem medo de morrer? perguntou o capanga.

– Tenho, sim! respondeu a menina assustada.

A expressão de receio, que se desenhava em sua fisionomia, a salvou. Jão ergueu-se de um salto, arrastou o calhau que obstruía uma solapa do rochedo, por onde a caverna se comunicava com a próxima encosta, e fugiu horrorizado, levando consigo Berta.

Foi então que vendo-o passar de relance pelo desfiladeiro, a gente de Filipe desfechou as armas; e o capanga urrou de sanha* e furor.

Por atalhos só dele conhecidos, Jão ganhou a floresta e conduziu a menina até as plantações da fazenda; aí despediu-se dela com estas palavras, proferidas em profunda entonação:

– Nunca mais, Nhazinha, ande só por estes matos[19].

14
O beijo

Brincando e cantando, atravessava Berta os cafezais, já esquecida dos lances que passara, e contente por ter deixado Jão escapo*.

Sobressaltou-a, porém, o ramalhar das árvores, agitadas por forte impulso; cuidando que a ameaçava novo perigo, voltou o rosto para descobrir a causa do rumor.

Devia ser ameaçador o que viu; pois desfechou numa carreira cega por entre o arvoredo, sem embaraçar-se com as vergônteas* a lhe baterem no rosto, e os gravetos que rasgavam a saia de seu vestido novo de cassa.

Amiúde olhava para trás e redobrava de ligeireza, sentindo-se perseguida por um inimigo que vinha sobre ela com extrema velocidade e não tardaria a alcançá-la.

Com efeito já o estrépito dos passos no chão se confundiam[20]; e soava a seus ouvidos o sussurro da respiração que resfolgava com o esforço da corrida.

Ouviu-se um grito de susto.

Colhida em sua carreira, a gentil menina estremecia entre os braços de Afonso, como a rola nas mãos do travesso menino; mas não podia estancar o riso brejeiro que, represo nos lábios mimosos, lhe estava borbulhando na covinha das faces e no gesto petulante.

– E agora! exclamou o rapaz apinhando os lábios num beijo papudo.

– Ai!

Soltando este chilro*, a menina arrepiou-se toda, como para esconder-se em si mesma, e fechou os olhos.

Decorrido algum tempo, e admirada de não sentir na face calor algum, nem ouvir o estalo que esperava, abriu o cantinho do olho, e viu o camarada confuso, tímido, com a vista baixa e o rosto vermelho como um chichá*.

O brincão do rapaz, tão desembaraçado e atrevido, quando bulia com Berta em presença da irmã ou perto da gente, agora que se achava só com a menina, a grande distância de casa e num sítio ermo, tomara-se de um súbito enleio*, e mostrava-se constrangido.

Foi a muito custo e para disfarçar o acanhamento que ele, desviando o rosto, disse à menina:

– Você não me quer bem!

– Quero, sim! acudiu a moça que recuperara sua travessa isenção.

– E a Miguel?

– Também!

– Mas Miguel é quase seu irmão.

– E você?

– Eu não! replicou vivamente Afonso.

O dito de Berta sem dúvida o molestara; pois tão prontamente e com tamanho calor o contestou ele. Ficou séria a menina, a qual lhe tornou já amuada:

– É sim!

– Mas... arriscou Afonso titubeando, os irmãos... não... se casam, Berta.

– Porque não é preciso! replicou a travessa com um arzinho arrebitado, que enfeitiçava.

– Como assim? interrogou o rapaz cujos dezoito anos se maravilhavam da importante descoberta feita pela menina.

– Pois então! Os irmãos não vivem juntos? Não brincam diante de todo mundo, como nós fazemos? Quem não sabe que a gente se quer bem? Mas ninguém fala mal por isso. Casar para quê? Agora, aqueles que estão longe, que têm vergonha de se gostarem, é outra coisa; carecem perder o medo. Como Linda e Miguel! Estes, sim, precisam muito!

– É verdade!

– Não vê como ela anda sempre desconsolada e ele tão macambúzio?

– Então nós, Berta... não precisamos? insistiu Afonso.

– Não sei! Linda há de estar cansada de esperar-me! respondeu a menina com jeito de afastar-se.

Atalhou-lhe Afonso o passo.

– Não deixo!

– Solte-me, Afonso! disse Berta querendo desprender o braço da mão do rapaz.

– Dá o que prometeu?

– Que sabido! Não prometi nada!

– Então eu tomo!

– É capaz? disse Berta em tom de desafio.

– Eu tomo mesmo!

E o maganão enlaçou com o braço a flexível cintura da menina, que dobrou-se com a haste da graciola*, para esquivar o rosto aos lábios cobiçosos do saboroso encarnado*.

– Eu grito! disse ela.

– Que me importa.

– Por vida de D. Ermelinda, Afonso!

– Não quer que eu tome à força? Pois me dê por sua vontade!

– Eu dou.

– Então venha.

– Logo.

– Há de ser já.

– Daqui a bocadinho.

– Assim não vale o ajuste. Dá ou não?

– Um só!

– Um para começar.

– Aonde?

– Espere, que eu lhe mostro!

– Não quero mostras, fale.

– Aqui!

– Na boca? Logo não vê!

– Que tem?

– Se quiser, há de ser no... no... na... Feche os olhos!

– Para quê?

– Então não dou!

– Você quer me lograr?

– Palavra!

De arrogante que estava poucos momentos antes, tornara-se o Afonso novamente submisso, e tímido suplicava a carícia de que ameaçara a menina, prestando-se humilde a todos os seus caprichos e negaças*.

Fechou ele os olhos, e Berta cerrando-lhe por cautela as pálpebras com a palma da mão esquerda, acenou um beijo, que derramou-lhe nas faces tépida fragrância. Mas antes que os lábios tocassem a macia penugem, caiu-lhe sobre a orelha um piparote, que por ser de unha rosada e faceira não deixou de doer, tanto como dói um espinho de rosa.

Quando Afonso, arrebatado ao enlevo da carícia que já libava* no hálito perfumado, deu acordo de si, tinha-lhe fugido a menina dentre os braços, e uma risada fresca e límpida trinava ali perto, entre as moitas.

Este logro abateu o gênio folgazão do moço. Em vez de correr após a menina e desforrar-se da peça que lhe acabava de pregar, deixou-se ficar tristonho e aborrecido. Era o amor que assim esfumava com laivos de melancolia os brincos* e travessuras da adolescência.

Vendo o camarada* ressentido, não se conteve Berta que o ficara espiando, partida entre o prazer da pirraça e o susto da desforra com que ela contava.

Aproximou-se compadecida; e com uma graciosa inflexão da fronte docemente enrubescida e uma gentil expressão de ternura e bondade, pousou os lábios na face do mancebo.

– Está; não fique zangado!

Estremeceu Afonso. A fronte reclinando com o enlevo da carícia repousou lânguida sobre a formosa cabeça da menina, cujos cabelos anelados amaciava com a mão trêmula. Assim o cedro altaneiro, se o cortam pela raiz, entrelaça as ramas da copa frondosa às grinaldas do cipó florido.

Quanto a Berta, conchegada ao seio do mancebo, ria-se maliciosamente para disfarçar o rubor; e lançava de esguelha um olhar brejeiro ao semblante do camarada.

De chofre repeliram-se um ao outro.

Miguel estava em face deles[21].

15
Confissão

Miguel estava pálido, que assustava; os lábios trêmulos não podiam pronunciar uma palavra. Conhecia-se o esforço que ele empregava para conter o ímpeto de sua cólera.

Afonso ficara confuso; e com os olhos vagos e o gesto constrangido, cogitava um pretexto para retirar-se; mas nem um lhe acudia.

Foi Berta quem primeiro recobrou-se do soçobro.

– Que anda fazendo, Miguel?

– Vim procurá-la. Em casa estão todos com cuidado.

– Não tenha susto que eu não me perco! replicou a menina sorrindo.

– Você não vem, Berta? perguntou Afonso.

– O senhor não veio só? Pode voltar do mesmo modo.

Aproveitou Afonso a despedida para afastar-se desse lugar onde em verdade não estava a gosto. Ainda indeciso, parando de instante em instante, à espera dos outros, encaminhou-se para a casa.

Berta, ficando só com Miguel, contemplava o semblante abatido do mancebo, e condoía-se da mágoa que tinha involuntariamente causado.

– Que tem você, Miguel?

– Ainda pergunta, Inhá?

– É porque eu quero bem a Afonso?

– Não carece dizer; eu já sabia.

– Mas eu também lhe quero! disse Berta com encantadora singeleza.

– Como a ele? perguntou vivamente Miguel.

Corou Inhá, lembrando-se do beijo dado na face de Afonso, o que ela nunca se animaria a fazer com o filho de nhá Tudinha, apesar de ser este seu colaço*.

Tornou Miguel com um modo sentido e grave:

– Não se pode querer bem assim, Inhá, senão a uma pessoa: aquela que se escolheu para marido.

Berta soltou uma risada zombeteira:

– Como Linda quer a você, não é?

– Tantas vezes que lhe tenho pedido para não repetir esse gracejo! Mas como sabe que ele mortifica-me, por isso mesmo não o esquece.

– Você é um ingrato, Miguel! disse Berta com a voz queixosa e um suspiro que partia do íntimo d'alma. Não para o amor que lhe tem!

– E sou eu só o ingrato?

– Se soubesse o bem que Linda lhe quer. Ainda hoje estava tão tristezinha por sua causa, pensando que você não gosta dela!... Mas eu consolei aquele coraçãozinho, e prometi-lhe que você havia de confessar...

– Fez mal, Inhá, muito mal.

– Não tem pena daquela santinha?

– E de mim? Alguém tem pena?

– Tenho eu, que hei de fazer tudo para que você goste só e só de Linda.

– Não era mais fácil gostar um bocadinho de mim, que lhe quero tanto, Inhá?

– Gosto muito; e por isso mesmo o quero dar à minha Lindazinha.

Fitou Miguel no semblante de Berta um olhar surpreso. As palavras da menina lhe pareciam remoques*; e, todavia, era a voz repassada de tanto afeto e sinceridade!

Mais surpreso ficou vendo a efusão de meiguice e ternura que havia no rosto gentil, salpicado quase sempre de graciosa malícia.

– Obrigado, murmurou Miguel afastando-se com despeito.

– Escute, Miguel, disse Inhá pousando a mão carinhosa no ombro do moço para retê-lo. Você há de gostar de Linda!... Me promete, sim? Você já gosta dela... Há quem possa resistir àqueles olhos tão doces, que estão bebendo a alma da gente. E a boquinha?... É um torrãozinho de açúcar escondido em uma rosa! Quando ela ri-se, faz cócegas no coração! Do corpinho, nem se fala. Que cinturinha de abelha! E um ar tão engraçado, um andar tão faceiro, que encanta!

Este esboço, Inhá o fazia ao vivo, e não só com a palavra cintilante, mas com o gesto animado, e o requebro do talhe esbelto. Era ela a própria cera, da qual a sua mímica ia esculpindo a estátua formosa de Linda, com as doces inflexões das formas, o terno volver dos olhos e o desbroche* do mimoso sorriso.

Miguel fascinado, rendido, já não resistia com efeito; e nesse momento, pelo menos, ele sentia que amava Linda; mas essa Linda que ali tinha diante dos olhos, e não a outra que vira ao natural, tímida, com as pálpebras cerradas, o lábio trêmulo, e o gesto constrangido.

A mulher que ele adorava nos sonhos de sua juventude, o tipo de sua ardente imaginação, realizava-se naquela moça que vazara a inefável ternura de Linda na graça e gentileza de Berta; e não era uma nem outra, mas a transfusão dessas duas almas em uma beleza sedutora.

Preso dos olhos ao lindo semblante da menina, e suspenso de seu lábio gazil* e mimoso, foi Miguel seguindo-a, sem consciência do que fazia.

Próximo à casa ouviu Berta uns risos e cochichos por trás da folhagem; e disfarçando para não despertar as suspeitas de Miguel, aproximou-se da ramada, donde ela pressentira que a estavam espreitando.

E não se enganava. Linda, impaciente com a ausência de Berta, não vendo chegar Afonso que fora em busca da travessa, tinha saído de casa a pretexto de passeio, com o fito de descobrir alguma coisa.

Em caminho encontrou o irmão, que recobrado já do acanhamento, ardia por dar expansão ao gênio alegre, por um instante sufocado. Escondeu-se o folgazão do Afonso com Linda para espreitar o que diziam Berta e Miguel.

Tão embevecido estava este na magia do sorriso da companheira, que apesar de caçador não percebeu o farfalhar das folhas agitadas pelo buliçoso* rapaz e o sussurro dos segredinhos de Linda no ouvido do irmão.

– Então, disse Berta para Miguel: confesse, você gosta de Linda?

– Gosto! respondeu o moço com um sorriso.

– Muito?

– Muito!

Voltou-se Berta rapidamente e afastada a ramagem exclamou alegre, descobrindo o vulto de Linda:

– Não lhe disse, Linda? Veja que não a enganei.

Linda corou; e Miguel nesse momento acreditou que a amava, pois a via ainda através do sorriso fascinador de Inhá.

Dirigiram-se todos a casa. Berta com o braço passado à cintura de Linda, achava meio de aproximar a amiga a cada instante de Miguel, entrelaçando as mãos de ambos.

O Afonso com suas estripulias aumentava a doce confusão de que se aproveitava Berta para estabelecer o contato das duas almas, que ela queria unir.

Assim chegaram a casa, onde já se aprestava* o suntuoso banquete[22].

Quarto Volume

I
São João

No terreiro das Palmas arde a grande fogueira.

É noite de São João:

Noite das sortes consoladoras, dos folguedos ao relento, dos brincados misteriosos:

Noite das ceias opíparas*; dos roletes de cana, dos milhos assados e tantos outros regalos:

Noite, enfim, dos mastros enramados, dos fogos de artifício, dos logros e estripulias[1].

Outrora, na infância deste século, já caquético, tu eras festa de amor e da gulodice, o enlevo dos namorados, dos comilões e dos meninos, que arremedavam uns e outros.

As alas* da labareda voluteando pelos ares como um nastro de fitas vermelhas que farfalham ao vento na riçada cabeça de linda caipira, derramam pelo terreiro o prazer e o contentamento.

Não há para alegrar a gente, como o fogo. Nos estalidos da labareda, nas faíscas chispando pelos ares, nas vivas ondulações da chama a crepitar, há como um riso expansivo que se comunica à nossa alma e influi nela uma trepidação brilhante.

A luz é a vida; mas a chama é o júbilo, a cintilação do espírito.

Formosa perspectiva tem neste momento a fachada da casa das Palmas, assim iluminada pela fogueira.

Uma linha de jerivás* corre-lhe em frente, moldurando com as verdes arcadas a volta das janelas, o que dá ao edifício graça e chiste especial; pois enfeita a simples arquitetura com os florões e recortes das palmeiras.

A meio terreiro, de um e outro lado da fogueira, se elevam dois mastros, pintados com listras de escarlate e branco, traçadas em espiral.

No tope de um, range sobre gonzos a bandeira de São João, pregada em seu quadro de pinho com a imagem do apóstolo no centro, e uma cruz no remate do eixo.

No tope do outro mastro uma grande bola, sobre a qual ergue-se vistosa boneca de pano, naturalmente cheia de pólvora.

A festa da sala é cidadã. Damas e cavalheiros tiram sortes, cerimoniosamente sentados em volta de uma mesa; ou dançam quadrilhas e valsas figuradas; enquanto pelos cantos os velhos fazendeiros falam a respeito das carpas*, da nova flor do café, e das geadas, seu constante pesadelo.

No terreiro folgam os rapazes que acham mais graça na função campestre, e em vez de consultar o livro do fado, confiam nos oráculos da fogueira, saltando-a de corrida, e passando nela o ovo*, que há de ficar ao relento à hora fatídica da meia-noite.

Entre estes lá estão Afonso e Miguel, preparando-se com outros companheiros a mostrar quem tem mais certeira mão, para incendiar com um tiro a garrida boneca suspensa ao tope do mastro.

Muitas moças também fugiram da sala para acompanharem os folguedos dos rapazes, nos quais porventura acham mais encanto do que nas danças tão monótonas, quando não têm o sainete* do amor.

A primeira foi Berta, e Linda a acompanhou pressurosa. Apesar da insistência com que D. Ermelinda procurava entretê-la na sua roda, a menina a pretexto de estar com a amiga, não saía do terreiro; e se alguma vez entrava na sala era para eclipsar-se logo.

– Quem há de ser o primeiro? perguntou Afonso armado com a sua clavina*.

– Eu! responderam uníssonas as vozes dos companheiros.

Só uma não se ouvira; era a de Miguel; mas não fora esquecido seu nome. Linda o pronunciara timidamente entre um sorriso e um rubor; e Berta o repetira em voz alta:

– Miguel!

– Eu serei o último! disse o moço com modéstia, que porventura disfarçava um desejo de primar*.

Como último podia algum dos companheiros privá-lo da vez, e impedi-lo de mostrar a sua destreza; mas também se nenhum lograsse tocar o alvo, maior triunfo alcançaria, conseguindo o que fora impossível aos outros.

Não era o lanço tão fácil como parecia, embora para destros atiradores. Se a boneca apresentava boa margem à pontaria, só em um ponto, no peito cheio de pólvora, podia a bucha* da espingarda incendiá-la; às roupas, molhadas pelo relento, dificilmente se comunicaria a chama.

Por isso diziam os rapazes a galhofar, enquanto preparavam as clavinas:

– No coração da moça!

E todos ardiam em desejos de acertar, como um bom presságio da chama que haviam de atear no coração das namoradas, durante aquela noite de risos e folgares.

Foi Afonso quem primeiro atirou.

– Não acertou! bradaram satisfeitos os competidores.

– Lá está! gritou o atirador com ar triunfante apontando para a boneca.

De feito na saia de cassa branca aparecia uma centelha inflamada, que lançava de si algumas chispas, como fogo que se ateia. Durante alguns momentos os olhos dos rapazes estiveram presos daquele ponto luminoso, enquanto batia-lhes o coração com receio de que, incendiada a pólvora, voasse a boneca pelos ares, ficando malograda sua esperança.

– Apagou-se! exclamou Berta.

– Quem lhe disse? retorquiu Afonso.

– Apagou-se, sim! acudiu Linda batendo as mãos de prazer.

Em verdade a fagulha, que ardia na roupa da boneca, depois de bruxulear um instante, se extinguira de todo. O tiro de Afonso batera no tope do mastro; e fora apenas um morrão* da bucha* que saltara na saia molhada pelo sereno.

Uma algazarra dos rapazes festejou a derrota de Afonso, que voltando-se para a irmã, disse-lhe à meia voz, fingindo-se agastado:

– Está muito contente, hein! Cuida que há de ser Miguel? Pois vá perdendo a esperança!

Linda respondeu-lhe com um momo* gracioso, enviando um sorriso a Miguel, que estava a seu lado, entre ela e Berta.

– Assim é que me paga, eu ter torcido por você!

– Pois não; foi você mesmo que me encaiporou!

Continuou o folguedo; todos os rapazes atiraram sucessivamente e com vária sorte. Uns acertaram na boneca, mas não conseguiram incendiá-la; outros apenas se lhe aproximaram; e muitos andavam tão por longe que pareciam atirar à catacega*. Estes eram apupados com estrepitosas gargalhadas e toda a sorte de motejos e gritaria.

Chegou por fim a vez de Miguel.

O caçador recebeu a clavina* das mãos de um companheiro; carregou-a com a maior presteza, e levando-a ao ombro, desfechou o tiro sem hesitação.

Um jorro de chamas esguichou do tope do mastro. A boneca incendiada voava pelos ares, esfuriando aljôfares* azuis, verdes e escarlates, que listraram a treva da noite e correram pelo espaço trêmulas e cintilantes como lágrimas de estrelas.

– Bravo! gritaram em coro os rapazes.

– Viva o Miguel! bradava Afonso abraçando o amigo.

As moças batiam palmas, chilrando de folia e contentamento; sobretudo Berta, que parecia uma criança, a dar piruetas no terreiro, estalando castanholas nos dedos e dançando o fado com Afonso.

Linda ficou séria; mas sua alma coada em um olhar inefável embebeu-se no semblante de Miguel.

2

Cravo branco

Ainda não se tinham desvanecido as emoções do primeiro páreo, que outra sorte mais engraçada punha em alvoroto a rapaziada.

A bola que servia de tope ao mastro, e sobre a qual estava pregada a boneca, era oca, e formava uma espécie de cabaz* cheio de flores, frutos, confeitos e outras galanterias para quem fosse capaz de alcançá-las trepando pela haste do pinheiro.

Não era pequena façanha essa; pois além da altura, o pau fino e roliço não dava jeito a que os rapazes se escorassem bem sobre os joelhos para com o impulso dos braços se irem içando à guisa dos marujos.

Este folguedo, reminiscência de antigos jogos de nossos avós, e ainda em voga em outros países com o nome de mastro de cocanha*, divertia muito os rapazes, pelo seu chiste e novidade.

Se sucedia algum, apesar de seus esforços, escorregar de repente pelo pau abaixo quando estava já bem próximo de atingir a meta; ou se outro mais lorpa* não conseguia suspender-se do chão, e ficava a patinhar ao pé do mastro, tentando debalde sungar-se; eram chascos* e risadas estrepitosas, que festejavam o malogro da porfia.

Mas nem por isso desanimavam os rapazes; e repousadas as forças tornavam à empresa, estimulados pelo desejo de esquecer a anterior derrota, e conquistarem uma flor, ou qualquer outra prenda que ofertassem à namorada.

Aproximando-se do mastro e rodeando-o, tinham os moços deixado sós, no canto do terreiro que antes ocupavam, Linda e Miguel.

Os dois estavam próximos e quase se tocavam; por um impulso comum, ambos fugindo à grande claridade, haviam procurado o tronco de uma palmeira, cuja sombra derramava sobre eles doce crepúsculo, enquanto a haste servia-lhes de abrigo contra os olhares curiosos.

Miguel ainda bebia o sorriso de Linda; e ela inebriada pelo triunfo que o moço alcançara, deixava-se libar* pelos ternos olhos, como a flor acariciada pelo vento, que se dilui em perfumes.

Logo, porém, que o afastamento dos companheiros deixou-os sós, insensivelmente se retraíram. O braço de Miguel, que sentia ao roçar dos folhos* da manga de Linda uma sensação deliciosa, estremeceu; de seu lado vexou-se a menina com esse frolo* sutil das pregas de seu vestido, que antes ela recebia como uma doce carícia.

Quando a presença de tantas pessoas os separava, suas almas se estreitavam no olhar, se conchegavam no sorriso; e queriam influir-se uma na outra. Agora que nada se interpunha a elas, o isolamento as assustava; tinham medo de si mesmas.

– Não vai também ganhar sua flor? disse Linda indicando o mastro com um aceno de fronte.

– Quer uma? perguntou Miguel com gesto de reunir-se aos companheiros.

Ressentiu-se a menina daquele pretexto do moço para retirar-se, arrependida de o ter oferecido. Mas pensava que ele não aceitaria tão pronto.

– Para quê? Eu tenho esta que é tão bonita! acudiu ela mostrando um cravo branco, que lhe enfeitava o trespasse do lindo corpinho* de cassa. Não é?

– Muito! balbuciou Miguel que vira não a flor, mas a polpa rosada do colo mimoso, debuxando-se entre as preguinhas do decote.

– Sabe o que significa?

– Não.

Frisaram-se os lábios vermelhos da menina para soltar a palavra; mas como as pétalas de uma flor que se desfolha, emudeceram deixando apenas escapar o perfume. Reclinou ela a fronte vergonhosa e repetiu dentro d'alma o que se não animara a dizer.

Como se operou tão rápida a transformação de Miguel que até a véspera esquivo e reservado com Linda, agora preso de seu encanto, se engolfava na ventura de sentir-se querido, e esquecia Berta, que ainda pela manhã lhe cativara o coração?

O mesmo é perguntar a flor como nasce. A semente que o vento lança na terra, sabe-se acaso, por que enfeza ou brota? Às vezes lá fica na eiva* do rochedo, tempo esquecido, até que o céu lhe manda uma réstia de sol e uma gota de orvalho.

Assim aconteceu com Miguel. O germe desse amor, há muito o guardava no coração, desde que admirara pela primeira vez a beleza de Linda. Mas o afastamento natural em sua posição inferior; as suscetibilidades próprias de um caráter nobre; e, mais ainda, a sedução irresistível que exerciam em sua jovem imaginação a graça e lindeza de Inhá, tinham sopitado esse amor à nascença.

Quisesse Berta que Miguel não amaria senão a ela, e esqueceria de todo a imagem de Linda. Mas a menina, em vez de aceitar para si o afeto, só o queria para a amiga, cujo segredo ela pressentira havia meses[2].

Desde então se desvelara Inhá com extremosa solicitude em granjear para Linda a ternura de Miguel, e fazer a ventura de ambos. Nesse empenho encontrava um obstáculo, que era sua própria gentileza, na qual se enlevava o mancebo; mas dela mesma o seu tato delicado soube tirar partido.

A beleza de Linda era para a imaginação ardente e poética de Miguel uma linda imagem sem calor e sem luz; estátua de jaspe imersa na sombra. Berta o compreendeu; e fez de sua alma a centelha que devia animar o mármore.

Inspirado artista, ela tirou de sua graça, como de uma rica palheta, as cores mais mimosas para retocar a figura vaga e suave de Linda. Vazou nos lânguidos olhos da amiga as rutilações de sua pupila brilhante; e enflorou com o seu feiticeiro sorriso os lábios onde se aninhara o suspiro.

De cada vez, um traço do ideal se estampava na fantasia de Miguel, que muitas vezes surpreendia sua alma na contemplação dessa virgem desconhecida, em que a formosura de Linda se perfumava com a faceirice de Inhá.

Naquela manhã, tinha Berta tentado mais uma vez a transfusão de seu espírito gentil na serena beleza da amiga, e então a favoreceu o acaso, fazendo que Linda se aproximasse, e que Miguel ainda fascinado pelo retrato que ela esboçara, visse graciosa e encantadora a virgem dos seus amores[3].

A confissão arrancada a Miguel transfigurou Linda como por encanto. Sua expressão melancólica embebeu-se de um júbilo sereno como o alvor da manhã; desprendeu-se o gesto da timidez que dantes a atava, e tomou inflexões ternas e apaixonadas. De toda sua pessoa manavam santos eflúvios do amor feliz, que lhe teciam de luz e perfume uma auréola celeste.

Miguel embebeu-se na adoração dessa beleza, que se revelava pela primeira vez à sua alma; e o enlevo durava ainda no momento em que trocava com Linda frases truncadas.

A moça havia tirado do seio o cravo branco, e respirava-lhe o aroma, roçando-o pelos lábios.

– Não disse o que significa? insistiu Miguel.

– O senhor sabe.

– Eu não! respondeu o moço com um sorriso.

– Sabe sim!

Houve uma pequena pausa, durante a qual a palavra adejou nos lábios de Miguel, enquanto na alma de Linda já ressoava a sua doce melodia.

– Casamento? balbuciou uma voz submissa.

Linda velou-se em uma nuvem de rubor. Com a confusão, naturalmente escapou-lhe a flor, que Miguel apanhou, e quis restituir; mas a mão trêmula da moça não recebeu senão a doce pressão.

– Quebrou-se o talo! disse ela rapidamente.

Era um motivo para rejeitar a flor, que não podia mais prender no decote, e o pretexto para dá-la ao moço em penhor de sua ternura. Fechando na palma o cravo, Miguel levou-o aos lábios e o beijou com efusão.

Berta, que a distância contemplava toda a cena com uma doce tinta de melancolia, sentiu arfar-lhe o seio, estremecido como a rola em seu ninho. Mas a mão comprimindo-o rápida, sufocou o túrture*[4] queixume que se desprendia em um suspiro[5].

3
Revelação

Berta erguera-se, relanceando em torno um olhar sôfrego.

O que procurava ela?

Um brinco*, um prazer, uma alegria, onde se refugiasse da tristeza que ia apoderar-se de sua alma. Mas, no meio daquela festa que a envolvia, ela sempre tão jovial, ela em cujo lábio o sorriso borbulhava como onda perene, não encontrou um folguedo que a atraísse.

Descobrira, porém, acocorado contra o ressalto do alicerce, Brás, que roía um sabugo de milho assado, cujo grão já tinha devorado. Nessa ocupação, esgrimindo os queixos e coaxando a língua, não desprendia ele os olhos do rosto de Berta, cuja melancolia se refletia na obscuridade de sua alma, como se reflete na face da terra a sombra da nuvem que intercepta os raios do sol.

Chegou-se a menina pressurosa para junto do idiota; o conforto, que não encontrara nas folias que a cercavam, ali estava na afeição generosa e compassiva que lhe inspirava aquela mísera criatura. O desânimo a invadira, acreditando estar só no mundo; mas já não o sentia, pois sua alma tinha ainda uma dedicação para a ocupar, e sacrifícios em que derramasse os mananciais inexauríveis de sua bondade e ternura.

Afagou o idiota com as palavras meigas, de que seu lábio tinha o condão; e ficou ao seu lado para o consolar do isolamento em que o deixavam. Já que não podia caber àquele ente infeliz outro quinhão nessa noite de tamanho regozijo para todos, ao menos lhe reservava ela seu carinho.

Não se teve, porém, a menina que não volvesse outra vez os olhos para o lindo grupo formado pelos dois namorados. Linda, com os estremecimentos íntimos da planta que a manhã orvalha, e a fronte de leve pendida, embebia-se na palavra apaixonada de Miguel, que reclinava-se por detrás da haste da palmeira para falar-lhe ao ouvido.

De novo aflou o seio de Berta com um suspiro, que ela, como ao primeiro, recalcou; mas já não pôde desprender o pensamento das cismas* em que se enleara, a ponto que não viu o Brás esgueirar-se pela sombra e sumir-se.

Que passava na alma da menina?

Não fora ela quem aproximara Miguel de Linda, e com admirável paciência durante meses urdira a teia delicada que envolvia os dois namorados?

Não era obra sua esse amor, que ela própria embalara como um filho querido, nutrindo-o de suas carícias, enfeitando-o com seus encantos, vivendo e sorrindo-se nele?

Como agora, obtido o êxito de seus desvelos incessantes, em vez da satisfação de ver realizado um voto querido, confrangia-se-lhe o coração com o quadro suave do mútuo afeto, que ainda naquela manhã luzia-lhe na imaginação qual doce esperança?

Parecerá excêntrica e até incompreensível esta situação da alma de Berta naquele instante: entretanto nada mais lógico e natural.

Tinha a menina por Miguel uma dessas afeições de infância, puras, calmas e serenas, primeiros botões, dos quais ninguém sabe que flor vai sair, se uma doce amizade, se uma paixão ardente.

Adivinhando um dia que Linda gostava do moço, em vez de zelos sentiu contentamento de ver querido seu irmão de leite e companheiro de infância. Talvez que ela com sua ingênua admiração bafejasse, no coração da amiga, aquele afeto nascente, retocando com os lumes de sua graça o nobre perfil do mancebo.

A natural esquivança de Miguel trouxe as desconsolações de Linda, que se julgava desdenhada, e vertia no seio da amiga a confidência dessas mágoas. Agoniava-se Berta com essas névoas de melancolia, que ensombravam a fronte da moça; e, para desvanecê-las, ia pedir um olhar, uma palavra ao mancebo[6].

Apesar de ter recebido uma instrução regular, que sua inteligência brilhante desenvolvia com o estudo possível ao lugar onde habitava e às suas condições de fortuna, conservava Miguel certos hábitos que, durante a infância, se incrustam na individualidade, da qual dificilmente os arranca mais tarde a própria vontade.

Esses cacoetes de caipira molestavam o tato delicado de Linda, a quem a educação esmerada, que recebera de sua mãe, dera a fina flor das maneiras e imprimira o tom da mais pura elegância.

Quando Miguel a tratava de mecê, ou enrolava diante dela a palha de um cigarro, o coração da menina apertava-se com agastura* indescritível, e ela sofria desgosto igual ao que lhe causaria uma nódoa caindo no mais bonito e faceiro de seus vestidos.

A repetição dessas pequenas decepções acabaria sem dúvida por delir* completamente n'alma de Linda a imagem de Miguel. Berta o percebeu, e desde então empenhou-se em desbastar as asperezas que magoavam o melindre da filha de D. Ermelinda.

Não lhe era difícil transmitir os toques da elegância que, ao contato de Linda, prontamente se comunicara à sua alma, de tão pura gema como a dela, embora não a polisse o amor de mãe prendada e rica.

A dificuldade estava em sofrer o gênio esquivo de Miguel esse desbaste de costumes e maneiras, que se tinham impregnado em sua natureza, que faziam parte de sua pessoa, e o tinham formado à semelhança de seus patrícios e camaradas*. Mudar esses modos era quase renegar o exemplo de seu pai, as tradições de sua terra, e envergonhar-se de ser paulista, o que bem ao contrário lhe inspirava um justo orgulho.

Não resistiram, porém, estas suscetibilidades ao encanto de Berta. Soube ela provar a Miguel que, antes de ser paulista da gema, era homem e devia render preito à beleza e ao capricho da mulher. Com que raciocínios chegou a essa conclusão, bem se adivinha; o cérebro feminino é uma roda movida pela manivela do coração.

Nessa metamorfose de Miguel, cuidou Berta que apenas a movia o desejo de contentar Linda; mas, sem o sentir, era também levada pelo prazer recôndito de ver seu irmão de leite subir na estima geral e primar* entre os outros moços. Queria-lhe muito bem, a ele, como era então; porém, mais lhe havia de querer, quando fosse o que ela desejava[7].

Tudo isso fizera Berta para que Miguel e Linda se amassem; fora ela quem, diligente abelha, fabricara, sugando as flores de sua alma, aquele mel perfumado, de que os dois amantes libavam* a fina essência.

Mas iludira-se!

Enquanto aquele amor fluía e refluía nela, como uma onda que banhava seu coração; enquanto Linda e Miguel se queriam dentro de sua alma, através de seu olhar ou de seu sorriso, identificara-se por tal forma com essa afeição, que a sentia duplamente, por si e pela amiga.

Era ela quem amava Miguel; mas por Linda. Era Linda a quem Miguel amava; mas na pessoa dela, Berta[8].

Agora que na delícia das primeiras efusões, nesse egoísmo sublime do amante que se convolve em si para dar-se todo ao objeto amado; quando Miguel e Linda a esqueciam, e, absorvidos no mútuo afeto, a deixavam só, erma de seu pensamento, órfã de seu mútuo afeto, ela suspirava.

E esse suspiro era a tímida confidência que lhe fazia o coração, de um amor que ela sentia pela vez primeira, no momento de o perder para sempre!

– Agora vou eu! gritou Afonso perto do mastro.

Ao mesmo tempo soava o alarido dos rapazes, e Berta corria arrebatadamente para Linda.

Alguma coisa de extraordinário sucedera.

4
A lágrima

No vão de uma janela conversava Luís Galvão com alguns de seus convidados, entre os quais havia mais de um antigo camarada, rapaz de seu tempo.

Voltados para o terreiro, observavam de longe as folias, de que tinham saudades; e muitos porventura invejavam ainda aos moços o prazer das estripulias, que já lhes permitiam a gravidade dos anos e a rijeza dos músculos.

– O Afonso é endiabrado!

– Tem a quem sair.

– Oh! Se tem! Cá o Luís foi de truz*!

– Um maganão chapado!

– Como se enganam! retorquiu Luís a rir. Sempre fui da pacata!

– Da sonsa, talvez!

– O que sei é que no nosso tempo ninguém punha pé em ramo verde!

– Mas não pescava senão peixões.

– Que história estão vocês aí a inventar? tornou o fazendeiro com disfarce.

– E a filha do Guedes, lembra-se?

– A que o marido abandonou?

– A Besita, sim!

– Essa não! exclamou involuntariamente Galvão contrariado.

– Ora negue! Antes e depois.

– Do parto?

– Do casamento!

– Que tal o cujo? exclamaram diversos.

Uma risada geral acolheu a pilhéria, que perturbou o fazendeiro.

– Mudemos de conversa! disse ele com algum vexame.

D. Ermelinda que se tinha aproximado da janela vizinha, à procura da filha, apanhara aquele trecho de conversa; e teve um aperto de coração.

Esquecendo-se do que a trouxera à janela, submergiu-se em uma triste cogitação, com a face apoiada na palma da mão; nem viu mais o que se passava no terreiro, ali quase em face dela[9].

Miguel continuava a falar a Linda, sobre coisas indiferentes. Mas não escutava a menina essas palavras sem sentido naquele momento: toda ela repassava-se da voz palpitante que penetrava-lhe a alma como a suave melodia de um hino de amor.

Avistara Berta a figura de D. Ermelinda; e receando estranhasse ela a intimidade que tão rapidamente se estabelecera entre a filha e Miguel, correra para disfarçadamente avisar à amiga da presença da mãe, e evitar assim aos dois namorados uma contrariedade.

Outra vez se esquecia de si para lembrar-se de Linda? Ou sua alma generosa desforrava-se por aquele modo, com mais um impulso de abnegação, do esquecimento dos dois amantes?

Foi nessa mesma ocasião que soara o clamor dos rapazes junto ao mastro, o qual oscilava com fortes vibrações e ameaçava partir-se ou arrancar-se do chão, ao peso excessivo que de repente lhe carregara a ponta.

No momento em que Afonso chegava-se para tentar a subida, o pinheiro estremecera violentamente abalado; e os rapazes surpresos descobriram o Brás encarapitado no cimo a que se agarrava com unhas e dentes.

O isolamento e a melancolia de Berta haviam impressionado o idiota, que ruminou em seu bestunto sobre a causa dessa mudança. O rude engrolo* de ideia que amassou no cérebro grosseiro, não obteria ele jamais exprimir; nem é possível descrevê-lo.

A maior alegria era junto do mastro onde galhofavam os rapazes, e as moças palpitavam à espera da prenda que seu apaixonado alcançaria para ofertar-lhe. Til se afastara e parecia triste; ela, sempre travessa e contente. Devia de ser porque também cobiçava as galanterias que estavam no cabaz* preso à ponta do mastro.

Desde então a animalidade do estafermo* se resumiu em um só desejo, que tornou-se em ânsia ou desespero de subir ao tope do mastro. Mas como, se ele não se animava a aproximar-se da roda dos rapazes, com receio da vaia que sofreria? Além de que, bem sabia que suas pernas trôpegas não eram para aquele árduo esforço.

Surdiu-lhe* uma lembrança. As janelas do mirante ficavam sobranceiras ao tope do mastro, e a última delas justamente defronte, embora em distância que um homem ágil não poderia transpor de um salto.

Que lhe importava! Ele era um louco; e, para levar ao cabo temeridades desse jaez, tinha a grande vantagem de sua brutalidade. Aproveitando-se da distração de Berta, escapou-se de seu lado; sorrateiro ganhou o interior da casa e subiu ao mirante.

Contava com as alças das canastras* de Galvão, chegado à tarde de Campinas. Atou uma das cordas à dobradiça da janela, e seguro às pontas, saltou fora, empurrando-se da parede com os pés e embalando-se nos ares.

Em um dos vaivéns, soltando a corda, pôde abarcar o tope do mastro, e coroá-lo com o improvisado cocuruto que encheu de pasmo aos rapazes; mas arrancou-lhes depois boas gargalhadas.

Com a força do arremesso, o mastro percutido até a base cambou*, e sem dúvida iria ao chão, esmagando o Brás na queda, se Miguel advertido pelo alarido, não visse o perigo e corresse ainda a tempo de evitá-lo.

Em risco de ser também esmagado, o moço escorou com os braços o pesado madeiro, que tombava, e deu tempo a que os outros rapazes, rompendo o enleio* do espanto, e animados pelo exemplo, sustivessem o seu esforço.

Já, porém, o Brás, que havia escorregado até o meio do mastro, se deixara cair no terreiro, e corria para Berta com as mãos cheias de flores e mimos, que havia conquistado com a sua temeridade.

Estava Berta junto de Linda, a quem arrancara de seu doce enlevo; mas não a tempo de evitar que a mãe percebesse a sua intimidade com Miguel. D. Ermelinda descobrira os dois namorados, justamente quando Miguel beijava outra vez com fervor o cravo branco, e a mão mimosa de Linda, querendo tomar a flor, deixava-se colher entre as mãos trêmulas do moço.

Despertada, como a dos outros pela algazarra, a atenção de Berta se voltara para o mastro, onde passava o incidente, que ela acompanhou com ansiedade. Quando em face dela parou o Brás, que mal se podia suster de comoção, e lhe estendia desgarradamente as mãos cheias de prendas, sem força de balbuciar uma palavra, o coração da menina exultou.

O aborto humano; a figura estrambótica e ridícula; o monstrengo, caíra como o disfarce do arlequim, e descobrira a feição mais nobre da criatura. O que Berta viu foi um coração, e maior ainda e mais sublime, no seio da brutalidade que o constringia.

Abraçou a menina com veemência ao pobre sandeu*, e sentindo úmida a face, enxugou nos pelos ásperos da ruiva melena* uma gota que empanara o brilho de seus olhos cintilantes. Outras havia chorado, mas foram bolhas d'água: lágrima, era aquela a primeira[10].

Depois começou ela a enfeitar-se com as flores que lhe trouxera o idiota, prendendo-as pelo talho do vestido e entrançando-as nos cabelos. Não trocaria nesse momento os arroubos que, havia pouco, invejara a Linda, pelo júbilo dessa tosca demonstração de um amor, que não tinha para exprimi-lo senão os esgares* de um parvo, e cujo sorriso era um repulsivo engrimanço*.

Adivinhava-lhe o instinto que não havia afeto mais puro, estreme* e sincero do que o desse coração trancado a todas as ilusões do mundo, o desse feto de uma alma que abortara?

Linda, que observava sorrindo a faceirice de Berta e a ajudava a prender as flores nos cabelos, voltou-se à voz de sua mãe:

– Faça o favor de não sair mais da sala, minha filha, disse D. Ermelinda.

Velava o olhar e a voz da senhora um ressumbro de triste severidade, que anuviou o coração de Linda.

Nesse instante um foguete que rasou a terra, listrando na escuridão da noite uma faixa de luz, destacou ao longe na fímbria da mata um vulto de homem.

Berta reconheceu Jão Fera.

5
O samba

À direita do terreiro, adumbra-se* na escuridão um maciço de construções, ao qual às vezes recortam no azul do céu os trêmulos vislumbres das labaredas fustigadas pelo vento.

Do centro dessa mole* negra surge um longo penacho de fumaça, cujo cabo se tinge de escarlate com as línguas da chama quando ala-se. Escapa-se também um burburinho formado não só pelos ressolhos* da labareda e crepitações da lenha, como por vozeio e vivas d'envolta* com os retumbos* soturnos do jongo*.

É aí o quartel* ou quadrado* da fazenda, nome que tem um grande pátio cercado de senzalas, às vezes com alpendrada corrida em volta, e um ou dois portões que o fecham como praça d'armas.

Em torno da fogueira, já esbarrondada* pelo chão, que ela cobriu de brasido* e cinzas, dançam os pretos o samba com um frenesi que toca o delírio. Não se descreve, nem se imagina esse desesperado saracoteio, no qual todo o corpo estremece, pula, sacode, gira, bamboleia, como se quisesse desgrudar-se.

Tudo salta, até os crioulinhos que esperneiam no cangote das mães, ou se enrolam nas saias das raparigas. Os mais taludos viram cambalhotas e pincham* à guisa de sapos em roda do terreiro. Um desses corta jaca* no espinhaço do pai, negro fornido, que não sabendo mais como desconjuntar-se, atirou consigo ao chão e começou de rabanar como um peixe em seco.

No furor causado pelo remexido infernal, alguns negros arremetiam contra a fogueira e sapateiam em cima do borralho* ardente, a escorrer do braseiro.

Entre estes o primeiro e o mais endiabrado, foi Monjolo; tomando por sua parceira de batuque a própria fogueira, atirou-lhe tais embigadas, que a pilha de lenha derreou e foi esbroando-se. Entretanto o negrinho, a requebrar-se, abria o queixo e atroava os ares com esta cantiga:

Candonga, deixa de partes
É melhor desenganar,
Que este negro da carepa
Não há fogo pra queimar.

Salvo os rr finais que ele engolia e os ll afogados em um hiato fanhoso, tudo o mais era produção do estro* africano e da sua veia de improviso.

Uma grossa anca resvalara da fogueira com as embigadas e viera cair junto aos pés cambaios do negro, que saltando-lhe em cima com ímpetos de possesso, começou de moer as brasas com os calcanhares, berrando:

Monjolinho soca milho
Bem socado*, pa-ta-pá!
O mamãe*, quê dê a gamela*
Pra juntar este fubá!
Tuque, tuque, tuque, tuque,
Tuque, tuque, zuque, zuque.

De vez em quando o garrafão de cachaça corria a roda. Cada um depois de mil trejeitos e negaças* dava-lhe o seu chupão, e fazendo estalar a língua repinicava o saracoteio.

À parte, junto a um dos portões e sob o alpendre das tulhas* que ficam a um canto do quadrado, estão em grupo os feitores e camaradas*; uns de pé, arrimados aos esteios, outros sentados no pranchão que serve de soleira.

* *Mamãe* – chamam os escravos da roça as pretas rancheiras que preparam a comida. (N. do A.)

O Mandu arranha na viola uma chula*, e o Pereira acompanha o toque com repentes que lhe acodem, enquanto os outros contam façanhas de caipira e vão-se impingindo limpamente um par de formidáveis carapetões*.

Bem desejavam os sujeitos entrar na súcia e fazer uma perna no batuque; mas, impedidos pela disciplina da fazenda, contentam-se em olhar de fora e engraçar com as crioulas, que às vezes saem da roda para vir trocar lérias e receber, em paga dos milhos assados e batatas, algum descante* neste gosto:

Não como inhame cozido;
Não gosto de milho assado;
Quem me quiser derretido
Me dê mendubi torrado.

Uma preta, porém, ali estava, que decerto não fora trazida por aquele motivo, pois recostada ao frontal do portão, com os olhos voltados amiúde para o lado da casa de morada do senhor, ouvia distraída as chalaças dos capangas.

Essa preta é a Florência: uma estátua de Juno, toscamente lavrada em mármore negro, e coberta com um cabeção* de renda que lhe mostra o colo, e uma saia de riscado* caída até o meio da perna musculosa.

O Mandu logo que ela chegara, atirou-lhe este mote.

Casca preta, bago branco,
Mas arde que não se aguenta:
Huê, que visaje é esta,
A fruita virou pimenta?*

– Qual, disse o Pereira. A moça está com sentido no pajem.

* *Fruta* em São Paulo é a jabuticaba, pela sua excelência. Alguns dizem aportuguesadamente fruita. (N. do A.)

– Ora menina, deixe-se disso. O patife do Amâncio não vem cá!

– Está lá ao cheiro da cozinha! acudiu outro.

A crioula mordeu os beiços de cólera; e começou de rufar os dedos nas grades do portão. Quase ao mesmo tempo destacou na sombra um vulto, no qual logo se reconheceu o mulato.

– Não vem! exclamou a Florência voltando-se com ar exultante para os caipiras e mostrando-lhes o pajem.

– Como vai o pagode, por cá? disse o Amâncio.

Disfarçadamente a crioula arredou-se do grupo dos capangas, e encaminhou-se para a roda do batuque, lançando um olhar ao pajem. Não estava ainda de todo satisfeito o seu gostinho, que era fazer o Amâncio cair no samba rasgado.

Que triunfo para ela, negra da roça, se humilhasse a mucama Rosa, sua altiva rival.

Hesitou o mulato algum tempo, receoso de derrogar* de sua nobreza de pajem misturando-se com a ralé da enxada, até que rendido pelos lascivos requebros da crioula, que já se espreguiçava ao som do urucungo*, saltou no batuque.

No mais forte sapateado, porém, sentiu o pajem que lhe travavam da gola da jaqueta; e puxado para fora da roda com força, achou-se em face da mucama Rosa, que viera arrancá-lo da dança, furente* de ciúmes.

As duas rivais se afrontaram com o olhar, por diante da cara desfaçada* do mulato. Os alvos dentes de Rosa brilharam engastados em um riso de escárnio, que lhe arregaçava os lábios carnudos; e dentre as fendas dos incisores partiu um rápido esguicho, que bateu em cheio na cara da outra.

Foi pronta a réplica de Florência. Vibrando no ar o braço habituado a manejar a enxada, espalmou a mão na bochecha da mucama, que titubeou e decerto iria ao chão a não ampará-la o mulato.

Amâncio à vista do bofetão decidiu-se pela Rosa, e atirou à Florência uma cabeçada. Mas a preta agarrou-o pelos cabelos; e ele apertou-lhe as goelas a fim de livrar-se das garras daquela fúria. Entretanto a Rosa ferrava os dentes no ombro da rival, que defendia-se aos pontapés.

Os pretos da roça acudiram à sua parceira, insultada pela cambada de pajens e mucamas. Os capangas tomaram o partido de Amâncio por uma espécie de coleguismo; e assim tornou-se geral o banzé.

Agachado no meio do terreiro, bebendo seu pito, Monjolo que se retirara do batuque, observava com viva agitação aquela cena. Seus olhos saltados das órbitas, como dois lagartos negros quando pulam da toca, devoravam com uma volúpia feroz a figura de Rosa.

Felizmente acudiu o Faustino que ajudado de outros pajens, arrancou a mucama do sarilho*; e levou-a à força para casa.

À porta do administrador batia a sineta o toque de recolher[11].

6
O incêndio

Terminara a festa.

A escuridão profunda de uma noite brumosa envolve a casa das Palmas e os edifícios adjacentes.

Do borralho* acamado sobre as extintas fogueiras apenas escapam raras fagulhas, que esfoliam-se no ar e se apagam.

Soa ao longe tropel de animais, intercalado às vezes por trechos de alegre descante*. São ranchos* de convidados que tornam às casas.

Da várzea, entre o zumbir dos insetos noturnos, perpassavam nos sopros da brisa as rascas* da viola, que à porta da palhoça ainda arranhava por despedida algum caipira saudoso.

Pouco mais era de meia-noite. A função que prometia prolongar-se até lá pela madrugada, esfriara de repente, com bastante pesar dos velhos comilões, os quais não puderam atolar-se na lauta ceia, pois o tempo mal lhes chegou para fartarem-se uma só vez de cada prato.

Ferida nas duas cordas mais delicadas de seu coração, no amor de esposa e mãe, D. Ermelinda, apesar de grande esforço e do habitual disfarce que o trato da boa sociedade prescreve como regra de cortesia, não pôde abafar a tristeza que lhe transbordava dos seios d'alma.

O amortecimento das maneiras afáveis e da graciosa amabilidade da dona da casa derramou nos convidados um súbito constrangimento; a festa perdeu desde logo a sua expansiva alegria; os mais desconfiados, ou os mais paulistas, cuidaram em retirar-se, que não acharam a costumada e carinhosa resistência.

Então começou a debandada. Ainda tentou Luís Galvão reanimar a folia; mas um olhar de sua mulher e o abatimento que se pintava em seu gesto, o demoveu logo do propósito de reter os amigos e prolongar os folguedos.

Já todos se haviam acomodado para dormir; só D. Ermelinda, com o mesmo traje da festa, que não despira ainda, velava imóvel no seu toucador.

Atirada ao fundo de um sofá, na sombra que projetava um vaso de porcelana colocado diante da vela para quebrar a luz, tinha os olhos fixos na imagem de N. S. das Dores, que se via sobre a cômoda em um nicho de jacarandá.

Talvez pedisse à Mãe de Deus, à divina consoladora dos aflitos, um conforto para sua alma, atribulada naquele instante por pensamentos que a enchiam de horror e angústia.

Nunca passara pela mente de D. Ermelinda pedir a seu marido contas de um passado que não lhe pertencia, e até por melindre natural evitara sempre folhear aquela página da mocidade de Luís Galvão. Advertia-lhe o coração das desilusões que ali a aguardavam; e por isso preservara a sua ignorância como um véu protetor contra as suscetibilidades e zelos de sua alma.

Subitamente, porém, quando menos esperava, surge-lhe aquele passado, dentre as alegrias de uma festa, e lança em seu espírito uma certeza fatal, a que por muitos anos e tão cuidadosamente se esquivara.

E sobre esse golpe, outro ainda mais cruel talvez para almas como a sua, apuradas por uma suprema delicadeza e uma esquisita sensibilidade. A forma rude e baixa por que se tinha revelado o passado de Galvão sobretudo a magoou profundamente.

Se lhe contassem da mocidade de seu marido alguma afeição pura e generosa, no meio do seu desencanto, teria ao menos o doce consolo de haver delido d'alma de Luís aquela imagem querida, gravando sobre ela a sua.

Mas a notícia de uma aventura galante, própria de um libertino, além de arrancá-la à querida ilusão de ter sido o primeiro amor, lhe derramara n'alma uma agrura, como nunca sentira.

O caráter que até ali respeitara, descia de repente em seu conceito; e ela enchia-se de pavor quando sua imaginação, exaltada pelo sofrimento, lhe abria as profundezas insondáveis onde podia se precipitar o homem a quem ligara sua sorte.

Depois, por uma natural associação, recordando-se da intimidade de Linda com Miguel, no coração da mãe caíam as gotas acerbas que vazavam do coração da esposa. Pensava D. Ermelinda, que a filha criada por ela com tanto esmero, sucumbia à fatalidade e ia arrastada por um pendor irresistível, que o pai lhe transmitira de herança.

Assim como Luís uma vez deslizara da honra que pautara sempre os atos de sua vida, e a nobreza de seu caráter se eclipsara ante a sedução de uma moça; Linda cuja alma ela se comprazera em colocar numa esfera elevada, se inclinava a um rapaz de posição muito inferior.

E aqui a sua fantasia, convolvendo as torturas da esposa com ânsias de mãe, esvairava por modo que ela, espavorida de sua própria mente e não podendo sofreá-la, asilava-se contra esse delírio numa oração fervente a Nossa Senhora.

Luís Galvão, inquieto com a demora da mulher, a chamara; e, não recebendo resposta, veio achá-la na mesma posição.

– Que tem você, Ermelinda?

Estremeceu a senhora; e toda ela pulsou, como se a dor que tinha calcado dentro da alma se agitasse para refluir aos lábios. Mas a boca descerrando-se deixou escapar apenas um ofego*, e ficou muda.

A palavra é estreita para dar passagem às mágoas amassadas no coração, quando se arremessam no primeiro ímpeto e de um só jacto.

– Nada! respondeu D. Ermelinda.

– Por que não se deita?

Nesse instante repercutiu no aposento o som de três pancadas fortes, secas e breves, dadas rapidamente uma sobre outra.

Abriu Galvão a janela do canto, que ficava na ala direita do edifício, para observar o terreiro, donde viera o estrépito. Mas este cessara bruscamente com a última pancada; e o silêncio de todo se restabelecera.

Debruçando-se à janela, o fazendeiro lobrigou* uma sombra que parecia resvalar ao longo da parede.

– Quem está aí?

Não houve resposta. Julgando ter-se enganado em tomar por vulto humano o voo de um morcego ou qualquer outro pássaro noturno, ainda mais o convenceu disso um guincho de curiau*, que estrugiu para o lado da senzala.

Não se enganara, porém, o fazendeiro. Foi de fato um homem, que se coseu à parede e se encaixou no vão de uma porta, onde permanecia imóvel e esticado para dissimular a saliência do corpo.

Tendo fechado por fora os pajens e capangas no repartimento que eles ocupavam, cuidou Faustino de impedir-lhes a saída por uma das janelas que não tinha grades. Para esse fim munido dos instrumentos necessários, encostou-se a ela para pregá-la.

A esse tempo arrumava-se ao muro uma trouxa negra que avançara pelo terreiro aos pinchos como um sapo. Era o Monjolo que já havia furtado as chaves da senzala e vinha ter com o pajem.

O africano ruminava a ideia de suprimir desde logo o Faustino, a fim de lograr ele só os proventos do trama*. Naquele curto instante correu o pajem sério perigo de que o salvou o rumor da janela ao abrir-se.

Afastando-se ligeiro para a senzala, soltou o Monjolo o guincho que tranquilizou o fazendeiro, e entretanto era o sinal do trama sinistro.

Acabava Luís Galvão de correr o trinco da janela quando no canavial a primeira labareda se arremessou nos ares, enroscando-se como uma serpente de fogo[12].

7
A traição

Rolos de chamas envoltas em denso bulcão* de fumo subiam aos ares.

A casa das Palmas e suas dependências, vistas de longe, pareciam submersas em um turbilhão de fogo, que surgia das entranhas da terra, e convolvia-se pelo negrume do espaço.

Açoitada pelo vento, a labareda estorcendo-se e rabiando, rugia de sanha*; ou sufocada um instante pelas abóbadas de fumaça e pelas camadas de palhiço*, troava como um canhão, arrojando-se às nuvens.

De instante a instante ouvia-se uma descarga de fuzilaria, correndo ao longo daquela faixa incendiada que figurava a ala de um exército em renhida batalha. Eram os gomos das canas, que estalavam ao intenso calor do fogo.

Com os sibilos da labareda enroscada no ar, confundiam-se os silvos das cascavéis e jararacas, que surpreendidas pelo incêndio, arremessavam-se furiosas contra o fogo e rompiam estortegando* pelo campo abrasado.

As aves noturnas deslumbradas com o súbito clarão, fugiam soltando guinchos de terror, enquanto as feras, insufladas pelo instinto da desolação, uivavam no fundo da floresta e trotavam ligeiras para arrebatarem a presa ao incêndio e se abeberarem de sangue.

Medonho espetáculo!

O incêndio crescia com tal velocidade, que parecia uma catarata de fogo, a inundar o espaço, ameaçando comunicar-se à floresta, e submergir a terra em um pélago* de chamas.

Do seio daquele surdo rumor produzido pelo ressolho* da labareda, se desprendeu e reboou ao longe um grito soturno; mugir da turba espavorida antes as tremendas convulsões da natureza[13].

– Fogo!... fogo!... fogo!...

Correndo à janela e abrindo-a outra vez, Luís Galvão recuou espantado com a viva claridade, que o incêndio projetava sobre o terreiro e que lhe ferira os olhos.

Foi rápido, porém, o deslumbramento. Debruçando-se no peitoril e descobrindo o foco do incêndio que vomitava labaredas como a cratera de um vulcão, o fazendeiro compenetrou-se imediatamente da realidade.

– O que é? perguntou D. Ermelinda, que parara aterrada no meio do aposento.

– Fogo no canavial.

Atirada esta resposta à mulher, Luís Galvão saltou no terreiro e deitou a correr para as plantações, lançando aos brados aquelas mesmas palavras, como aviso aos feitores e gente da fazenda.

À exceção de alguns escravos fechados na senzala, a quem o clarão despertara, estavam os mais ferrados no sono profundo, que sucedera mui naturalmente ao cansaço dos folguedos de São João e às libações copiosas.

Assim, já Luís Galvão passara a tronqueira da roça que o administrador, ainda tonto de sono, babatava* à busca das chaves da senzala para soltar a gente; e os feitores, acordados de sobressalto, se olhavam estupefatos, sem consciência do que estava passando.

O fazendeiro lançou-se na direção do incêndio, pensando que toda a gente da fazenda não tardaria a segui-lo, e ansioso por avaliar da intensidade do fogo como de sua marcha. Lembrara-se que o tanque ficava sobranceiro ao canavial, a arrombando-o podia arrojar sobre o foco do incêndio uma formidável manga* d'água que o extinguisse.

Enganara-se, porém, Galvão. Apenas lhe iam no encalço, mas agachados e esgueirando-se por entre a folhagem os dois vultos de Faustino e Monjolo, impaciente de assistirem à catástrofe, e verem consumado o crime de que dependia a satisfação de seus desejos.

Ainda desta vez Monjolo tinha amiúde ímpetos de atirar-se ao pajem, e cravar-lhe o quicé* no coração; sobretudo quando lembrava-se que Barroso prometera àquele a liberdade e posse de Rosa.

Mas continha-se; e não por escrúpulo, mas por um requinte de crueldade.

Só, na alcova onde a tinha deixado o marido, D. Ermelinda transida de susto com o anúncio do incêndio, arrastou-se afinal para a escada do mirante; ao tempo em que já a filha despertada pelo rumor a procurava, e Afonso arrancado ao sono ganhava terreiro para acudir ao que fosse preciso.

– Onde está meu pai? perguntou ele.

– Lá, no canavial, Afonso! Corre, meu filho!...

Estimulando o mancebo com esta prece ansiada, acompanhava a senhora com olhar ardente o vulto do marido, que chegava ao canto do carreador*, e destacava-se na zona abrasada que o incêndio projetava em torno.

Tinha-se já arremessado avante o mancebo, quando estacou de súbito, ouvindo um grito de angústia que partia do mirante. Voltou-se e não viu mais D. Ermelinda.

– Minha mãe! O que é?

– Acuda, mano! clamava Linda com voz dilacerante.

Um reflexo da labareda mostrou rapidamente ao moço, no muro do mirante, a figura transtornada da irmã, que apontava para o canavial, arcando contra o parapeito como se quisesse precipitar-se. Mas antes que o vislumbre da chama passasse, abateu-se aquela sombra.

Chorava a filha sobre o corpo inanimado da mãe.

Desmaiara D. Ermelinda ao ver, no canavial, surgir da sombra um homem, que, brandindo um cacete sobre a cabeça de Luís Galvão, o prostrou ao chão como um corpo morto.

Era o Gonçalo Suçuarana[14].

8

Vampiro

Quando Gonçalo se curvava para soerguer o corpo do fazendeiro e arremessá-lo no meio das chamas, um vulto emergiu da sombra.

Jão Fera estava em face dele[15].

Recuou o Suçuarana de um salto, e sacou da cinta a pistola que desfechou sobre o inimigo à queima-roupa. Não acertando o primeiro e segundo tiro, puxou da catana*; e começou a esgrimi-la cortando o ar.

O capanga avançava lento, mudo, sombrio, sem arma em punho, nem sequer um gesto de ameaça; e, todavia, era ele Gonçalo, apesar de armado, quem recuava diante daquele vulto impassível.

Afinal, o pulso do Suçuarana, fatigado de cutilar o vento, afrouxou. Não teve ele tempo de pressentir o perigo; colhido pelas espáduas girou no ar e foi abater-se no canavial abrasado onde o arrojara o braço pujante de Jão Fera, que antes de arremessar o corpo, o havia estrangulado[16].

Nesse momento conseguira erguer-se Luís Galvão. Recobrando gradualmente os sentidos, observara o fazendeiro o fim da luta, e compreendera que devia a existência a Jão Fera.

Este fitava a labareda que envolvera o corpo do Suçuarana. Espessa e carregada de grosso fumo, a chama se arrastava como a jiboia que lambe a presa para tragá-la; mas outra vez ligeira e farfalhante desprendeu-se no ar como a língua da serpente; e fendendo-se mostrou no meio do brasido* o corpo já calcinado do fanfarrão.

Um sorriso de feroz volúpia franziu os lábios do capanga, que ficou um instante absorto naquele intenso prazer. Recobrado afinal, voltou-se com a ideia de correr além, e deu com Luís Galvão, que estendia-lhe a mão:

– Você me salvou, Jão! Obrigado!

– Salvei; mas não sabe por quê? respondeu o capanga com a fala soturna, cravando um duro olhar no semblante do fazendeiro.

Este ia responder; Jão atalhou-o.

– Livrei-o de morrer, porque sou eu quem o há de matar, quando chegar sua hora!

Lançando-lhe estas palavras com desprezo, voltou as costas o capanga para afastar-se dali.

– Tanto mal quer-me você, Jão?

O Bugre estacou sofreado por uma força íntima a que ele tentava resistir; depois de curta hesitação, arrojou-se em frente do fazendeiro para dizer-lhe com a voz dilacerada pela cólera:

– Mais de cem vezes já eu teria cravado em teu coração esta faca, se não fosse aquela que está no céu, e a filha que deixou na terra. Vê que raiva sinto eu quando me lembro que tu ainda vives![17]

Rangiam os dentes do capanga; e, todo ele convulso de furor, ameaçava o fazendeiro com a sanha de um tigre.

Ainda desta vez, porém, conseguiu dominar-se. Arrebatando-se ao ímpeto que já o arrojava sobre Luís Galvão, deitou a correr por um carreador que invadira o incêndio; e desapareceu por baixo das abóbadas formadas pelas chamas.

Com antecedência fora Jão Fera sabedor da trama urdida pelo Barroso. Desde que o Chico Tinguá o advertira do perigo, o Bugre, sempre alerta, redobrara de vigilância e não perdeu mais de vista a seus inimigos.

Assim havia surpreendido o segredo da maquinação de Barroso; e naquela manhã assistira, oculto no mato, à última combinação entre os cúmplices.

Já tinha o capanga na cinta o dinheiro preciso para desempenhar sua palavra, e esperava o momento de ajustar contas com o Barroso. O plano horrível excitou a ferocidade dessa alma, desde algum tempo sopitada pela influência de Berta.

Que esplêndida vingança não lhe preparava o inimigo com o terrível incêndio, que ia servir-lhe, a ele Bugre, de fogueira de São João para divertir-se também naquela noite de tanto folguedo?

A desolação e a ruína o deleitavam; ao calor das chamas, ouvindo resfolgar a labareda e agonizar os infelizes por ele arremessados ao fogo, ele sentia a inebriação da morte, e sua alma esvoaçava como a do vampiro, sobre os destroços do incêndio.

Desde o começo, acompanhava ele a realização da trama; vira o Gonçalo postar os companheiros, atear o fogo no canavial, e emboscar-se à espera do fazendeiro. A princípio nem lhe passara pela mente livrar Luís Galvão da morte que o ameaçava; mas a ideia de que Berta, ignorando a verdade, podia atribuir a ele esse assassinato, o estremeceu e impôs-lhe a dura necessidade de salvar o homem a quem mais odiava.

Escapara de chegar tarde, porque se demorara um instante em agarrar Monjolo. O africano, vendo Faustino atado de chofre como um feixe de sapé e pinchado ao fogo, escafedeu-se; mas, a pequena distância, caiu arpoado pela faca do Bugre.

Empurrando esse trambolho ao fogo, correra então o Bugre ao lugar em que havia deixado o Gonçalo de espreita, e onde acabava de passar a última cena.

Agora lá ia à busca do Barroso, que devia estar do outro lado do canavial, pronto a aparecer no momento preciso, e ao sinal convencionado, para representar a farsa, que havia de rematar o drama sanguinolento.

Quando Jão passou pela orla do canavial, e que a chama bateu-lhe em cheio no semblante, Barroso o reconheceu e fugiu espavorido. Mas o capanga ia-lhe no encalço, e infalivelmente o alcançaria.

Esbaforido, prostrado de cansaço e de terror, o miserável se deixara cair em um fojo* coberto de juncos* e moitas; e, resignado, esperou a morte, que ele sentia aproximar-se no passo rápido do Bugre.

Nesse momento chegava Miguel, que a meio caminho de casa e surpreendido com o clarão do incêndio, voltara a correr na direção das Palmas.

Por um impulso generoso parou para defender o perseguido; e Jão Fera esbarrou de rosto com ele.

Três vezes o Bugre arremeteu e três vezes o brioso mancebo tomou-lhe o passo, resolvido a sacrificar-se antes do que deixar consumar-se o crime.

– Deixe-me passar, moço! bramiu o capanga rangendo os dentes.

– O que eu sinto, monstro, é não ter uma arma para castigar-te.

Rugiu o Bugre, e saltou sobre o mancebo, que o esperou calmo e resignado a tudo, mas sem recuar o passo.

Salvou-o um grito de Berta. A menina tinha acompanhado de perto a Miguel, deixando atrás nhá Tudinha, que não a pudera seguir.

Ouvindo a voz da menina, o capanga como se o espancasse a cólera celeste, disparou pelo campo fora e desapareceu.

9
Na tapera

Uma brisa cortante esgarçava a cerração, cujos retalhos flutuavam pelo tope das árvores.

Três dias tinham decorrido depois da festa de São João.

Berta seguia pela vereda* que ia dar à tapera. Caminhava a passo lento e frouxo com a cabeça descaída, revolvendo na mente reminiscências que lhe pungiam o coração.

A pequena distância atravessou Miguel por diante dela:

– Sabe, Inhá? Jão Fera foi preso!

– Aonde? perguntou a menina surpresa.

– Perto de Campinas.

– E agora?

– Com certeza o enforcam!

Esta resposta o mancebo a deu já afastado e de caminho para o lado das Palmas.

Berta suspirou, pensando que Miguel ia ver Linda; mas logo seu pensamento desprendeu-se dessa ideia, para refletir sobre a desgraça do capanga.

Apesar do horror que lhe inspirava ele desde a véspera de São João, já pelo atrevimento de atacar Miguel, já pelas crueldades que praticara naquela noite, ela sentiu profunda compaixão pelo infeliz que ia morrer execrado e maldito por todos; e sua alma confrangeu-se* de dor.

Tão absorta nessa pena chegou às ruínas que não reparou na singular atitude da negra em pé, no meio do terreiro, com o pescoço curvo, os olhos esbugalhados, à espreita de um objeto que, porventura, lobrigava* entre a folhagem.

Passara Berta e dirigia-se à porta da casa, quando a negra estendeu os braços hirtos para diante como se quisesse arremessar de si uma visão medonha, e caiu a estrebuchar em contorções dolorosas, arrancando guinchos aflitivos do peito ofegante.

Na orla do mato, à esquerda da tapera, assomara de repente a figura do Ribeiro, que aos olhos de Zana surgira como um espectro e a fulminara de terror.

Aos gritos da preta, Berta, arrancada ao seu recolho*, correu assustada, sem atinar com a causa de semelhante acesso. Vendo-a, Zana que não se apercebera de sua chegada, atirou-se a ela, e cerrando-a ao peito com os braços mirrados, precipitou-se para casa em um ímpeto de desespero.

Assim arrebatada de chofre, não descobriu a menina o vulto do Ribeiro, nem ouviu o riso de escárnio que rincharam* os lábios do assassino por ver o terror da negra e seu afã em levar a menina do terreiro e escondê-la na casa.

Tinha ele segura a presa, e por isso não açodava-se, querendo gozar por mais tempo a delícia dessa vingança, que julgava já extinta, e renascia de novo, como o broto de uma raiz morta.

Açulado por um ódio implacável, lembrara-se dias antes de rever as ruínas da casa onde imolara a vítima de seu rancor, e cevar-se nas recordações de sua covarde atrocidade.

Nessa ocasião, viu Berta, pela primeira vez, e logo entrou-o a suspeita de ser ela a filha de Besita, livre da morte pela súbita ameaça de um homem que ele não conhecera, mas supunha capanga de Luís Galvão.

Desde aí começou de tirar indagações e obteve a certeza que desejava. Seria pois esse o remate da vingança que há vinte anos principiara em Besita e devia acabar na filha, depois de haver exterminado o pai.

Furioso com o malogro do incêndio, porém aterrado com a sanha* de Jão Fera, a quem só escapara pela corajosa intervenção de Miguel, o miserável tratou de fugir.

Ao passar por Campinas, soube que o Bugre fora preso na véspera por gente do Aguiar, e então animou-se a voltar a Santa Bárbara.

Seu primeiro pensamento foi Berta. Lembrando-se que ia matar a pobre menina, sentia um prazer bárbaro. Parecia-lhe que Besita revivia na pessoa da filha, e que assim podia ele assassiná-la outra vez, saciando o seu imenso rancor.

Ele, que, a princípio, nem se apercebera da semelhança de Berta com a mãe, tão apagada estava em sua memória a imagem da mulher a quem amara alguns dias para odiá-la tantos anos com um rancor de além-túmulo, agora que o ódio lhe avivara a reminiscência, via surgir a sombra viva de Besita.

Zana, deixando Berta no meio do aposento, voltou ao terreiro para espreitar o inimigo. Tremia o corpo da preta com movimentos tetânicos, e os dentes lhe chocalhavam; mas em sua pupila esvairada lampejava um fulgor sinistro. Era horrível de ver-se aquela múmia viva, com os beiços repuxados, e as unhas a crisparem-se como as garras de um abutre.

O Ribeiro recuou e escondeu-se no mato, esperando que passasse aquele ímpeto de furor.

– Zana! Zana! Que tem você? dizia entretanto Berta, da porta da casa.

Serenou a agitação da preta com o afastamento do Ribeiro; e Berta, sentando-se na soleira, com as costas voltadas para o mato, submergiu-se outra vez nas cismas*, em que se enleava agora sua alma, dantes tão isenta e descuidosa.

Seu espírito girava em torno de uma ideia que sobretudo a preocupava. Era a oposição que D. Ermelinda fazia ao amor da filha por Miguel. Já no fim da festa na noite de São João notara ela, Berta, o constrangimento de Linda, a quem a mãe não deixara mais arredar-se de junto de si.

No dia seguinte, ainda mais sensível tornou-se o rigor. Linda não se animou a falar com Miguel, nem a brincar pelo pomar. Todo o dia esteve na sala com a mãe ou umas velhas parentas; e Berta percebeu que os meigos olhos azuis da amiga tinham o rescaldo que deixam as lágrimas.

Recordando todas estas circunstâncias, às vezes tinha Berta seus assomos de júbilo, pensando que a ela podia Miguel amar livremente, sem desgosto nem obstáculo. Mas logo reprimia aquele impulso do egoísmo; e perscrutava em sua imaginação um meio para remover o obstáculo, que ameaçava a felicidade de Linda.

Depois acudia-lhe de novo à lembrança a notícia que lhe dera Miguel da prisão do Bugre; e sua alma esquecia as próprias tribulações para afligir-se da mísera sorte daquele perverso, que tamanha dedicação tinha por ela.

Entretanto, o Ribeiro, oculto no mato, observava os movimentos da menina e sorrateiramente aproximava-se por detrás, contando surpreendê-la. Mas Zana alerta lhe percebera a intenção e também de esguelha avançava para defender Berta e esganar o assassino se não lhe mentissem os pulsos descarnados.

A cada passo que dava o Ribeiro de um lado, arrastava-se a mísera louca; e Berta, que era o alvo da convergência desses dois impulsos, continuava inteiramente alheia ao que se passava.

De repente, Zana ficou estática e imóvel; depois começou de tartamudear sons roucos e afinal soltou uma gargalhada estridente que ressoou pela mata, violentamente agitada neste momento.

Berta, sobressaltada, ergueu a cabeça[18].

10
A entrega

Sabe-se por qual preço obtivera Jão Fera o dinheiro necessário para desempenhar a palavra dada ao Barroso.

O Chico Tinguá, incumbido de negociar a entrega do capanga mediante cinquenta mil-réis, dirigiu-se à fazenda de Aguiar, e fez sua proposta ao fazendeiro.

Desconfiou este do caso, como era natural; mas estando ali um camarada, conhecido do Tinguá, que assegurou ser Jão Fera um homem capaz daquela façanha, decidiu-se Aguiar a dar a soma, curioso de ver o resultado.

– Aí tem o dinheiro. Mas, olhe lá, que, se o patife não vier, quem paga é você.

– Não tenha medo que ele falte.

Marcou-se o dia. O fazendeiro mandou chamar o Filipe com sua gente, e aumentou a capangada para receber a visita do Bugre.

Antes de partir quis Jão Fera despedir-se de Berta e com esse pensamento dirigiu-se para a casa de nhá Tudinha. Levava a alma a transbordar e carecia nesse instante supremo da eterna separação vazá-la no coração da menina.

Berta cosia, sentada em seu canto habitual, à sombra do oitão* da casa. O Bugre a avistou de longe e parou oculto pelas árvores para contemplá-la com religiosa adoração.

Passando o primeiro enlevo, quando lembrou-se do pensamento que o trouxera, não se animou a dar um passo e aparecer à menina.

Pressentia o horror que deviam ter causado em Berta as mortes por ele perpetradas na noite de São João, e a abominação que desde aí lhe votava aquele coração puro e santo.

Se a menina soubesse da trama urdida pelo Barroso contra Luís Galvão, talvez lhe perdoasse tamanha atrocidade, cometida na ocasião de salvar uma existência tão querida para ela.

Mas a menina ignorava, e não seria ele decerto quem lhe havia de revelar o terrível segredo, confessando a sua vergonha de salvar o mais vil dos homens.

Não foi este, contudo, o mais poderoso dos motivos que lhe tolheram o impulso. Berta naturalmente lhe perguntaria a causa da sua estranha resolução de entregar-se à prisão; e seria necessário tudo revelar.

A ideia de que a menina se pudesse afligir por ter causado, embora involuntariamente, a sua perda, o assustava. Ignorasse ela sempre quanto custara o juramento que lhe dera, de poupar a vida de Luís Galvão; e não sondasse nunca os antros profundos dessa consciência onde rugia o desespero.

Fechou os olhos o Bugre para subtrair-se ao encanto da gentil menina, e, arrancando-se com esforço àquele sítio, sumiu-se no rumo de Campinas.

Eram quatro horas da tarde, quando um homem à pé e coberto de pó chegava à tronqueira da fazenda do Aguiar.

Da janela do sobrado, onde por um excesso de prudência se fora postar, avistou o Aguiar ao caminheiro, em quem os capangas, agrupados no pátio, já tinham reconhecido Jão Fera.

Ligeiro calafrio correu pela medula desses homens valentes e avezados* ao perigo.

Abriu o Bugre descansadamente a tronqueira, e avançou com a costumada pachorra para o terreiro, como quem entrasse por sua casa. Aí chegando, saudou o fazendeiro e outras pessoas com um toque no chapéu.

– Tenham todos boa tarde.

Tão surpresos ficaram os outros daquele sossego, que nem se lembraram de responder à saudação.

– Aqui estou eu, meus senhores, na forma do prometido, tornou o Bugre com um triste sorriso.

O Filipe trocou um olhar com o patrão e acenando à sua gente, avançou para o Bugre.

– Pois renda-se, homem, que é o melhor.

– Alto lá, camaradas! disse Jão Fera vendo os capangas se aproximarem com intenção de agarrá-lo. Não se cheguem muito.

– Deixe-se de partes!

– Os senhores sabem se eu tenho palavra. Estou aqui por minha vontade; e do mesmo modo irei para onde quiserem. O ajuste foi entregar-me; e me entrego mesmo. Mas se algum me puser a mão, está tudo perdido.

Retraiu o Bugre o pé esquerdo; e os ombros agitaram-se com uma ligeira contração, enquanto nos olhos torvos fuzilava um relâmpago.

Os capangas hesitaram; e a um aceno do fazendeiro, que do sobrado assistia à cena, Filipe acomodou a coisa.

– Está bom, camaradas, não zanguemos o homem.

– Para onde me levam? É para Campinas? Pois vamos lá! disse Jão Fera.

– Não há pressa. O senhor pousa aqui e amanhã com a fresca da madrugada nos botamos para lá.

O Bugre fez um gesto que exprimia indiferença; e sentando-se no ressalto da calçada, que havia no terreiro, preparou um cigarro e começou a pitar.

Mas nenhum dos capangas se animou a aproximar-se. Através do ar negligente e absorto da fisionomia do Bugre pressentia-se a viva atenção, que exercia em torno uma vigilância incessante.

À noite o Filipe convidou Jão Fera para cear com os outros camaradas. Ele, porém, recusou, contentando-se com um trago de aguardente.

Seriam nove horas e estavam todos acomodados no rancho, que ficava à direita do sobrado, quando Filipe sorrateiramente ergueu-se e passou fala aos camaradas.

– Enquanto não amarrarmos o danado, não sossego!

Convieram os outros e às agachas* se foram acercando de Jão Fera, para cair sobre ele e segurá-lo.

O capanga que não dormia, como eles pensavam, recebeu-os de frente:

– Ah! Vocês querem brincar? Pois vá lá!

Com o arrojo e destreza, que ele possuía no mais alto grau, e o multiplicava, lançou mão de uma estaca do rancho e espancou a troça* do Filipe.

Depois de os ter sovado em regra, quando ia já em retirada, ouvindo a voz do Aguiar a perguntar pelo que havia, gritou-lhe de longe:

– A sua gente rompeu o ajuste; minha palavra está livre. Passe bem; mas fique descansado que eu lhe darei o pago deste desaforo. Há de ver se é bom ser amarrado como um negro fugido!

Deixando a fazenda encaminhou-se Jão Fera para Santa Bárbara, donde saíra aquela manhã, cuidando que nunca mais voltaria àqueles lugares.

O desfecho da traição do Aguiar o entristecia, e dentro de sua alma lamentava não estar àquela hora preso na cadeia de

Campinas, ou enterrado no rancho da fazenda, onde algum dos capangas podia tê-lo facilmente prostrado com um tiro de melhor pontaria.

Incutia-lhe esse pesar o profundo pavor que dele se apoderava, pensando no seu encontro com Berta, e na indignação que sua presença devia causar à menina.

Por vezes parou, hesitando se devia retroceder[19].

11

O cipó

O fim da noite foi para Jão Fera um pesadelo horrível.

A todo instante fulgurava em sua alma, ao clarão de uma chama satânica, a cena atroz do assassinato de Besita.

Mais de cem vezes, no resto da noite, reviveu esse momento de acerba angústia, no qual toda sua existência submergia-se, como rio caudal pela estreita gorja* de um precipício.

Revia com a mesma ânsia o vulto do Ribeiro, e sentia que após vinte anos ainda não cicatrizara em sua alma o golpe que a tinha dilacerado, quando foi ele, Jão, obrigado a rasgá-la, ficando junto de Besita, e não perseguindo o assassino.

A voz da mísera mãe ressoava-lhe constantemente no íntimo, com aquele pungente grito de desespero: – "Minha filha, Jão!... Ele... matá-la...".

Revolvia-se o capanga na dura laje que lhe servia de leito; e tentava subtrair-se à obsessão, lembrando que não passava aquela visão de um desvario de seu espírito.

Mas surgia-lhe a imagem de Besita, que descia do céu para implorar-lhe a salvação da filha; e o capanga, impelido por força misteriosa, erguia-se de um ímpeto; e vagava à toa pelo ermo, à busca do ignoto perigo que ameaçava Berta.

Uma vez chegou até à cerca da casa de nhá Tudinha para certificar-se de que nada ocorrera de extraordinário naquela habitação. Vendo-a tranquila como de costume, tornou à furna e esperou que amanhecesse.

Às seis horas encaminhara-se para a tapera, onde esperava encontrar Berta. Batia-lhe o coração pensando na cólera da menina.

Chegado ao ponto da vereda, onde ficava o fojo* minado pelo Brás, o capanga que desde o princípio descobrira a cilada e a desprezara, sorriu, percebendo as escarchas* da terra gretada pela escavação interior.

Batendo com o pé de champa*, abateu a estiva*, que, desmoronando-se com a camada de barro superposta, rolou pelo barranco abaixo.

Ouviu-se um berro, e o idiota, que desde o romper do dia, acocorado no fundo do desfiladeiro, esperava o corpo do capanga para cair-lhe em cima, fugiu amedrontado, mas sobretudo furioso por lhe ter falhado o ardil armado com tamanha paciência.

Jão tinha gana ao idiota, e prometeu a si castigá-lo. Entretanto, saltou a fenda do despenhadeiro, como por segurança se habituara a fazer desde que descobrira a cilada, e aproximou-se da tapera.

Aí chegou no momento em que Zana via a descoberto o vulto do Ribeiro, assomando na orla do mato.

O grito que soltou a negra, repercutiu na alma do Bugre, como o eco de um som remoto, mas que estrugia ainda a seus ouvidos. O semblante fulvo da louca surgiu diante dele como a figura que tinha gravada dentro da alma, no sombrio painel da morte de Besita.

Seu olhar acompanhou a vista esvairada de Zana e encontrou-se com o espectro, que tantas vezes lhe aparecera durante a noite. A expressão viperina daquele rosto, ele a conhecia; era a máscara que tinha servido, vinte anos antes, na horrível tragédia.

Apoderou-se do capanga uma súbita convulsão. Tremiam-lhe os músculos, como as estipes* da palmeira, açoitadas pelo temporal. Batiam os dentes; e a língua trêmula nem força tinha para balbuciar.

A possante organização parece romper-se aos embates de uma paixão imensa, que se quer precipitar do íntimo, e não acha válvula bastante por onde escape.

À semelhança do monte percutido pelo fogo subterrâneo, que lhe dilacera as entranhas, o corpo robusto e atlético de Jão Fera brande, e vacila até que abra-se enfim uma cratera a esse ímpeto vulcânico.

Durou a crise espantosa todo o tempo que levou Ribeiro a aproximar-se de Berta. A cada passo do facínora, crispava-se o capanga, no afã de colher as forças; mas abatia sobre si, como ao próprio peso se acalca* a massa bruta.

Quando, porém, o Ribeiro já estendia o braço para tocar a menina, tal repercussão ele sentiu, que pulou arremessado como uma pela*, e chofrou o inimigo com o arremesso da águia quando arrebata a presa.

Sufocando na boca do miserável o grito que lhe escapava, arrastou-o para o mais espesso da mata.

Foi este rumor que Berta ouvira de envolta* com a gargalhada estridente de Zana, a qual por uma súbita lucidez reconhecera o capanga, e adivinhara nele o vingador de Besita e o salvador da filha.

Entretanto, Jão Fera, embrenhado na espessura, atirava ao chão o corpo do Ribeiro, quase desfalecido pelo terror e pela constrição formidável dos braços que o arrochavam.

O capanga sacara a faca da cinta, e com o golpe suspenso procurou sofregamente um lugar para ferir, mas de modo que reanimasse com a mais intensa dor, aquele corpo desmaiado sem contudo lhe tirar a vida, que ele queria conservar como um avaro, para sua vingança.

Ao cabo de um instante de hesitação arremessou de si a arma, arquejante aos arrancos daquela sanha. Agachando-se então como um tigre que prepara o salto, com os dentes rangidos e os lábios espumantes, se arremessou em cima do Ribeiro e tripudiou sobre o corpo em um frenesi de selvagem ferocidade.

Quem o visse dilacerando a vítima com as mãos transformadas em garras, pensaria que a fera de vulto humano ia devorar a presa, e já palpitava com o prazer de trincar as carnes vivas do inimigo[20].

Soou perto um brando de horror.

Transido* e estúpido, Jão Fera viu Berta fugindo espavorida daquele sítio, ao qual a guiara o Brás, por uma estulta malignidade. O idiota espreitara a cena anterior, e forjara no seu bestunto aquela vingança.

O furor de Jão Fera transportou-se do cadáver, que já não o podia cevar, ao monstrengo; na sua raiva o teria despedaçado, se este não corresse a abrigar-se sob a proteção de Berta.

A menina, alucinada pelo medonho espetáculo a que assistira, se tinha encostado ao tronco de uma árvore; e a grande custo conseguiu suster o corpinho trêmulo e vacilante.

Foram os gritos de Brás, colhido pela mão do Bugre, que a despertaram. Vendo o perigo iminente do mísero idiota, recobrou um assomo de sua energia e arrebatou a vítima às garras da fera.

Mais prostrada ainda por aquele novo e tão violento esforço, voltou a arrimar-se ao tronco, e ofegante, a desfalecer, abraçou-se com ele para não cair.

Ficara Jão Fera como chumbado ao chão, sem força para fugir, sem coragem para aproximar-se. Afinal, passo a passo, senão de arrasto, avançou:

– Nhazinha! balbuciou com a voz cava e submissa.

Voltou-se a menina em um soberbo assomo de ira:

– Vai embora! Não te quero mais ver! Tu és pior do que fera: és um demônio. Não há sangue que te farte!...

De cabeça baixa, o Bugre, rechaçado por aquele ímpeto de indignação, afastara-se dois passos; mas apenas desviou-se o olhar cintilante da menina, retrocedeu:

– Perdoe, Nhazinha!

– Vai embora! gritou Berta.

Brás, que se agachara aos pés da menina, soltou um grunhir de escárnio. Teve Jão Fera um ímpeto de revolta. Queria suplicar seu perdão.

– Não vou! disse rispidamente.

O talhe de Berta vibrou como uma seta brandida nos ares. Sua mãozinha delicada partiu rápida a haste de um cipó, e com essa vergasta fustigou o rosto de Jão Fera.

Duas lágrimas surcaram as faces do facínora, e lavaram uma gota de sangue que aí borbulhava[21].

12
Despedida

Abriu-se a janela da alcova de Linda.

Assustada e inquieta a menina aproxima-se do parapeito, mas não se anima a debruçar. Com a face unida à ombreira, e o corpinho oculto pelo relevo do portal para que não a vejam dos lados do edifício, alonga o olhar ansioso pelas plantações.

Não tarda a hora do almoço.

É esse o momento em que D. Ermelinda costuma determinar o serviço doméstico. A menina aproveita-o para escapar à vigilância materna, que desde véspera de São João a acompanhava incessante como a própria sombra.

Grande alteração havia sofrido a família depois da festa. O interior da casa, que dantes respirava tão serena alegria, tornou-se triste e sombrio. Em vez da cordialidade que dantes ali reinava, nota-se o afastamento, que isola uns dos outros corações habituados à mútua efusão[22].

D. Ermelinda ainda recalcava no íntimo o segredo que a torturava. Por vezes tentara exprobrar a Galvão aquela mácula do passado; e no momento fugia-lhe o ânimo de que se revestira anteriormente. Uma explicação naquelas circunstâncias podia romper o vínculo que a prendia ao esposo. Temia, pois, rasgar o véu já tão ralo de uma ilusão em que ela ainda se embebia, para refugiar-se contra o desespero.

A inclinação de Linda por Miguel também a fortalecia no obstinado silêncio que persistia em guardar, apesar das insistências de Luís Galvão. Carecia do conselho do marido e da autoridade do pai, naquele árduo empenho de arrancar a filha a uma paixão funesta.

De seu lado, Luís Galvão não vivia menos contrariado e aborrecido. A causa da tristeza de D. Ermelinda não era para ele um mistério; embora a senhora se recusasse a declará-la, tinha ele perscrutado o segredo da súbita mudança.

Combinando certos pormenores, como os remoques* dos camaradas junto à janela, na noite de São João; e lembrando-se que vira D. Ermelinda aproximar-se naquele instante, suspeitou do que havia acontecido; e as alusões que às vezes escapavam à senhora não deixavam a menor dúvida.

Imagine-se quanto não sofreu Luís Galvão, humilhado assim na estima da mulher, ele que sentia-se rebaixado ante a própria consciência, quando recordava aquela vergonha de sua mocidade!

Outrora, se lhe passara pela mente que sua mulher viria a conhecer aquele segredo, havia em sua alma um acerbo constrangimento. Por vezes, quis arredar para longe a Berta, cuja intimidade na casa pelas relações com nhá Tudinha, lhe avivava a cada instante a lembrança de Besita.

Mas Luís Galvão era desses homens que vivem muito à superfície d'alma, onde o contentamento do mundo, os prazeres efêmeros e as impressões do momento formam uma camada que sopita alguma reminiscência mais profunda.

Ao cabo de algum tempo, a presença de Berta já não lhe despertava nenhuma triste recordação; ao contrário, produzia nele uma doce emoção. O aspecto dessa gentil menina, retrato vivo de sua mãe, refloria para ele as rosas da sua mocidade.

Toda a tristeza de seu amor por Besita ficava no fundo d'alma como um sentimento, e só flutuava a suave fragrância daquele afeto da juventude.

Às vezes, contudo, pensando no futuro daquela menina, um remorso o pungia; bradava-lhe a consciência que um meio ainda lhe restava, um único, de expiar seu crime: era resgatar o abandono da mãe pelo amor da filha.

Em véspera de partir para Campinas, impressionado um momento com os pressentimentos de D. Ermelinda a propósito de tocaias, escreveu ele seu testamento reconhecendo Berta. Fora esse o papel esquecido, à cata do qual voltou a pretexto de amostras, levando-o consigo para fazê-lo aprovar por um tabelião.

Essa resolução serenara de todo seu ânimo; e o remordimento* que às vezes o confrangia ia de todo aplacar-se quando sobreveio a ocorrência da noite de São João perturbar, não somente o sossego de seu espírito, como a calma felicidade de sua mulher.

Nestas circunstâncias reconhecia Luís Galvão que só havia um meio de resolver a crise: era confessar o fato à sua mulher, franca e lealmente; mostrar-se a ela qual fora, e reconquistar a sua estima pela sinceridade dessa confissão, que exprimia o seu arrependimento.

Mas também ele hesitava no momento de provocar a declaração; e retraía-se vivamente, receoso de que essa revelação cavasse entre a mulher e ele o abismo da separação eterna.

Assim ansiavam por uma explicação, que os aterrava a ambos; e por isso evitavam-se, temendo que uma palavra escapa os arrastasse ao precipício onde podia se despenhar a paz e a ventura de sua mútua existência.

A estes motivos de mágoa e desgostos acrescia a lúgubre impressão, que tinham deixado o incêndio do canavial e as atrocidades de Jão Fera.

Todos o acusavam, exceto Luís Galvão, que lhe devia a existência; mas calava-se a respeito dos sucessos da noite fatal.

Nestas circunstâncias lembrara-se Luís Galvão de propor à mulher uma viagem à Corte; e ela aceitara com fervor a ideia. Deixar as Palmas era um meio de escapar à tirania das pungentes recordações, e de afastar Linda de Miguel.

Ouvindo na véspera à noite o anúncio da viagem, a moça, cujo coração pressentia a oposição da mãe à sua escolha, compreendeu toda a extensão de seu infortúnio.

Ansiosa, pois, esperava Miguel, que havia uma semana, depois de São João, furtivamente vinha todas as manhãs até à cerca da horta para vê-la por entre as árvores.

Nessa manhã, avistando-o de longe, Linda correu ao quintal, e trêmula aproximou-se da cerca, além da qual se ocultava o moço. Ali, defronte, um do outro, os dois amantes não se animavam a quebrar o silêncio, nem mesmo a se olhar.

– Linda!... murmurou o moço afinal.

– O senhor não sabe? interrompeu a voz trêmula da menina. Vamos para o Rio de Janeiro.

– A senhora?... exclamou o rapaz sucumbido.

Linda soltou uma exclamação de susto. D. Ermelinda, vendo a filha passar, a acompanhara e surpreendera os dois amantes.

Não se irritou a senhora, que viu a aflição pintada no rosto da filha.

Ao contrário, abraçando-a com ternura, chamou a Miguel, o qual procurava esconder-se à sua vista. Aproximou-se o moço, pálido e confuso, para ouvir estas palavras pronunciadas com um tom de meiga severidade:

– Diga adeus a Linda, Miguel; mas para sempre! Ela não pode pertencer-lhe!...

O moço abraçou Linda e partiu soluçando. A menina escondeu o pranto no seio da mãe, que a furto* enxugava os olhos.

13

*O congo**

A cidade da Constituição, outrora vila da Piracicaba, assenta nas rampas de uma colina que se eleva à margem do rio.

No centro, e sobre a esplanada, fica a Praça da Matriz, cercada por bons edifícios, entre os quais a veneração do povo aponta, como relíquia histórica, a vasta casa que foi de Costa Carvalho*, o ilustre Marquês de Monte Alegre.

Fronteira à matriz, modesta igreja de uma torre, está a casa da Câmara, construída ao uso antigo, com seu campanário no meio e as enxovias* ao rés do chão, inteiramente isolada dos outros edifícios.

Era domingo; e havia na vila rebuliço de festa.

Pelas ruas, de ordinário soturnas e ermas, passavam ranchos de gente a pé e grupos de cavaleiros que acudiam à função. Às vezes era algum carro de bois, coberto com esteiras e atopetado de moças, crias e mucamas, que atroava os ares com o chio estridente.

Pouco mais de nove horas havia de ser. Uma canoa acabava de abicar* à ribeira junto à ponte, e dela saltavam nhá Tudinha, Berta e Miguel, que também vinham atraídos pela festa.

O rancho subiu a ladeira que vai ter ao Largo da Matriz. Miguel, triste e abatido, investigava com um olhar de desânimo as janelas das casas. Berta a furto* observava-o com uma expressão de terno ressentimento.

No trato dos dois moços entre si havia agora certo constrangimento. Miguel acusado severamente pela própria consciência de ter mentido a seu primeiro amor e talvez que ligado ainda por esse elo que de todo não se rompera, fugia de conversar com Berta.

Na melancolia da menina e nos quebros* de seus olhos negros, parecia-lhe sentir um ressumbro de meiga exprobração, que infiltrava-se dentro d'alma e somente exalava nalgum momento de cisma* ou descuido.

Por isso, Berta evitava também a companhia do moço, receosa de trair a mágoa de seu coração. Bem desejava ela consolar Miguel, a quem D. Ermelinda cortara em flor a esperança de sua vida; mas temia que lhe escapasse nessa efusão o segredo de sua melancolia.

Nhá Tudinha, sempre contente e prazenteira, não desmentia a sua habitual agilidade. Caminhava adiante, garrulando sem cessar e voltando-se a cada instante para chamar a atenção dos dois moços a propósito de suas observações.

Atravessando o Largo da Matriz, os olhos de Berta, volvendo a esmo, caíram sobre a fisionomia de Jão Fera. Sobressaltou-se a menina, e seu primeiro movimento foi acenar ligeiramente com a mão, chamando o capanga.

Depois do castigo que em um ímpeto de indignação lhe infligira, nunca mais Berta vira o Bugre, que desaparecera de Santa Bárbara. Passados alguns dias e desvanecida a impressão da cena medonha a que assistira, sua alma embebeu-se dos eflúvios da piedade; e ela tinha dó quando lembrava-se da humildade com que Jão Fera sofrera uma punição tão cruel para seus brios.

Vendo ao capanga depois de tantos dias, cedeu, no primeiro assomo, a um impulso de bondade e chamou-o. Porém logo apercebeu-se de seu equívoco. O rosto de Jão Fera lhe aparecera, mas por entre os varões de ferro da enxovia*, em que a princípio não reparou.

Acabrunhado pelo desprezo da menina, sentindo que se tornara para ela objeto de asco e horror, o facínora veio a Piracicaba e entregou-se à prisão. Desde o dia da morte do Ribeiro, estava ele encarcerado na cadeia da vila.

Compenetrando-se da realidade e reconhecendo a impossibilidade em que estava Jão Fera de acudir a seu chamado, e o perigo que o ameaçava, curvou a menina a fronte com um gesto de mágoa e resignação.

Foi rápido este incidente e ocorreu durante o trajeto da família pela face lateral da cadeia até a próxima rua cuja esquina dobrou.

Nas horas mais quentes do dia amainou o rumor da festa para recrudescer ao cair da tarde, quando todas as janelas se atufaram de moças e a massa do povo se apinhou pelos cantos das ruas.

Ao repique de sinos e estrondo dos rojões, desfilava pelo Largo da Matriz a luzida cavalgada do Congo, precedida por um terno de rabecas e frautas, que compunham a banda de música.

Adiante vinham o rei e a rainha do Congo, montando soberbos cavalos ricamente ajaezados, e trajando custosas roupas de veludos e sedas. Seguiam-se os cavaleiros e damas da Corte, que não ficavam somenos* aos soberanos do imaginário reino africano.

Fazia de rainha Florência, que nesse dia triunfava sobre a rival, a mucama Rosa. O rei era o pajem de um ricaço da vizinhança; e todos os outros personagens, cativos das fazendas próximas.

O luxo que ostentavam fora pago, parte com as suas economias, e parte com dádivas dos senhores, cuja vaidade se personificava nos próprios escravos. Cada um desses ricos fazendeiros se desvanecia da admiração que sentia o povo pelas roupas vistosas que traziam galhardamente seus pajens, e pelos soberbos cavalos fogosos que eles meneavam com certo donaire*.

No meio das figuras, vestidas à antiga e de fantasia, saltavam outras, cobertas ou antes erriçadas da cabeça aos pés com os molhos de um capim duro e híspido. Agitado pelo contínuo movimento, produzia essa croça* verde um vivo sussurro, ao qual respondiam os chocalhos de latas e as cabaças, que tangiam os pretos assim mascarados.

Esse resquício dos folgares e danças dos índios Caiapós dava à festa africana uns ressaibos americanos, que faziam inteiro contraste com as galas e louçanias emprestadas pela moda europeia, ou pelos usos do Oriente.

De ordinário costumam as pretas fazer a sua folgança do Congo nas proximidades do Natal; mas nesse ano não a tinham podido aprontar para aquele tempo.

Quando passava a cavalgada pela casa onde estava a família de Luís Galvão, Rosa mordeu-se de inveja ao avistar Florência, repimpada no melhor cavalo de D. Ermelinda, com a trunfa* riçada, um diadema na testa, e o régio manto escarlate roçagante pela anca do lindo ginete.

Nesse instante lamentou ser mucama, condição que a sujeitava a certo recato, e a privava, portanto, de tomar parte no folguedo. Como preta da roça teria outra liberdade; e ninguém lhe disputaria por seguro o título de rainha.

Linda, que via distraidamente passar a cavalgada, de repente estremeceu. Descobrira defronte, na calçada, Miguel ao lado de Berta; e o ciúme lhe mordeu o coração. A amiga, apesar do afastamento a que a obrigava a severidade de D. Ermelinda, lhe fizera um gesto de adeus; mas ela voltou o rosto para não corresponder àquela mostra de amizade.

Compreendeu Berta o que sentia Linda; e insensivelmente arredou-se do moço[23].

14
Confissão

Afonso, apenas avistou Berta, afastou-se da janela onde estava com a família, esgueirou-se por entre a multidão.

– Berta!... psiu!... disse ele chegando-se à menina.

– Olhe D. Ermelinda!

– Ela não me enxerga, retorquiu o rapaz escondendo-se atrás de uma pinha de gente.

– Não tem medo?... E se ela ralhar com você? acudiu Berta atirando-lhe um remoque.

– Então sou alguma criança! disse o rapaz ferido nos brios, e realçando a estatura para afirmar sua hombridade.

– Mas não é capaz de fazer uma coisa contra a vontade de sua mãe! redarguiu Berta com o mesmo chasco*, para excitar o amor-próprio do camarada.

– Pois eu lhe mostro! respondeu Afonso com ar decidido, e adiantou-se para afrontar as vistas de D. Ermelinda.

Sorriu Inhá, que voltando-se para o moço, ocupou-se em travessear* com ele, como outrora costumava.

Não tinha outro modo senão este de apagar no espírito de Linda o ciúme que a traspassara.

– Como está Linda? perguntou a menina depois de algum tempo consumido em gracejos. Ainda se lembra de Miguel?

– Não sei!... respondeu Afonso constrangido.

– Teve ordem!... acudiu Inhá assistindo no remoque* anterior.

– Não vê como anda triste!

– Então ela sempre quer bem a Miguel?

– Sempre!

– Preciso falar com ela! Como há de ser?

Nesse instante um Caiapó* de alto porte e compleição robusta, separado do bando que já ia longe de envolta* com a cavalgada, atravessando a rua, parou defronte dos dois moços e afincou-se a observá-los.

De repente saltou em frente de Afonso e ouviram-se estas palavras, que rompiam da croça* espessa, como da brenha* escapa o rugido da fera:

– Teu pai matou a mãe dela; tu queres matar a filha; é duas vezes![24]

Desde alguns momentos o olhar de Luís Galvão descobrira da janela fronteira o filho a falar com Berta, e não se arredara mais do grupo. Aquele quadro brilhante da juventude, borrifado com os sorrisos de alegria e perfumado com as fagueiras primícias do coração, despertavam nele reminiscências tão suaves, dormidas no fundo da lama!

Lembrava-se das festas de outrora, quando era moço como o filho, e ali, na mesma vila de Piracicaba, tantas vezes escapulia da família para seguir o rancho de moças onde ia Besita, e à sorrelfa* apertar-lhe a mão, ou trocar uma palavra balbuciada a medo.

Para mais avivar as cores a essa tela da mocidade, que os anos tinham desbotado, ressurgiam aí diante de seus olhos as próprias figuras do gracioso painel; ele retratado na pessoa de Afonso; ela, revivendo na gentileza de Berta.

A D. Ermelinda não escapara essa distração; acompanhando a direção do olhar e reparando na expressão de ternura e enlevo que se derramava na fisionomia do marido, sobressaltou-a nova e mais cruel suspeita. À infidelidade do passado acrescentaria Luís Galvão a perfídia no presente?

Não teve tempo a desolada senhora de sondar esse novo abismo de dor que se rasgava em sua alma, já tão atribulada.

Mal lançara a Afonso o dito misterioso que lhe prorrompeu dos lábios, o Caiapó travando com irresistível impulso do braço do moço, arrancou-o do lugar onde estava e trouxe-o até junto da janela de D. Ermelinda.

Aí, afrontando-se com Luís Galvão, apontou para o filho, e proferiu estas palavras, obscuras como as outras:

– Teu sangue mau quer matar teu sangue bom! Toma cautela!...

Com pasmosa rapidez passara essa cena estranha. Ainda não se desvanecera o espanto por ela causado nos assistentes, que já o Caiapó havia desaparecido entre a multidão, sem que fosse possível indicar por onde se fora.

Ao mesmo tempo soava grande rumor na Praça da Matriz; e magotes de povo a correr pelas ruas deixavam entre o vozeio soturno da turba estas vozes repassadas de pânico terror, que retalhavam o burburinho como correntes vivas a sulcarem um brejo:

– Arrombada a cadeia!...

– Assalto na vila!

No meio do susto produzido por este boato, o povo se dispersou, pondo termo à festa.

Entretanto, o subdelegado em companhia de alguns cidadãos mais animosos dirigia-se à cadeia para verificar o fato, divulgado pela voz pública.

Havia exageração na notícia: dera-se apenas a fuga de um preso, que arrancara por um esforço desesperado um varão da enxovia; e aproveitando-se da distração da sentinela no momento de passar a cavalgata, saltara na rua, arrebatara a um Caiapó a croça* de capim, e perdera-se na turbamulta.

Meia hora depois, Luís Galvão com a família voltava a Santa Bárbara.

D. Ermelinda que insistira em ver a festa, na vaga esperança de quebrar o enleio* no qual viviam ela e o marido desde a noite de São João, se obstinara em voltar para as Palmas naquela mesma tarde.

A cena da janela e o dito misterioso do Caiapó tinham produzido nela tão profundo abalo, que já não podia conter as sublevações da sua dignidade de esposa, indignamente ultrajada por quem mais a devia zelar.

Era urgente e indeclinável a explicação, que ela retardara por melindre de sua alma e pela natural esquivança que sente-se em dissipar por todo o sempre a doce ilusão da felicidade.

Apressando o cavalo, D. Ermelinda transpunha a distância que ainda a separava de casa. Afonso galopava ao lado de sua mãe, enquanto Luís Galvão e Linda vinham após largo intervalo, ao passo moderado dos animais.

Terminava o crepúsculo; mas a lua assomando no horizonte coava o seu lívido clarão através da morte-cor*, que o dia expirante ia deixando pelos ermos.

Emudecera o hino da tarde, repassado de ternas melodias, e a Natureza, a máxima e sublime orquestra, preludiava a elegia da noite. O primeiro grilo soltava o estrídulo; e o seio da floresta agitada pela viração da noite, arfava ao ofego* de um gemido plangente.

À beira da estrada via-se um vulto negro, que de longe afigurava-se urna* de algum bugre, esquecida à flor da terra. Ao tropel dos animais o vulto ergueu a cabeça. Era Zana. Soltando um grito de espanto, arrojou-se à frente do cavalo de Afonso, e estendeu as mãos súplices:

– Pelo amor de Deus, nhô Luís!... Não faça mal a Nhazinha!... Da outra vez ela chorou tanto! E depois veio o marido e matou Nhazinha!... Por vida de seu pai, nhô Luís!... Eu lhe peço de joelhos!

A mísera negra, na sua alucinação, remontava o curso da existência, e revivia o tempo já passado, quando Luís fora mancebo que representava agora seu filho Afonso.

Ao aproximar-se da cena, ainda ouviu o fazendeiro as últimas palavras de Zana, e estremeceu; mas revoltando-se afi-

nal contra essa fatal obsessão que depois de quinze dias o arrastava de humilhação em humilhação, decidiu romper de uma vez o segredo que o acabrunhava.

Ao olhar cheio de ânsia da mulher, respondeu indicando os filhos com um olhar expressivo.

– Vão seguindo! disse para Afonso e Linda.

Fez um gesto à mulher, e tomou para a tapera que ficava a algumas braças* da estrada. D. Ermelinda o seguiu transida de emoção até a frente da casa em ruínas.

– Foi aqui!... balbuciou a voz trêmula de Luís.

15
A enjeitada

Dois dias decorreram depois da festa do Congo*.

Jão Fera derreado a um tronco de árvore, no mato que cerca a tapera, espreita a chegada de Berta. A menina o tinha chamado, quando o avistara na enxovia; e ele que se fora entregar para fugir ao seu desprezo acudiu prontamente. Desde a véspera a esperava naquele sítio.

Não deixava, porém, o capanga de nutrir receios a respeito do modo por que Berta o acolheria. Talvez aquele gesto lhe escapasse sem ela o sentir; e agora tornando a vê-lo crescesse o horror que lhe inspirava depois das mortes por ele perpetradas. Nesse caso voltaria para a prisão.

Acabava de fazer ainda uma vez esta reflexão quando ouviu crepitarem as folhas sob o passo ligeiro de Berta, que atravessou o terreiro com alvoroto, e correu para Zana acocorada junto à parede.

A louca recebeu a menina com viva efusão de contentamento, que se manifestava em gritos inarticulados e gaifonas* de toda a sorte. Sôfrega, não esperou Berta que passasse aquela expansão; travando das mãos da preta e cravando nela os olhos como se pudesse perscrutar-lhe a consciência, exclamou com ansiedade:

– Minha mãe, Zana!... Você não se lembra dela?... De minha mãe!...

Tartamudeou a louca sons incompreensíveis, e sua fisionomia embotou-se*, tomando a expressão pasma e fixa, que lhe imprimia uma imobilidade quase marmórea.

Acaso já conhecia Berta o segredo de seu nascimento, ou aquilo era apenas uma suspeita, inspirada pelas palavras misteriosas do Caiapó?

Eis o que havia ocorrido[25]:

Aí em frente da tapera, ao morno clarão da lua, começara Luís Galvão na noite da festa a fazer a sua mulher a confissão plena da aventura de que fora teatro aquele sítio, e ele o triste herói.

Não ocultou a mínima circunstância; referiu tudo: a sua repugnância de casar com Besita por ela ser pobre; a intenção pérfida com que a requestara; a cilada de que serviu-se para surpreender a fidelidade de esposa; e ultimamente o abandono e esquecimento em que a deixou.

Que esforço não foi preciso para sobrepujar o vexame dessa revelação? Queimava-lhe as faces o rubor; a voz estrangulava-se; mas consumou esse grande ato de contrição que devia remir sua alma.

Quando chegaram a casa, D. Ermelinda sabia tudo. As lágrimas e soluços que tragou em silêncio; as ânsias e desesperos que recalcou no peito, ninguém os viu. Mas a manga de seu roupão que ela mordia para não deixar escapar o grito, ficou despedaçada.

Apeando-se, correu a seu quarto e trancou-se. Luís Galvão compreendeu que ela devia sofrer, e respeitou aquela dor santa, não a importunando com banais consolações. Acendeu um cigarro; e velou o resto da noite fumando.

Na manhã seguinte cada um dos dois consortes, pálido, como espectro que abandona o túmulo, viu refletir-se no outro a desolação que em si produzira aquela noite fatal.

D. Ermelinda chegou-se com um triste, porém meigo sorriso, e apertando a mão do marido, murmurou-lhe ao ouvido:

– Meu amigo, é preciso reconhecer a sua... a nossa filha!...

Arrasaram-se de lágrimas os olhos de Luís, que apertou estremecidamente a mulher ao coração, erguendo os olhos ao céu.

– Que santa me deste tu, meu Deus, a mim que não mereço!

Logo depois do almoço, D. Ermelinda foi à casa de nhá Tudinha e pediu-lhe que preparasse Berta para a revelação que o pai ia fazer-lhe de seu nascimento. Com o tato de mulher e mãe quis a boa senhora poupar à enjeitada a dor que havia de curtir se viesse a conhecer a desgraça de Besita.

Imaginou pois um meio delicado de revelar a lúgubre história. Besita casara com Luís às ocultas, por causa da oposição do velho Galvão. Morrendo a moça, e casando Luís pela segunda vez, acanhou-se de confessar a D. Ermelinda que era viúvo e tinha uma filha. Por esse motivo fora Berta criada como uma estranha em casa alheia.

Eis o que ideara D. Ermelinda, e o que nhá Tudinha, contente pela ventura da menina, mas desconsolada de perder aquela filha, repetiu nessa mesma tarde. As perguntas e instâncias que sucederam à surpresa de Berta, apenas arrancaram da viúva a declaração de que Besita morava outrora na tapera com Zana, sua escrava.

Uma voz íntima dizia a Berta que muita coisa lhe ocultavam da história de sua mãe; e era este segredo que ela buscava escrutar no cérebro enfermo da negra, onde sabia, que estava sepultado.

Desde muito tempo tinha ela o pressentimento, de que o terrível drama representado pela estranha mímica da louca, se prendia à existência dela, Berta, por um fio misterioso. Agora tinha a certeza.

Cheia de ânsia, em face da negra esfinge que emudecia, lançou a menina em torno um olhar de desespero, e avistou Jão Fera a alguns passos.

Teve um assomo de alegria e correu para o capanga; mas recuou horrorizada, e balbuciou apontando para as mãos suplicantes que lhe estendia o Bugre:

– Não me toques. Tuas mãos têm sangue!…

Caiu de joelhos o facínora, e assim, arrastando-se até os pés de Berta, murmurava:

– Por piedade, Nhazinha!… Nunca mais!…

Ergueu a menina a fronte resplandecente, como se a cingisse a auréola da caridade.

– Tu juras?… Tu juras nunca mais fazer mal a ninguém?

– Juro.

Tirou Berta do seio a cruz presa com o bentinho* ao cordão de ouro; e o Bugre a beijou repetindo o juramento. Depois sacou as armas da cinta, e arremessou-as longe de si.

Nesse instante Zana que descobrira Jão atirou-se para beijar-lhe as mãos com fervor; e apanhando a faca, procurou prendê-la entre os dedos do Bugre.

– Não careço mais, Zana!… Ela está vingada. Posso morrer!

Esta cena despertou no espírito de Berta uma recordação. Acudiram-lhe as palavras do Caiapó* na festa da vila:

– Jão, tu conheceste minha mãe!

– Quem lhe disse, Nhazinha?

– Conta-me como ela morreu!

– Não…

– Conta! Eu quero!

Referiu o Bugre com a voz trêmula e o seio opresso a história de Besita desde que a conhecera até o momento em que a tinha perdido para sempre. Não disse ele se tinha amado a moça; mas na palavra balbuciante Berta lhe sentia palpitar o coração aos ímpetos da paixão imensa.

Quando terminou essa dolorosa narração, Berta que a ouvira com um respeitoso silêncio, apenas cortado pelo contínuo soluço que fazia arfar-lhe o seio, alçou ao céu os olhos cheios de lágrimas.

– E ele é meu pai!...

Depois erguendo-se de um ímpeto, e apertando as mãos grosseiras do Bugre:

– Não! Não!... exclamou ela. Meu pai és tu, que me recebeste dos braços de minha pobre mãe, com seu último suspiro. És tu, que a adoravas, como a uma santa; e quando ela deixou este mundo, não tiveste no coração outro sentimento mais, senão ódio a todos, menos a mim, que te lembrava ela. Oh! Eu compreendo agora, Jão, o que te fez mau!... Mas fiquei eu neste mundo, em lugar dela, para fazer-te bom!...

Falando assim, com sublime exaltação Berta abraçou o Bugre, que sentiu-se tomado de uma vertigem, e tropeçando agarrou-se à parede para não cair[26].

16

*Alma sóror**

Descamba o sol.

Berta sentada à sombra do oitão* da casa de nhá Tudinha, deitou sobre os joelhos a camisa que estava cosendo para Jão, e embebe no azul diáfano do horizonte um olhar profundo, coalhado de lágrimas.

A seus pés, Zana agachada na esteira, contempla extática o rosto da menina; e de vez em quando o prazer íntimo que ela sente, derrama-se em sua fisionomia, e banha-lhe o rosto de um riso baço.

Ao lado, o Brás contempla Til com surda inquietação, que se trai a espaço pela contração dos músculos faciais e pela extrema mobilidade da pupila espantada.

Algumas braças distante, Jão curvado sobre a enxada, carpa a terra preparando as leiras* para a plantação do feijoal. De vez em quando para um instante, enxuga com a manga da camisa o suor abundante que lhe escorria da testa, e sopra os calos de que o trabalho já lhe encruou as mãos. Nessa ocasião crava com desassossego um olhar em Berta.

Miguel assomou à porta da casa, e desprendendo-se do estreito abraço em que o cingia a mãe lacrimosa, dirige-se para o lugar onde estava a menina.

Importantes acontecimentos tinham passado na última semana decorrida depois da confissão que Luís Galvão fizera à sua mulher.

Berta recusou obstinadamente reconhecer Luís Galvão como seu pai. A todos os rogos e instâncias respondia com um meigo sorriso:

– Não acredito, estão me enganando; meu pai é Jão. Foi ele quem teve dó de minha mãe, e quem me criou!... Não tenho outro senão ele!

Assim em compensação de tantas míseras crianças abandonadas por aqueles que lhes deram o ser, houve então um pai enjeitado.

Muitas vezes Luís Galvão insistia em reconhecer a filha e levá-la para a sua casa, onde acharia em D. Ermelinda uma terna e boa mãe:

– Mãe, dizia Berta, não quero outra senão aquela que me está esperando no céu. Mas há uma coisa que me faria muito feliz. Esse lugar que não pode ser meu, eu dou a Miguel. Ele quer tanto bem à Linda!...

Não teve Luís Galvão coragem para resistir ao pedido de Berta. Parecia-lhe que assim cumpria um voto de Besita. D. Ermelinda condescendeu prontamente com o desejo do marido, ansiosa por vê-lo restituído à sua tranquilidade e arrependida da confissão que provocara.

Combinou-se que Miguel iria estudar em São Paulo; e dois anos depois se efetuaria o casamento naquela cidade para onde a família devia partir logo.

E quem sabe se voltaria mais às Palmas?

Chegara a véspera da partida. Miguel fora despedir-se da mãe para seguir lá pela madrugada com a família a caminho da capital. Luís Galvão lhe pedira ainda uma vez empregasse todos os esforços para resolver Berta a acompanhá-los.

O moço ao chegar anunciara sua intenção de levar Berta, e daí o desassossego que transparecia no semblante do Bugre, e no olhar do idiota, confiado à guarda de nhá Tudinha durante a ausência do tio.

Dirigiu-se Miguel a Berta e apertou-lhe ambas as mãos.

– Então, Inhá?...

E seu olhar exprimia uma súplice interrogação. A menina moveu lentamente a gentil cabeça.

– Fica?

– É preciso, Miguel. Quem há de consolar sua mãe?

– Coitada! murmurou o moço.

E afastou-se da casa para não ouvir os soluços de nhá Tudinha. Berta o seguiu.

Por algum tempo caminharam os dois em silêncio, par a par escutando as emoções que falavam dentro d'alma opressa. Uma lágrima tremia-lhe nas pálpebras prestes a estalar.

– Se você tivesse querido, Inhá, disse timidamente Miguel, poderíamos ser tão felizes!...

– E você não é, Miguel? perguntou Berta fitando nele um olhar melancólico.

– Sou! respondeu o moço com um suspiro.

Houve um novo e longo silêncio. Foi Miguel quem outra vez rompeu:

– Meu sonho era viver aqui nesta casa onde nasci, com minha mãe e você, Inhá. Por muito tempo sorriu-me esta doce esperança; mas você não quis!

– Não diga isto, Miguel! exclamou Berta com a voz afogada em lágrimas.

– Quem me separa destes lugares e talvez para sempre?

Curvou Berta a cabeça e balbuciou:

– Lembre-se de Linda!

– Lembro-me daquela que foi companheira de minha infância, com quem folguei os primeiros anos da vida, e cuidei que havia de repartir minha pobreza e humildade. Quantas vezes supliquei a Deus que nos conservasse unidos sempre, e esquecidos aqui neste canto do mundo. Mas ela tomou para si unicamente a existência tranquila e feliz que eu pedia para ambas, e aparta-me de si para longe!

– Miguel!...

Olhares ansiosos seguiam Berta, que afastava-se lentamente de Miguel na direção das Palmas.

Jão, vergado sobre o cabo da enxada e agitado por veemente comoção, parecia despedir-se de si, para se precipitar aos pés da menina. Brás, cavado o semblante por violentas contorções, arrancava os cabelos da grenha ruiva, e mordia o beiço para não gritar. Zana estendia os braços hirtos, e no afã de alcançar Berta e apertá-la ao seio, rojava-se pela grama.

Miguel falava com fervor, e a fronte gentil da menina pendia com lânguida e meiga inflexão, como nenúfar* que se debruça à beira do regato e não tarda a ser levado pela corrente que o enamora.

Afinal o moço enlaçou com o braço a cintura da menina, e a atraiu sem que ela lhe opusesse a mínima resistência. Pousando a cabeça trêmula no ombro de seu companheiro de infância, deixou-se Berta levar, embalada por um sonho fagueiro.

Cortou os ares um grito de angústia. Brás caíra ao chão como fulminado, e estrebuchava em uma violenta convulsão, soltando uivos estridentes.

Berta desprendeu-se dos braços do moço:

– Não, Miguel. Lá todos são felizes! Meu lugar é aqui, onde todos sofrem.

E rompendo o doce enlevo que a prendia um momento antes, soluçou:

– Adeus!...

Correu então para o mísero idiota e sentando-se na grama para deitá-lo ao colo, ocupou-se em afagá-lo.

Quando moderou o acesso e que ele pôde ouvi-la, falou-lhe com profunda comoção:

– Eu sou Til!... Til só!...

Compreendeu Brás a significação destas palavras, e adivinhou quanta sublime abnegação exprimiam elas?

Nesse instante Miguel voltou-se além, na extrema do caminho onde ia sumir-se, e a brisa trouxe um eco de sua voz:

– Adeus, Inhá!...

Os lábios de Berta murmuraram frouxamente:

– Para sempre!

Jão de pé em face dela esmagava com os punhos as bagas* que lhe saltavam dos olhos; enquanto o peito lhe estertorava com o pranto que tentava sufocar.

Berta pousou nele o seu brando olhar e disse-lhe com um sorriso:

– Vai trabalhar, Jão!...

Entrou em casa para consolar nhá Tudinha; e instantes depois se restabeleceu a cena plácida e melancólica do começo da tarde.

Quando o sol escondeu-se além, na cúpula da floresta, Berta ergueu-se ao doce lume do crepúsculo, e com os olhos engolfados na primeira estrela, rezou a Ave-Maria, que repetiam, ajoelhados a seus pés, o idiota, a louca e o facínora remido.

Como as flores que nascem nos despenhadeiros e algares*, onde não penetram os esplendores da natureza, a alma de Berta fora criada para perfumar os abismos da miséria, que se cavam nas almas, subvertidas pela desgraça.

Era a flor da caridade, *alma soror**[27].

Notas

Primeiro Volume

Capítulo 1

1. Como geralmente acontece nos capítulos iniciais de romance, este estabelece o perfil médio de três elementos básicos para a significação geral da estória: o estilo, a ambientação e as personagens. Os três aspectos acham-se interligados. O estilo será basicamente associativo, estabelecendo contínuas relações entre coisas diferentes, sobretudo por meio de metáforas, comparações e símiles. Neste primeiro parágrafo, o texto diz que as personagens se achavam na "flor da beleza". Trata-se de metáfora, porque se compara implicitamente a idade deles (termo real) com o viço da flor (termo ideal).
2. Aqui, o estilo associativo manifesta-se por meio de comparação, porque os conectivos entre o termo real (viço da saúde) e o ideal (açucena escarlate) são explícitos: "mais que".
3. A personagem é apresentada como sinal da criação: *flor no regaço daquela natureza luxuriante*. Trata-se ainda de metáfora. Além de caracterizar o estilo densamente figurado do romance,

essa imagem indica a condição conceitual da personagem central na estória. Ela será entendida como um prodígio das forças naturais. O parágrafo exemplifica também a integração entre personagem e ambiente.

4. Aqui, o estilo associativo manifesta-se por meio do símile. Trata-se de um tipo de comparação em que o termo ideal (*borboleta*) recebe tratamento prolongado. Os pormenores oferecidos sobre esse elemento acabam por caracterizar *companheira*, que é o termo real do processo comparativo.
5. Tal como a menina e Miguel, apresentados anteriormente, Jão Fera será personagem essencial ao desenvolvimento da estória. Sua descrição nos parágrafos antecedentes contém elementos tradicionais da descrição de um tipo social. Aos poucos, ele se converte em tipo psicológico, porque apresenta indecisão de caráter. O desenvolvimento da trama deixa claro que se trata de personagem composto conforme o arquétipo do monstro angelical.

Capítulo 2

6. A esta altura, fica claro que a personagem feminina e quase infantil, cujo nome ainda não se revelou, possui poderes excepcionais, que aos poucos vão se revelando.
7. É primeira vez que a personagem, que fornece título ao romance, é chamada por um nome. Seu verdadeiro nome só aparecerá no capítulo 11, p. 99 do romance.

Capítulo 3

8. Até aqui, a personagem tem sido descrita por vários ângulos. A imagem deste parágrafo (*diamante*), retomando vários aspectos, sintetiza a natureza polissêmica da menina, cujo verdadeiro sentido vai se revelando aos poucos – até se converter numa alegoria ou metáfora distendida.

Capítulo 4

9. Este capítulo introduz o ambiente sociocultural da estória. Até aqui, as cenas se desenrolaram em ambiente propriamente natural. Agora, apresenta-se a fazenda a que pertencem aqueles quadros naturais. Ao historiar a origem da Fazenda das Palmas, o texto incrusta sua existência em rápido esboço histórico do surgimento do Estado de São Paulo.
10. Observe-se a descrição estereotipada da Fazenda das Palmas. Apesar das dimensões sólidas e tranquilas, há um mistério no passado dessa propriedade. Esse mistério dá origem ao núcleo da trama ficcional do romance. Consultar p. 24 e pp. 33-39 da "Apresentação" ao presente volume.
11. Apesar de intensa pesquisa da equipe encarregada do presente volume, não foi possível encontrar o significado preciso do vocábulo *curiau*. Foram consultados dicionários anteriores a Alencar, de seu tempo e posteriores a ele. O contexto conduz à ideia de que se trata de uma ave noturna, o que remete à ideia de *curiango* ou *bacurau*. Embora caibam na frase, tal sentido não se concilia plenamente com a ideia de *guincho*, ruído com que se manifesta o animal. Por outro lado, observe-se que em seguida aplica-se o verbo *estrugir* para a voz da mesma criatura. Como se sabe, este último verbo significa *vibrar com força, estrondear ou retumbar*. Independentemente do significado lógico do período, não se pode ficar insensível à força de sua significação artística, associada aos efeitos da imprecisão noturna. Imagens sonoras e visuais se misturam para compor a dúvida da personagem. Da janela de sua casa, ela procura interpretar a incerteza de ruídos e formas que se perdem na noite.
12. Surge aqui a primeira nota de mistério, que caracteriza o romance como narrativa de suspense. O desenvolvimento do diálogo que se inicia a seguir indica a existência de um plano de traição. A partir daqui, toma corpo o arquétipo do romance de vingança. Consultar pp. 19-21 da "Apresentação" ao presente volume.

Capítulo 5

13. Além do nome, a personagem Jão Fera é descrita nesses parágrafos como animal de franca ferocidade. Nesse sentido, sua relação com a menina da estória o aproxima da personagem Quasímodo, do romance *Corcunda de Notre Dame*, de Victor Hugo. Ambos, com variações, exploram o arquétipo da Bela e a Fera. Todavia, convém observar que Jão Fera não se define exatamente como fera.
14. Como se vê pelo glossário do presente volume, *rebuçado* quer dizer *embuçado*, disfarçado com máscara. Não só a máscara, mas o próprio nome do rebuçado revela dupla identidade, como se verá pelo desenvolvimento da estória. Essa personagem pertence ao núcleo inicial da trama, no passado.

Capítulo 6

15. A habilidade e astúcia de Jão Fera seria mais ou menos a mesma com que Alencar reveste a personagem Peri, de *O Guarani*. Embora se comporte até aqui como vilão, Jão Fera possui os atributos típicos dos heróis das narrativas de aventura, o que vale em parte para *Til*.
16. Observe-se que, sendo, conforme se insinua, assassino profissional, Jão Fera mostra dúvida quanto ao desempenho da tarefa para que fora pago. O Príncipe Hamlet também mostra dúvida no cumprimento de sua vingança. Nesse sentido, ambos, guardadas as devidas proporções, são heróis problemáticos.

Capítulo 7

17. Observe-se a mudança de cena. No capítulo anterior, o ambiente era fechado e lúgubre, pois envolvia personagens sombrias, engajadas no mal. O presente capítulo abre-se com a luz do dia, em atmosfera clara, mas persiste a sugestão de mistério. Tudo o

que se passa nesse capítulo associa-se ao plano traçado no anterior.

18. Essa descrição não é inocente na estória. Embora descrita de forma eufemística, D. Ermelinda definitivamente não era bonita. Todavia, graças ao dote e ao crédito do casamento, o proprietário da Fazenda das Palmas prosperou com facilidade. Como se verá adiante, na juventude, o fazendeiro tivera outro envolvimento amoroso.
19. Essa atitude de Brás funciona como índice de sua natureza, que ocupará boa parte da atenção do narrador no desenrolar da estória.

Capítulo 8

20. Este capítulo caracteriza-se pela tensão psicológica, denunciando que algo não anda bem na intimidade da família, cuja aparência contraria a essência das coisas.
21. A fala de Luís Galvão revela parte da verdade de sua relação com Jão Fera. Em outro momento, sob a forma de *flashback*, revelar-se-ão aspectos mais importantes dessa relação para a trama.
22. Como se percebe, este capítulo possui a função de insinuar problemas com Luís Galvão, tanto no passado quanto no presente. Além disso, fornece informes importantes sobre Jão Fera, cuja presença cresce paulatinamente na trama. Observe-se que a estória dos meninos, com que se inicia o romance, foi abandonada.

Capítulo 9

23. Esse gesto camuflado do fazendeiro intensifica a hipótese de que a tranquilidade da família pode estar sob ameaça. Tanto por coisas passadas quanto por coisas presentes, que podem determinar o rumo do futuro.

24. A voz narrativa sintetiza e explica o que vinha sendo sugerido pelo ambiente e por gestos medidos e cautelosos. Tal medida da voz narrativa sugere um caminho para a trama, até agora meio indefinida e oscilando para vários caminhos possíveis.

Capítulo 10

25. Como espera o leitor, esse casal forma paralelo com o casal do início do romance. Os meninos do começo são pobres; estes, ricos.
26. Pela primeira vez insinua-se com certa clareza o nome da menina chamada *Inhá* no começo da narrativa. Todavia, Berta ainda não é explicitamente identificada como a menina do começo.
27. Esse episódio funciona como índice da relação existente entre os meninos da estória. Formando dois casais, haverá entendimento dúbio e oscilante entre eles. Como se verá, eles se unem por laços que excedem a simples amizade.

Capítulo 11

28. Até aqui, o capítulo ocupa-se em descrever o local paradisíaco em que os meninos vivem. O local chamado Tanquinho é particularmente típico como lugar ameno (*locus amoenus*), que consiste em tópica tradicional na literatura europeia. Em língua portuguesa, a Ilha dos Amores, em *Os Lusíadas*, é o exemplo mais conhecido de lugar aprazível.
29. Esta é a primeira vez que Inhá é inequivocamente identificada como Berta, que, depois, será conhecida por Til.
30. A interferência na cena presente de alguém que está fora dela é conhecida como técnica do simultaneísmo, visto indicar que a vida prossegue em outro lugar. Mais tarde as ocorrências se unem na mesma trama. Tal procedimento desperta mistério e suspense.

Capítulo 12

31. Como se vê, o amor dos meninos oscila entre a infância e adolescência. Pode ser que esse afeto seja uma falsa pista no desenvolvimento do enredo. É provável que a função ficcional desse indício de amor seja para encobrir o verdadeiro caminho da intriga. Como quer que se entenda a questão, o fato é que as possibilidades narrativas multiplicam-se a cada instante, incrementando o efeito de suspense.
32. Parágrafo particularmente sugestivo em sua construção, que é dominada pela harmonia do paralelismo sintático. Por outro lado, o parágrafo intensifica a hipótese de uma estória de amor entre os meninos, que, sugestionados pela exuberância da natureza, poderiam se entregar ao amor.

Capítulo 13

33. Esta pergunta indicia a capacidade de Berta de perceber o rumo das coisas. A passagem marca o momento em que a trama da vingança se funde com a estória das crianças, sobretudo Berta.
34. O respeito dos escravos pelos filhos do proprietário da fazenda pode ser um traço ideológico do discurso ficcional, que insinua harmonia onde talvez houvesse ódio. Seria um jeito de insinuar a suposta naturalidade da escravidão, que poderia ter aspectos positivos como a ternura entre senhor e escravo. Em outros momentos, com verossimilhança ficcional, uma velha escrava, dominada pelo afeto a personagens brancas, terá participação decisiva na trama do romance.

Capítulo 14

35. A reflexão e o cuidado de Berta pelo proprietário da fazenda sugere a inteligência da menina, assim como preocupação com o

próximo. É provável que essa passagem pretenda insinuar também o conhecimento intuitivo e inconsciente da relação da menina com Luís Galvão.

36. Imagem perfeita para sugerir o poder do fraco contra o forte. No primeiro capítulo, Berta foi comparada com uma borboleta inquieta no ar. Aqui, associa-se a uma vespa agindo em favor de um propósito. Em ambos os casos, a conexão com animais realça propriedades favoráveis da personagem.

Capítulo 15

37. A ênfase na aparente monstruosidade de Jão Fera tanto pode favorecer seu lado brutal quanto preparar o leitor para conhecer a inteira verdade sobre ele, que contraria as aparências. Além disso, a cena realça o poder excepcional da menina, cujo mistério ainda não se revelou.
38. Embora seja um tipo psicológico, Jão Fera apresenta duplicidade de caráter. Embora seja assassino profissional, preza a palavra, a honra e os bons sentimentos. Ele parece ser vítima de uma condição física extraordinária, que ameaça afastá-lo da própria humanidade.
39. Como sempre, a personagem Brás surge de modo a sugerir que não se trata de uma pessoa, mas de um "corpo humano". Tal como ocorreu na cena do almoço na Fazenda das Palmas, aqui ele é caracterizado como ser imprevisível, arrebatado por paixões incomuns. Será também um tipo psicológico.

Segundo Volume

Capítulo 1

1. A estória contida no primeiro volume de *Til* transcorre basicamente nos domínios da Fazenda das Palmas, na sede ou em lugares próximos. As cenas do segundo volume transcorrem

nos arredores da fazenda, em ambiente pobre de moradores autônomos.

2. A atitude de Berta com a galinha sura funciona como índice de seu caráter, entremostrado em sua atenção para com as coisas da natureza.
3. Permanece o clima de mistério, típico do romance desde o início. A partir daqui a estória concentra-se no destino de Berta, voltando-se ora para o passado, ora para o presente.

Capítulo 2

4. Tal como se observa acerca dos cuidados de Berta com a galinha sura no capítulo anterior, sua atenção com o burro doente pretende indicar seu amor desinteressado pelos animais. Observe-se ainda que o parágrafo sugere que, ao se dedicar aos animais, sua alma se expande pelo universo. Esse sentimento revela que Til já dá sinal de vida em Berta.
5. Berta dedica à Zana a mesma ternura que demonstrara com os animais (galinha e burro). Consolida-se a noção de que a menina possui vocação para a entrega universal.

Capítulo 3

6. Deve-se observar com atenção a arte com que Alencar compõe a cena da demência de Zana, integrada com o aspecto degradado de sua habitação. O efeito integral dessa cena tornar-se-á mais poderoso quando se revelar a relação de Berta com a personagem e com o ambiente em que ela vive.
7. Persiste a arte de grande escritor. Depois de espalhar sinais incógnitos, o próprio narrador procura interpretá-los pela perspectiva de Berta. Observe-se que, nesse capítulo, a cena é composta pela voz do narrador, mas conforme o ponto de vista das personagens.
8. Como se percebe, esse capítulo compõe uma cena muda por meio da mímica. Por um lado, tem-se a agente principal, Zana,

que age como se revivesse um episódio decisivo em sua vida. Por outro, tem-se Berta, que procura interpretar o que vê, esboçando possíveis significados. Como se verá, a cena perdida na memória de Zana será representada em sua forma original mais adiante na trama do romance. Assim, ter-se-á a mesma cena em duas versões diferentes. Trata-se de apreciável requinte narrativo.

Capítulo 4

9. De modo muito entranhado à necessidade narrativa, o narrador recua no passado para buscar explicações do presente. Observe-se que ele o faz como decorrência do desejo da personagem. Assim, o *flashback* funciona, nesse caso, como uma espécie de fluxo de consciência da narrativa, que imita o universo mental da menina, que parece intuir toda sua vida pregressa. Essa meia consciência, associada ao amor ao próximo, a aproximou de Zana e da casa em ruína.
10. A técnica do suspense é admirável nessas cenas. Ao mistério do passado, adicionam-se elementos incógnitos no presente. Barroso é o mesmo homem mascarado que encomendara a Jão Fera a morte do Luís Galvão, o proprietário da Fazenda das Palmas. O que estaria fazendo ele no casebre de Zana?
11. Esse ataque de Brás justifica a hipótese de que ele representa o arquétipo do homem-bicho.
12. No século XIX, não havia ainda a convicção de que o verbo *haver* deveria permanecer no singular quando possuísse o sentido de *existir*. Tanto Alencar quanto Machado o flexionam com frequência.
13. A presença de Brás nessa cena deve ter a função de facultar a doçura do caráter de Berta, cheia de amor para com os bons e os maus, indistintamente. Observe-se o último parágrafo desse capítulo, em que se confirma a devoção da menina pelo sofrimento do mundo.

Capítulo 5

14. Esse capítulo apresenta, com certa dose de realismo, o mundo dos criminosos, associados à vingança em curso na estória. Em particular, essa personagem, Chico Tinguá, encarna o estereótipo do caipira, que Alencar apresenta como figura típica do interior paulista. Possui algo do Jeca Tatu, que seria criado décadas depois por Monteiro Lobato. A pousada descrita nesse capítulo será ponto de encontro de facínoras envolvidos na trama do romance.

Capítulo 6

15. O porquinho dessa cena, tendo sido enxotado, sairá à procura de Jão Fera para interceder a favor de Berta. Andará por toda a fazenda, em busca dele. Ele tinha uma mensagem que ajudaria a menina. A afeição do animalzinho por Berta demonstra seus dotes de entendimento com a Criação por meio das pessoas, plantas e animais. O bacorinho reaparecerá no capítulo 14 do segundo volume, e nos capítulo 6 e 12 do terceiro volume. De acordo com a lógica meio fantástica de certas passagens do romance, o animalzinho funciona como uma espécie de mensageiro entre Chico Tinguá, Jão Fera e Berta – pessoas interligadas pelo bem.

Capítulo 7

16. A personagem Gonçalo é concebida conforme o tipo do valente falador, por oposição a Jão Fera, cuja condição decorre do próprio destino. Por isso, é calado e introvertido. Gonçalo, servindo de contraponto a Jão Fera, auxilia na caracterização do outro, cuja valentia decorre de uma espécie de maldição da qual ele pretende se livrar.

Capítulo 8

17. Este parágrafo dá a medida do talento de Alencar em escrever como se fala, traço conhecido como oralidade. Todo este capítulo é escrito pela perspectiva da linguagem oral, imitando o tom e o espírito das pessoas humildes da casa de Nhá Tudinha, mãe adotiva de Berta. O capítulo, sendo obra-prima de cena familiar, deve ser lido com atenção e prazer.
18. Brás é continuamente comparado com animais. Mas a imagem que melhor o caracteriza será a de réptil, que recorre em outras passagens do romance.
19. Esse parágrafo possui duas direções claras: tanto fala de Brás quanto de Berta. Trata-se de um índice literário, pois o comportamento quase humano da personagem indica os efeitos da presença e do amor da menina. Por isso, o texto compara o comportamento dele na casa de Berta com o que tivera no almoço na Fazenda das Palmas, no capítulo 7 do primeiro volume.

Capítulo 9

20. O adjetivo *concertadas* nesse caso significa *harmonizadas, preservadas em harmonia.*
21. A imagem da catequese como a modelagem de uma estátua é tradicional na literatura ocidental. Nesse sentido, Berta converte um bruto em pessoa civilizada por força do Cristianismo. Ainda uma vez, o capítulo parece falar de Brás, mas oferece dados sobre o poder de Berta.

Capítulo 10

22. Como ocorre com o capítulo antecedente e com o seguinte, este capítulo fala de Brás como condição para descrever a ternura de Berta. Trata-se de capítulo indicial, cuja matéria não faz andar a estória, mas serve para caracterizar as personagens. Mesmo nes-

te momento, em que se conta o passado de Brás, um dos propósitos é demonstrar a força de Berta ao transmitir a ele o que a natureza lhe negou.

23. A tópica da palmatória é típica nas narrativas do século XIX. Em *Memórias de um Sargento de Milícias*, de Manuel Antônio de Almeida, a palmatória surge de forma gaiata, provocando riso. Aqui, é abordada de forma dramática, produzindo efeito grotesco, que Berta atenua com sua pedagogia baseada no amor.

Capítulo 11

24. Em *Grande Sertão: Veredas*, Reinaldo pede a Riobaldo que, para selar um segredo entre ambos, o amigo o tratasse por Diadorim. Da mesma forma, Berta, depois do milagre da leitura neste capítulo, pede que Brás passe a chamá-la de Til. Em ambos os casos, adota-se a alteração do nome como símbolo de mudança no interior das personagens – processo típico das narrativas míticas.

25. Este parágrafo deixa claro que Berta se transforma em Til. O apelido significa que ela descobriu uma nova dimensão em seu ser. Mesmo que ela já fosse chamada de Til, a partir de agora incorpora conscientemente o novo nome, como acontece com heróis de narrativas populares que, ao operar uma façanha, mudam de nome. É o que se observa no romance *Ubirajara*, por exemplo.

Capítulo 12

26. Ainda aqui, o capítulo parece falar da cutia, mas sua função é revelar que Berta não pode ter amor individual por Miguel. Por isso, transfere o presente para Linda, sugerindo que ele se apaixone pela outra. Trata-se ainda de capítulo indicial, no sentido de oferecer informações que adjetivam as personagens em vez de fazer andar a estória.

27. O período inicial do parágrafo contém uma comparação muito expressiva, que deve ser apreciada com calma, pois se trata de exemplo de linguagem eficiente e hábil. Além disso, seria producente observar a recorrência da comparação de Brás com um réptil, cujo riso, no final, decorre também de grande perícia de redação artística. A técnica da cena é conhecida como hipotipose, porque possui tanta vivacidade visual, que parece pôr os componentes dela diante dos olhos do leitor.

Capítulo 13

28. Esta cena revela a ética ideal de Jão Fera. Sendo assassino profissional, sua conduta pauta-se pelo código do mais austero cavaleiro medieval, extraído da ficção do período (Novelas de Cavalaria). Em vez de matar o opositor para se livrar da dívida, deixa-o viver para que possa pagá-lo. O episódio seguinte neste capítulo ratifica essa perspectiva.

Capítulo 14

29. O episódio dos velhinhos que ofereceram trabalho a Jão Fera, assim como a cena do mascate, iniciada no capítulo anterior, possui a estrutura de fábulas medievais, em que se narram casos para explorar conceitos de honra e de virtude. Modelo clássico desse tipo de narrativa são os *Contos e Histórias de Proveito e Exemplos*, de Gonçalo Fernandes Trancoso, escritor português do século XVI. Esses dois episódios vividos por Jão Fera possuem a função de caracterizá-lo como homem virtuoso, mas também pretendem ensinar as mesmas virtudes ao leitor. Trata-se de narrativas enquadradas na moldura geral do romance.
30. Esta atitude de Jão Fera só pode ser entendida como um gesto literário, que o filia à tradição medieval dos heróis de cavalaria. Observe que ele está vendendo a própria liberdade para poder

saldar uma dívida assumida com um facínora. A atitude pertence também à galeria de gestos contemplados pelas narrativas de Trancoso.

Capítulo 15

31. Na literatura ocidental é comum aves de agouro intercederem, para anúncio, no curso de acontecimentos sinistros, tal como observa em Shakespeare e em Guimarães Rosa. Nesse caso, como se verá, trata-se de imitação do pássaro, com propósitos igualmente sinistros.
32. Observe-se, neste parágrafo e no anterior, a eficiência e brevidade do retrato do covil de bandidos, em que explora a tópica da caverna ou do subterrâneo como morada adequada de facínoras. Esses elementos possuem força retórica na produção do efeito de repulsa aos vilões.
33. A descrição de Brás possui igual eficiência retórica. Além de caracterizá-lo como animal inferior (vive em toca), lhe atribui intenções humanas da pior espécie. Essa é a criatura que Berta vai humanizar.

Capítulo 16

34. Do começo do capítulo até aqui, define-se a condição de Brás, em processo descritivo conhecido como hipotipose. Como se viu em nota anterior, esse procedimento retórico se caracteriza pela vivacidade da descrição, que aqui atinge níveis de invulgar excelência.
35. A frase final do parágrafo, sendo sintética, resume todo o processo descritivo da parte antecedente. Observe-se a agudeza deste período, em que Brás é novamente comparado com um réptil e também com o lobo-guará.
36. A perícia com que Brás captura a cascavel aproxima-o da condição do réptil. Nos parágrafos antecedentes, a voz narrativa ex-

plicita as tentativas de Berta em humanizar a criatura. Nesses momentos de escatologia, o estilo de Alencar atinge momentos de extrema eficiência artística.

37. A maldade essencial de Brás acaba por ameaçar a única pessoa a quem conseguiu amar e também a única por quem foi amado. Trata-se de ironia dramática.

Terceiro Volume

Capítulo 1

1. Este e os seguintes capítulos apresentam o passado da situação dramática que foi interrompida no último capítulo do segundo volume de *Til*. A ação acha-se praticamente no final, mas é retardada em favor da explicação das origens do que vinha acontecendo. Aqui, mostra-se a confluência entre Jão Fera e Luís Galvão, entre outros.

Capítulo 2

2. Como se percebe, este capítulo, muito rápido em sua dinâmica de informações sumárias, reconstitui o passado do qual emergirá a figura central de Berta.

Capítulo 3

3. Muito hábil em sua construção, o texto, aqui como em outros lugares, é rápido e conciso, provocando surpresa e espanto, associados ao suspense que vinha se mantendo.
4. A matéria desse capítulo é a mesma que Zana representa por mímica no capítulo 3 do segundo volume. Em outros termos, aqui está o original do drama que Zana passa a representar o resto de sua vida. Ao lado de Berta, a ex-escrava ocupa lugar de destaque na galeria de pessoas virtuosas na narrativa.

Capítulo 4

5. Como se percebe, o presente narrativo não possuía a mesma clareza que o passado. Isso se deve ao propósito de gerar dúvida e mistério, que caracterizam a técnica do suspense. Quanto mais clara a explicação do passado, tanto mais efeito terá o confronto entre presente e passado. Por esse mecanismo, percebe-se a habilidade construtiva do autor, mestre em efabulação.

Capítulo 5

6. A voz narrativa, tendo simpatia por Jão Fera, procura justificar sua prática criminosa como decorrência da atuação do meio sobre seu destino. Em essência, a personagem permanece pura.
7. Todo o capítulo procura justificar a devoção de Jão Fera por Berta. A menina não sabia a inteira verdade sobre sua relação com o assassino, mas tinha conhecimento intuitivo de alguma conexão. Daqui até o final do capítulo, a construção da intimidade de Jão Fera lhe confere relativa densidade moral enquanto personagem de ficção. Mesmo assim, continua sendo um tipo psicológico.

Capítulo 6

8. A julgar por seus planos de vingança e rapinagem, Ribeiro ou Barroso foi concebido para representar um vilão acabado, conforme o padrão dos dramas românticos.
9. A forma verbal *afulou* facilmente conduz ao verbo *afular*. Todavia, apesar de intensa pesquisa da equipe encarregada do presente volume, não foi possível encontrar o significado preciso do vocábulo. Foram consultados dicionários anteriores a Alencar, de seu tempo e posteriores a ele. Se não for erro de imprensa, é evidente que o termo, podendo ser coloquialismo não registrado ou neologismo, se refere ao aspecto facial da personagem. Uma hipótese aceitável talvez seja supor que

o verbo se associe ao adjetivo *fulo*, que significa *furioso, enraivecido*. Por outro lado, Rafael Bluteau apresenta o seguinte verbete para adjetivo *fulo*: "diz-se de preto, e do mulato que não tem a sua còr bem fixa, mas tirante a amarello, ou pallido" (*Diccionario da Lingua Portugueza*, Reformado e Acrescentado por Antonio de Maraes Silva, Lisboa, na Offcina de Simão Thaddeo Ferreira, 1789).

Capítulo 7

10. Tendo acabado as explicações sobre o passado, a voz narrativa retoma a ação no presente, concentrando-se em episódio sobremaneira tenso e dramático. A ação desse capítulo fora armada no capítulo 16 do segundo volume.
11. Este capítulo é narrado segundo a perspectiva de Afonso, que observa a cena pelo buraco da fechadura. Por esse ponto de vista, Berta teria sido picada pela cascavel.

Capítulo 8

12. A mesma cena será agora narrada pela perspectiva onisciente do narrador. Apresentar a mesma matéria por diferentes perspectivas consiste em recurso estimulante do ponto de vista da construção romanesca.
13. O encontro de Berta com a cascavel requer releitura e reflexão, não só pela riqueza vocabular da passagem, mas sobretudo pela técnica descritiva adotada. Trata-se de passagem com vigor artístico, em que os movimentos e os sons contribuem para o efeito de estarrecimento. Por outro lado, a cena consolida a informação ficcional de que a menina possui poderes não só perante as pessoas, mas também perante os animais. Nesse sentido, ela partilha algo da natureza de São Francisco de Assis. Observe-se igualmente que o domínio da mulher sobre a serpente é tópica tradicional no discurso mítico do Ocidente.

Capítulo 9

14. A fúria de Brás confirma novamente seus atributos inumanos. A cena com ele correndo o canavial com uma cascavel na mão possui forte efeito visual e semântico.
15. Seguida ao episódio da cascavel, esta manada de porcos-do-mato produz efeito de sucessão imprevista de incidentes narrativos.

Capítulo 10

16. Se a cena da cascavel se revestia de tonalidade mítica, esta dos caititus (queixadas, porcos-do-mato) tende para a aventura do valor pessoal. Talvez por isso seja menos convincente como construção artística, embora também provoque tensão.

Capítulo 11

17. Daqui até o final do capítulo, trava-se uma luta em Jão Fera. Como ele habita o mundo do subterrâneo, o texto procura caracterizá-lo como ser inumano e imprevisível. Todavia, o lado escuro deixa-se vencer pela ternura do monstro angelical. Daqui até o final do romance ele se define pela humanidade, sem mais conflitos.

Capítulo 12

18. A presença do porquinho sugerindo o caminho a ser tomado evidencia um lado meio mágico do romance, em que os animais participam conscientemente da ação humana. As cenas da cascavel e dos caititus associam-se a esta, mas possuem teor diferente, visto que o porquinho se comunica de maneira funcional, como uma espécie de mensageiro do bem. Também nisso, *Til* deve ter sugerido processos a Guimarães Rosa, cujo conto "Conversa de Bois" (*Sagarana*) explora o tempo que os animais falavam.

Capítulo 13

19. Embora envolvente, este capítulo esgota-se no nível da movimentação heroica dos gestos.

Capítulo 14

20. Embora se refira a um termo no singular (estrépito), este verbo aparece no plural. É provável que o autor tenha optado pela concordância com a ideia plural contida em *estrépito dos passos.*
21. Depois da tensão de cenas de suspense e horror, a narrativa distende-se com cenas de ternura adolescente. Berta mantém-se distante das paixões humanas, insinuando-se como predestinada a outra espécie de amor. Como se verá, ela possui razões para evitar o amor de Afonso, assim como evitara o de Miguel.

Capítulo 15

22. Com ternura, Berta conduz o impulso de Miguel ao amor de Linda. Esse episódio indica a natureza metafísica de sua ternura, que se dirige ao mundo e não a pessoas em particular. Este capítulo possui duplo movimento: caracteriza a personagem central e orienta a ação para outro rumo.

Quarto Volume

Capítulo 1

1. Os três primeiros parágrafos terminam por dois-pontos. A função dessa pontuação parece associar-se ao propósito poético do texto, que se aproxima da poesia em prosa. Em seu conjunto, o capítulo é celebrativo, possuindo também informações de natureza folclórica.

Capítulo 2

2. Este parágrafo insinua que Berta conhece a natureza de sua relação com Linda e Afonso. Ela intui o próprio passado, sem ter conhecimento objetivo dos fatos.
3. Neste parágrafo evidencia-se um conceito neoplatônico do amor. Miguel apaixonara-se pela imagem que Berta lhe traçou de Linda. Ele pinta na imaginação o objeto de seu amor.
4. *Túrture* deve ser de neologismo. Trata-se de adjetivo relativo à rola (o pássaro). O queixume de Berta era como o de uma rola. Na primeira edição, o vocábulo não possui acento. Por analogia com *múrmure* (murmúrio), usado como substantivo pelo autor, optou-se aqui pela forma proparoxítona.
5. Sendo humana, Berta sofre com a renúncia aos afetos do mundo. Aos poucos opera-se na personagem uma espécie de beatificação.

Capítulo 3

6. Esses parágrafos mostram o sofrimento de Berta por abandonar o lado sensível do mundo em favor do aspecto inteligível. Aos poucos, vai se consolidando a metamorfose da personagem em entidade puramente contemplativa. Ela vai se dedicar a todos em desfavor dos próprios contentamentos.
7. Nessas observações da voz narrativa sobre o aprimoramento de Miguel, nota-se sua pouca vocação para valorizar o regional. Ela prefere a ideia de universal. Não há uma visão do particular em Til. Por isso, o romance talvez encontre dificuldade em ser classificado como regionalista, apesar de valorizar aspectos da vida rural e de seu folclore.
8. Este parágrafo condensa o princípio do amor universal de origem neoplatônica. Berta participa do amor sem passar pela experiência sensorial. Limita-se ao inteligível.

Capítulo 4

9. A narrativa apresenta informe essencial sobre o passado de Luís Galvão, mas o faz pela voz coletiva dos amigos da personagem, por meio do diálogo. Trata-se de uma forma dinâmica de *flashback*.
10. Uma vez mais a síntese de um parágrafo condensa forte conteúdo semântico, que se funde com a eficiência do arranjo frasal. A natureza beatífica de Berta consolida-se pela descoberta de que a totalidade de seu amor universal se manifestou pela primeira vez por meio das formas brutas de Brás. Isso quer dizer que ela humanizou o homem-bicho.

Capítulo 5

11. Este capítulo funciona como contraponto aos capítulos que descrevem a festa dos brancos. A dança dos escravos possui implicações existenciais, o que não se nota na diversão das pessoas que se reúnem no ambiente dos senhores.

Capítulo 6

12. A comparação final do parágrafo denuncia grande estilista. Em simples traço, o autor é capaz de sugerir o início do incêndio, como se o leitor o visse. Nova ocorrência da hipotipose, cujo sentido é ver com os próprios olhos.

Capítulo 7

13. Este parágrafo funciona como exemplo da capacidade descritiva de Alencar, mestre em períodos coloridos, com grande sugestão de nuanças e sons. Sua poética prefere antes os traços largos que as minúcias. Ma o efeito é sempre sugestivo e vibrante. Predominam as comparações e metáforas, mas o paradoxo presente em

surdo rumor, assim como a antítese em *pélagos de chamas* contribui para o efeito de vivacidade do texto.

14. Frases curtas e impressivas como esta são frequentes nos fechos de capítulo ou de cenas importantes. O contraste do período longo com o breve produz efeito de surpresa e de variedade.

Capítulo 8

15. Tal como ocorrera no final do capítulo anterior, esta frase curta confirma a ideia de que Alencar acreditava no poder da variação sintática como meio de produzir surpresa e impacto.
16. É digna de nota a precisão dos traços dessa luta, em que a psicologia do monstro angelical se reflete em cada gesto, não só nos dele próprio, mas também nos do adversário.
17. As falas de Jão Fera nesse diálogo são próprias da tragédia ou dos dramas com densidade psicológica. Integram o perfil da narrativa de vingança.

Capítulo 9

18. A leitura crítica não pode deixar de observar a eficiência do jogo entre os movimentos poderosos de Ribeiro e os gestos frágeis de Zana. Todavia, apesar da aparência, eles se equivalem em poder. Esse efeito decorre da arte com que a cena se pinta. Deve-se observar novamente a ocorrência da frase curta no desfecho do capítulo. Nesse caso, anuncia novidade de que se trata no próximo capítulo. Não se pode esquecer que *Til* foi concebido para publicação parcelada em jornal, tendo depois migrado para a forma de livro.

Capítulo 10

19. Este capítulo é modelo de moralidade heroica, possuindo sua origem na tradição de narrativas medievais. Observe-se que Jão

Fera se entregou em troca do dinheiro para pagar uma dívida contraída com um facínora. Todavia, sente-se no direito de reconquistar a liberdade, quando confirma que os opositores não honram as regras do cavalheirismo.

Capítulo 11

20. Este parágrafo, admirável em seu poder descritivo, sintetiza os motivos do nome e da fama da personagem. A esta altura, o leitor já sabe que predomina no monstro angelical a propriedade da ternura. Mas Berta, que tudo sabe, ainda não percebeu isso, razão pela qual o texto insiste nas propriedades animalescas de Jão.
21. Conforme a poética dramática e sentimental do romance, essas lágrimas são verossímeis. Não pertencem a uma pessoa, mas a um tipo literário concebido para despertar sentimentos fáceis.

Capítulo 12

22. Este parágrafo condensa a verdade moral da Fazenda das Palmas, cuja harmonia externa contrasta com a essência moral dos habitantes. Consultar pp. 33-39 da apresentação ao presente volume.

Capítulo 13

23. Neste capítulo observa-se traço compositivo comum em romances de costume, que consiste no artifício de emoldurar cenas de folclore na ação da narrativa. Tal como se observa na tradição desse processo, Alencar tira proveito das condições do cenário em favor da agilidade do texto.

Capítulo 14

24. Croça é uma capa de junco ou de palha que integra a coreografia dramática conhecida como Caiapó. Na passagem, o vocábu-

lo *caiapó* designa o integrante do grupo folclórico que pratica a dança. Envolto na croça, a figura que profere esse desaforo ao filho de Luís Galvão não revela a identidade, embora o leitor saiba com clareza de quem se trata.

Capítulo 15

25. A estória pretérita de Luís Galvão é narrada em forma de *flashback*, mas para dinamizar a trama e manter o suspense, o autor concebe um retrocesso dentro de outro retrocesso, tal como se vê no que vem em seguida a esta frase curta e funcional.
26. Consolida-se nesta cena a condição angelical do monstro. Ele continua dominado pela força moral da menina, agora convertida em força emotiva.

Capítulo 16

27. Como se percebe, Berta cumpriu sua função na terra, que era converter duas criaturas limítrofes ao reino do humano. Ela se impôs o trabalho de "perfumar os abismos da miséria". Para isso, teve de abdicar da própria humanidade, convertendo-se num ser metafísico e quase puramente espiritual: *alma sóror* – alma irmã, irmã de caridade. Observe que o texto termina com a mesma metáfora do começo: no início, Berta era *flor da mocidade*; agora, converteu-se em *flor da caridade.* Assim como os místicos mudam de nome ao assumir a nova condição, Berta transforma-se em Til, para simbolizar sua metamorfose ou apoteose.

Glossário

aberta – clareira, espaço em bosque ou mata onde as árvores rareiam ou faltam.

abicar – embicar, aportar.

aborrimento – o mesmo que aborrecimento, em qualquer sentido.

abrolhar – fazer brotar, cobrir-se de brotos, renovos; germinar, florescer.

abusão – crença em coisas fantásticas, superstição.

acalcar – calcar, encalcar.

à catacega – às cegas.

acendrado – purificado, depurado, acrisolado.

acetinar-se – tornar-se macio como o cetim, suavizar-se.

açodamento – pressa às vezes excitada, precipitação.

adamascado – tecido com enfeites em alto-relevo.

adumbrar – delinear-se, desenhar-se.

aflado – agitado, balançado.

a furto – disfarçadamente, às escondidas.

agastadura – cólera, ira, irritação.

agastura – o mesmo que gastura; mal-estar, irritação.

aguilhão – vara curta com ferrão na ponta para guiar os bois.

alarve – parvo, tolo, grosseiro.

alas – asas.

alcantil – rocha ou qualquer lugar íngreme, escarpado.

alcatifado – coberto de alcatifa, de grama.

aldraba – pequena tranca nas portas e cancelas, com dispositivo fora que serve para abrir ou fechar.

alfombras – relvado, gramado.

algar – despenhadeiro, abismo.

algodão riscado – tecido de algodão listrado. V. *Riscado*.

alguidar – vaso de barro ou de metal, usado como bacia.

aljôfar – pérola pequena.

alma soror – alma irmã, irmã de caridade.

alombar – arquear, tornar-se curvo como o lombo.

aluir – causar abalo, prejudicar.

alumbre – claridade, clarão.

alvar – alvacento, esbranquiçado; atoleimado, aparvalhado.

alvitre – sugestão, conselho; arbítrio.

anaçar – revolver e agitar bastante, bater, misturar.

ânfora – vaso cerâmico, bojudo, para guardar vinho, azeite etc.

anta – mamífero do Sul do Brasil que chega a medir dois metros de comprimento e a pesar 250 quilos.

apinhado – muito junto, apertado como os pinhões numa pinha.

aprecatar-se – acautelar-se, precaver-se, prevenir-se.

aprestos – preparativos. *Aprestar-se*: preparar-se.

apunhado – empunhado, segurando (a arma) com o punho.

araponga – ave encontrada em várias regiões do Brasil que tem o grito tão estridente que mais parece o bater do martelo na bigorna.

arção – armação de sela de montaria, de madeira revestida de couro, com uma arcada na dianteira e outra na traseira.

árdego – impetuoso, fogoso.

ardósia – lousa, quadro-negro (lusitanismo).

argentino – cujo timbre é fino como o da prata.

a rosto – frente a frente. De onde vem o verbo *arrostar* (v.).

arpejar – produzir arpejos, acordes musicais.

arranchar – hospedar-se, albergar-se.

arrear-se – enfeitar-se, ataviar-se.

arrieiro – condutor de bestas de carga; variante: arreeiro.

arrostar – encarar, enfrentar.

arrufado – aborrecido, irritado.
arrufar – arrepiar, ouriçar.
arteiro – que faz artes, traquinas, ardiloso.
às agachas – agachado, rente ao solo.
assomada – ponto mais alto, cume.
atochar – enfiar com força, atulhar.
a trecho – esporadicamente.
avençar – entrar em entendimento, fazer pacto.
aventar – adivinhar, perceber.
avezado – acostumado, habituado.
aviar – matar.
avincar – fazer vincos, vincar.
azado – propício, favorável.
azinhaga – atalho entre sebes ou propriedades rústicas, fora dos povoados.
azoado – perturbado, tonto.
azoinar – tornar aborrecido, enfadar.

babão – bobo, palerma.
babatar – tatear, apalpar.
bacorinho – porco novo e pequeno.
baetilha – tecido de lã ou algodão mais fino que a baeta.
baga – pingo de suor.
baio – diz-se do animal de cor castanha, ou amarelo-torrado.
balda – defeito, tendência.
baldo – carente, desprovido.
balordo – sem asseio, emporcalhado; curto de inteligência, bronco.
balsa – mata fechada com arbustos espinhos; balcedo, balceiro. Hoje, a grafia mais usada é *balça*.
bambolim – larga faixa de tecido que se sobrepõe ao cortinado de portas e janelas.
bandoleira – correia usada a tiracolo para segurar especialmente a arma.
banzo – afetado por tristeza, desgostoso.
báratro – precipício onde se arremessavam os criminosos em Atenas.
barra de cama – armação de madeira, de ferro ou mesmo de couro que forma um leito.
barroca – cova, barranco.
barrocal – terreno destruído pela força das águas, pela erosão.
barroco – penedo pequeno, penedo escabroso; o mesmo que barroca.

barroso – de rosto cheio de espinhas ou borbulhas, espinhento.

barrote – peça de madeira para fixar assoalhos ou forros.

basto – denso, cerrado, compacto.

beira – beirada, borda.

belbute – tecido grosso e pesado de algodão, que se assemelha ao veludo.

belfas – bochechas; as partes carnosas dos animais por baixo da cabeça.

bentinho – objeto de devoção que se carrega pendurado ao pescoço, formado por dois quadrados de pano bento, com orações escritas, imagens ou uma relíquia.

bicho-carpinteiro – espécie de escaravelho. *Estar com o bicho-carpinteiro*: não parar quieto, ser muito ativo.

bico – mil-réis (antigo e popular).

bífido – dividido em dois, fendido (diz-se da língua da serpente).

bissulco – característico do casco de certos animais, que tem dois sulcos.

blateração – grito, clamor, vozerio.

boião – recipiente bojudo e de boca larga, feito de lata.

boicininga – o mesmo que cascavel (a cobra).

boléu – uma queda estrondosa, mas sem provocar danos físicos; trambolhão.

bolhão – borbotão de água.

bolo – pancada de palmatória.

bolônio – ignorante, rústico, simplório.

boneco de engonço – boneco articulado, movido a cordel; marionete.

bonina – planta da família das Compostas, também conhecida como *bonina-do-campo*. No Norte e Nordeste é chamada de *boas-noites*; no Rio, de *maravilha*. Representa a mulher amada.

borborigmo – ruído surdo, rouco, causado pelos gases nos intestinos.

borralho – cinza quente com algumas brasas vivas.

boto – lento de raciocínio, embotado.

braça – antiga medida de comprimento, ainda em uso em algumas regiões do país, igual a cerca de 2,2 metros, a extensão entre as palmas das mãos com os braços abertos.

brama – cio dos animais; berra.

brasido – grande quantidade de brasas, braseiro.

brejal – brejo extenso, brejão.

brenha – mata brava, cerrada, matagal.

brinco – brincadeira.

bucha – pedaço de pano usado para comprimir a carga no cano das armas.

bueiro – chaminé do fogão de lenha.

buído – puído, liso, gasto.

bulcão – redemoinho de vapores; nevoeiro denso; nuvens espessas que anunciam as tempestades.

bulha – briga, altercação.

buliçoso – irrequieto, travesso; esperto, vivo.

burjaca – saco de couro com fundo de madeira, usado para transportar ferramentas etc.

Cabana Indiana – tradução portuguesa de *La Chaumière indienne*, obra de Bernardin de Saint-Pierre (1737-1814). O personagem, um sábio doutor inglês, vai até à Índia à procura de solução para os grandes problemas filosóficos. Lá, vive numa cabana e mantém longas conversas com um pária, nas quais faz uma crítica às academias, às sociedades, à ciência e à felicidade na cidade.

cabaz – cesto fundo de vime com alças.

cabeçada – conjunto de tiras de couro posto em volta da cabeça e do focinho das cavalgaduras.

cabeção – gola larga, geralmente branca, de vestidos, casacos, capas etc.

caborteiro – trapaceiro, mentiroso.

cachinada – gargalhada por motejo.

caco – fragmento ou pedaço de cerâmica, louça, vidro etc., ainda usável; pedaço de cuia que ainda se aproveita para pôr água de beber aos animais de terreiro.

cacunda – costas, dorso.

cadeia – corrente de ferro.

cafelista – proprietário de plantação de café.

caiapó – grupo indígena do Brasil; por extensão de sentido, caboclinhos: grupo de bailados com temática indígena, na época do carnaval.

caititu – espécie de porco-do--mato; cateto.

calabrote – corda pouco grossa.

calangro – o mesmo que calango: espécie de lagarto, muito comum em habitações rurais.

calhambola – o mesmo que canhambola (v.).

caligem – nevoeiro denso; escuridão; névoa nos olhos, catarata.

calma – a hora mais quente do dia, com cessação dos ventos.

camarada – indivíduo empregado nos serviços de campo ou das fazendas.

camarinha – quarto de dormir, câmara, alcova.

cambar – entortar, inclinar-se para um lado.

cambuí – fruto do cambuizeiro, árvore pequena, de madeira dura e resistente, porém retorcida, e frutos comestíveis.

camisola – termo usado em Portugal para designar uma camisa de mangas; espécie de suéter.

camisote – antiga camisa de tecido fino.

campânula– nome comum às plantas cujas flores têm a forma de sino.

campar – exibir-se, dar uma de, vangloriar-se .

camueca – bebedeira, embriaguez.

canastra – maleta de couro de forma quadrada para condução de roupas e objetos de uso nas tropas.

canhambola – mito regional que tem a forma de um negro velho e maltrapilho. No Império, o nome canhambola (quilombola, escravo fugitivo e refugiado no quilombo) passou a ser deprecação para qualquer coisa: fazer medo às crianças, imprecações etc.; o mesmo que calhambola.

canhão – peça superior e extrema da bota.

caninana – cobra não venenosa, de cerca de 2,5 metros de comprimento, preta com tarjas amarelas.

capadócio – ignorante, trapaceiro.

capelina – chapéu feminino de abas larguíssimas e molemente flexíveis.

capoeira – vegetação que nasce após a derrubada e queimada do mato; qualquer local destinado à criação de aves.

capulho – cápsula em que se forma o algodão, capucho.

carafuz – cafuzo, filho de negro e índia.

carapetão – grande mentira, maranhão.

cardeal – espécie de passarinho, de cor cinzenta e cabeça vermelha.

carepa – regionalismo de São Paulo. Usado na expressão *levado da carepa*, o mesmo que: levado da breca.

carmear – desfazer (os nós da lã); por extensão: desfazer as nuvens.

carolo – pancada na cabeça com o nó dos dedos, com uma vara etc.

carpa – limpa, capinação.

carrasco – terreno com vegetação muito parecida com a caatinga.

carreador – caminho aberto no meio das plantações para tráfego dos carros de boi.

cascavel – (s. m.) guizo que a cobra cascavel traz no rabo.

castanho – diz-se do animal que tem a cor amarronzada da casca da castanha.

catadura – disposição do semblante, aspecto, aparência.

catana – faca comprida e larga.

cecém – planta herbácea que dá uma flor branca; copo-de-leite, lírio.

cepo – tronco de árvore cortado transversalmente, que se usa como banco ou como suporte de algum instrumento de trabalho.

cerca – adv. nas imediações, perto.

cerda – pelo rígido e áspero de certos animais.

cernelha – parte do corpo de alguns animais que fica perto das espáduas, formando uma cruz.

champa – face plana ou prancha de uma espada; por extensão, do solo.

charneca – terreno onde ocorre uma vegetação caracterizada por arbustos e herbáceas resistentes.

chasco – zombaria, caçoada.

chasquear – zombar, troçar.

chelpa – dinheiro, grana.

chibante – alinhado, bem-vestido.

chichá – planta de frutos comestíveis, cuja madeira é aproveitada na fabricação de palitos de fósforo; xixá.

chilenas – esporas grandes, de haste virada e grandes rosetas.
chilro – voz das aves, som agudo e trinado; como adjetivo: sem gosto, insípido, insosso.
chimpado – pespegado, dito na cara, aplicado.
chula – canção e dança de ritmo bem marcado, de origem ou influência africana, ligada ao lundu, típica de serestas e festas ao ar livre.
chupitar – chupar ou beber aos poucos.
churra – diz-se da lã em estado bruto, suja.
cibo – comida, alimento.
cilha – cinta larga de couro ou tecido que cinge a barriga das cavalgaduras para segurar a sela ou a carga.
cisma – devaneio, fantasia, ilusões; prevenção, opinião errônea.
clavina – o mesmo que carabina, espécie de espingarda de caça.
cobrar – readquirir, recobrar, recuperar.
cocanha – usado na expressão *mastro de cocanha*: o mesmo que pau de sebo, mastro alto, untado de sebo, em cujo cimo se colocam prêmios para que as pessoas, subindo, tentem pegá-los.
coche – vasilha de madeira, cocho.
colaço – diz-se dos indivíduos que, não sendo irmãos, foram alimentados pelo leite da mesma mãe; irmão de leite.
colear – serpentear, mover-se como a serpente.
coleiro – o mesmo que coleirinho: pássaro brasileiro, de cerca de 11 cm de comprimento, que aparece muito em culturas e capinzais, e parece ter ao pescoço uma fita preta.
colgadura – peça de pano, vistosa ou rica, que se pendura nas paredes.
colmilho – dente canino, presa.
com pouco – expressão muito usada no Nordeste: dentro de pouco tempo, rapidamente.
concho – muito confiante em si mesmo.
confranger – contrair(-se), cerrar(-se), apertar(-se).
congo – tipo de dança dramática que representa a coroa-

ção de um rei (e às vezes também de uma rainha) do Congo, constituída de um cortejo com passos e cantos, onde a música acompanha a expressão dramática dos textos, e que se caracteriza pela *embaixada*, por evoluções processionais e lutas simbólicas de espada. É de criação de escravos no Brasil.

Constituição – a vila de Piracicaba foi batizada, em 1821, com o nome de Vila Nova da Constituição, em homenagem à Constituição Portuguesa. Em 1877, por projeto de Prudente de Morais, recobrou o nome de Piracicaba.

cópia – quantidade, abundância; na expressão *dar cópia de si*: dar sinal de si; dar notícia; o mesmo que *dar conta de*.

cordial – preparação que ativa a circulação do sangue e dá ânimo.

corpinho – corpete.

correr-se – envergonhar-se.

corrido – vexado, envergonhado.

cortar jaca – fazer um corta-jaca: passo tradicional do samba no qual o dançarino se retorce e movimenta como se estivesse cortando jaca.

Costa Carvalho – José da Costa Carvalho (Salvador, 7.2.1796–São Paulo, 18.9.1860), primeiro barão, visconde e marquês de Monte Alegre, foi um político e magistrado brasileiro, membro da Regência Trina Permanente e primeiro-ministro do Império do Brasil de 8.10.1849 a 11.5.1852.

costão – grande encosta.

coturno – bota de meio cano baixo; botina.

crasta – cerro revestido de pinhal que imita os grandes montes de areia.

crautá – planta donde se extraem fibras para tecido, como coroatá; o mesmo que gravatá.

crebro – repetido, amiudado, frequente.

crisálida – estágio de desenvolvimento de lagarta a borboleta ou mariposa.

croça – capote ou capa de palha.

croque – presa de animal.
cruor – sangue derramado.
curiau – ver nota 11 na página 329.
cutia – nome comum dado a uma espécie de roedor, de cerca de 80 cm de comprimento, cauda e pelo muito curtos.

dar brado – ficar falado ou famoso, adquirir notoriedade.
dar no goto – cair nas graças de.
de mil pecados – o mesmo que *dos meus pecados*: terrível, espantoso.
debalde – inutilmente, em vão.
debicar – comer aos bocadinhos, beliscar.
dédalo – emaranhado de caminhos, labirinto. Provém de Dédalo, nome de arquiteto ateniense que construiu o labirinto de Creta.
delir – fazer desaparecer, dissipar.
derrogar – anular, baixar; rebaixar-se, diminuir-se.
desaguisado – confusão, desordem; conflito.
desapercebido – houve um tempo em que o emprego de *desapercebido* por *despercebido* foi objeto de censura purista; mas o uso do termo por escritores clássicos com esse sentido acabou por rejeitar-se essa censura.
desazo – falta de jeito, de habilidade.
desbroche – ato de desabrochar.
descante – duelo entre cantadores, desafio.
desdar – desfazer, desatar.
desfaçado – descarado, sem-vergonha, imprudente.
desgarro – desembaraço, audácia, desplante; o mesmo que desgarre.
despicar-se – desforrar-se, vingar-se.
desplante – atrevimento, insolência.
disparatar – fazer disparates.
dobadoura – *andar numa dobadoura*: andar sem descanso, numa azáfama.
dogue – casta de cão de índole feroz.
donaire – graça, garbo, elegância no andar e no vestir.
donoso – garboso, lindo.
dossel – armação de madeira ornamentada presa à parede sobre tronos, altares, leitos etc.
dureza – aumento ou inchaço de um órgão interno, espe-

cialmente o baço, em razão de sezão, uma febre intermitente e periódica, de origem das águas pantanosas.

eito – limpeza ou roçado de uma plantação.

eiva – rachadura ou fenda.

elação – elevação da alma, de espírito e brios; sublimidade.

elar-se – prender-se, unir-se.

embastir – compactar, tornar espesso, basto.

embelecer – tornar bonito, embelezar.

embetesgar – adentrar-se em beco ou betesga (viela, vereda).

embira – espécie de corda feita com a fibra de algumas plantas.

emboçado – com aplicação de emboço (a camada inicial de argamassa ou cal nas paredes).

embotar – enfraquecer; tirar o gume de.

embroma – embromação, demora para praticar certo ato.

embuçado – de rosto tapado por capa ou capote; disfarçado; rebuçado.

empenho – trato, penhor, compromisso.

encandeado – ofuscado pela luz.

encarnado – cor vermelha, cor da carne ou do sangue.

encavacar – aborrecer-se, contrariar-se, ficar amuado.

enfloração – ar de felicidade, de bem-estar.

enfrestar – fazer passar através de fresta.

engonço – encaixe que permite a movimentação de peças articuladas. V. *Boneco de engonço*.

engrimanço – modo ininteligível de falar, com caretas.

engrolo – confusão.

enleio – embaraço, indecisão.

enrediça – plantas que se emaranham facilmente.

enristar-se – erguer-se, pôr-se em riste para atacar.

entender com – relacionar-se com.

entono – arrogância, empáfia.

entressachar – entremear, misturar.

envolta – na expressão *de envolta com*: de mistura, simultaneamente, conjuntamente.

enxovia – masmorra, prisão.

erva-de-passarinho – nome dado a diversas plantas hemiparasitas, donde se extrai uma espécie de goma de mascar, usada em armadilhas para pássaros.

esbarrondar – fazer cair ou cair aos pedaços, desmoronar.

esborcinado – com a borda quebrada.

escabrura – aspereza.

escacha – fenda, rachadura.

escalvar – cavar-se, tornar calvo.

escâncara – adjetivo: escancarada, muito aberta.

escapo – particípio passado irregular de escapar; escapado.

escarcha – qualquer coisa de superfície áspera.

escondrijo – variante de esconderijo.

escontra – contra, em contrário de, defronte.

esganido – particípio passado de esganir, o mesmo que ganir.

esgar – trejeito, careta de escárnio.

esguardo – cauteloso, resguardado.

espanejar-se – sacudir-se ou balançar as roupas (a mulher) ao andar.

esparavel – parte franjada de um cortinado.

espera – emboscada, tocaia. Muito usado no Nordeste como termo de caça: espera de veado ou de outro animal.

espigão – a parte mais elevada da colina.

espoleta – pessoa irrequieta, ativa; capanga.

estafermo – pessoa parada e sem préstimo; basbaque.

estipe – tipo de caule sem nós, característico das palmeiras. Embora o A. tenha usado como feminino, a palavra hoje é masculina.

estiva – ponte feita de um só pau sustentado por forquilhas, em terreno alagadiço.

estortegar – estorcer, contorcer-se.

estreme – puro, sem mistura.

estremunhado – sonolento, aturdido.

estro – gênio artístico, criativo.

estuar – agitar-se freneticamente.

estumar – açular (cães), instigar a atacar.

façanhudo– que pratica façanhas, façanhoso.

facécia – dito zombeteiro, piada.

faceirar-se – tomar modos faceiros, alegres; no sentido moderno, flertar.

faceto – chistoso, brincalhão.

fama – indivíduo famoso (substantivo de dois gêneros).

faniquito – chilique, fricote.

fartum – cheiro desagradável de alguns animais.

fasquia – ripa de madeira serrada.

fauce – goela de animal.

faxina – cerca construída de varas flexíveis e trançadas.

férula – o mesmo que palmatória, instrumento de castigo.

figas – na expressão *meter figas*: dar nos nervos; causar ódio a.

filar – prender, capturar.

fisga – fenda, frincha, rachadura.

fojo – cova cuja abertura se disfarça com galhos e terra para pegar animais pequenos.

folho – babado franzido ou pregueado que se coloca em vestidos etc.

fouveiro – diz-se da pessoa atacada de vitiligo; castanho-claro, malhado de branco

fraguedo – grupo de rochas escarpadas.

fragura – declive escarpado de rochedo; terreno cheio de barrancos.

franças – ramo superior ou copa de árvore, especialmente de palmeiras (usado mais no plural).

frechal – viga na qual se pregam os caibros na beira dos telhados.

froco – o mesmo que floco.

frolo – frufru, conjunto de enfeites e babadinhos de que se revestem as roupas.

frouxo de riso – ataque prolongado de riso.

furente – furioso, enfurecido.

gabo – *fazer gabo*: gabar-se, vangloriar-se.

gaifona – gesticulação cômica, macaquice.

gâmbia – perna de homem ou de animal.

gambito – ardil para enganar alguém, artimanha.

gamela – vaso de madeira, ou de barro, usado para dar de comer aos porcos, para banhos, lavagens etc.

gatimonha – sinal com as mãos, trejeito, momice.

gazil – airoso, elegante, bem-posto.

geba – corcunda, giba.

gilvaz – cicatriz no rosto.

gizar – imaginar, conceber, conjecturar.

gorja – garganta, goela

gorra – na expressão *de gorra*: de camaradagem, de amizade com (alguém).

goto – o mesmo que glote: pequena abertura em forma de língua, localizada na parte mais estreita da laringe, entre as duas cordas vocais inferiores. v. *Dar no goto*.

gracíola – espécie de planta nativa, também chamada graciosa, graça-de-deus.

grelar – germinar, brotar.

guaiamum – espécie de caranguejo encontrado ao longo da costa brasileira.

guará – animal canídeo, cujo aspecto lembra uma grande raposa; lobo-guará.

guaratã – árvore de madeira nobre, de grande resistência; guarantã.

guedelhudo – cabeludo, com a cabeleira desgrenhada.

guinilha – espécie de marcha do animal cavalar; esquipado.

guita – fio fino de corda, barbante e cipó etc.

hiante – com fenda ou buraco muito grande.

himeneu – enlace matrimonial, casamento.

ibiratã – o mesmo que ubiratã: árvore de madeira dura, boa para fazer lanças.

imbaúba – o mesmo que embaúba: nome comum a várias plantas, originárias da zona tropical americana.

imbê – algumas plantas da família das aráceas, entre elas a plantadeira imbê-de-comer, também chamada cipó-de-imbê.

impulsa – o mesmo que impulsionada; part. pass. irreg. de impulsar.

inculca – informação acerca de alguém; informante, espia.

influição – influência, influxo.

inquizilar – enquizilar; aborrecer, incomodar.

intanha – espécie de sapo grande, com duas espécies de chifre.

iriar-se – matizar-se, apresentar as cores do arco-íris.

jaspear – dar aspecto de jaspe a, pedra ornamental de várias cores.

jeira – jugada, terreno que uma junta de bois pode lavrar num dia.

jequitibá – árvore nativa da América do Sul, de madeira muito boa.

jerivá – palmeira solitária de até trinta metros de altura; seu palmito é amargo e comestível; o mesmo que jeribá.

jetaí – o mesmo que jataí: árvore com pequenas flores brancas e frutos negros, de madeira muito usada na construção rural; jatobá.

jimbo – termo popular para dinheiro.

jongo – dança de roda, antecessora do samba, com estrofes cantadas por um solista e o refrão repetido por um coro.

juçara – espécie de palmeira de doze metros de altura, frutos arroxeados ou pretos e palmito de qualidade; o mesmo que açaí.

junça – nome comum das plantas ciperáceas. Algumas dão tubérculos comestíveis depois de assados.

junco – designativo de vários tipos de gramíneas que nascem em lugares úmidos.

juriti – ave de cor marrom-avermelhada, com cerca de 25 cm de comprimento, que ocorre em grande parte do Brasil, no interior das matas.

laborar – estar em atividade em, exercer seu ofício em; labutar, lidar.

labrusco – inculto, rude, grosseiro.

lambaz – comilão, glutão que nunca se satisfaz.

lampas – na expressão *levar as lampas*: levar vantagem sobre alguém.

lanho – marca deixada na pele pelo chicote; incisões na pele.

latada – grade ou armação de madeira para sustentar trepadeiras.

latagão – homem jovem, forte e grandalhão.

látego – chicote de cordas ou de correias; castigo, flagelo.

lazeira – carência alimentar, subalimentação, fome.

leira – sulco aberto na terra para receber semente ou muda.

leiva – porção de terra amontoada entre sulcos cavados no solo.

lentejar – transudar; umedecer; tornar lento pela umidade.

lia – resíduo que se deposita no fundo dos recipientes de vinho, borra.

libar – beber ou sugar o conteúdo de.

lisim – veio ou rachadura que inutiliza as pedras para obra de escultura.

lôbrego – escuro, sombrio.

lobrigar – perceber, entender.

loro – correia dupla, afivelada à sela ou selim para sustentar o estribo.

lorpa – idiota, tolo (adjetivo).

ludíbrio – engano, equívoco; escárnio, zombaria.

luxar – deslocar, desconjuntar.

magano – brincalhão, jovial.

malha – sinal de coloração diferente na pele, mancha.

manga d'água – o mesmo que tromba d'água.

mangueira – curral usado em trabalho com gado manso, próximo da casa, feito de pau-a-pique, varas etc.

maquia – quantia de dinheiro.

maracajá – espécie de gato-do-mato.

marachão – aterro, mota; dique; recife, restinga.

marmeleiro – arbusto nativo do Brasil, muito comum na caatinga. A raiz cozida é estomáquica.

marroquim – pele de cabra ou de bode curtida para uso artesanal.

martelinho – copo de 250 ml.

mastim – cão de guarda.

meco – indivíduo devasso, de maus costumes; sujeito.

medra – crescimento, desenvolvimento.

melena – cabelo solto, desgrenhado.

messes – colheitas.

mito da tentação – referência à tentação de Eva pela serpente no Paraíso.

moafa – embriaguez, borracheira.

mole – massa ou volume muito grande.

molhadura – gorjeta, molhadela.

momo – gesto, careta, trejeito.

monjolo – nome de tribo banto da África, de sangue árabe, que foram trazidos como escravos ao Brasil e usavam características incisões na face.

monteria – lugar destinado a levantar caça grossa.

moquirão – mutirão (auxílio de um dia de trabalho que dão entre si os trabalhadores agrícolas independentes).

morigeração – moderação no modo de viver, bons costumes.

morrão – tipo de mecha que se acende para disparar a arma de pólvora.

morte-cor – as primeiras cores, comumente pouco vivas, que os pintores dão a suas obras.

múrmure – murmúrio, barulho das águas correntes.

musselina – tecido leve e transparente, de fibra de algodão.

mutuca – denominação comum a insetos dípteros, encontrados perto de corpos d'água, cujas fêmeas, hematófagas, podem picar o gado e o homem. O macho chama-se tavão.

nacarado – que tem a cor ou o brilho do nácar, substância calcária rosa e brilhante.

negaça – negação dissimulada, afetada; arrebique.

nemoroso – coberto de arvoredo.

nenúfar – nome comum a várias plantas aquáticas, de largo emprego como ornamental.

nervura – nervosismo, irritação.

nesga – terreno pequeno entre outros de maior extensão.

ninfa – estágio intermediário dos insetos, entre a larva e o inseto adulto; pupa.

ofego – respiração difícil, arquejo.

oitão – cada uma das paredes que formam a lateral das construções.

opíparo – esplendoroso, opulento.

ornejo – zurro, voz imitativa do burro.

ouças – o ouvido, o sentido.

ovo na fogueira – várias espécies de simpatia muito usadas na fogueira de São João pelos jovens solteiros em busca de namorado.

pala – poncho leve, geralmente de brim.

palangana – recipiente de barro ou de metal, para servir comida; xícara grande.

palhiço – palha moída.

pampa – que tem cara branca, pampo.

pampeiro – vento forte que provém dos pampas; minuano.

pano – porção ou extensão de muro, parede etc.; lanço.

partido – grande extensão de terra plantada com cana-de-açúcar.

pasmatório – pasmaceira, grande pasmo.

patacão – moeda do Império no valor de dois mil-réis.
pataco – dinheiro; moeda antiga de prata, pataca que valia 320 réis.
patamal – variante de patamar (da escada, da varanda etc.).
patuá – amuleto, geralmente um saquinho, contendo oração ou relíquia.
pela (é) – bola, frequentemente de borracha, usada para brincar.
pélago – mar profundo, alto-mar; pego.
pelo – *vir a pelo*: vir a propósito.
pêndula – relógio de pêndulo.
penedia – fraga, rochedo.
penetrais – a parte mais retirada de um edifício, de uma mata etc.
penetrar – entender, compreender.
penha – rocha grande, penedo.
pensar – aplicar penso ou curativo em.
perau – depressão, buraco que de repente se forma no leito de um rio.
pichorra – pichel (antiga vasilha de líquidos) com bico.
píncaro – o ponto mais alto de um lugar, cume.
pinchar – derrubar; atirar ao chão; arremessar.
pita – planta donde se extraem fibras e tanino.
pitança – ração diária de comida.
plica – prega, dobra da pele.
polme – pó de café reaproveitado.
polvarinho – o mesmo que polvorinho: frasco usado para se levar a pólvora à caça.
ponche – o mesmo que poncho, capa de formato triangular.
pôr as mãos – dispor as mãos com as faces espalmadas uma contra a outra, como se fosse rezar.
portada – porta de entrada; fachada de uma casa, edifício.
possança – pujança, força, vigor, poder.
postas (mãos) – mãos erguidas e juntas, palma com palma, dedos com dedos, de quem ora ou suplica.
preá – nome comum dado a diversos pequenos roedores, de corpo robusto, patas e orelhas curtas e cauda ausente.
precinta – orla, borda.
primar – destacar-se, notabilizar-se.
procela – tempestade marinha.
prócero – gigantesco, elevado.
prurir – causar prurido, coceira.

puba – mandioca deixada dentro d'água para amolecer e fermentar, de que se tira a massa para fazer bolo e a chamada farinha-d'água, ou farinha amarela.

quadrado – conjunto de habitações dos escravos nas antigas fazendas; quartel.

quartel – alqueire, unidade de medida de terra; pátio cercado de senzalas, alpendrado em volta, com um ou dois portões que o fecham como uma praça de armas. (José de Alencar.)

quartola – barril pequeno, onde se coloca água, cachaça, vinho etc.

quebranto – na superstição popular, efeito danoso que provoca o olhar de uma pessoa; mau-olhado.

quebro – meneio, movimento.

queixada – espécie de porco selvagem, com até um metro de comprimento, de pelagem escura e queixo branco.

queixal – dente molar.

quengo – espécie de concha com cabo de madeira, feita da metade do endocarpo do coco alisado, usado no Brasil para tirar água do pote, caldo da panela.

quicé – faca pequena e velha, sem gume ou sem cabo.

rábia – raiva, ira, cólera, fúria.

rábido – raivo, colérico.

rafeiro – cão de raça que serve para guardar gado.

ralado – atormentado, afligido.

raleiro – espaço de mato em que as sementes não germinam ou as plantas não crescem.

rancho – grupo de pessoas reunidas para um fim qualquer.

rasca – acorde, arpejo de um instrumento de corda.

rebenque – espécie de chicote pequeno com que o cavaleiro estimula o cavalo.

rebuçado – v. *embuçado.*

recacho – expressão sincera e espontânea de sentimentos.

recatar – resguardar, esconder.

rechã – terreno alto, extenso e plano; chapada, planura.

recolho – recolhimento, recolha.

refrangir-se – contrair-se, apertar-se.

regougar– emitir som áspero, característico da ariranha, do gambá e da raposa.

relho – muito velho, revelho.

relvagem – o mesmo que relvado.
remoque – dito picante, insinuação maliciosa; zombaria.
remordimento – remorso.
renhir-se – intensificar-se, tornar-se mais violento.
renovo – broto; galho novo.
reproche – censura, reprovação.
reptil – o mesmo que réptil. É a forma preferida pelo Vocabulário da Academia de Letras.
rés – parte mais baixa do solo, chão.
resmonear – resmungar, rezingar.
respingar – rezingar, resmungar.
ressolho – redemoinho nas águas.
ressumbrar – destilar, ressumar, ressudar.
retumbo – reflexo de som, cavo e profundo; estrondo.
revés – pancada desferida com as costas da mão.
revezo – revezamento.
rezinguento – que está sempre resmungando; resmungão.
rilhar – comer roendo.
rinchar – ranger, ringir.
rinchavelho – gargalhada.
riscado – tecido de algodão com listras coloridas.
rocegar – mesmo que *roçar*: resvalar, deslizar.
rolho – carnudo, nutrido, nédio.
ronca – presunção de valentia, bravata, fanfarronice.
rosilho – diz-se do animal de pelo entremeado de fios brancos.
roufenho – rouco, que parece falar pelo nariz.
rúbido – bastante avermelhado, rubro, rubente.
rubim – o mesmo que rubi.
ruço – pardo-claro, pardacento (diz-se de pelo, cabelo).
ruma – quantidade de coisas, aqui de gente.

sabujo – grande cão de caça; indíviduo bajulador.
sáfaro – rude, agreste, árido.
sainete – gosto especial, graça, sabor.
salvar – cumprimentar, saudar.
salvo – na expressão *a meu salvo*: sem risco para mim.
sandeu – tolo, estúpido, quem faz sandices.
sanefa – larga tira de pano que se coloca na parte superior da cortina.
sanha – acesso de fúria; vontade irrefreável.
sanhudo – temível, terrível.

Santa Bárbara – hoje cidade de Santa Bárbara d'Oeste.

sapopema – cada uma das raízes que se desenvolvem com o tronco de muitas árvores e em volta dele formam divisões achatadas.

sarilho – briga, confusão, rolo.

sazão – estação do ano, da vida.

sendeiro – cavalgadura velha e ruim.

senho – rosto, os traços faciais, semblante. O mesmo que *cenho*, variante mais usada hoje.

serôdio – tardio, extemporâneo.

serrote – monte ou serra pequenos.

seteira – cada uma das aberturas estreitas no alto de uma muralha, por onde os arqueiros atiravam suas setas.

sicário – assassino pago, malfeitor, facínora.

signo-saimão – o mesmo que signo-salomão: dois triângulos de metal entrelaçados que servem de enfeite ou de proteção contra influência nefasta.

sirte – nome que os antigos davam aos bancos de areia movediça; por extensão, dunas.

situação – sítio, fazendola.

sobejo – resto, sobra, principalmente de comida.

socado – pisado, pilado.

socalcar – calcar, pisar, amassar.

socalco – plataformas cortadas nos morros para formarem degraus.

socava – cavidade, túnel.

socavão – furna, gruta; lugar isolado.

soco – solado de calçado, feito de madeira.

soçobro – desânimo, desalento.

sola – couro grosso curtido muito usado em alpargatas, selas, arreios de animais etc.

somenos – de menor valor que outro, irrelevante.

sonata – o mesmo que soneca.

sopitamento – estado de sonolência, torpor.

sopito – o mesmo que sopitado, adormecido.

sorna – lerdeza, pachorra.

sorrelfa – na expressão *à sorrelfa*: às escondidas, disfarçadamente.

soslaio – viés, esguelha.

suçuarana – onça, parda ou vermelha.

surdir– o mesmo que surgir, aparecer, sair.

suro – sem cauda, ou com apenas um coto de cauda.

suspicaz – suspeito, desconfiado.

tabatinga – argamassa feita de argila para caiar e revestir habitações populares.

tabuão – tábua grande e grossa, prancha.

tacão – salto do sapato.

taipa – construção com barro amassado para preencher os espaços deixados pelo entrançamento de varas e cipós; parede de taipa.

talão – talude, rampa, escarpa.

talião – pena antiga pela qual se fazia o criminoso sofrer o mesmo dano que praticara.

tapigo – tapume, cerca ou vala guarnecida de sebe.

tapir – denominação comum aos mamíferos da família dos tapirídeos, de corpo pesado, membros e rabo curtos e pequena tromba.

taquaruçu – espécie de taquaral de grandes dimensões.

tatu-canastra – tatu de grande porte com até um metro de comprimento, corpo coberto por poucos pelos e patas anteriores dotadas de garras enormes, que auxiliam na escavação de buracos.

tavão – o macho da mutuca (v.).

temulência – embriaguez.

terrado – terraço.

testo – tampa de barro ou de ferro para panela ou qualquer vasilha.

tocaio – xará, homônimo.

toldar – turvar, tornar escuro e sujo.

toro – tronco bruto de mármore, onde o escultor molda sua obra; corpo de animal privado de membros.

touça – agrupamento de plantas.

toucador – mesa com espelho para a pessoa pentear-se; penteadeira.

trama – (s. m.) ardil, maquinação, astúcia; hoje se usa mais no feminino, como aliás o autor usou algumas vezes nesta obra.

tranca – indivíduo grosseiro, mal-educado.

transido – assustado, apavorado.

transunto – traslado, reprodução perfeita.

trato – decurso de tempo, lapso.

travessear – brincar, praticar travessuras.

treito – contrato, ajuste.

tremedal – área pantanosa, lodaçal.

trempe de pedra – três pedras dispostas de forma a segurar as panelas em fogões rústicos.

troça – grupo de pessoas, bando (lusitanismo).

tronqueira – cancela, porteira de bater.

trunfa – cabeleira desalinha, grenha.

truz – na expressão *de truz*: de alta qualidade, excelente.

tulhas – depósito, celeiro.

túrture – que tem o caráter e as qualidades da pomba-rola. Neologismo usado por Alencar.

tutu – bicho-papão; *fazer tutu* – assustar.

úngula – casco de animal.

urna – vaso de cerâmica onde os índios depositavam as cinzas de seus mortos.

urucungo – berimbau, instrumento de percussão, típico da capoeira.

urutu – serpente venenosa, de corpo marrom com manchas pretas.

valado – elevação de terra que delimita uma propriedade

vara – manada de gado suíno.

vascas – convulsão forte, agitação convulsiva; momento derradeiro da vida.

vereda – caminho estreito no mato, trilha.

vergôntea – ramo fino de árvore.

vípera – gênero de ofídios de pele escarnada; serpente, víbora.

viso – cume de um morro ou montanha.

víspora – na expressão *fazer víspora*: sumir, desaparecer.

xibança – orgulho, satisfação.

zelo – ciúmes.

zimbrar – balouçar (como o navio pelas ondas).

Bibliografia

OBRAS DE JOSÉ DE ALENCAR

ALENCAR, J. *Til.* Romance Brasileiro. 4 vols. Rio de Janeiro, B. L. Garnier, 1872.

SÊNIO. "Benção Paterna". *Sonhos d'Ouro*. Romance Brasileiro. 2 vols. Rio Janeiro, B. L. Garnier, 1872.

ALENCAR, *Obras de Ficção*. 16 vols. Todos ilustrados por Santa Rosa. Rio de Janeiro, José Olympio Editora, 1951.

______. *Romances Ilustrados*. 7 vols. Ilustrações de Santa Rosa, Luís Jardim e Poti. Edição Comemorativa do Centenário de Morte do Autor. Rio de Janeiro, José Olympio, 1977.

______. *Cartas a Favor da Escravidão*. Organização e estudo crítico de Tâmis Parron. São Paulo, Hedra, 2008.

SOBRE JOSÉ DE ALENCAR

ALENCAR, Heron de. "José de Alencar e a ficção romântica". *In*: COUTINHO, Afrânio. *A Literatura no Brasil*. Vol. II. Rio de Janeiro, Editorial Sul-Americana, 1969.

BOSI, Alfredo. *História Concisa da Literatura Brasileira*. São Paulo, Cultrix, 1971.

Castello, José Aderaldo. A *Literatura Brasileira – Origens e Unidade.* Vol. I. São Paulo, Edusp, 1999.

Candido, Antonio. *Formação da Literatura Brasileira.* Vol. 1. 2. ed. revista. São Paulo, Martins, 1965.

Magalhães Jr., Raimundo. *José de Alencar e sua Época.* Rio de Janeiro, Civilização Brasileira, 1977.

Martins, Wilson. *História da Inteligência Brasileira (1855-1877).* Vol. 3. São Paulo, Cultrix /Edusp, 1977.

Moisés, Massaud. *História da Literatura Brasileira – Romantismo.* São Paulo, Cultrix, 1985.

Proença, M. Cavalcanti. *José de Alencar na Literatura Brasileira.* Rio de Janeiro, Civilização Brasileira, 1972.

Sodré, Wernek Nelson. *História da Literatura Brasileira – Seus Fundamentos Econômicos.* 3. ed. Rio de Janeiro, Livraria José Olympio Editora, 1960.

TEORIA LITERÁRIA & TEXTO ESTRANGEIRO

Aristotle. *Poetics.* Trans. by S. H. Butcher. Introduction by Francis Fergusson. New York, Hill and Wang, 1995.

______. *Poetics and Rhetoric.* Translated by S. H. Butcher and W. Rhys Roberts. With an Introduction by Eugene Carver, 2005.

Bal, Mieke. 1999. *Narratology: Introduction to the Theory of Narrative.* 2nd edition. Toronto/Buffalo/London, University of Toronto Press, 1999.

Barthes, Roland. "A Morte do Autor". *O Rumor da Língua.* Trad. António Gonçalves. Lisboa, Edições 70, 1987. pp. 49-53.

Booth, Wayne C. *The Rhetoric of Fiction.* Chicago and London, The University of Chicago Press, 1961.

Bressler, Charles E. *Literary Criticism: An Introduction to Theory and Practice.* 4th edition. Upper Saddle River, N. J., Pearson/Prentice Hall, 2007.

Brooke, Nicolas. *Shakespeare's Early Tragedies.* London, Routledge, 2005.

BROOKS, Cleanth, & WARREN, Robert Penn. *Understanding Fiction*. New York, Appleton-Century-Croft, 1971.

CRAIG, Edward. *Philosophy: A Brief Insight*. New York/London, Sterling, 2009.

CROWLEY, Sharon, & HAWHEE, Debra. *Ancient Rhetorics for Contemporary Students*. Needham Heights, Allyn & Bacon, 1999.

CUDDON, J. A. *Dictionary of Literary Terms & Literary Theory*. Revised by C. E. Preston. London, Penguin Books, 1999.

CULLER, Jonathan. *On Deconstruction: Theory and Criticism after Structuralism*. Ithaca, N. Y., Cornell University Press, 1992.

______. *The Pursuit of Signs: Semiotics, Literature, Deconstruction*. An Augmented Edition with a New Preface by the Author. Ithaca, N. Y., Cornell University Press, 2001.

______. *Literary Theory: A Brief Insight*. New York/London, Sterling, 2009.

FOUCAULT, M. *Les Mots et les Choses: Une Archéologie des Sciences Humaines*. Paris, Gallimard, 1966.

______. *As Palavras e as Coisas: Uma Arqueologia das Ciências Humanas*. Trad. A. Ramos Rosa. Lisboa, Portugália, [s. d.].

GALLAGHER, Catherine, & GREENBLATT, S. *Practicing New Historicism*. Chicago, The University of Chicago Press, 2000.

GREENBLATT, Stephen. *Shakespearean Negotiations: The Circulation of Social Energy in Renaissance England*. Oxford, Clarendon Press, 1988.

______. "Towards a Poetics of Culture". *In:* VEESER, H. A. (ed.). *The New Historicism*. London/New York, Routledge, 1989, pp. 1-14.

______. "Culture". *In:* LENTRICHIA, Frank & MCLAUGHLIN, Thomas. *Critical Terms for Literary Study*. Chicago/London, The University of Chicago Press, 1995, pp. 225-232.

______, & GUNN, Giles (eds.). *Redrawing the Boundaries: The Transformation of English and American Literary Studies*. New York, The Modern Language Association of America, 1992.

HERMAN, Luc, & BART, Vervaeck. *Handbook of Narrative Analysis*. Lincoln/London, University of Nebraska Press, 2005.

Hutcheon, Linda, & Valdés, Mario J. *Rethinking Literary History: A Dialogue on Theory*. Oxford, Oxford University Press, 2002.

Kyd, Thomas. *The Spanish Tragedy*. Edited by J. R. Mulryne. London/New York, A & C Black /WW Norton, 2000.

Lechte, John. "Peirce". *In*: *Fifty Key Contemporary Thinkers: From Structuralism to Postmodernity*. London/New York, Routledge, 1994.

Mceachern, Claire (ed.). *The Cambridge Companion to Shakespearean Tragedy*. Cambridge, Cambridge University Press, 2002.

Peirce, Charles S. "How to Make our Ideas Clear". *In*: Cahoone, Lawrence (ed.). *From Modernism to Postmodernism - An Anthology*. Cambridge (Massachusetts)/Oxford (UK), Blackwell Publishers, 1996.

Reis, Carlos, & Lopes, Ana Cristina M. *Dicionário de Narratologia*. Coimbra, Livraria Almedina, 1987.

Shakespeare, William. *Titus Andronicus*. Edited by Barbara A. Mowat and Paul Werstine. Folger Shakespeare Library. New York, Washington Square Press, 2005.

______. *Titus Andronicus*. Edited by Eugene M. Waith. Oxford, Oxford University Press, 1994.

Teixeira, Ivan. "Literatura como Imaginário: Introdução ao Conceito de Poética Cultural". *Revista Brasileira*, Revista da Academia Brasileira de Letras, fase vii, ano x, n. 37, out./dez. 2003, pp. 43-67.

______. "Poética Cultural: Literatura & História". *Politeia: História e Sociedade*, Revista do Departamento de Historia da Universidade Estadual do Sudoeste da Bahia (Uesb), Vitoria da Conquista, vol. 6, n. 1, 2006, pp. 31-56.

______. "Semiosfera & Invenção do Autor". *In:* Martins Filho, Plinio & Tenório, Waldecy (orgs.). *João Alexandre Barbosa: O Leitor Insone*. São Paulo, Edusp, 2007, pp. 317-349.

______. "Teatro do Mundo & Pressupostos da Encenação. *O Altar & o Trono: Dinâmica do Poder em O Alienista*. Cotia/Campinas, Ateliê Editorial/Editora da Unicamp, 2010.

______. "A Escolha do Método". *Metáfora: Literatura e Cultura*. Ano 1, N. 1, São Paulo, Editora Segmento, setembro, 2011.

Todorov, Tzvetan. *Poética*. Trad. de António José Massano. Lisboa, Editorial Teorema, 1973.

______. *Poética da Prosa*. Trad. de Maria de Santa Cruz. Lisboa, Edições 70, 1979.

______. *Théorie de la Littérature*. Textes des Formaliste Russes, Réunis, Présentés et Traduits par [...]. Préface de Roman Jakobson. Paris, Éditions Du Seuil, 1965.

Toledo, Dionísio de Oliveira (org.). *Teoria da Literatura: Formalistas Russos*. Pref. de Boris Schnaiderman. Porto Alegre, Editora Globo, 1973.

Vickers, Brian. *In Defence of Rhetoric*. Oxford, Clarendon Press, 2002.

White, H. *Metahistory: The Historical Imagination in Nineteenth-Century Europe*. Baltimore/London, The Johns Hopkins University Press, 1973.

______. *Meta-história: A Imaginação Histórica do Século XIX*. Trad. J. L. Melo. São Paulo, Edusp, 1995.

DICIONÁRIOS

Bluteau, Rafael. *Diccionario da Lingua Portugueza*, 2 vols. Reformado e Acrescentado por Antonio de Moraes Silva, Lisboa, na Officina de Simão Thaddeo Ferreira, 1789.

Freire, Laudelino. *Grande e Novíssimo Dicionário da Língua Portuguesa*, org. [...] com a colab. técnica do Prof. J. L. de Campos. 5 vols. Rio de Janeiro, A Noite, 1939-1944.

Houaiss, Antônio; Villar, Mauro Salles, & Franco, Francisco Manoel de Mello. *Dicionário Houaiss da Língua Portuguesa*. Rio de Janeiro, Objetiva, 2001.

Silva, António de Morais. Diccionario da Lingua Portugueza, composto por [...], natural do Rio de Janeiro, 4. ed., reformada, emendada, e muito accrescentada pelo mesmo autor, posta em ordem, correcta, e enriquecida de grande numero de artigos novos e dos synonymos por Theotonio José de Oliveira Velho. Lisboa, na Impressão Regia, 1831.

______. *Grande Dicionário da Língua Portuguesa*, 12 vols. 10. ed., revista, corrigida, muito aumentada e actualizada [...] por Augusto Moreno, Cardoso Júnior e José Pedro Machado. Lisboa, Editorial Confluência, 1949-1959.

Título	*Til*
Autor	José de Alencar
Apresentação e Notas	Ivan Teixeira
Editor	Plinio Martins Filho
Produção Editorial	Aline Sato
Capa	Sergio Kon (ilustração)
	Tomás Martins (projeto)
Glossário e Revisão	Geraldo Gerson de Souza
Ilustrações	Sergio Kon
Pesquisa Iconográfica	Ivan Teixeira
Editoração Eletrônica	Fabiana Soares Vieira
Formato	12 x 18 cm
Tipologia	Minion Pro
Papel	Pólen Soft 70 g/m^2 (miolo)
	Cartão Super 6 250 g/m^2 (capa)
Número de Páginas	384
Impressão e Acabamento	Cromosete